插图本
名著名译
丛　书

插图本名著名译丛书

上

三个火枪手

Les Trois
Mousquetaires

Alexandre Dumas

〔法〕大仲马 著

李玉民 译

人民文学出版社

Alexandre Dumas
LES TROIS MOUSQUETAIRES
据 Alexandre Dumas（Édition Illustrée），Jean-Claude Lattès Éditeur，1988 翻译。

图书在版编目（CIP）数据

三个火枪手：全 2 册/（法）大仲马著；李玉民译. —北京：人民文学出版社，2017
（插图本名著名译丛书）
ISBN 978-7-02-013128-0

Ⅰ.①三… Ⅱ.①大…②李… Ⅲ.①长篇小说—法国—近代 Ⅳ.①I565.44

中国版本图书馆 CIP 数据核字（2017）第 184345 号

责任编辑	张海香
装帧设计	刘　静
责任校对	杨益民
责任印制	王重艺

出版发行　人民文学出版社
社　　址　北京市朝内大街 166 号
邮政编码　100705
网　　址　http://www.rw-cn.com

印　　刷　三河市宏盛印务有限公司
经　　销　全国新华书店等

字　　数　614 千字
开　　本　880 毫米×1230 毫米　1/32
印　　张　23.25　插页 6
印　　数　1—10000
版　　次　2015 年 6 月北京第 1 版
印　　次　2018 年 4 月第 1 次印刷

书　　号　978-7-02-013128-0
定　　价　52.00 元（全两册）

如有印装质量问题，请与本社图书销售中心调换。电话：010-65233595

出 版 说 明

人民文学出版社自上世纪五十年代建社之初即致力于外国文学名著出版，延请国内一流学者论证选题，优选专长译者担纲翻译，先后出版了"外国文学名著丛书""世界文学名著文库""二十世纪外国文学丛书""名著名译插图本"等大型丛书和外国著名作家的文集、选集等，这些作品得到了几代读者的认可。丰子恺、朱生豪、傅雷、杨绛、汝龙、梅益、叶君健等翻译家，以优美传神的译文，再现了原著风格，为这些不朽之作增添了色彩。

2015年，精装本"名著名译丛书"出版，继续得到读者肯定。为了惠及更多读者，我们推出平装版"插图本名著名译丛书"，配以古斯塔夫·多雷、约翰·吉尔伯特、乔治·克鲁克香克、托尼·若阿诺、弗朗茨·施塔森等各国插画家的精彩插图，同时录制了有声书。衷心希望新一代读者朋友能喜爱这套书。

人民文学出版社
2018年1月

前　言

　　二〇〇二年，法国发生了一个非常事件，轰动法国文坛乃至世界文坛。在大仲马诞生二百周年之际，逝世一百三十二年之后，法国政府做出一个非常决定：给大仲马补办国葬，让他从家乡小镇维莱科特雷搬进巴黎的先贤祠。

　　先贤祠是何等地方？乃是真正不朽者的圣殿。它始建于一七六四年，坐落在塞纳河左岸，圣日内维埃芙山上，右依巴黎索邦大学，左拥巴黎高师，俯临法国参议院所在地——卢森堡宫。

　　永久居住在先贤祠的文人，先前已有五位。

　　首批入住的是伏尔泰和卢梭，即法国十八世纪启蒙时期的两位大师，法国现代文明的两座思想灯塔。随后则是十九世纪的两位代表人物：大文豪、共和斗士雨果；在德雷福斯案件中挺身而出、发表《我控诉……》的文学家，社会正义的卫士左拉。二十世纪的法国仿佛进入迷惘的时代，在先贤祠险些出现空缺，最后总算将马尔罗安排进去，虽有以争议替代尴尬之嫌，但这位神主毕竟有人格力量，是当代人类生活状况的勇敢探索者。

　　进入二十一世纪，法国人仿佛为了填补时间的空白，做出了非常之举，将逝世一百三十余年的大仲马请进先贤祠，完成了跨世纪的工程。不过，法国人虽然素有别出心裁的名声，但是这种史无前例的非常之举，如果选错了对象，还是会造成超现实的大笑话。

　　必是非常之人，才配得上这种非常之举，而大仲马恰恰是这种非常之人。因此，法国这一超越文坛的盛事，只给世人以惊喜，并没有引

1

起什么非议。如果在全世界的读者中搞一次差额选举，我敢断定大仲马会赢得多数票，虽然别的候选人的作品在文学价值上比大仲马可能高出一筹。这就是大仲马的非常之处。

我拈出"非常"这两个含义宽泛的字眼儿来界定大仲马，就是因为给风格鲜明的那些作家冠名的用词，放到大仲马的头上都不大合适。提起雨果便会想到浪漫主义，提起司汤达或者巴尔扎克，必然想到批判现实主义，而提起左拉，则回避不了自然主义。大仲马和雨果、司汤达、巴尔扎克是同时代人，他们都投入了当时在法国刚刚兴起的浪漫主义运动；而且，大仲马的浪漫主义剧作《亨利三世和他的宫廷》，于一八二九年在巴黎演出又打响了第一炮，可是称大仲马为浪漫派作家，就难免以偏概全了。

不少文学批评家称大仲马为通俗作家，这倒有一定道理。十九世纪四五十年代，报纸为了吸引读者，刮起了小说连载风，于是，连载的通俗小说大量涌现，同时也涌现了大批通俗小说作家。雨果、巴尔扎克等，也都给报纸写过长篇连载小说，但是最负盛名的，还要数当时并驾齐驱的大仲马和欧仁·苏。然而，通俗小说大多是短命的，这已为历史所证明，那个时期大批通俗小说及其作者，都已湮没无闻了。可是大仲马的代表作品，如《三个火枪手》及其续集、《基度山伯爵》等，在世界上却一直拥有大量读者，甚至被越来越多的人所赏阅，显示出特别的生命力，这便是大仲马的非常之处。

大仲马名下的作品（因为某些作品有合作者）非常庞杂，难以计数，有的材料上称多达五百卷。仅就戏剧和小说而言，他尝试了所有剧种，创作了近九十种剧本，而小说的数量则近百部。这种庞杂也招致批评，说他的作品多有疏漏，流于肤浅，缺乏鲜明的风格。这些指责都有一定道理。大仲马的写作往往高速运转，疏漏明显存在。此外，他搞的不是命题文学，也不专门探讨某一社会问题，只是讲故事，讲好听的故事，求生动而不求深刻，结果创造出一个非常生动的大世界，一个不能拿文学精品去衡量的充满非常景、非常事、非常人的大世界。

非常景、非常事、非常人,构成了大仲马的非常世界。文如其人,人如其文。大仲马一生都那么放诞,夸饰,豪放,张扬。因而,他所创造出来的世界里,景非常景,事非常事,人非常人,一切都那么非同寻常,就好像童话,也如同神话。

景非常景。大仲马不像巴尔扎克等人那样,花费大量笔墨去描绘故事发生的背景和场所。他总是开门见山,起笔就要用故事抓住读者的注意力。本书正文第一句话便是:"话说一六二五年四月头一个星期一,《玫瑰传奇》作者的家乡默恩镇一片混乱,就好像胡格诺新教派要把它变成第二个拉罗舍尔。只见妇女都朝中心街方向跑去……"读者也一定要跟着跑去,"想瞧瞧发生了什么事"。

无独有偶,《基度山伯爵》开头一句话也是:"一八一五年二月二十四日,避风堰瞭望塔上的守望者,望见了从士麦拿经过的里雅斯特[①]和那不勒斯来的三桅大帆船埃及王号……"紧接着便是码头上"挤满了看热闹的人"。

这两部小说一开场,主人公就在变故中亮相,这就决定了故事情节展开和发展的速度,也决定了故事背景的特异和不断变幻。大仲马总把他的主人公置于命运的变化关头,或者历史的动乱时期。不断变幻的特异场景,恰好适应故事情节快速发展的需要,与巴尔扎克"静物写生"式的场景大相径庭。

《基度山伯爵》的主人公邓蒂斯刚刚升为船长,在同心爱的姑娘结婚的婚礼上,因遭诬陷而突然被捕,并且很快被押往伊夫堡终身监禁。于是他开始了由命运安排的非常经历,越狱逃生,找到财宝,报恩又报了仇。非常的经历,自然都发生在非常的场景中:海水环绕的狱堡地牢、荒凉岩岛的山洞,就连沙龙和花园等各种交际场所,也都因为密谋而笼罩着特殊的气氛。

《三个火枪手》的故事背景则是一桩宫闱密谋和拉罗舍尔围城

---

① 的里雅斯特:意大利港城市。

战,场景频频变化,忽而路易十三宫廷,忽而红衣主教府,忽而火枪手卫队队部,忽而乡村客栈,忽而修女院,忽而拉罗舍尔围城战大营,忽而英国首相白金汉宫……每一处作者都不多加描述,但是每一处都因为有参与密谋的人物经过,便丧失了日常的属性,增添了特异的神秘色彩,故而景非常景了。

事非常事。大仲马不是现实主义作家,无意像巴尔扎克等作家那样,绘制社会画卷。基度山伯爵恩仇两报,犹如神话,表面常事掩饰着非常事,事事都惊心动魄,引人入胜。

《三个火枪手》是历史题材的小说,然而大仲马坦言:"历史是什么,是我用来挂小说的钉子。"这一比喻不大合乎中国读者的习惯,换言之,历史不过是大仲马讲故事的幌子,他不但善于讲故事,还善于戏说历史。达达尼安的雄心和恋情,同宫闱秘事、国家战事纠缠在一起,事事就都化为非常事了。他和三个伙伴为了挫败红衣主教的阴谋,前往英国取回王后赠给白金汉的十二枚钻石别针,一路险象环生,绝处逢生,完成了不可能完成的使命,保全了王后的名誉,但是与权倾朝野的红衣主教结了怨,性命就握在黎世留的手中了。神秘女人米莱狄为了要达达尼安等人的性命,就奉红衣主教之命,去阻止英国首相白金汉发兵,救援被法国大军围困的拉罗舍尔的新教徒。于是,双方暗中进行一场你死我活的较量,故事情节演进发展,铺张扬厉,逐渐超越社会,超越历史,成为超凡英雄的神奇故事了。

多少读者的历史知识,是从阅读历史小说中获取的。中国老百姓所了解的三国历史,大半不超过《三国演义》,而有关清朝历史的知识,更是来自各种戏说和历史武侠小说。同样,大仲马的历史小说,也向法国读者提供了似是而非的历史知识。通而观之,人类阅读时追求故事情节的兴趣,多少世纪以来并没有减弱。这就是为什么大仲马的一些小说至今仍然经久不衰。此外,大仲马讲述故事的轻快语调,情节每发展一步同读者的兴趣所达成的默契,也都是他的作品具有长久生命力的原因。

人非常人。大仲马笔下的主人公,如邓蒂斯、达达尼安等,当初就是普通的海员、乡绅子弟,但是命运(作者的安排)把他们变成了非凡的人物。何止主人公,就连其他重要人物,如路易十三、火枪手卫队队长德·特雷维尔、红衣主教黎世留、英国首相白金汉、法国王后奥地利安娜等这些历史人物,本来都在尘封的历史书中长眠。可是,他们一旦被大仲马拉进小说,就改头换面,注入了新的生命力,从历史人物摇身变为历史小说人物,从而有了超越历史的非凡之举,他们特异的性格与命运,也就引起了读者的极大关注。

大仲马的小说人物的非凡之举,原动力固然因人而异,其中不乏高尚的忠诚、友情、正义感和侠义精神,但是几乎无一例外地受贪欲的驱使。他们贪图荣誉、金钱、女人、权力,贪图美酒佳肴,还渴望报仇……由希腊宙斯诸神所开创的贪欲和复仇的传统,源远流长,在欧洲文艺复兴时期又发扬光大。从拉伯雷到伏尔泰,再到大仲马,可以说一脉相承。

大仲马笔下人物的超常胃口,也正是大仲马的胃口,他在生活中的各种贪欲,都最高程度地体现在他所塑造的人物身上。例如达达尼安,差不多什么都贪,贪图功名、金钱、地位、女色,等等,正是这些贪欲激发出他的冒险精神,促使他走上一条充满各种诱惑的人生之路。三个火枪手也各有所贪,连最清高的阿多斯,也还贪酒和复仇,更不用说波尔托斯了。位极人臣的黎世留贪权贪名;国王路易十三贪钱,心胸狭隘又贪图"正义"的名声,让人们称他"正义者路易"。

大仲马在生活中和作品里,都毫不掩饰,甚至炫耀各种欲望,而在他的笔下,不炫耀者便是心怀叵测的人物。当然,在达达尼安和三个伙伴身上,如果没有忠诚和豪爽的一面,贪欲就成了讨厌的东西了。他们四个人是"有福同享,有难同当"的生死朋友,谁有钱都拿出来大家花,遇到事情也一起行动。达达尼安很想当官,他拿到空白的火枪手卫队副队长的委任状时,还是先去逐个请求三个朋友接受。在大家都拒绝,而阿多斯填上达达尼安的名字后,达达尼安禁不住流下眼泪,说他今后再也没有朋友了。

　　大仲马的人物有贪欲而不求安逸,他们认为安逸是仆人和市民过的日子,不冒任何风险,无异于慢慢等死。他们是躁动型的,往往捅马蜂窝,自找麻烦,冒种种危险而乐在其中,凭智慧、勇敢和天意,最后总能实现不可能的事情。

　　大仲马一生充满贪欲和豪情,过着躁动疯狂的生活。他花费二十余万法郎建造基度山城堡,每天城堡里高朋满座、食客如云,豪华的排场名噪一时。他不断地写作,不断地赚钱,又不断地挥霍,屡次陷入债务麻烦,最后连他的城堡也被廉价拍卖了。有福同享的大有人在,有难同当者却不见一人,这就是他的小说与现实的差异。

　　大仲马深知,惟一借用而无须偿还的东西,就是智慧。他以自己的大智慧,创造出一个由非凡的人、非凡的故事构成的文学世界。但是千虑还有一失,有一个非常动人、出人意料的故事,没有写进他的作品:在逝世一百三十二年后,大仲马作为这个奇异故事的主人公,完成了从家乡小镇迁入巴黎先贤祠的非凡之举。

李玉民

目　次

主要人物表 …………………………………… 1
序言 …………………………………………… 1

第一章　老达达尼安的三件礼物 ……………… 1
第二章　德·特雷维尔先生的候客厅 ………… 17
第三章　谒见 …………………………………… 28
第四章　阿多斯的肩膀、波尔托斯的佩带以及
　　　　阿拉密斯的手帕 ……………………… 40
第五章　国王的火枪手与红衣主教的卫士 …… 48
第六章　路易十三国王陛下 …………………… 60
第七章　火枪手的内务 ………………………… 78
第八章　宫廷里的一桩密谋 …………………… 88
第九章　达达尼安初显身手 …………………… 98
第十章　十七世纪的捕鼠笼子 ………………… 106
第十一章　私通 ………………………………… 116
第十二章　乔治·维利尔斯·白金汉公爵 …… 134
第十三章　博纳希厄先生 ……………………… 142
第十四章　默恩镇的那个人 …………………… 151
第十五章　法官与军官 ………………………… 163
第十六章　掌玺大臣一如既往，不止一次寻钟敲打 … 171
第十七章　博纳希厄夫妇 ……………………… 183
第十八章　情人和丈夫 ………………………… 196
第十九章　作战计划 …………………………… 205

第二十章	旅行	214
第二十一章	德·温特伯爵夫人	227
第二十二章	梅尔莱松舞	236
第二十三章	约会	243
第二十四章	小楼	254
第二十五章	波尔托斯	264
第二十六章	阿拉密斯的论文	282
第二十七章	阿多斯的妻子	301
第二十八章	回程	321
第二十九章	猎取装备	338
第三十章	米莱狄	347
第三十一章	英国人和法国人	354
第三十二章	讼师爷家的午餐	363
第三十三章	使女和女主人	373
第三十四章	话说阿拉密斯和波尔托斯的装备	383
第三十五章	黑夜里的猫全是灰色的	393
第三十六章	复仇之梦	400
第三十七章	米莱狄的秘密	408
第三十八章	阿多斯如何唾手而得装备	416
第三十九章	幻象	426
第四十章	一个可怕的幻象	437
第四十一章	拉罗舍尔围城战	446
第四十二章	安茹葡萄酒	460
第四十三章	红鸽棚客店	470
第四十四章	火炉烟筒的用途	479
第四十五章	冤家路窄	487
第四十六章	圣热尔韦棱堡	493
第四十七章	火枪手密议	501
第四十八章	家务事	521

第四十九章	命数	536
第五十章	叔嫂之间的谈话	545
第五十一章	长官	553
第五十二章	囚禁第一天	563
第五十三章	囚禁第二天	570
第五十四章	囚禁第三天	578
第五十五章	囚禁第四天	587
第五十六章	囚禁第五天	596
第五十七章	古典悲剧的手法	611
第五十八章	逃走	618
第五十九章	一六二八年八月二十三日朴次茅斯发生的事件	629
第六十章	在法国	641
第六十一章	贝蒂纳加尔默罗会修女院	649
第六十二章	两类魔鬼	662
第六十三章	一滴水	669
第六十四章	身披红斗篷的人	686
第六十五章	审判	692
第六十六章	执刑	702
大结局		709
尾声		720

主要人物表

达达尼安——约十七八岁,风流倜傥,忠诚刚直,意志坚强,剑术超群。

阿多斯——三个火枪手之一。

阿拉密斯——三个火枪手之一。

波尔托斯——三个火枪手之一。

奥地利安娜——西班牙公主,法王路易十三之妻。

黎世留——法国首相,红衣主教。

白金汉——英国首相和公爵。

特雷维尔——达达尼安父亲的朋友,国王火枪队队长。

米莱狄——黎世留的爪牙,原为修女。

德·温特——英国男爵,港务总监,米莱狄的小叔子。

费尔顿——英国海军军官。

博纳希厄——休业的服饰用品商。

博纳希厄夫人——博纳希厄的妻子,安娜王后的贴身女仆,达达尼安的情妇。

凯蒂——米莱狄的使女,达达尼安的情妇。

序　言

看官赏光，我们要在这里讲的故事，主人公的姓名尽管以 OS 或 IS 结尾，却与神话毫无关系，这是确定无疑的。

约莫一年前，为了编纂一部路易十四①的历史，我在王家图书馆研究材料，无意中看到一本《达达尼安先生回忆录》。这本书同那时大部分作品一样，是在阿姆斯特丹红石书局印发的。当时执意要讲真话，又不想进巴士底狱待一段时间的作者，就只能到国外出书。这本书的书名就吸引了我，我便借阅回家，一睹为快，自然是得到馆长先生的同意。

这是一部奇书，但我在此无意分析，只想把它推荐给欣赏时代画卷的那些读者。他们在书中会看到一些堪称大师手笔的画像，这些画像的背景虽说往往是军营的房门和酒馆的墙壁，但读者不难辨认其人，就跟昂克蒂先生的历史书中的路易十三②、奥地利安娜公主③、黎世留④、马萨林⑤等形象同样逼真。

---

① 路易十四(1638—1715)：法国国王，一六四三年至一七一五年在位，人称"太阳王"。——本书注未注明者皆为译注
② 路易十三(1601—1643)：法国国王，一六一〇年至一六四三年在位。他登基后，由母后玛丽·德·梅迪契摄政，他主政时，便任红衣主教黎世留为首相，成为一代强势君主。
③ 奥地利安娜(1601—1666)：路易十三的王后，西班牙公主。她与黎世留政见不合，她儿子路易十四即位后，她摄政直到一六六一年。
④ 黎世留(1585—1642)：红衣主教，法国政治家，任首相十八年，大大加强了波旁王朝的专制主义。
⑤ 马萨林(1602—1661)：法国红衣主教，路易十四即位时，奥地利安娜王太后任马萨林为首相(1643—1661)，政治上很有建树。

不过，众所周知，能激发诗人狂放不羁思想的东西，不见得就会打动广大读者。别人当然会赞赏我们所指出的情节，而我们在赞赏之余，最关注的，自不待言，正是此前谁也没有稍微留意的事情。

达达尼安叙述他初次拜见国王火枪卫队队长德·特雷维尔先生时，在候客厅遇到三个年轻人，名叫阿多斯、波尔托斯和阿拉密斯，他们正是在他想光荣参加的显赫的卫队中效力。

老实说，看到这三个外来名字，我们很惊讶，立即想到无非是化名，达达尼安用来掩饰一些可能非常显赫的姓氏，再不然就是这三个人穿上简单的卫士军服的那天，一时心血来潮，出于不满心理或者由于家境不好，才选用了这种化名。

这些特别的姓名引起我们极大的好奇心，从此我们便不得消停，总想在当代著作中，找到一些蛛丝马迹。

为此，我们查阅的书籍，单单列出书目，就能拉成整整一个篇章，也许能让人大开眼界，可是读者肯定没有什么兴趣。因此，我们只能对读者说，我们大量查阅资料而一无所获，不免泄气，正要放弃研究时，却遵照我们的杰出朋友、学识渊博的保兰·帕里斯的指点，终于找到了一部对开本的书稿，编号为4772还是4773，记不大清楚了，标题为：《德·拉费尔伯爵先生回忆录——路易十三朝末年至路易十四朝初年大事记》。

可以想见我们该有多么高兴。这部手稿，我们寄托了最后一线希望，翻到第20页，果然就发现阿多斯这个名字，翻到第27页，又发现波尔托斯的名字，翻到第31页则发现阿拉密斯的名字。

值此历史科学高度发展的时代，居然发现根本无人知晓的一部书稿，真让我们觉得是个奇迹。事不宜迟，我们赶紧请求当局同意出版，以备不时之需。我们带着自己的行头，一旦进不了法兰西学院——这是很可能的，也好拿上别人的行头，进入文献学和文学研究院。应当说明一下，进入研究院的请求得到恩准了，在此记上一笔，以便公开批驳那些别有用心的人，他们硬说现政府不大关心文人。

今天，我们奉献给读者的，是这一珍贵手稿的第一部分，并起了一个合适的书名，同时我们也保证，这一部分果如我们深信的那样，获得应有的成功,就紧接着发表第二部分即本书的续篇——《二十年后》,后来还有再续篇——《布拉热龙子爵》。

教父也就是第二个父亲,因此,读者看得有趣还是无聊,都请把责任算到我们头上,而不要怪罪德·拉费尔伯爵。

交代完这一点,就书归正传吧。

第一章　老达达尼安的三件礼物

话说一六二五年四月头一个星期一，《玫瑰传奇》作者的家乡默恩镇一片混乱，就好像胡格诺新教派要把它变成第二个拉罗舍尔①。只见妇女都朝中心街方向跑去，又听到孩子在门口叫喊，好几位有产者急忙穿上铠甲，操起一把火枪或一支长矛，用以支撑不大安稳的心神，也跑向自由磨坊主客栈。客栈门前人越聚越多，围得里三层外三层，都想瞧瞧发生了什么事。

那年头人心惶惶，常出乱子，差不多每天都有个把城市发生这种事件，记录在档。有领主之间的，也有国王跟红衣主教打起来的，还有西班牙向国王宣战的。除了这些明火执仗或者暗中进行的战争，还有盗匪、乞丐、胡格诺新教徒、恶狼和悍仆，也向所有人开战。城镇居民都常备不懈，随时准备对付盗匪、恶狼和悍仆——也时常对付领主和胡格诺新教徒——还时而对付国王——但是从来没有反对过红衣主教和西班牙人。这种习惯已经根深蒂固，因此，在上面所说的一六二五年四月头一个星期一这天，居民听见喧闹声，既没看到红黄两色的旌旗②，也没有看见德·黎世留公爵扈从的号衣，就纷纷朝自由磨坊主客栈跑去。

跑到那里一看，才明白这种骚动的起因。

原来是来了个年轻人——让我们用一笔勾勒出他的形象：活似一个十八九岁的堂吉诃德，只是没有戴盔披甲，仅仅一身短上衣，这件蓝呢子

---

① 拉罗舍尔：法国西部大西洋海岸港口城市，现为海滨夏朗特省省会，当年是新教教徒的阵地和避难所。本书后面的第四十一章即讲述朝廷打击新教势力的拉罗舍尔围城战。
② 红黄两色旗为西班牙军旗。

紧身衣褪了色,变成难以描摹的葡萄酒渣和碧空的混合色。他长一张长脸,呈棕褐色,颧骨很高,这是精明的标志。腭部的肌肉极为发达,这是加斯科尼①人的特征,他即使没有戴贝雷帽,也能让人一眼就认出来,何况这个年轻人又戴着插根羽毛的贝雷帽,眼睛还睁得圆圆的,显得很聪明,那鹰钩鼻子长得倒挺秀气。看那个头儿,说是小青年,未免太高,说是成年汉子,又嫌矮了点儿;如果没有那把挂在皮肩带下的长剑,缺乏眼光的人就会认为他是个赶路的农家子弟:他步行时用那把长剑拍打他的小腿,骑马时则拍打他坐骑倒竖的长毛。

不错,我们这位年轻人有一匹坐骑,那坐骑特别引人注目,也的确惹人注意了。那是一匹贝亚恩②矮种马,看牙口有十三四岁,一身黄皮毛,尾巴上的毛脱落,腿上少不了长疮,走路时脑袋低到膝盖以下,因而缰绳也就多余了,尽管如此,一天它还是能走八法里③路。这匹马的优点,可惜完全被它怪异的皮毛、别扭的步伐给掩盖了,又恰逢人人都自认为会相马的年头,因此,这匹矮种马从博让希城门进入默恩镇刚刚一刻钟,就引起轰动,贬抑之词由马殃及它的骑手。

达达尼安(骑在另一匹罗西南特④马上的堂吉诃德便是这样称呼)不管骑术怎么高明,也不能无视坐骑给他带来的这种滑稽可笑之处,因此,他听到评头品足的议论,就感到格外难堪。当初他父亲,达达尼安老先生,把这样一头牲口当作礼物送给他时,他接受了,却没少叹息,心里怎能不知道,这总归还能值二十利弗尔⑤。当然,伴随礼物所嘱咐的话,可就无价了。

"孩子啊,"那位加斯科尼老贵族所讲的,还是亨利四世⑥一辈子改不

---

① 加斯科尼:法国旧地名,位于法国西南部,九世纪形成加斯科尼公园,十五世纪并入法国,加斯科尼人讲奥克语,他们性格外露,极好张扬,都德等作家都塑造出鲜明的形象。
② 贝亚恩:法国旧地名,位于法国西南部。
③ 一法里约合四公里。
④ 堂吉诃德坐骑的名字。另有诸多译法,不在此罗列。
⑤ 利弗尔:法国古币名,价值随时代和地区不同而变化。
⑥ 亨利四世(1553—1610):法国波旁王朝的第一代国王。

了的贝亚恩方言,"孩子啊,这匹马就在您父亲家出生,快有十三年了,还从未离开过家门,因此您应当喜爱它。千万不要卖掉它,就让它体体面面地安享天年吧。您若是骑着它去打仗,就要像对待老仆人似的多多照顾它。"老达达尼安接着说道:"如果有幸进朝廷做事,而您出身古老世家,也有权享有这份荣誉,那您就不能有辱门庭,要知道五百多年来,您的祖先始终保持这个门庭的名声,为了您,也为了您的人。我所说您的人,是指您的亲人和朋友。除了红衣主教和国王,您不买任何人的账。一个世家子弟,要靠自己的勇敢,仔细听清楚,只能靠自己的勇敢,才能建功立业。谁在一瞬间发抖了,也许就会丧失命运之神恰好送来的机会。您还年轻,有两个理由应当勇敢:第一,您是加斯科尼人;第二,您是我的儿子。不要害怕各种机会,要敢于闯荡。我教过您怎么用剑,您有铁腿钢臂。找点茬儿就动武。现在禁止决斗,就更要跟人斗一斗,这样,打架就要表现出双倍的勇敢。孩子啊,我只能送给您十五埃居①、我的马和您刚听到的叮嘱。另外,您母亲还要给您一种制药膏的秘方,那种创伤膏,她是从一个波希米亚②女人那儿学来的,疗效神奇,只要没伤着心脏就能治好。无论什么您都要尽量利用,要活得痛快,活得长久。——我只有一句话要补充了,想提供给您一个榜样,但不是我本人,我没有在朝廷当过差,仅仅当过志愿兵去参加宗教战争。我要说的是特雷维尔先生:他从前是我的邻居,他小时候有幸跟路易十三世一块玩耍——愿天主保护我们的国王!他们游戏,有时还真动起手来,但是国王并不总能占便宜,虽挨了拳脚,但是国王反倒非常器重他,对他情深义重。后来,德·特雷维尔先生头一次前往巴黎,一路上同人打过五场架。从老国王驾崩一直到当今国王成年,不算作战和攻城,他同人决斗过七次;从国王成年直到今天,也许同人决斗了上百次!——然而,虽有法规、条例明令禁止决斗,他还照样当他的火枪卫队队长,也就是说,国王特别倚重而红衣主教颇为忌惮的一批勇士的头领,而众所周知,红衣主教先生是不惧怕什么的。此外,德·特雷维

---

① 埃居:法国古代钱币名称,种类多而价值不等。
② 波希米亚:捷克西部地区。波希米亚人在欧洲各地流浪,以卖艺、算命、治病为生,有时也称吉卜赛人。

3

尔先生年俸一万埃居,因此,他是个大派头的贵族。——他开头跟您一样。拿着这封信去见他,照他的样子,学他的榜样。"

说完这番话,达达尼安老先生将自己的剑给儿子佩挂上,深情地吻了他的面颊,并为他祝福。

年轻人从父亲房间出来,又见到母亲。她拿着那张神奇的药方,正等着儿子,从上文极力推荐的话来看,这个药方今后会常用上。母子话别比父子分手持续时间要长,更加难舍难分。倒不是达达尼安先生不喜爱自己的儿子,他惟一的后嗣,但他是条汉子,认为过分伤悲,就不配当一个男子汉。达达尼安老太太就不同了,她是女人,又是母亲,她流了一大把眼泪。我们在这里也要称赞一句小达达尼安先生,他虽然极力控制,要像未来的火枪手那样坚定,但还是流了不少泪,仅仅忍住了一半。

这个年轻人当天就上路了,带着父亲赠给他的三样东西,即上文交代的十五埃居、一匹马和致德·特雷维尔的一封信。不言而喻,叮嘱的话我们没有算在内。

达达尼安带着这些上路①,他就从精神到外表,成了塞万提斯那部小说主人公的精确复制品了。而我们作为历史学家,必须描绘他的形象,在上文对两者也作了恰当的比较。堂吉诃德把风车当作巨人,把羊群视为军队;达达尼安则把每个微笑当作侮辱,把投来的每一个眼神视为挑衅。因此,从塔尔布一直到默恩,他始终握紧了拳头,两只手按住剑柄,每天不下十次,不过,拳头还没有击到任何人的腮帮子上,剑也没有拔出鞘来。这并不等于说,过路人瞧见这匹寒酸的小黄马,脸上没有绽出过笑容。可是,小马上面毕竟有一大把长剑啪啪作响,长剑上面还有一对炯炯发亮的眼睛,而那眼神露出的凶光多于傲慢,行人也就憋住笑声,如果实在憋不住而失慎,他们也至少像古代面具那样,尽量用半边脸笑。就这样,达达尼安一路行来,保持凛然难犯的神态,也安然无恙,直到默恩这座倒霉的小镇。

他到了默恩,在自由磨坊主客栈门前下马,却不见来人招呼,无论老

---

① 原文为拉丁文。

达达尼安则把每个微笑当作侮辱。

板、伙计还是马夫，都没有到下马石来扶马镫。他从一楼半开的一扇窗户望进去，看见一个身材魁伟、虽然眉头微皱但神态十分高贵的绅士，正对着两个似乎洗耳恭听的人谈论什么。达达尼安凭自己的习惯，自然而然以为他是谈论的对象，于是侧耳细听。这一次，达达尼安只错了一半，人家谈论的不是他，而是他的马。那位绅士仿佛在向听者列举这匹马的各种优点，而正如我所讲的，听者对讲话的人十分恭敬，他们时时哈哈大笑。须知微微一笑，就足以惹恼这个年轻人，因此可以想见，这样哄堂大笑对他会起什么作用。

不过，达达尼安倒想先看清，嘲笑他的那个放肆家伙的尊容。他以高傲的目光凝视那陌生人，看那样子，年龄在四十至四十五岁之间，黑眼睛目光敏锐，脸色苍白，鼻子特别突出，黑髭胡修得十分齐整。再看他的衣着，只见他穿一件紧身短上衣和一条紫色齐膝短裤，配以同色的饰带，除了露出衬衣的袖衩之外，就再也没有什么装饰了。那短裤和紧身上衣虽是新的，却很皱巴，就好像长时间搁置在箱子里的旅行服。达达尼安的观察又迅疾又极为细腻，注意到这几点，而且他无疑出于本能，还感到那个陌生人对他的未来生活会产生重大影响。

且说达达尼安正盯着瞧那位身穿紫上衣的绅士，那位绅士也正品评那匹贝亚恩矮种马，发表一段极为渊博而深刻的议论，惹得那两个听客哈哈大笑，而他本人也一反常态，脸上显然有一抹淡淡的微笑在游荡，假如可以这样说的话。这一次再也没有疑问，达达尼安确实受到了侮辱。因此，他深信不疑，便把帽子往下一拉，模仿他在加斯科尼偶尔见到的旅途中的一些贵绅，摆出朝廷命官的派头，向前走去，一只手按住剑柄，另一只手叉在腰上。然而不幸的是，他越往前走越气昏了头，本来想好了一套话，要义正词严地向人寻衅，可是从他嘴里吐出来的，却完全是狂怒地打着手势的一个粗鲁家伙的言辞。

"嘿！先生，"他嚷道，"说您哪，就在这扇窗板里面的那位！对，就是您，您在那儿笑什么呢？说给我听听，咱们好一起笑笑。"

那贵绅的目光，从马缓缓地移到骑马的人身上，仿佛半响才明白过来，这种莫名其妙的指责是冲他来的。继而，再也没有一点疑问了，他就微微皱起眉头,又沉吟了好一会儿,这才以难以描摹的讥讽和放肆的声调,回答达达尼安:"我可没跟您讲话,先生。"

"可是我,我在跟您讲话!"年轻人又嚷道,他见对方又放肆又得体,又鄙夷又掌握分寸,就更加气急败坏。

那陌生人淡淡地笑着,又打量他一会儿,便离开窗口,慢腾腾地走出客栈,来到距达达尼安两步远的地方,正好站到马的对面。他那样泰然自若,又一副嘲笑的神气,引得仍然站在窗口的那两个人越发大笑不止。

达达尼安见那人走过来,立刻将剑拔出剑鞘一尺来长。

"这匹马嘛,说它现在是,不如说它年轻时,肯定是毛茛黄花色,"陌生人接着说道,他继续端详这匹马,但是对着窗口那两个人讲话,就好像根本没有注意到达达尼安恼羞成怒,尽管年轻人就站在他和那两个人之间,"这种颜色,在植物中很常见,但是迄今为止,这种颜色的马却寥寥无几。"

"嘲笑马的人,未必敢嘲笑马的主人!"堪与特雷维尔匹敌的人狂怒地嚷道。

"我不常笑,先生,"那陌生人接口道,"您自己瞧一瞧,就能从我这张脸的神色看出这一点。不过,我高兴笑就笑,这种权利我执意要保留。"

"我不管,"达达尼安又嚷道,"反正我不高兴就不让别人笑!"

"真的吗,先生?"陌生人更加镇定自若,继续说道,"很好,这样完全公正。"说罢一掉身子,就要从大门回客栈。达达尼安刚到的时候,就注意到门下拴了一匹备好鞍的马。

然而,达达尼安岂肯让一个放肆嘲笑过他的人溜掉,他拔出剑来,边追边嚷道:"掉过头来,掉过头来,嘲笑人的先生,可别让我从身后袭击您。"

"咦,袭击我?"那人转过身来,又惊讶又鄙夷地注视年轻人,"哼,算了吧,小老弟,您敢情疯了!"

接着他声音转低,仿佛自言自语:

"真可惜!陛下正四处招募勇士,扩充火枪卫队,这个人多合适啊!"

话音还未落地,达达尼安就一剑猛刺过来,那人急忙往后一跳,动作稍慢一点,就可能再没机会开玩笑了。陌生人这才明白,这回玩笑可开大了,于是他拔出剑来,先向对手致意,然后拉开架势。就在这工夫,那两名听客由客栈老板陪同,各操棍棒、铲子和火钳等家伙,一齐砸向达达尼安,来势凶猛,好似一场冰雹,逼得达达尼安只好全力招架,而那对手以同样准确的动作,将剑插回鞘中,演员没当成,重又成为这场搏斗的旁观者,并保持他那一贯的冷漠的神态,不过嘴里却咕哝道:

"该死的加斯科尼人!把他扔到那橘黄马背上,让他滚蛋!"

"懦夫,没干掉你,休想把我赶走!"达达尼安嚷道,一边奋力抵挡三名敌手的围攻,一步也不肯后退。

"又是一个硬充好汉的家伙,"那绅士咕哝道,"老实说,这些加斯科尼人,真是不可救药!既然他非要找不自在,那就继续玩吧。等玩累了,他就会说够了够了。"

然而,那陌生人还不知道,他在同多么顽固的一个人打交道。达达尼安这个人,什么时候也不会讨饶。搏斗又进行了几秒钟,达达尼安终于精疲力竭,猛然一棍子打来,剑给打断,手上的半截也给震飞。紧接着又是一击,正中额头,将他打倒,满面流血,几乎昏过去。

正是这时候,居民从四面八方跑向出事地点。客栈老板也怕事情闹大,就让伙计帮着,将打伤的人抬进厨房,稍微给他治疗包扎一下。

那位贵绅则回到原来窗口的位置,颇不耐烦地看着围观的人,见他们没有散去的意思,不禁有点儿恼火。

"喂!那个疯子怎么样啦?"他听见开门的声响,便回身问进来问候他身体状况的店主。

"阁下安然无恙吧?"店主问道。

"是的,安然无恙,我亲爱的店家,我是在问您,那小伙子怎么样了?"

"他好些了,"店主答道,"刚才他不省人事了。"

"真的吗?"那贵绅问道。

"不过,他昏过去之前,还拼命喊您,喊着向您挑战。"

"这小伙子,难道是魔鬼的化身?"陌生人高声说道。

"哎!不是,阁下,他不是魔鬼,"店主又答道,同时做了个轻蔑的鬼

8

脸,"因为他昏过去后,我们搜了他的身,他的包裹里只有一件衬衣,他钱袋里也只有十一埃居,就这样,他要昏过去时还说,这件事如果出在巴黎,您当即就要后悔,发生在这儿也得后悔,只是晚点罢了。"

"这么说,他是什么王子王孙化了装啦。"那陌生人冷淡地说道。

"我向您提这情况,阁下,也是想让您多留神。"店主接口说道。

"他发怒时有没有提起什么人?"

"怎么没有,他指着衣兜说:'看看德·特雷维尔先生怎么说,居然有人侮辱受他保护的人。'"

"德·特雷维尔先生?"陌生人说道,他开始注意起来,"他拍着衣兜,提起德·特雷维尔先生的名字吗?……喏,我亲爱的店家,我可以肯定,在那年轻人昏迷的时候,他那衣兜,您不会不同样瞧一瞧。兜里有什么?"

"有一封信,是给火枪卫队长德·特雷维尔先生的。"

"真的吗?"

"我荣幸对您讲的,阁下,就是真的。"

店主缺乏洞察力,丝毫也没有注意到,他的话引起那陌生人表情的变化。本来,那人一直待在窗口,臂肘撑在窗台上,现在他离开那里,皱起眉头,显得惴惴不安。

"见鬼!"他咕哝道,"这个加斯科尼人,难道是特雷维尔派来对付我的?他这么年轻!不过,刺一剑就是刺一剑,不管举剑刺来的人有多大年龄。对一个孩子,人们倒不大提防。一个极小的障碍,有时就能毁掉一个重大计划。"

陌生人陷入沉思,过了好几分钟,他才又说道:

"喏,店家,您就不能把这个疯子给我打发掉吗?在良心上,我不能杀掉他,然而,"他脸上露出冷酷的凶相,补充道,"然而,他碍我的事。他在哪儿呢?"

"在楼上我老婆的房间,有人正给他包扎伤口。"

"他的那口袋衣物都随身带着吗?他那短外套没有脱掉吗?"

"没有,这些东西都放在楼下厨房里。不过,那个疯小子,既然碍您的事……"

"当然碍事。他给贵店添了这么大乱子,体面的人怎能不气愤。您上楼去吧,给我结账,再告诉我仆人一声。"

"怎么,先生这就要走?"

"这您完全清楚。我不是早就吩咐您备马了吗,难道没有照我说的去办吗?"

"当然照办了,正如阁下见到的,马已经备好,就拴在大门下面。"

"那好,您就照我讲的去办吧。"

"哦!"店主心中暗道,"莫非他怕那个小子?"

这时,陌生人瞥来命令的目光,打断他的思路。他卑微地施了一礼便出去了。

"可不能让那个怪家伙瞧见米莱狄①,"陌生人继续说道,"她很快就要从这里经过,而且,她已经晚了。毫无疑问,我最好骑马去迎她……我若是能了解给特雷维尔的那封信的内容就好了!"

他自言自语,走向厨房。

这工夫,店主已无疑虑,确信这年轻人一来,就逼得那陌生人离开客栈。他上楼到妻子房间,看到达达尼安终于苏醒过来,于是就让年轻人明白,他向一位大老爷——照店主看来,那陌生人只能是个大贵族——寻衅斗殴惹了祸,很可能要招来警察,劝他不管身体多么虚弱,也要快点起来继续赶路。达达尼安头还发晕,上身没穿外衣,脑袋缠满了绷带,一听这话只得站起来,由老板半扶半推着下楼,到了厨房,头一眼就看见他的挑衅者,那人站在由两匹诺曼底高头大马拉的一辆大轿马车踏板上,正安闲自在地同人说话。

谈话的对方是个二十来岁的女子,从车窗探出头来。前面讲过,达达尼安能捕捉一个人的全貌,速度快得出奇,因而一眼就看出那女子又年轻又美丽。如此美貌的女子,他在一直居住的南方从未见过,因此尤为惊

---

① 我们都知道,米莱狄这种称谓,习惯跟姓氏一起用,然而,手抄本原稿如此,我们就不便改动(米莱狄[Milady]应是英语 My Lady"我的夫人"的变形)。——原注

讶。她的脸色略显苍白,一头金发长长的,拳曲着披在肩上,一对蓝色大眼睛带着几分忧郁的神色,那朱唇赛似玫瑰,纤手雪白如玉。她正非常激动地同那陌生人谈话。

"这么说,法座①命令我……"那夫人说道。

"即刻返回英国,如果公爵②离开伦敦,就直接禀报法座。"

"还有什么指示?"美丽的女行客问道。

"全装在这匣子里,等过了拉芒什海峡③,您再打开。"

"好吧。那么您呢,您怎么办?"

"我嘛,这就回巴黎。"

"也不惩罚那个无礼的小子?"那夫人问道。

陌生人正欲回答,要开口的当儿,不料全听在耳中的达达尼安冲到大门口。

"是那无礼的小子惩罚别人,"他嚷道,"但愿这次,该受惩罚的家伙不会像头一次那样逃脱。"

"不会逃脱?"那陌生人皱起眉头接口道。

"不会,当着女人的面,谅您也不敢逃走。"

"想一想,"米莱狄见那贵绅手按剑柄,便高声说道,"想一想吧,稍有延误,就可能满盘皆输。"

"您说得对,"那贵绅高声说道,"那么您和我,都各自赶路吧。"

说罢,他朝那贵妇领首致意,便骑马飞驰而去,大轿车的车夫也用力挥鞭赶马。两位对话者,就是这样朝这条街相反的方向奔驰而去。

"嘿!您还没付账呢!"店主叫起来,他见旅客没结账就走,心中的敬意顿时化为极大的轻蔑。

"去付钱,笨蛋!"那行客对仆人吼道,同时还一直奔驰。那仆人回马,往店主脚下扔了两三枚银币,又追主人去了。

"哼!懦夫!哼!无耻之徒!哼!冒牌绅士!"达达尼安边嚷边追那

---

① 法座:对红衣主教的尊称,此处指红衣主教黎世留。
② 公爵:指英国任首相的白金汉公爵。
③ 拉芒什海峡:英国称英吉利海峡,位于法国和英国之间。

仆人。然而他受了伤,身体还太虚弱,经不住这样折腾,刚跑了十来步远,就觉得耳朵嗡嗡响,眼前一黑,便跌倒在街中央,嘴里仍喊着:"懦夫!懦夫!懦夫!"

"他的确是个懦夫!"店主走到达达尼安跟前,也咕哝一句,想通过这句迎合的话同这可怜的年轻人和解,就好像寓言中所说,那只鹭鸶要同它晚上碰到的蜗牛和解一样①。

"对,十足的懦夫,"达达尼安有气无力地说道,"不过她嘛,很美丽!"

"她,是谁?"店主问道。

"米莱狄。"达达尼安结结巴巴地说道。

接着,他再次昏迷过去。

"反正也一样,"店主说道,"那两个走掉了,还剩下这一个,我有把握,至少也能留他几天,总还可以赚上十一埃居。"

我们知道,十一埃居正好是达达尼安钱袋里所余的钱数。

店主算计用十一天养伤,每天一埃居。然而,他没有连这个旅客的其他用度一起算计。第二天一大早,刚刚五点钟,达达尼安就起床,自己下楼到厨房,要了葡萄酒、橄榄油和迷迭香,此外还要了几种配料,但是单子没有流传下来,我们也就不得而知。他拿着母亲给他的药方,为自己配了创伤膏,抹在好几处伤口上,绷带也由自己来换,不愿意再请任何医生。无疑多亏波希米亚人创伤膏的疗效,也许还亏了没找任何大夫,达达尼安当天晚上就能起立行走,第二天就几乎伤愈了。

这两三天,达达尼安为治疗绝不进食,惟一的开销就是用了迷迭香、橄榄油和葡萄酒,而那匹黄马则不然,照店主的说法,它吃的草料,要比它那个头儿的马正常吃的多出三倍。可是要付钱的时候,达达尼安掏空口袋,也只找到旧丝绒钱袋和里面的十一埃居,致德·特雷维尔先生的那封信却不翼而飞。

开头,年轻人以极大的耐心找信,将衣裳的大兜小兜翻来翻去足有一

---

① 法国寓言诗人拉封丹(1621—1695)的寓言诗《鹭鸶》,讲它挑食,不肯吃冬穴鱼等,到晚上饿极了,见到一只蜗牛也觉得是好食物。

二十遍,旅行袋也掏了又掏,钱袋打开又关上,关上又打开,最后确信那封信找不到了,他第三次怒不可遏,差一点又要消耗葡萄酒和橄榄油。因为,这个脾气暴躁的年轻人又大发雷霆,威胁说如果不把他的信找回来,他就把客栈全砸了,店主见状,已经操起一支长矛,他老婆也抓起一把扫帚柄,伙计们也都各自操起前天使用过的棍棒。

"我的推荐信!"达达尼安嚷道,"我的推荐信!妈的,还给我!要不然,我就让你们像猎来的雪鸡那样,全插在烤扦上!"

可惜的是,有一种情况阻碍了年轻人实施他的威胁。前面已经交代过,在第一次搏斗时,他的剑断为两截,这事儿他完全丢在脑后,结果达达尼安真拔剑时,握在手中的只是八九寸长的断剑,这是店主细心插进剑鞘里的。至于另一段剑,大厨已经转移走,打算改成往瘦肉中塞肥膘的扦子。

然而,这种挫折也许不足以阻止暴躁的年轻人,幸好店主考虑到这位旅客向他提出的要求完全是正当的。于是,他放低长矛,问道:"可是,那封信,到底哪儿去了呢?"

"对呀,信哪儿去了?"达达尼安嚷道,"我可先告诉您,这封信是写给德·特雷维尔先生的,必须找到,如果找不回来,他会让人找到的,哼!"

这种威胁,终于把店主吓住了。除了国王和红衣主教,军人,甚至老百姓,最经常提起的人,恐怕就是德·特雷维尔先生了。当然喽,还有约瑟夫神父①,不过,他的名字,人们提起来,从来要把声音压得很低,那位人称灰袍法座、红衣主教的亲信,简直让人谈虎色变。

店主干脆把长矛扔掉,还命令他老婆扔掉手中的扫帚柄,命令手下伙计扔掉棍棒。接着,他又做出表率,开始寻找失踪的信件。

店主找了一会儿毫无结果,便问道:

"这封信里装有什么贵重的东西吗?"

"那还用说!我想当然贵重啦!"加斯科尼青年高声说,他本来把这

---

① 约瑟夫神父(1577—1638):嘉布遣会修士,他成为黎世留的心腹和顾问,一度权倾朝野。

封信当作进宫的路条,"信里装着我的财富。"

"是西班牙债券吗?"店主不安地问道。

"是国王陛下专用金库的债券。"达达尼安答道。他是要靠这封推荐信进宫当差,就觉得这种颇为轻率的回答不算说谎。

"真见鬼!"店主说了一声,这下他可一筹莫展了。

"不过也无所谓,"达达尼安接着说道,一副他那地方人处变不惊的神态,"也无所谓,钱不算什么,信比什么都要紧。我宁可丢掉一千皮斯托尔①,也不愿意把信弄丢了。"

就是说两万皮斯托尔,也不算太过分,但是这个青年还有几分羞耻心,也就适可而止了。

店主闹翻了天也一无所获,却猛然心头一亮,高声说道:

"信根本没有丢啊!"

"哦!"达达尼安应了一声。

"没有丢,是让人拿走了。"

"拿走啦!谁拿的?"

"是前天的那位绅士。他去过厨房,而您的上衣就放在那里。他一个人在那里待了好一阵。我敢打赌,是他偷走了信。"

"您这样认为?"达达尼安接口道,他不大相信店主的话,因为他比谁都清楚,这封信仅仅对他个人至关重要,想不出别人拿去能贪图什么。事实上,这家客栈的任何伙计、任何旅客,拿了这封信也捞不到一点好处。

"您是说,您怀疑那个傲慢无礼的贵绅了。"达达尼安又说道。

"跟您说吧,肯定是他,"店主继续说道,"当时我告诉他,老爷您是受德·特雷维尔先生保护的,您身上甚至还带着给那位显贵的一封信。他听了神色十分不安,就问我信放在哪里,得知您的上衣放在厨房,他随即下楼去那里。"

"这么说,是他偷了我的信了,"达达尼安应声道,"我要向德·特雷维尔先生告他的状,德·特雷维尔先生就会向国王告他的状。"

---

① 皮斯托尔:法国古币名,相当于十个利弗尔。

三埃居将马卖掉。

说罢,他神气十足地从兜里掏出两埃居,付给店主。店主帽子拿在手上,送他一直到大门口。达达尼安又跨上黄毛马,一路行去,再也没有出什么事情,到达巴黎圣安托万门,三埃居将马卖掉。马卖这个价就相当不错了,须知最后这一程,达达尼安路赶得很急。因此,马贩子花九利弗尔买了马,丝毫也不向这个年轻人掩饰,他出这个大价钱,只因马的毛色很独特。

且说达达尼安腋下夹着小包裹,走进巴黎城内,步行许久,才找到他租得起的一间房屋。那房屋是间顶楼,位于卢森堡宫①附近的掘墓人街。

定金一交,达达尼安就入住了。这天余下的时间,他就用来往紧身衣和外短裤上缝绦子。这些绦子,是老达达尼安七八成新的紧身衣上的,被他母亲偷偷拆下给他了。然后,他又去铁器码头街,给他的断剑重配了剑身,再去卢浮宫,遇见个火枪手便打听德·特雷维尔先生的府邸。那府邸在老鸽棚街,也就是说,恰巧在达达尼安租的客房附近。看来是个好兆头,他此行必达目的。

这些事情料理完,他就上床,心安理得地睡觉。他对自己在默恩的表现颇为满意,对过去毫无愧疚,对现时满怀信心,对未来也充满希望。

一觉醒来已是早晨九点钟,这还纯粹是外省人的酣睡时间。他起了床,便去见那大名鼎鼎的德·特雷维尔先生,据他父亲判断,那是王国的第三号人物。

---

① 卢森堡宫:建于一六一五年至一六二〇年,为法国王后、亨利四世的妻子玛丽·德·梅迪契所建,今为法国参议院所在地。

第二章　德·特雷维尔先生的候客厅

德·特雷维尔先生是到巴黎之后改的姓,他的家族在加斯科尼仍叫德·特鲁瓦维尔,他出来闯荡时,也确实同达达尼安一样,即身无分文,仅有胆量、机智和聪慧。然而,有了这种资本,最贫穷的加斯科尼小贵族有望从父辈那儿得到的遗产,往往超过佩里戈尔或贝里①地区最富有的贵族实际收益。他那异乎寻常的勇武、更加异乎寻常的运气,在动刀动剑如下冰雹一般的年代,就使他平步青云,一跃四级,登上人称朝廷恩宠的那架难上梯子的顶端。

他是国王的朋友,而众所周知,国王十分怀念父王亨利四世。当年在对天主教同盟②战争中,德·特雷维尔先生的父亲,就忠心耿耿地为亨利四世效力。亨利四世要酬谢效力之人,却没有现金,这个贝亚恩人终生都缺少钱这东西,于是他就用他惟一无须借用之物,也就是说用精神来奖励,不断地偿还债务,就在拿下巴黎之后,他特准德·特雷维尔先生的父亲用金狮子形象做族徽:狮子行走在直纹的红底色上,题名为:忠诚与坚强③。就荣誉而言,确实皇恩浩荡,但是从实惠来说,就微不足道了。因此,伟大的亨利王的这位杰出伙伴去世时,给儿子仅仅留下他的剑和族徽的题名。也正是仰仗这两件遗赠,以及毫无污点的姓氏,德·特雷维尔先

---

① 佩里戈尔和贝里均为法国中世纪的封建领地。
② 天主教同盟:一五七二年屠杀胡格诺派的巴托罗缪惨案之后,法国内战重起,陷于分裂。胡格诺派支持纳瓦尔国王亨利,即后来的法国国王亨利四世。北方的天主教贵族以亨利·德·吉兹公爵为首,于一五七六年成立天主教同盟,企图推翻在巴黎掌握中央政权的法国国王亨利三世。
③ 原文为拉丁文。

生才被年轻王子收到麾下,用剑效力,十分忠于族徽的题名。以致路易十三这位王国的斗剑高手平常总这么说,一遇朋友要进行决斗,就劝那朋友请助手首先请他,其次请特雷维尔,甚至建议先请特雷维尔。

可见,路易十三确实喜爱特雷维尔,当然国王的喜爱是自私的喜爱,但仍不失为一种喜爱。只因在动乱的年代,谁不力图网罗特雷维尔这样铁打的好汉。许多人都可以把他那题名的第二部分"坚强"当作座右铭,但是贵族中,能以题名的第一部分"忠诚"自谓者,可就屈指可数了。特雷维尔就是屈指可数中的一个,他这种人十分难得,具有家犬一样听命于主人的聪明、盲目的勇猛,眼疾手快,那种眼力专门能看出国王对谁不满,那种铁手也专门打击那种讨厌的人,诸如贝姆、莫尔维尔、波特罗·德·梅雷、维特里①之流。只是迄今为止,他没有机会而已,然而,他总在伺机而动,决心不放过任何稍纵即逝的机会。正因为如此,路易十三才任命特雷维尔当他的火枪卫队长。那些火枪手对路易十三的忠诚,确切地说狂热的崇拜,不亚于近侍传令官之崇拜亨利三世,苏格兰卫士之崇拜路易十一。

在这方面,红衣主教也不甘落后。法兰西的这位第二号,甚至第一号国王,看到路易十三身边有这样一支精锐卫队,也要建立自己的卫队。于是,他效法路易十三,有了自己的一队火枪手。当时有目共睹,这两个掌握国家大权的对手,在法国各个省,甚至在各国,挑选剑术高超的名手。因此,黎世留和路易十三晚上下棋的时候,还竞相夸赞自己的侍卫如何勇猛。每人都炫耀亲随的服饰和勇力。他们一边公开反对决斗和斗殴,一边又纵容手下人动手,听说自己的人输了或者赢了,着实感到伤心或者欣喜若狂。至少,一个人的《回忆录》中是这样讲的,他就常参加搏斗,输过几次,赢的次数则多得多。

特雷维尔早已抓住了主子的弱点,就凭这种机灵劲儿,在没有留下十

---

① 贝姆受雇于德·吉兹公爵,杀害了胡格诺派一位首领科利尼元帅。波特罗·德·梅雷(1537—1563),他受科利尼的指使,于一五六三年将天主教派军队首领弗朗索瓦·德·吉兹公爵刺成重伤致死,他也被判处死刑。维特里(1581—1644),路易十三的卫队长,他于一六一七年杀死拒捕的孔奇尼,被封为法兰西元帅。

分忠于友谊好名声的国王身边,能够长期不断地得到这宠信。他还一脸嘲讽的神气,让他的火枪手在红衣主教阿尔芒·杜普莱西面前耀武扬威,气得法座的花白胡子都竖起来。特雷维尔透彻领悟那个时期的战争,知道军人不靠敌人养活时,就得靠同胞供养。因此,他的士兵组成了魔鬼军,无法无天,只服从他,不买任何人的账。

国王的火枪卫士,确切地说,德·特雷维尔先生的火枪卫士,一个个衣冠不整,总是醉醺醺的,身上还挂着破皮的伤痕。酒馆、散步场地、游乐场所,都有他们的身影,他们捋起小胡子,大嚷大叫,弄得佩剑噼啪作响,遇见红衣主教先生的卫士就故意冲撞,在大街上,动不动就拔出剑来,满嘴调笑和戏谑。有时他们也有人被杀,但是他们确信发生这种情况会有人哀悼并为之报仇,大多情况他们还是杀了别人,可也同样确信德·特雷维尔先生会去要人,绝不会让他们在监牢里发霉。正因为如此,这些人崇拜他,颂扬他,把赞美的话都说尽了。他们这些人一个个凶神恶煞,在他面前却战战兢兢,仿佛老师面前的小学童,听他随便说句话就奉为圣旨,受到他一点点指责,就不惜以性命为代价去洗刷。

德·特雷维尔先生惯用这支强大的力量,首先为国王及其友人效命,其次为他本人和他的友人所用。然而,那个时期留下来许多回忆录,却没有一部讲述这位权贵受过什么指责,连仇敌的指责也没有,按说他在文人和军人中间,仇敌都同样不少。可以这样说吧,哪里也没有见到记载,指责这位权贵利用部下营私敛财。他善搞阴谋,具有罕见的天分,堪与最高明的阴谋家媲美,但他仍不失为正人君子。此外,尽管激战会扭伤腰,艰苦操练会把人弄得疲惫不堪,他还是照样成为那个时期出入内室沙龙的一个最风流人物,一个最优雅的公子哥儿,一个最能言善辩的角色。人们谈论特雷维尔春风得意,就像二十年前巴松皮埃尔[①]惹人议论那样,这种说法可是相当有分量的。可见,这位火枪卫队长受人赞赏、畏惧和爱戴,这就构成了人生造化的顶峰。

---

① 巴松皮埃尔(1579—1646):法国元帅、外交家,因反对黎世留而被关进巴士底狱(从一六三一年至一六四三年)。

路易十四光芒四射,吸纳了他朝廷的所有小星辰。他父亲则是颗特立独行的①太阳,让他每个宠信都自己放光,让每个朝臣都展现个人价值。当时在巴黎,除了国王和红衣主教这两颗大太阳升起,还有二百来颗颇受关注的星辰升起②。在二百颗升起的星辰中,特雷维尔是最受趋奉的一颗。

德·特雷维尔先生的府邸位于老鸽棚街,庭院夏天从六点起,冬天从八点起,简直成了一座兵营。大批火枪手仿佛轮流替换,在庭院里总保持五六十名的可观数目,他们全副武装,走来走去,准备应付一切情况。几座宽大的楼梯所占的地基,在今天足够建一整座房舍了。沿着一条楼梯上上下下,净是跑来请求照顾的巴黎人、渴望受录用的外省士绅,以及身穿各种号服、为主人给德·特雷维尔先生送信的仆人。候客厅排列的一圈长凳上,坐着入选的人,即准备受召见的人。厅里嗡嗡的话语声,从早到晚也不间断。德·特雷维尔先生就在隔壁的办公室里,接见拜访者,听人申诉或者发布命令。他只要站到窗口,就能像国王站在卢浮宫阳台上那样,检阅他的人马和装备。

达达尼安来求见这天,庭院里聚集的人多极了,尤其在一个外省来的青年看来。不错,这个外省青年是加斯科尼人,而且尤其在那个时期,达达尼安的同乡都有绝不会轻易让人吓退的名声。他一跨进铆着方头长钉的厚重大门,就落入一大群军人之间,他们佩着剑,在庭院里交错行走,彼此打招呼,相互争吵和打闹。要想穿过这一片波涛漩涡,非得是军官、显贵或者漂亮的女人才行。

因此,我们的年轻人正是从这乱哄哄拥挤的人群中往前走,心不禁怦怦直跳,让自己的长剑紧紧贴在瘦腿上,一只手捏着他的毡帽檐儿,脸上似笑非笑,正是外省人硬装沉得住气的尴尬神态。他穿过一群人后,呼吸就轻松多了,但是他明白,别人都纷纷回头瞧他。迄今为止,达达尼安自我感觉一直良好,这是他有生以来头一回觉得自己可笑了。

---

① 原文为拉丁文。
② 法文 le lever 一词有"日出""晨起"等意思。

那三人动作灵活,挥舞着剑攻击他。

到了楼梯口情况更糟了。有四名火枪手站在头几个梯级上,正练习剑法,另有十一二个人在楼梯平台上,等候轮流上场。

四人中一个占据上面的梯级,挥剑阻止,或者竭力阻止另外三人上楼。

那三人动作灵活,挥舞着剑攻击他。乍一看,达达尼安还以为他们用的是花剑,剑梢是圆头,但是瞧见划出的几道伤痕,他随即就明白恰恰相反,每把剑都磨得十分尖利,而每当剑划出血道子,不仅旁观者,就连比剑的人都狂笑不已。

占据上面梯级的人,这时出色地压住了三个对手。大家围住他们:按规定,被剑伤着就得出局,将谒见队长的机会让给胜者。斗了五分钟,三个人都着了一剑,一人伤在手腕,一人伤在下巴,一人伤在耳朵,而守卫上面梯级的人却没有伤着。按比赛规则,剑法精者受奖,他便赢得三次谒见的优待。

这种嬉戏式的斗剑不是有多么难,而是多么难于让人惊讶,但也确实让我们远道而来的青年感到惊奇了。他在外省家乡那片土地上,看惯了人们头脑容易发热,但要决斗总还有个准备过程,然而这四位斗剑者的张狂劲儿,简直登峰造极,甚至在加斯科尼他也闻所未闻。他仿佛置身于格列佛被吓得要命的著名巨人国①。然而,他还没有走到头呢,前方还有楼梯平台和候客厅。

楼梯平台上的人不再斗剑了,他们讲起了女人的故事,候客厅里的人则大谈朝廷的故事。达达尼安经过楼梯平台时脸红了,进入候客厅又不寒而栗。他的想象力被唤醒,开始任意驰骋了,而在加斯科尼时,他就曾想象自己对年轻的女仆,有时甚至对年轻的女主人,具有极大的诱惑力。但是就在那种痴心妄想的时刻,他所梦想的,也达不到这里所谈的艳遇的二分之一,情场神勇的四分之一,而且这里所谈的更胜一筹,有大名鼎鼎的人物和不加掩饰的情节。不过,如果说在楼梯平台上,他热爱美德之心

---

① 格列佛:英国作家斯威夫特(1667—1745)小说《格列佛游记》中的主人公。书中第二部分为《巨人国游记》。

受到伤害，那么进了候客厅，他就因敬重红衣主教而感到愤慨了。达达尼安在候客厅万分惊讶，听见有人公然批评令欧洲发抖的政策，批评红衣主教的私生活，而多少达官贵人就因为企图深究这种政策和私生活便受到了惩罚。老达达尼安先生所敬重的这个伟大人物，在这里竟然成为德·特雷维尔先生的火枪手的靶子，他们嘲笑他那双膝外撇的腿和驼背；有几个人用小调唱他的情妇戴吉荣夫人、他侄女德·孔巴莱夫人的故事；还有一些人商议，如何整一整那位公爵红衣主教的侍从和卫士。凡此种种，在达达尼安听来，简直是天方夜谭。

在对红衣主教的这种种戏谑中，偶尔也提及国王的名字，这时就好像有什么布团，一下子将所有嘲笑的嘴巴堵住似的，大家迟疑地左顾右盼，仿佛担心隔壁墙不大隔音，话会传到德·特雷维尔先生的办公室似的。不过，一句含沙射影的话，很快又把话题拉回到法座身上，于是，谈笑声变本加厉，把法座的所作所为，全暴露在光天化日之下。

"这些人肯定全要被关进巴士底狱，全要被绞死，"达达尼安心里惶恐地想道，"我呢，也毫无疑问，要跟他们一块儿完蛋，因为我既然听了，也听见了他们的言论，就会被看成他们的同谋。我那位老父亲千叮咛万嘱咐，一定要尊敬红衣主教，他若是知道我同这样不信教的人为伍，又会怎么说呢？"

因此，不用我讲，大家也能猜出，达达尼安不敢参与这种谈话。他只是睁大了眼睛，竖起耳朵，五种感官全调动起来，以免漏掉一个字。他虽然相信父亲的叮嘱是正确的，但还是感到自己受兴趣和本能的推动，对这里所发生的闻所未闻的事情，他无意谴责倒想赞扬。

在德·特雷维尔先生这群属下中，由于他完全是个陌生人，头一次在这里出现，这时就有人来问他有何公干。达达尼安见这一问，就十分谦恭地报了自家姓名，特别强调同乡人的身份，请求前来问他的这位跟班去通报一声，让德·特雷维尔先生接见他片刻。跟班以保护者的口气，答应立即传达他的请求。

刚开始达达尼安十分惊讶，现在他稍微回过神儿来，便可从容地研究一下那些人的服饰和相貌了。

最活跃的一圈人中间,有一个身材魁伟的火枪手,他神态高傲,服饰怪异,成为大家注意的对象。此刻,他没有穿统一的军服,而在这自由较少但是独立性较大的时期,不见得非穿军装不可。他穿的是一件天蓝色紧身衣,略微有点褪色与磨损;身上挎着一条金线绣花的肩带,非常华丽,如太阳照在水面那样波光粼粼;肩上还披着一件深红色天鹅绒长斗篷,显得十分潇洒,仅仅胸前露出金光闪闪的佩带以及挂在下面的一把极长的剑。

这名火枪手刚刚下岗回来,抱怨自己伤了风,不时还佯装咳嗽两声。因此,他对周围的人说,他不得不披上斗篷。他扬着头说话,同时神气活现地捻着小胡子。大家都热情赞美他的绣花佩带,最起劲的要算达达尼安了。

"有什么办法呢,"这名火枪手说道,"现在又兴这个了。我也知道,这太奢靡了,可这是时髦呀。再说了,家里给的钱,总得花在什么上面。"

"喂!波尔托斯!"在场的一个人高声说,"你也别编故事,让我们相信这佩带是你父亲解囊买的,肯定是上星期天,我在圣奥诺雷门附近碰见你时,和你一起的那位戴面纱的夫人送给你的。"

"不对,我以人格和贵族的名誉担保,的确是我自己买的,花我自己的钱。"刚刚被人称呼波尔托斯的人回答。

"不错,"另一名火枪手说道,"跟我买这个新钱袋一样,花的是我那情妇放在我旧钱袋里的钱。"

"我讲的是真话,"波尔托斯说道,"有证据,我付了十二皮斯托尔。"

尽管还有疑虑,赞叹声却倍增了。

"对不对呀,阿拉密斯?"波尔托斯回身对另一名火枪手说道。

另一名被称为阿拉密斯的火枪手,同这个问话者形成鲜明的对照:那是个二十二三岁的青年,面孔甜甜的很天真,黑眼睛十分温存,脸色红润,像秋天的桃子那样毛茸茸的。他那浅浅的髭须在唇上描出笔直的线条,他的双手不敢放下,惟恐暴起青筋,但不时抬手捏捏耳垂,好让耳朵保持透明的肉红色。平时他话少,说起话来慢悠悠的,频频点头向人致意,笑不出声,只是露出一口漂亮的牙齿,显然牙齿同他身体其余部位一样,受到他精心的护理。他点了点头,肯定地回答朋友的询问。

这种首肯,似乎打消了关于佩带的所有疑问,于是,大家又接着赞赏,但是不再议论了,思路急速一拐弯,就突然转到另一个话题上。

"你们怎么看沙赖①的骑术师所讲的事儿?"另一名火枪手问道。他面对全场,而不是直接问哪个人。

"他讲什么了?"波尔托斯以妄自尊大的口气问道。

"他说他在布鲁塞尔碰见了罗什福尔,红衣主教的那个罪恶灵魂化装成嘉布遣会②修士。那个该死的罗什福尔,就凭着乔装打扮,将德·莱格先生给玩傻了。"

"地道的傻瓜,"波尔托斯说道,"不过,这事儿确实吗?"

"我是听阿拉密斯讲的。"那名火枪手答道。

"真的吗?"

"哎!您明明知道嘛,波尔托斯,"阿拉密斯说道,"昨天,我还对您本人讲来着,这事儿就不要再提了。"

"不要再提了,这是您的看法,"波尔托斯接口说道,"不要再提了!好家伙!您的结论下得也太快了。怎么!红衣主教派一个奸诈小人,一个强盗,一个无赖,暗中监视一位贵族,偷他的信件,并且利用盗取的信件,诬告沙赖企图谋害国王,让王爷③同王后结婚,结果砍了沙赖的脑袋。这个谜,没人知道一个字,而您昨天告诉我们,极大地满足了我们的好奇心。大家还在惊愕不已的时候,今天您却来告诉我们,这事儿不要再提了!"

"要谈就谈吧,喏,随你们的便。"阿拉密斯不急不躁,又说道。

"这个罗什福尔!"波尔托斯高声说,"我若是那个可怜的沙赖的骑术师,就会让他遭一会儿罪。"

"可是您呢,红衣公爵也会让您难受一刻钟。"阿拉密斯又说道。

"嘿!红衣公爵!妙极了,妙极了,红衣公爵!"波尔托斯又拍手又点头,应声附和道,"红衣公爵,这称号真妙,亲爱的,请放心,我一定传播出

---

① 沙赖(1599—1626):伯爵,路易十三宠臣,因密谋反对红衣主教而被处死。
② 嘉布遣会:一五二八年由意大利人玛窦·巴西创建,属天主教方济各会。
③ 王爷:指加斯东·德·奥尔良公爵(1608—1660),路易十三的胞弟。在未来的路易十四出生之前,他是王位的惟一继承人。

去。这个阿拉密斯,脑袋瓜多灵!亲爱的,真可惜呀,您没有实现您的志愿!否则的话,您会成为一个多么风趣的神父!"

"嗯!不过是推迟一段时间,"阿拉密斯又说道,"总有一天,我会当了神父。您也了解,波尔托斯,为此我还继续学习神学。"

"他说到做到,"波尔托斯接口说,"早晚他会那么干的。"

"只早不晚。"阿拉密斯说道。

"他只等一件事儿,就会最终决定了,重新穿上就挂在军装后面的道袍。"一名火枪手也说道。

"他等什么事儿?"另一名火枪手问道。

"他等着王后给法兰西王位添一位继承人。"

"这可开不得玩笑,先生们,"波尔托斯说道,"感谢天主,王后还在生育的年龄。"

"听说白金汉先生①在法国呢。"阿拉密斯狡狯地笑道,他这话表面极为简单,可是一笑就大有文章了。

"阿拉密斯,我的朋友,这回您可错了,"波尔托斯接口说道,"您讲俏皮话成癖,往往做得过火。假如让德·特雷维尔先生听见了,您这样就很不恰当了。"

"您要来教训我,波尔托斯!"阿拉密斯嚷道,那温柔的眼神仿佛闪过一道光芒。

"亲爱的,或者当火枪手,或者去做神父,随便做哪一种都行,千万不要兼做两种,"波尔托斯又说道,"对了,阿多斯那天还对您说来着,所有槽子里的草料您都吃。嗯!咱们可别翻脸,求求您了,翻脸也无济于事。您完全清楚,您、阿多斯和我,咱们三人有约在先。您常去戴吉荣夫人府上,向她献殷勤,您还常去看德·舍夫勒兹夫人②的表妹——德·布瓦-

---

① 白金汉(1592—1628):英国政治家,两朝国王的宠臣,他因主张和解而引起议会的仇恨。一六二八年,他准备派兵援助法国被围困的胡格诺派时,被英国一清教徒军官刺死。
② 德·舍夫勒兹夫人(1600—1679):公爵夫人。在路易十四未成年而马萨林掌权时,投石党叛乱(从一六四八年至一六五二年)中扮演重要角色。

特拉西夫人,看样子您深得那位夫人的青睐。哎!我的上帝,不要承认您情场得意,没有探问您的隐私,大家也知道您这人嘴很紧。不过,您既然拥有这种美德,见鬼!那就用在王后陛下身上。国王和红衣主教的事儿,谁都可以谈,随便怎么议论都成,但王后是神圣不可亵渎的,要议论也只能讲好话。"

"波尔托斯,您也太自负了,跟那喀索斯①一样,这话我可先跟您说下,"阿拉密斯回敬道,"您也了解,我讨厌说教,除非出自阿多斯之口。至于您嘛,亲爱的,您的佩带太华丽了,还没有资格教训我。到了合适的时候,我就去当神父,可眼下我是火枪手,凭这种身份,我愿意说什么就说什么,而此刻我想对您说,您把我惹烦了。"

"阿拉密斯!"

"波尔托斯!"

"哎!先生们!先生们!"他们周围的人嚷道。

"德·特雷维尔先生等候达达尼安先生。"跟班打开办公室的门,打断他们的争吵。

宣布召见时,办公室的门一直开着,人人都噤声了,在这种肃静中,加斯科尼青年穿过候客厅的一段距离,走进火枪卫队长的办公室,心里十分庆幸及时摆脱了这种奇特争吵的终场。

---

① 那喀索斯:希腊神话中的美少年,只爱自己,因拒回声女神的求爱而受惩罚,爱恋自己水中的影子,憔悴而死,化为水仙花。

第三章　谒　见

　　德·特雷维尔先生这时情绪极糟,不过,他见年轻人一躬到地,便以礼相还,接受对他的恭维时还面露微笑,听到年轻人的贝亚恩口音,便同时回想他的青年时代和故乡。这种双重的回忆,能让任何年龄的人绽开笑容。可是,他几乎随即朝候客厅走去,同时朝达达尼安打了个手势,仿佛请年轻人允许他先了结别人的事儿,再开始他们的谈话。他连叫三声,嗓门一声高过一声,因而从命令到愤怒,所有语调都表达出来了:

　　"阿多斯!波尔托斯!阿拉密斯!"

　　那两名火枪手我们已经认识了,他们听见三个名字的后两个,立刻应声,离开在一起的伙伴,走向办公室,进去之后,门就又关上了。他们的举止神态,虽不能说完全泰然自若,却也无拘无束,显得既充满自尊,又乐于服从,这激发了达达尼安的赞叹。在他看来,他们已是半人半神,而他们的头领就是奥林匹斯山上掌握霹雳的天神朱庇特。

　　两名火枪手一进来,房门随即又关上。候客厅重又响起嗡嗡的议论声,而刚才那几声呼唤,无疑又给谈话增添了新内容。德·特雷维尔眉头紧锁,一言不发,从办公室这一头走到那一头,来回走了三四趟,每次都打波尔托斯和阿拉密斯面前经过,而他们默不作声,身体直挺挺的,仿佛接受检阅一般。最后,他在二人对面戛然止步,用恼怒的目光从头到脚打量他们。

　　"你们知道国王对我说了什么吗?"他嚷道,"这没多久,就是昨天晚上的事。先生们,你们知道吗?"

　　"不知道,"两名火枪手沉吟一下,这才回答道,"不,先生,我们不知道。"

　　"不过,我希望您能赏脸告诉我们。"阿拉密斯又补充一句,语气十分有礼,还极为优雅地鞠了一躬。

"他对我说,今后要在红衣主教的卫士中间,挑选他的火枪手!"

"在红衣主教先生的卫士中间挑选!这是何故?"波尔托斯急切地问道。

"因为他清楚地看到,他的酒差劲,需要掺些好酒提提味儿。"

两名火枪手脸唰地红到耳根。达达尼安也无地自容,真想钻进百米深的地下。

"是啊,是啊,"德·特雷维尔越说越激动,"陛下说得有理,我也可以用名誉担保,火枪手在朝廷上很不争气。昨天,红衣主教先生在跟国王下棋的时候,说话的那种揶揄人的口气,让我讨厌极了。他说前天,那些该死的火枪手,那些魔头,他这么称呼时加重了讥讽的语气,越发令我讨厌。他还用山猫的眼睛注视我,又补充说,那些硬充好汉的家伙深更半夜还泡在费鲁街的一家酒馆里,而他的卫士——一支巡逻队,不得不逮捕那些捣蛋分子。当时我以为,他真要冲我嘿嘿冷笑了。活见鬼!你们总该了解点情况!逮捕火枪手!你们就在其中,不要狡辩,有人认出你们了,红衣主教还点了你们的名字。这的确是我的过错,对,是我的过错,人是我挑选的。就说您吧,阿拉密斯,您穿上道袍多么合适,真见鬼,为什么向我讨这身火枪手军装呢?再说您吧,波尔托斯,您这金丝佩带多漂亮,难道挂的是一把木剑吗?还有阿多斯,怎么不见阿多斯,他去哪儿了?"

"先生,"阿拉密斯愁眉苦脸地答道,"他病了,病得很重。"

"您说什么,病了,病得很重?得了什么病?"

"怕是生了天花,先生,"波尔托斯回答,他也想插一言,"情况相当糟糕,他那张脸十有八九要破相。"

"生了天花!波尔托斯,您又来给我编美妙的故事!……他那年龄,还生天花?……不可能!……一定是受了伤,也许被杀了。——哼!事先让我知道就好了!……他奶奶的!火枪手先生们,跑到那种坏地方,在大街上斗嘴,在十字街头耍剑,这些我都不允许。总之,我不愿意让我的人落人话柄,给红衣主教先生的卫士们嘲笑。他们可都是勇士,又安稳又机灵,从来不会落到遭人逮捕的地步,况且他们也绝不会束手就擒!——

这一点我敢肯定……他们宁可死守,也不肯后退一步……什么开溜、逃命、抱头鼠窜这些行为,只有国王的火枪队卫士干得出来!"

波尔托斯和阿拉密斯气得浑身发抖。听话听音,他们感觉出德·特雷维尔先生这样讲,正是基于对他们深厚的爱,否则早就扑上去把他掐死了。他们在地毯上连连跺脚,嘴唇都咬出血来,手也死死地握住剑柄。前面说过,外边的人听见了喊阿多斯、波尔托斯和阿拉密斯三人的名字,从声调听出德·特雷维尔先生怒不可遏。十来个好奇的人,耳朵贴在房门的挂毯上,一字不落地听见了他斥骂的话,并且陆续传给候客厅的所有人。一会儿工夫,从办公室的房门一直到临街大门,整座公馆都沸反盈天了。

"哼!国王的火枪手,就任凭红衣主教先生的卫士给抓起来。"德·特雷维尔先生接着说道,他从内心深处,跟自己的部下同样恼怒,但是他故意一板一眼,拖长声调,好让说出的每句话都像一把匕首,刺进听者的胸口,"哼!法座的六名卫士,逮捕了陛下的六名火枪手!活见鬼!我已经想好了,这就去卢浮宫,辞掉国王火枪卫队队长的职务,请求去红衣主教的卫队当个副队长,哼!假如遭到拒绝,我就干脆去当神父。"

听他这么说,门外议论的人就炸开了锅,各处都听见谩骂和诅咒。什么见鬼去!他妈的!让那些魔鬼全死光!在空中交织起来。达达尼安恨不能躲进一道帷幔的后面,恨不能钻到桌子底下去。

"听我说!队长,"波尔托斯心头火起,说道,"我们确实六个对六个,但是他们偷袭了,不待我们拔出剑来,我们两个弟兄就已经倒下死了,阿多斯受了重伤,也顶不了什么事儿了。阿多斯,您是了解的,队长,真是好样的!有两次他撑着要起来,可是又倒下去了。然而,我们并没有投降,没有!是他们硬把我们带走的。半路我们还逃脱了。至于阿多斯,原以为他死了,就让他安静地躺在战场上,认为没有必要把他抬走。事情经过就是这样。真见鬼,队长!谁也不能百战百胜。伟大的庞培在法萨罗战役中败绩①,国王弗朗索瓦一世,我听人讲过,也不比别人差,然而在帕维

---

① 庞培(公元前106—前48):罗马将军、政治家,公元前四十九年,恺撒向罗马进军,在法萨罗击败庞培。

亚战役中,他却吃了败仗。①"

"我荣幸地向您保证,我杀了他们一个人,而且用他自己的剑,"阿拉密斯说道,"因为我的剑,头一下招架就折断了……杀死的还是捅死的,先生,随您怎么高兴说吧。"

"这情况我不知道,"德·特雷维尔先生又说道,口气稍微缓和了,"看来,红衣主教先生夸大其词了。"

"对了,求求您了,先生,"阿拉密斯继续说道,他见队长情绪平静下来,就大着胆子提出一个请求,"求求您了,先生,不要说阿多斯本人受了伤,传到国王的耳中,阿多斯会伤透心的。况且伤势很严重,剑从肩膀一直刺进胸部,只怕是……"

话音未落,只见门帘撩起来,流苏下面露出一张惨白的、高贵而英俊的面孔。

"阿多斯!"两名火枪手叫起来。

"阿多斯!"德·特雷维尔先生也跟着叫了一声。

"您要见我,先生,"阿多斯对德·特雷维尔先生说道,他的声音微弱,但是十分平静,"听伙伴们说,您要见我,于是我就赶来,听候您的差遣。喏,先生,您有什么吩咐?"

这名火枪手说罢这些话,便脚步稳健地走进办公室,他衣着十分整齐,无可挑剔,跟平常一样紧紧束着腰身。这种勇敢的表现,深深打动了德·特雷维尔的心,他急忙迎上去。

"我正对这两位先生说,"德·特雷维尔先生又说道,"我不准我的火枪手无谓地去拿生命冒险,因为勇敢的人是国王特别看重的,国王也知道,他的火枪队卫士是天下最勇敢的人。您的手,阿多斯。"

不等刚来的人对这种亲热的表示做出反应,德·特雷维尔先生就抓住他的右手,用全力握紧,却没有注意到阿多斯再怎么硬挺,也不禁疼得哆嗦一下,他的脸色不可思议地越发苍白了。

---

① 弗朗索瓦一世(1494—1547):法兰西国王(一五一五年至一五四七年在位)。一五二五年,在意大利的帕维亚战役中,他被日耳曼皇帝查理五世打败而被俘。

房门一直半开着。阿多斯受伤的消息虽然保密,但是无人不晓了,因而他一到来便引起轰动。听了队长这最后几句话,大家都满意地欢呼起来,有两三个人过分冲动,从门帘探进来脑袋。这是违反规矩的行为,德·特雷维尔先生当然要严厉申斥了,可是他突然感到,阿多斯的手在他手里抽搐起来,一看阿多斯才发现他要昏过去了。与此同时,阿多斯集中全身力气与疼痛搏斗,但终于支撑不住,就跟死了一般倒在地板上。

"叫外科大夫!"德·特雷维尔先生喊道,"叫我的、国王的最好的外科大夫来!外科大夫!要不然,老天爷啊!我的英勇的阿多斯就没命啦!"

德·特雷维尔先生这样一叫喊,大家全拥进办公室,队长也顾不上关门禁入了。人人都围上来,要关心照料受伤者,但是他们的热心于事无补,幸好大夫就在公馆里。外科大夫从人群中间挤进来,到了一直昏迷不醒的阿多斯跟前。他见人多乱哄哄的,妨碍治疗,首先提出最紧急的要求,就是将这名火枪手抬到隔壁房间。德·特雷维尔先生立刻打开一扇门,在前面引路,波尔托斯和阿拉密斯抱起他们的伙伴跟上,走在后面的大夫又随手把门关上了。

德·特雷维尔的办公室,这个平时极受敬重的地方,临时变成了候客厅的旁厅。每人都高谈阔论,敞开嗓门骂骂咧咧,诅咒红衣主教及其卫士全部见鬼去。

过了片刻,波尔托斯和阿拉密斯又出来了,外科大夫和德·特雷维尔先生仍留在伤者的身边。

德·特雷维尔先生也终于出来了。伤者恢复了知觉。大夫明确说,这名火枪手的伤势不严重,无须朋友们担心,他现在特别虚弱,仅仅是失血过多的缘故。

接着,德·特雷维尔先生打了个手势,屋里的人就全退出去了,只剩下达达尼安,他丝毫也没有忘记是来谒见的,留在原地未动,表现出加斯科尼人那种特有的倔强性格。

等所有人都退出去,房门重又关上,德·特雷维尔先生回过身来,就单独面对这个年轻人了。刚刚发生的事情,多少打断了他的思路,因而他就问这个执着的求见者有什么要求。达达尼安报了姓名,于是,现在和过去的事儿,德·特雷维尔先生就一股脑儿想起来了,也就明白他眼前是什么局面。

"抱歉,"他面带微笑,对达达尼安说道,"抱歉,亲爱的老乡,真的,我把您完全置于脑后了。有什么办法呀!一队之长就是一家之长,只不过责任要比寻常家长大得多。士兵们都是些大孩子,但是我要坚持这一点:国王的指令,尤其红衣主教先生的指令,必须执行……"

达达尼安不禁微微一笑。德·特雷维尔先生从这微笑中判断,他面对的绝不是个傻瓜,于是话锋一转,直截了当地问道:

"我十分喜欢令尊大人,但不知我能为他儿子做点儿什么?有话从速讲,我的时间不由我来支配。"

"先生,"达达尼安说道,"我离开塔尔布,来到这里,就是要请您看在您还没有忘记的这种交情分上,赏给我一套火枪手的军装。然而,两小时以来我在这里所见到的一切,就明白这一恩典太大,恐怕我根本不配。"

"这的确是一种恩典,年轻人,"德·特雷维尔先生答道,"不过,也许它并不像您以为的或者像您嘴上说的这样高不可攀。陛下倒是有过决定,要预防这种情况,我不得不遗憾地告诉您,无论谁要当火枪手,事先必须经过考验:参加几场战役,有几次不凡的举动,或者在条件不如我们的部队服役两年。"

达达尼安颔首领教,没有答言。得知穿上火枪手的军装竟如此难,他的渴望反而剧增了。

"不过,"特雷维尔继续说道,同时凝视着这位同乡,敏锐的目光似乎要看透对方的内心,"不过,我说过令尊是我的老朋友,看在他的面上,年轻人,我愿意为您做点儿什么。我们贝亚恩地区的子弟通常并不富有,自我离开家乡之后,这种情况恐怕没有多大变化。想必您随身带的钱,不大够您维持生活的。"

达达尼安挺直了身子,高傲的神态表明,他不向任何人乞求施舍。

"很好,年轻人,很好。"特雷维尔接着说道,"这种态度我了解。当年我来巴黎的时候,兜里只装着四埃居,但是有谁敢说我买不起卢浮宫,我就会跟他决斗。"

达达尼安的腰杆儿越发挺直了,他多亏卖了马,在闯荡生涯之初的本钱,比当年的德·特雷维尔先生还多出四埃居。

"我是说啊,您的钱,不管数目有多大,也必须省着花,而且,您作为一个世家子弟,还必须相应地提高各种素养。今天我就给皇家学院院长写封信,明天他会接纳您,免除一切费用。这点儿小意思您不要拒绝。那些出身很高贵、极其富有的世家子弟,有时还求而不得呢。您要学好骑术、剑术和舞蹈。在那里您能结识一些有用的人,您也可以不时地来一趟,向我谈谈您的情况,看看我能为您做点儿什么。"

达达尼安虽然一点不通朝官的做派,也看出了这样接待的冷淡态度。

"唉!先生,"他说道,"今天我算明白了,家父让我带着推荐信给您,看来是多么必不可少啊!"

"我的确感到奇怪,"德·特雷维尔先生答道,"您离家出远门,却没带这样的盘缠,这可是我们贝亚恩人惟一的依托。"

"我本来带着的,先生,而且谢天谢地,信写得完全得体,"达达尼安高声说道,"不料有人心怀叵测,将信给偷走了。"

接着,他就把默恩发生的情况,一五一十地讲了一遍,还详详细细地描述了那个陌生贵绅的形貌,从头至尾讲得有声有色,真实可信,德·特雷维尔先生都听得入了迷。

"这事儿可就怪了,"德·特雷维尔先生若有所思,说道,"看来,您高声提起过我的名字啦?"

"是的,先生,毫无疑问,我犯了这种失慎的过错,有什么办法?像您这样一个人的名字,应当成为我行路的护身符。您想想看,我是不是应该常用来保护自己呀!"

当时盛行恭维,德·特雷维尔先生喜欢别人烧香,这跟国王或红衣主教一样。因此,他不禁微微一笑,显然挺满意。但是笑容旋即消失,他又把自己的思路拉回到默恩的事件。

"告诉我,"他又说道,"那个贵绅,脸上是不是有一道轻疤?"

"对,好像是一颗子弹擦伤的。"

"他是不是仪表堂堂?"

"对。"

"高个头儿?"

"对。"

"脸色苍白,棕褐色头发?"

"对,对,正是。先生,您怎么会认识那个人呢?哼!等我哪天找见他,我向您发誓,我一定找见他,哪怕是找到地狱去……"

"他在等候一位女子?"特雷维尔继续问道。

"同他等候的女人至少谈了一会儿话,他才走了。"

"他们谈话的内容,您不知道吗?"

"他交给那女人一个匣子,对她说里面装着他的指示,叮嘱她到伦敦之后再打开。"

"那女人是英国人吗?"

"他叫那女人米莱狄。"

"是他!"特雷维尔喃喃说道,"是他!我还为他在布鲁塞尔呢!"

"嗯!先生,"达达尼安高声说道,"您若是知道那是什么人,就请告诉我他是谁,是从哪儿来的,那我就再也不求您什么了,甚至不提您答应我进火枪卫队的事儿,因为,我首先得报仇。"

"千万不要这么干,年轻人,"特雷维尔高声说道,"如果您看见他从街道的一侧走过来,那您就走另一侧。您不要去碰那样一块岩石,您会像只玻璃杯一样被碰得粉碎。"

"这我不管,只要让我找见他……"达达尼安说道。

"眼下嘛,"特雷维尔又说道,"如果要我给您一个忠告,那还是不要去找他。"

特雷维尔猛然起了疑心,就止住了话头。年轻人说在旅途中,那人偷了他父亲的信件,这事听起来不大真实,他这么叫嚷着,表明对那人有深仇大恨,这其中隐藏着什么险恶用心呢?这个年轻人,会不会是法座派来的呢?是不是派来给他设下什么陷阱?这个自称是达达尼安的人,是不是红衣主教的一个密探,想安插到他府上,布置在他身边,骗取他的信任

35

之后，再一下子毁掉他，这种事可屡见不鲜啊！他第二次凝视达达尼安，比头一次盯得更紧，看到年轻人有几分狡黠的机灵相和佯装的谦卑，他还总难放下心来。

"不错，他是加斯科尼人，"他心中暗道，"但是，他能为我所用，也能为红衣主教所用，还是得考验考验他。"

"朋友，"他缓缓地说道，"由于您是我老朋友的儿子，因为我相信遗失信件的事是真的，我希望，为了弥补您在我接待中起初看出的几分冷淡，我希望向您泄露我们政治的秘密。国王和红衣主教是最好的朋友，他们的争执是表面的，只为哄骗那些傻瓜。我认为我们一个同乡，一名英俊的骑士，一个前途无量的勇敢青年，绝不会被这些假象所蒙蔽，绝不会像傻瓜一样上当受骗，步许多受愚弄的傻瓜的后尘。您要确信，我忠于这两位万能之主，我的任何重大的举措，都旨在为国王和红衣主教先生效劳，须知红衣主教先生是法兰西所产生的一个最卓越的天才。现在，年轻人，您就要以此为准绳，调整您的行为。假如由于家庭或者朋友关系，甚至出于本能，您对红衣主教先生怀有某种敌意，正如我们所见在贵族身上表现出来的那样，那么您就向我告辞，我们就此分手。在许多方面，我还可以给您帮助，但是不能把您留在我身边。不管怎样，但愿我的坦率能让您成为我的朋友，因为迄今为止，您是我坦白相告的惟一的年轻人。"

特雷维尔心中却暗道：

"这只小狐狸如果是红衣主教派来的，那么他知道我恨他到了极点，就一定要告诉他的密探，讨好我的办法莫过于诋毁他。因此，这个狡猾的家伙虽然听了我的声明，还是肯定回答我说他十分痛恨法座。"

事实完全出乎特雷维尔所料，达达尼安直截了当地回答：

"先生，我来到巴黎，也抱着完全相同的意图。家父就叮嘱过，除了国王、红衣主教先生和您本人，要我不买任何人的账，他认为你们是法国首屈一指的人物。"

我们发现，本来说两个人，达达尼安临时增添了德·特雷维尔先生，不过他觉得，这样做绝不会坏事。

"因此，我极为崇敬红衣主教先生，"他继续说道，"也极为尊重他的所作所为。如果像您说的这样,您对我坦诚相告,先生,那就是我的福分,因为您让我荣幸地看到这种相同的好恶。不过,假如您对我还有疑虑,况且这也十分自然,我就会感到讲了真话要毁了自己,然而,也顾不了这许多,您照样还会瞧得起我的,这是我在世上最看重的一点。"

德·特雷维尔先生惊讶到了极点。多么透彻,又多么坦诚,这引起他的赞叹,却还不能完全消除他的怀疑。这个年轻人越是比其他年轻人强,他越是害怕自己看走了眼。然而,他还是紧紧握住达达尼安的手,对他说道:"您是个正直的小伙子,但是眼下,我只能做刚才向您提出来的事情。我这公馆的大门永远对您开放。您能随时来见我,因此可以抓住各种机会,今后您也许会如愿以偿,得到您渴望获取的东西。"

"换句话说,先生,"达达尼安接口说道,"您是等我有了资格之后。好吧,请放心,"他以加斯科尼人的那种毫无拘束的口气,补充一句,"您不会等多久的。"

他要施礼告退,仿佛此后,其余的全是他个人的事了。

"稍等一下,"德·特雷维尔先生叫住他,"我答应过您,给学院院长写封信。我的年轻绅士,您是不是自尊心太强,不肯接受呢?"

"不是的,先生,"达达尼安回答,"我向您保证,这一封信绝不会出现上封信那种情况。我向您发誓,我会很好地保存,一定交到收信人手中。谁要企图从我手中夺走,那就让他遭殃!"

听了这种大话,德·特雷维尔先生微微一笑。二人站在窗口交谈,这时他离开年轻的同乡,走到一张桌子前坐下,开始写他许诺的推荐信。这段时间达达尼安无事可做,就一边用手指敲打玻璃窗,奏出《进行曲》的节拍,一边望着窗外,看那些火枪手陆续离去,直至他们的身影消失在街道的拐角。

德·特雷维尔先生写完信,盖上封印,站起走过去,准备交给年轻人;不料,就在达达尼安伸手接信的当儿,德·特雷维尔看见受他保护的人猛然一跳,气得满脸通红,嘴里嚷着跑出办公室:

"嘿!他妈的!这回他跑不掉啦!"

"谁呀?"德·特雷维尔先生问道。

"是他,偷我信的那个窃贼!"达达尼安回答,"哼!臭无赖!"

他已经跑没影儿了。

"发什么疯!"德·特雷维尔咕哝道,"还别说,"他又补充一句,"他见事情败露,也许这是他的脱身妙计。"

"发什么疯!"德·特雷维尔咕哝道。

第四章　阿多斯的肩膀、波尔托斯的佩带以及阿拉密斯的手帕

达达尼安怒气冲冲,纵身跃了三步,就穿过候客厅,冲到楼梯,想一跳四级冲下去,跑得太急收不住,一头撞到一名火枪手的肩膀,那人刚巧从德·特雷维尔先生的房间旁门出来,挨了撞叫了一声,确切地说是惨叫一声。

"请原谅,"达达尼安说着,又要继续往前跑,"请原谅,我有急事。"

他刚跑下一级,肩带就被一只铁手抓住,只好停下。

"您有急事!"那名火枪手脸色像裹尸布一般惨白,高声说道,"有这个借口就撞我,说一声'请原谅',以为这就够了吗?还不够,我的年轻人,请相信我。只因听见德·特雷维尔先生对我们讲话粗暴一点儿,您就以为别人也可以像他那样对待我们?别做梦了,伙计,您啊,您不是德·特雷维尔先生。"

"真的,"达达尼安辩解说,他认出是阿多斯,而阿多斯由大夫包扎之后,正要返回住所,"真的,我不是有意的,我说过'请原谅'。这我也就觉得够了。然而,我再向您重复一遍,这一次也许是多余的。我以个人的名义担保,我有急事,事情很急。放开我吧,求求您了,让我去办事儿。"

"先生,"阿多斯放开他,说道,"您不讲礼貌,看得出您是从远地方来的。"

达达尼安已经冲下去三四级,但是听见阿多斯这样讲,他又戛然停下。

"真见鬼,先生!"他说道,"不管我从多远的地方来,告诉您吧,还轮不到您来给我上礼貌课。"

"也许吧。"阿多斯应道。

"哼!我若不是这么急,"达达尼安高声说道,"若不是去追赶一个人……"

"急着追赶人的先生,您不用追赶就能找见我,这话您明白吗?"

"请问,在什么地方?"

"在赤足加尔默罗修道院附近。"

"几点钟?"

"正午时分。"

"正午时分,很好,我必到场。"

"尽量别让我等候,到了十二点一刻,我可要追赶着将您的双耳割下。"

"好吧!"达达尼安冲他嚷道,"十二点差十分人就到。"

他就像魔鬼附体,又跑起来,希望还能追上那个迈着方步不会走远的陌生人。

不料在临街的门口,波尔托斯正同一名站岗的士兵谈话,二人之间恰好有一人宽的空当儿,达达尼安认为能容他通过,就一直朝前冲,要像一支箭似的穿过去。可是,达达尼安没有估计到风,他正要穿过去,却一头扎进被风吹起的波尔托斯的长斗篷里。毫无疑问,波尔托斯不肯脱下这重要部分的衣着自有其道理,因为,他非但没有放手,反而用力往里拉着斗篷大襟,他这样固执地硬拉,斗篷襟往里一卷,也就把个达达尼安卷进天鹅绒大襟里了。

达达尼安听见火枪手在咒骂,他在斗篷里两眼一抹黑,在褶皱中摸索路子想钻出来,又特别害怕弄脏了我们见识过的崭新华丽的佩带。继而,他小心翼翼地睁开双眼,却发现自己的鼻子正贴在波尔托斯的肩膀之间,也就是说,恰好贴在那条佩带上。

唉!世间大部分事物,都徒有其表,这条佩带也不例外:它的前面是金丝线的,后面则是水牛皮的。波尔托斯实在是个爱炫耀的人,金丝佩带买不起一整条,至少也弄它半条,现在大家该明白了,伤风感冒为何必不可少,斗篷为何非穿不可。

"真邪门!"波尔托斯边叫嚷边使出浑身力量,要摆脱在他背后乱窜的达达尼安,"您要什么疯,钻到人家背后来啦!"

"请原谅,"达达尼安从这巨人肩下钻出来,说道,"不过我有急事儿,我正追赶一个人,而且……"

"您这么跑追人,难道没长眼睛?"波尔托斯问道。

"不对,"达达尼安也恼了,答道,"不对,我正是长了这双眼睛,才看到甚至别人看不见的东西。"

波尔托斯不管听懂还是没听懂,反正他控制不住,心头火起:

"先生,"他说道,"我先警告您,您这样冲撞火枪手,是成心找不自在。"

"找不自在,先生!"达达尼安说道,"这话够厉害的。"

"对一个习惯于面对敌人的人,这话正合适。"

"哎!当然啦!我知道您不会转身背对您的敌人。"

年轻人讲了这句俏皮话,非常得意,放声大笑着走开了。

波尔托斯气得嘴冒白沫儿,他往前一动,要扑向达达尼安。

"以后吧,以后吧,"达达尼安朝他喊道,"等您不再披这件斗篷的时候。"

"那就一点钟吧,在卢森堡宫后面。"

"很好,一点钟。"

达达尼安答应一声,就拐到另一条街上。

可是,无论他刚跑过的那条街,还是现在一览无余的这条街,他都没有见到人。那个陌生人走得再慢,也该走相当远了,没准儿走进了哪所房子。达达尼安逢人便打听,沿着下坡街道一直走到渡口,再上坡沿塞纳河街和红十字街走去,还是没有,连个人影儿都没见到。不过,他这次奔波还是有益的,虽然跑得满头大汗,心却冷静下来了。

于是,他开始思考刚才发生的几件事,一下子发生这么多不利的事情。才十一点钟,这个上午,他就已经失去了德·特雷维尔先生的好感,人家肯定认为,他贸然离去颇为失礼。

此外,他还惹来两场非同儿戏的决斗:那两个对手,每个人能杀掉三个达达尼安,总之,那是两名火枪手,即是他十分敬重的人,是他心目中强过其他人的两个人。

预想结果会很惨。命肯定要丧在阿多斯手中。这个年轻人不大在乎波尔托斯,这也是可以理解的。然而希望,总是在人心里最后破灭,因而他还是抱着一线希望,经过两次决斗,自己仍活下来,尽管受了伤,当然伤得很重。在幸免一死的情况下,他将做如下的自责。

"我多没头脑,多么愚蠢啊!那个勇敢而不幸的阿多斯,恰好肩膀受伤,而我像头公羊,偏偏一头撞到他有伤的肩上。撞得他一定疼痛难忍,惟一令我奇怪的是,他没有当即杀了我——他有权利这么做。至于波尔托斯——哈!至于波尔托斯,老实说,就更滑稽可笑了。"

年轻人憋不住笑起来,不过同时也环顾四周,别伤害哪个过路人,他独自这样笑,在他人眼里是毫无来由的。

"至于波尔托斯,就更滑稽可笑了。尽管如此,我还是一个笨拙的冒失鬼。不说声小心点儿就扑向大家!这哪儿成!怎么能钻进人家斗篷里,去看里面没有的东西呢!假如我不向他提那该死的佩带,他就会原谅我,肯定会原谅我的。不错,我没有明说,对,说得十分巧妙!唉!我真是个该死的加斯科尼人,掉进热锅还讲俏皮话!好了,达达尼安,我的朋友,"他继续自说自道,并且尽量客客气气地对待自己,"假如你大难不死,这不大可能,假如你大难不死,将来为人处世,一定要处处讲礼貌。从今往后,必须让人佩服你,必须让人把你当作榜样。对人要和蔼可亲,彬彬有礼,这不等于示弱。瞧瞧人家阿拉密斯吧,他就是和气的典范,文雅的化身。怎么样!难道有人想说阿拉密斯是懦夫吗?没有,肯定没有,从今往后,我要处处以他为表率。嘿!那不正是他嘛。"

达达尼安边走边自言自语,还有几步远就到戴吉荣府,只见阿拉密斯在府邸门前,正同国王的三名侍卫谈笑风生。阿拉密斯也瞧见了达达尼安,但是他绝没有忘记今天早晨,德·特雷维尔先生正是当着这个年轻人的面,大发一通雷霆。火枪手挨训的一个见证人,无论如何也不会讨他的喜欢,因此,他装作没有看见。达达尼安则相反,还一心想着和解,想着如何讲礼貌的计划,他走近前,面带极其和善的笑容,向四个年轻人深施一礼。阿拉密斯略微点了点头,根本没有还以微笑。而且,四个人也不约而同地中断了谈话。

达达尼安也没有傻到家,看不出自己是多余的人,但是他还不大懂社交的一套礼数,闯到不大熟悉的人中间,掺和人家与他无关的谈话,却不会大大方方地摆脱这种尴尬的处境。于是,他心里琢磨,要设法退出,又不显得太笨拙,恰巧这时,他瞧见阿拉密斯失落了一条手帕,还无意中踩在上面,他认为这正是弥补自己唐突的好机会,便弯下腰去,以极优雅的姿势,不管火枪手如何用力踩住不放,也硬把手帕拉出来,交给失主,同时说道:

"先生,这条手帕,我想您丢了会心疼的。"

绣花手帕的确很精美,一角还绣有花冠和族徽。阿拉密斯红头涨脸,他不是接过,简直是从加斯科尼人手中一把夺过手帕。

"哈!哈!"一名卫士高声说道,"口风特别紧的阿拉密斯,你还敢说你同德·布瓦-特拉西夫人关系不好吗?瞧这位可爱的夫人多体贴人,连自己的手帕都借给你啦!"

阿拉密斯瞥了达达尼安一眼,那目光让人一看就明白,对方结了一个死敌,继而,他又拿出一副虚情假意的表情:

"你们搞错了,先生们,"他说道,"这手帕不是我的,我也不知道为什么,这位先生拾起来竟莫名其妙地交给我,而不是交给你们当中的一位。我说话有证据,喏,我的手帕,就在我兜里装着呢。"

说着,他就掏出自己的手帕。这条手帕也很精美,高级细麻布的质地,当时颇为昂贵,但是手帕没有绣花,也没有族徽图案,只有物主姓名的缩写字母。

这一下,达达尼安不再吭声了,他已认识到又出了差错。然而,阿拉密斯的朋友们却不听那一套,其中一人装出一副郑重其事的样子,对年轻的火枪手说道:

"情况如果真像你说的这样,我亲爱的阿拉密斯,我可就不得不从你手中讨回手帕。因为,你也知道,布瓦-特拉西是我的一个密友,我不愿看到有人拿他妻子的物品到处炫耀。"

"这种要求你可提得不妥,"阿拉密斯回答,"你讨回手帕,我承认实质上是对的,方式上我却要予以拒绝。"

"其实,"达达尼安怯声怯气地贸然说道,"手帕是不是从阿拉密斯先生兜里掉出来的我也没有看到,只看见他踩在上面,当时就想,手帕既然踩在他脚下,就肯定是他的了。"

"您搞错了,我亲爱的先生。"阿拉密斯冷淡地应声道,对他的补救并不领情。

接着,他又转身,面向那个自称是布瓦-特拉西朋友的卫士,继续说道:

"况且,我亲爱的布瓦-特拉西的密友,我想我也是他的朋友,关系不见得不如你的亲密,因此,严格说来,这条手帕可能从你兜里,也可能从我兜里掉出去的。"

"不对,我以人格担保!"禁军卫士嚷道。

"你以人格担保,我还以个人名义发誓呢。我们两个人,显然有一个要说谎了。这样吧,蒙塔朗,我们两全其美,每人各拿半条。"

"半条手帕?"

"对。"

"十全十美,"另外两名卫士都高声说道,"所罗门①王的审判。没的说,阿拉密斯,你满脑子都是鬼点子!"

几个年轻人哈哈大笑,可以想象得出,此事也不会再有下文。过了一会儿,他们就不再聊了,亲热地握手之后,三名卫士和阿拉密斯就各干各的事去了。

"跟这位雅士和解的时机到了。"达达尼安心中暗道。在这场谈话的后半段时间,他避开点儿一直站在旁边。阿拉密斯再也没有注意他,正要离开的时候,达达尼安凑上前去,就抱着这种良好的愿望。

"先生,"他对阿拉密斯说,"但愿您能原谅我。"

---

① 所罗门:古代以色列国王(约公元前十世纪),他在位时期为以色列强盛时期。他以智慧著称,一次两个妇人争一个婴儿,所罗门命令劈开婴儿,各分一半,结果一个同意,另一个反对,所罗门从而断定反对者是婴儿的母亲。

"哎！先生，"阿拉密斯接口说道，"请允许我向您指出，您在今天这种场合，不像一位绅士所应有的表现。"

"什么，先生！"达达尼安提高嗓门儿，"您推测……"

"我推测，先生，您不是个傻瓜，您虽然来自加斯科尼，还是完全清楚，一个人不会无缘无故，就把脚踏在手帕上。真见鬼！巴黎街道绝不是用亚麻布铺成的。"

"先生，您不该这样侮辱我，"达达尼安说道，他爱争吵的天性又冒头了，超过他和解的决心，"不错，我是从加斯科尼来的，您既然知道了，就无须我告诉，加斯科尼人性情可急躁，因此，他们道了一次歉，哪怕是因干了一件蠢事而道了歉，就确信他们多做了一半该做的事情。"

"先生，我对您这么说，绝不是要向您寻衅吵架，"阿拉密斯回答，"谢天谢地！我不是个好斗之人，当火枪手不过是权宜之计，只有在被逼无奈的时候，才肯同人打架，总是非常勉强。不过这次，事情很严重，您损害了一位夫人的名誉。"

"应当说我们损害了她的名誉。"达达尼安高声说道。

"您为什么那么笨拙，将手帕还给我呢？"

"您为什么那么笨拙，让手帕掉下去呢？"

"我说过，再重复一遍，先生，这条手帕不是从我的兜里掉出去的。"

"好哇，您说了两次谎，先生，因为我看见它从您兜里掉出来的！"

"哼！您居然以这种口气说话，加斯科尼的先生！那好，我就教教您如何做人。"

"我呢，就打发您回去做您的弥撒，神父先生！请吧，现在就拔出剑来。"

"不行，劳驾，我的小帅哥，至少不能在此处。您没瞧见吗，对面就是戴吉荣府，府内净是红衣主教的人！没准儿您是法座派来要我脑袋的吧？说来可笑，这颗脑袋，我还挺珍惜，觉得它配我这副肩膀相当合适。因此，我要杀了您，放心好了，但是要选个隐蔽的地方，悄悄地要您的命，在那儿，您就不能向任何人炫耀您的死了。"

"好吧，不过，您也别太自信了，带上您的手帕，不管是不是您的，也许您用得着。"

"先生是加斯科尼人?"阿拉密斯问道。

"是的,先生为谨慎起见,不会推迟一次约会吧。"

"谨慎,先生,对于火枪手,是一种相当无用的美德,这我知道,但是对于教会的人,则是必不可少的。我不过暂时当当火枪手,所以仍须谨慎。两点钟,我荣幸地在德·特雷维尔先生的府邸恭候。到那里,我再向您指定合适的地点。"

两个年轻人相互施礼告别。阿拉密斯又沿上坡通往卢森堡宫的街道走去。达达尼安看看时候不早了,便前往赤足加尔默罗修道院,一路边走边想:"毫无疑问,我难逃此劫。然而,我如被杀死,至少也是被一名火枪手杀死的。"

第五章　国王的火枪手与红衣主教的卫士

达达尼安在巴黎一个人也不认识,他去阿多斯约会的地点,也就没有带助手,决定接受对方挑选的助手。况且,他的意图也很明确,要以各种适当的方式,向那位英勇的火枪手表示歉意,但并不示弱,他所担心的是,一个健壮的年轻人同一个虚弱的伤者决斗,什么结果都不利,输了会使对手得到双倍喝彩,赢了则要被人指责狡诈和投机之勇。

此外,达达尼安这个出来闯荡世界的人,要么我们没有把他的性格描绘好,要么读者已经看出他绝非凡夫俗子。因此,他一面叨叨咕咕说自己必死无疑,一面又不甘心,惟恐自己这么轻易死掉,就落一个不大勇敢又不知克制的名声。他考虑要与他决斗的几个人的不同性格,开始看清楚自己的处境。他希望靠诚恳的道歉,能赢得阿多斯的友谊,只因他非常喜欢阿多斯高贵的气派和凝重的神态。佩带的意外事件,能让波尔托斯害怕他很得意,如果决斗不被杀死,他就可以向所有人讲述,要巧妙地追求效果,让波尔托斯成为笑柄。最后,至于那个阴险狡猾的阿拉密斯,他倒不大害怕,假如闯过两关能同阿拉密斯决斗,他就干净利落地把他干掉,至少采取恺撒吩咐部下对付庞培士兵的办法,专门往脸上刺,永远毁掉阿拉密斯那么引以为豪的容貌。

其次,达达尼安的决心还有不可动摇的基础,那是父亲的忠告在他心中奠定的,这些忠告大致是:"除了国王、红衣主教和德·特雷维尔先生,绝不买任何人的账。"因此,他简直不是走向,而是飞向赤足加尔默罗修道院——当时人们简单称为赤足修道院——那是一座没有窗户的建筑物,毗邻干旱的牧场,算是教士牧场的分支,这里通常是没有闲工夫的人约会的地点。

达达尼安终于望见修道院脚下那小片荒地,这时阿多斯刚等了五分钟,正午的钟声就敲响了。可见,他像撒玛利亚教堂的大钟一般守时,就连对决斗最挑剔的人也无话可说。

阿多斯的伤口,虽由德·特雷维尔先生的医生重新包扎过,但一直疼痛难忍。他坐在一块界石上,等待对手到来,始终保持安详和庄严的神态。他一看见达达尼安,就站起身,有礼貌地迎上去几步。达达尼安也一样,帽子拿在手里,帽上的羽毛拖到地下,走到对手跟前。

"先生,"阿多斯说道,"我让人通知我的两位朋友,来给我当助手,可是他们还没有到。他们迟到我感到奇怪,这不是他们的作风。"

"我没有助手,先生,"达达尼安说道,"因为,我昨天刚到巴黎,除了德·特雷维尔先生,还不认识任何人。家父有幸,多少算得上德·特雷维尔先生的朋友。"

阿多斯考虑了一下。

"您只认识德·特雷维尔先生?"他问道。

"对,先生,我只认识他。"

"哦,是这样,"阿多斯半对自己,半对达达尼安,继续说道,"哦,是这样……我若是杀了您,我呀,就该像个吃小孩的怪物啦!"

"不见得,先生,"达达尼安应声说道,同时不失自尊地施了一礼,"不见得,因为您身上带伤,行动必定十分不便,还肯赏脸拔剑同我决斗。"

"老实说,的确非常不便,还应当说,您撞我那一下,疼得要命。不过,我可以用左手,碰到这种情况,我通常这么办。因此,别以为我让您,我使剑两只手同样。一个左撇子,对方如无准备,就觉得很难对付。实在抱歉,这种情况我没有早些告诉您。"

"先生,"达达尼安又鞠了一躬,说道,"您真是雅人深致,让我不知如何感谢。"

"您这么说让我惭愧,"阿多斯以贵族的风度回答,"劳驾,我们还是谈谈别的事吧,假如这不拂您的意的话。噢!见鬼!您撞得我好疼!这肩膀火烧火燎。"

"如果您允许的话……"达达尼安怯声怯气地说道。

"什么事,先生?"

"我有一种创伤膏,疗效神奇,是家母给我的,我在自己身上也试用过。"

"怎么样?"

"怎么样!我有把握,用这种创伤膏,不出三天准能把您的伤治好。三天之后,等您的伤痊愈了,先生,喏!到那时能与您交手,对我仍是莫大的荣幸。"

达达尼安这番话讲得很实在,既昭示他的谦恭,又丝毫不损他的勇敢。

"真的,先生,"阿多斯说道,"这个建议我很喜欢,并不是说我就接受,而是说隔一法里就能感到绅士的行为。这便是查理曼①大帝时代骑士的言行,他们是每一位骑士应当效法的榜样。可惜我们所处的已不是伟大皇帝的时代,而是红衣主教先生的时代,三天之后,他们就会知道,我是说,不管怎样严守秘密,他们也会知道我们要决斗,于是前来阻止。咦!怎么着,人还不来,在哪儿闲逛呢?"

"如果您有急事儿,先生,"达达尼安说道,语气还像刚才要推迟三天再决斗时那样诚恳,"如果您有急事儿,又高兴立刻将我打发掉,那就请您不必顾虑。"

"这又是一句我爱听的话,"阿多斯说着,优雅地向达达尼安点了点头,"讲此话的人绝非无头脑,还肯定是个勇敢的人。先生,我喜爱您这样的性情之人,依我看,假如我们谁也没有杀死谁,今后在您的谈话中,我会得到真正的乐趣。请再等一等那两位先生吧,我有充分的时间,这样做也更合规矩。啊!来了一位,我想是的。"

在伏吉拉尔街的尽头,果然出现波尔托斯高大的身影。

"怎么!"达达尼安高声说,"您的头一个见证人,就是波尔托斯先生?"

---

① 查理曼(747—814):又译查理大帝,法国古代法兰克人国王(七六八年至八一四年在位),他以武力扩张,建立起可与拜占庭帝国比肩的查理大帝帝国。

"对,您觉得不妥吗?"

"不,毫无不妥之处。"

"第二位也来了。"

达达尼安顺着阿多斯所指的方向,认出了阿拉密斯。

"怎么!"他又高声说,声调比头一次又多两分惊讶,"您的第二位见证人,就是阿拉密斯先生?"

"当然了,难道您还不知道吗?无论在火枪卫队还是在禁军卫士中间,无论在朝廷还是在城里,从来没有人看见我们分开过,大家都叫我们阿多斯、波尔托斯和阿拉密斯,或者三个形影不离的人。看来,您是刚从达克斯或波城①来的吧……"

"从塔尔布来的。"达达尼安答道。

"也难怪您不了解这一情况。"阿多斯说道。

"真的,先生们,"达达尼安说道,"你们这样称呼很好,而我的这次冒险经历,如果引起轰动,至少可以证明你们的同心同德,绝不是建立在性格反差的基础上。"

这工夫,波尔托斯已走到跟前,举手同阿多斯打了招呼,再转向达达尼安,一下子愣住了。

顺便交代一句:他已换了佩带,脱掉了斗篷。

"哦!哦!"他说道,"这是怎么回事儿?"

"我是同这位先生搏斗。"阿多斯说着,指了指达达尼安,并顺势向他致意。

"我也是同他决斗。"波尔托斯说道。

"不过,那是定在一点钟。"达达尼安答道。

"还有我,也是同这位先生决斗。"阿拉密斯也来到场地,说道。

"不过,那是定在两点钟。"达达尼安以同样平静的口气说道。

"对了,阿多斯,你是因为什么事决斗?"阿拉密斯问道。

"老实说,我也不大清楚,他把我的肩膀撞疼了。那么你呢,波尔

---

① 达克斯和波城均位于法国西南部,地处遥远。

托斯?"

"老实说,我决斗就是因为决斗。"波尔托斯回答,脸唰地红了。

什么也逃不过阿多斯的眼睛,他看见加斯科尼人的嘴唇掠过一丝微笑。

"关于布料质地,我们争论起来。"年轻人说道。

"你呢,阿拉密斯?"阿多斯又问道。

"我嘛,是为了神学而决斗。"阿拉密斯回答,同时向达达尼安使了个眼色,请求他为决斗的原因保密。

阿多斯看见达达尼安的嘴唇第二次掠过微笑。

"真的吗?"阿多斯问道。

"对,在圣奥古斯丁①的一个观点上,我们看法不同。"加斯科尼人说道。

"毫无疑问,他是个聪明人。"阿多斯喃喃地说道。

"先生们,现在你们人都齐了,"达达尼安说道,"请允许我向你们道歉。"

一听"道歉"二字,一片阴影掠过阿多斯的额头,一丝高傲的微笑滑过波尔托斯的嘴唇,一种否定的眼神则是阿拉密斯的回答。

"先生们,你们没有听懂我的意思,"达达尼安说道,同时抬起头,恰巧射来一束阳光,将那清秀而果敢的脸庞映成金黄色,"我向你们道歉,是考虑这种情况,我可能无法偿还你们三人的债,因为阿多斯先生有权头一个杀掉我,这就使您的债权价值损失大半,波尔托斯先生,也使您的债权价值所剩无几了,阿拉密斯先生。现在,先生们,我再说一遍,请你们原谅,但仅仅是在这种意义上,准备动手吧。"

达达尼安已经血气升腾,在这种时刻,他拔出剑来,敢于对付王国的所有火枪手,就像对付阿多斯、波尔托斯和阿拉密斯这样。

正午刚过一刻钟,烈日当头,整个儿晒到选作决斗的这片场地。

---

① 圣奥古斯丁(354—430):拉丁教会的神学博士,著名的神学家、哲学家和伦理学家,他的作品对西方神学发展起了决定性的影响。

"天气真热,"阿多斯也拔出剑来,说道,"然而,我不能脱下紧身衣,因为刚才我还感到伤口在流血,担心让先生看到不是自己的剑刺出的血,会感到不自在。"

"不错,先生,"达达尼安说道,"不管是我的剑还是别人的剑所致,我向您保证,看到一位如此英勇的绅士的血,我总是感到特别遗憾。因此,我也穿着紧身衣决斗。"

"瞧瞧,瞧瞧,"波尔托斯说道,"客套话讲得够多了,别忘了,我们还等轮到我们呢。"

"您要讲这种失礼的话,波尔托斯,就不要把我拉上,"阿拉密斯接口说道,"我倒觉得,两位先生彼此讲的话很好,完全符合两位绅士的风度。"

"请动手吧,先生。"阿多斯说着,就拉开架势。

"我在等候您的吩咐。"达达尼安说着,两把剑就交了锋。

不料两剑相交,刚碰出一下声响,法座的一小队卫士,由德·朱萨克先生率领,就出现在修道院的拐角。

"红衣主教的卫士!"波尔托斯和阿拉密斯同时叫起来,"收剑,先生们,快收剑!"

然而太迟了。两名决斗者的架势让人瞧见了,那种意图是毋庸置疑的。

"啊哈!"朱萨克嚷道,他招呼部下跟上,就朝他们走过来,"啊哈!火枪手,在这儿决斗呢?怎么,拿禁令不当回事儿?"

"你们都很宽容啊,卫士先生们,"阿多斯满腔怨恨地说道,因为前天袭击他们的人中就有朱萨克,"假如我们看见你们决斗,我呢,可以向你打保票,我们绝不上前阻止。因此,你们就由着我们干吧,你们不费吹灰之力就能开心。"

"先生们,"朱萨克说道,"我十分遗憾地向你们声明,这种事不可能。我们的职责高于一切,请收起剑,跟我们走一趟吧。"

"先生,"阿拉密斯滑稽地模仿朱萨克,"我们会十分高兴接受您的盛情邀请,假如我们做得了主。但可惜的是,这种事不可能,德·特雷维尔先生不准我们这样做。您就走您的路吧,最好别管闲事儿。"

听了这种嘲笑,朱萨克恼羞成怒,他说道:

"如果你们违抗命令,我们可就动手了。"

"他们五个人,"阿多斯低声说道,"而我们只有三人,又要被打败,干脆我们就战死在这里,我要在此声明,我绝不会再以战败者的身份面见队长。"

朱萨克指挥士兵一字排开,这边阿多斯、波尔托斯和阿拉密斯也彼此靠拢。

这一瞬间,达达尼安就足以做出决定:面临的事件决定人的一生,必须在国王和红衣主教之间做出选择,一旦选定,就必须坚持到底。搏斗,就意味违抗法令,就意味拿脑袋去冒险,也就意味同比国王权势还大的一位大臣为敌。这些情景,年轻人都隐约看到,让我们称赞一句,他连一秒钟也未犹豫,就转向阿多斯及其朋友,说道:"先生们,请让我稍微纠正一下你们说的话。你们说只有三个人,但是我觉得,我们是四个人。"

"但您并不是我们的人。"波尔托斯说道。

"不错,"达达尼安答道,"我没有穿军装,但有这颗心灵。我有一颗火枪手的心,这一点我有明显的感觉,先生,因而做此决定。"

"您走开,年轻人,"朱萨克喊道,他从达达尼安的举动和脸上的表情,无疑猜出了他的意图,"您可以离开,我们同意。逃命去吧,快走。"

达达尼安一动不动。

"毫无疑问,您是个出色的小伙子。"阿多斯握住年轻人的手,说道。

"快点儿!快点儿!快做决定。"朱萨克又喊道。

"喏,我们总该做点什么。"波尔托斯和阿拉密斯都说道。

"这位先生有一副侠义心肠。"阿多斯说道。

然而,三人都想到达达尼安太年轻,怕他缺乏经验。

"我们仅有三人,一个还受了伤,再加上一个孩子,"阿多斯继续说道,"可是事后,别人还是照样说我们是四个人。"

"对,然而后退——"波尔托斯说道。

"退也很难。"阿多斯接口说道。

"我们就要荣幸地向你们进攻了。"阿拉密斯回答,他一只手略一掀帽子,另一只手就拔出剑来。

达达尼安明白他们为何犹豫不决。

"先生们,就让我试试吧,"他说道,"我以人格向你们发誓,假如我们打败了,我绝不会活着离开这儿。"

"您叫什么名字,我的朋友?"

"达达尼安,先生。"

"好吧!阿多斯、波尔托斯、阿拉密斯和达达尼安,前进!"阿多斯高喊。

"怎么样!嗯,先生们,你们合计好做出决定了吗?"朱萨克第三次喊道。

"决定了,先生们。"阿多斯回答。

"你们打算怎么办?"朱萨克问道。

"我们就要荣幸地向你们进攻了。"阿拉密斯回答,他一只手略一掀帽子,另一只手就拔出剑来。

"哼!你们抗拒!"朱萨克高声说。

"真见鬼!这还让您吃惊吗?"

九个人厮杀起来,斗在一起,狂怒中还不失一定的章法。

阿多斯选定一个叫卡于扎克的红衣主教的红人,波尔托斯的对手是比卡拉,阿拉密斯则面对两名敌手。

至于达达尼安,他冲向朱萨克本人。

加斯科尼青年的心几乎要跳出来,谢天谢地!那不是由于害怕,他丝毫也不畏惧,而是因为争强好胜。他投入搏斗,好似一只愤怒的老虎,围住对手转来转去,不断变换招式和位置。朱萨克呢,如当时人们所传,是一名剑术高手,经验十分丰富,不料碰上这样一个对手,简直难以招架,对方身手灵活,蹿来跳去,不时背离剑法的成规,同时从四面八方进袭,进袭中又不忘防护,不让自己的肌肤伤着一点儿。

这种打法,最终打得朱萨克失去耐心,他恼羞成怒,自己竟然败在他视为毛孩子的一个人手下,头脑一发热,招数就开始出现纰漏了。达达尼安缺乏实战经验,却有一套高深的理论,加倍使出灵活变招的剑法。朱萨克无心恋战,想尽快克敌制胜,便正面进攻,一剑猛刺向对手,但是对手拨开这一剑,就趁朱萨克重新挺身未定,如蛇一般钻到他剑下,一剑刺透了他的身体。朱萨克重重地摔倒了。

这时,达达尼安颇为担心,迅速扫视一下战场。

阿拉密斯已经干掉一个对手,另一个仍步步紧逼,但阿拉密斯处于优势,能对付得了。

比卡拉和波尔托斯刚刚各吃一剑,波尔托斯伤在胳臂,比卡拉则伤在大腿,但是二人伤势都不严重,彼此斗得更凶了。

阿多斯再次被卡于扎克刺伤,眼见面失血色,但他不后退半步,只是换到左手使剑搏斗。

按照当时的决斗规则,达达尼安可以援救别人,他用目光寻找哪个伙伴需要支援时,捕捉到阿多斯的一瞥。这一瞥具有极大的说服力。阿多斯死也不肯喊人相救,但是他可以投出去目光,用目光求援。达达尼安看出此意,便一个箭步,蹿到卡于扎克的侧面,大喊一声:"跟我斗斗,卫士先生,让我来杀掉您!"

卡于扎克转过身去。真及时啊!阿多斯仅靠非凡的勇气支撑着,这时腿一软,一个膝盖着地了。

"该死的!"他冲达达尼安嚷道,"先别杀他,年轻人,求求您了。我还有老账跟他算,等我养好伤再说。解除他的武装就行了,缴下他的剑。就是这样。好!很好!"

这声欢呼是阿多斯发出的,只因卡于扎克的剑被打飞出去二十来步远。达达尼安和卡于扎克同时扑过去,一个要重新拾起剑,另一个则要夺走,还是达达尼安捷足先登,一脚把剑踩住。

卡于扎克又跑向被阿拉密斯杀死的那名卫士,拾起那人的长剑,要回头再找达达尼安厮杀,中途却撞上阿多斯。刚才多亏达达尼安接战,阿多斯才得以喘息片刻,这会儿又怕他的仇敌被达达尼安杀掉,就想重新搏斗。

达达尼安明白,不让阿多斯动手了结,就会惹他不悦。果然,几秒钟之后,卡于扎克被一剑刺穿咽喉,倒下去了。

与此同时,阿拉密斯用剑抵住倒地的对手的胸口,逼迫他讨饶。

还剩下波尔托斯和比卡拉一对了。波尔托斯大吹大擂，又是问比卡拉大约几点钟了，又是祝贺他兄弟在纳瓦尔团升任了连长。然而，他连嘲带讽，却什么也没有捞到。比卡拉是一条铁汉，只有死了才会倒下去。

可是，必须结束战斗。巡逻队可能来，会把所有参加搏斗的人抓走，不管受伤与否，也不管是国王的人还是红衣主教的人。阿多斯、阿拉密斯和达达尼安围住比卡拉，勒令他投降。他虽然一人对付多人，而且大腿还中了一剑，还是要顽抗。不过，朱萨克这时用臂肘支起身子，喊他投降。比卡拉跟达达尼安一样，也是加斯科尼人，他佯装没听见，一笑置之，在招架的空隙，他还用剑尖指着一块地方：

"此地，"他滑稽地模仿《圣经》里的一句话，"比卡拉将死在此地，同伴中惟独他一人。"

"他们是四个对付你一个，算了，我命令你。"

"哦！如果是你的命令，那就是另一码事儿了，"比卡拉说道，"你是小队长，我必须服从。"

于是，他朝后一纵身，又在膝盖上将剑折断，投进修道院的围墙，就是不想缴械，然而双臂往胸前一叉，用口哨吹起一支颂扬红衣主教的歌曲。

英勇无畏，即使表现在敌人身上，也总是受人尊敬。火枪手们举剑向比卡拉致敬，然后收剑入鞘。达达尼安也照样做了，接着，他在比卡拉这个惟一没有倒下的人的协助下，将朱萨克、卡于扎克，以及阿拉密斯的对手中仅受了伤的那个，抬到修道院的门廊下面。前文说过，那第四个人已经死了。继而，他们敲响了钟，举着敌人五把剑中的四把，兴高采烈地走向德·特雷维尔先生的府邸。

只见他们挽着胳臂，拉成整条街那么宽，遇到火枪手全叫上，结果汇成一支胜利之师。达达尼安陶醉在喜悦中，他走在阿多斯和波尔托斯之间，亲热地挽紧他们的手臂。

跨进德·特雷维尔先生府邸的大门时，达达尼安对几位新朋友说："如果说我还不是一个火枪手，那么现在，至少收下我做学徒了，对不对？"

只见他们挽着胳臂,拉成整条街那么宽。

第六章　路易十三国王陛下

这个事件引起极大的轰动。德·特雷维尔先生高声斥责他的火枪手,暗里却祝贺他们。然而事不宜迟,要赶紧禀报给国王,德·特雷维尔先生就急忙赶到卢浮宫。还是太迟了,国王正与红衣主教密谈。近侍对德·特雷维尔先生说,国王正处理政务,这时不接见任何人。到了晚上,德·特雷维尔先生又进宫,国王正在打牌,而且赢了钱,他十分吝啬,赢了钱情绪就特别好,远远望见就招呼特雷维尔。

"到这儿来,卫队长先生,"他说道,"过来让我好好训斥您。您知道吗,法座可来向我告状,状告您的火枪手,他太气愤了,今晚已经病倒。好家伙!您的火枪手,简直无法无天,一个个都该绞死!"

"不然,陛下,"特雷维尔回答,头一眼他就看出事情会如何发展,"不然,恰恰相反,他们全是善良之辈,如羔羊一般温顺,我可以担保,他们只有一个愿望,只为陛下效劳时,他们才拔出剑来。可是,有什么办法呢,红衣主教先生的卫士们,持续不断地向他们寻衅。这些可怜的年轻人,正是为了卫队的荣誉,才不得不奋起自卫。"

"听着,德·特雷维尔先生!"国王说道,"听着!这么说,简直就像个宗教团体!真的,我亲爱的卫队长,我很想解除您的职务,由德·舍姆罗尔小姐接手,我答应过给她一座修道院。不要以为我会相信您的一面之词。别人称我正义者路易,德·特雷维尔先生,等一会儿,等一会儿我们再看吧。"

"啊!陛下,我恰恰信赖您主持公正,陛下,才会耐心地、放心地等待陛下的旨意。"

"那就等着吧,先生,等着吧,"国王说道,"我不会让您等多久的。"

果然手气变了,国王开始输掉赢来的钱,有个借口脱身也是好的,做一回"查理曼"①——请原谅借用赌徒的这种说法,我们承认不知道出处。不大工夫,国王也就站起身,把面前的钱币装进口袋,大部分是他刚赢来的。

"拉维约维尔,"他说道,"您来接替我,我有要事,必须同德·特雷维尔谈谈。啊!……刚才,我面前摆着八十路易金币,您也要拿出同样数目,以免输了钱的人有所怨言。首要的是公平。"

说罢,他又转身,同德·特雷维尔先生走向一个窗口。

"怎么样!先生,"国王继续说道,"您是说,法座的卫士们向您的火枪手寻衅?"

"对,陛下,一贯如此。"

"说说看,事情究竟是怎么发生的?其实您也知道,我亲爱的卫队长,法官必须倾听双方当事人的陈述。"

"哦!天主啊!事情的发生极其简单,又极其自然。我的三名最出色的士兵,陛下知道他们的姓名,而且不止一次表彰过他们的忠诚,我敢向陛下保证,他们一心一意为陛下效劳。是啊,我的三名最出色的士兵,阿多斯、波尔托斯和阿拉密斯先生,今天上午出去游玩,带着我托付给他们的从加斯科尼来的一名世家子弟。我想,他们要到圣日耳曼去走走,便相约在赤足加尔默罗修道院那里会齐,不料受到一帮卫士的骚扰,德·朱萨克先生,以及卡于扎克和比卡拉先生,还有两名卫士,他们聚众去那里,不可能不别有用心,要违反禁令。"

"哦!哦!您让我想到,"国王说道,"他们当然是去决斗的。"

"我没有这样指控他们,陛下,而是由陛下判断,五个全副武装的人,跑到赤足加尔默罗修道院附近那种偏僻的地方,究竟能去干什么呢。"

"对,您说得对,特雷维尔,您说得对。"

"可是,他们一看见我的火枪手,就改变了主意,把个人恩怨置于脑后,要报团队之仇。因为陛下也不是不知道,火枪手效忠国王,仅仅效忠于国王,也就是效忠于红衣主教先生的卫士们的天敌。"

---

① 查理曼:意为"赢了钱便走",源于查理大帝驾崩时,扩张的疆界寸土未失。

"是啊,特雷维尔,是啊,"国王忧伤地说道,"法兰西就这样形成两派,王国长了两个脑袋,请相信我,看着太让人伤心了。不过,这一切必将结束,特雷维尔,这一切必将结束。您是说,那些卫士向火枪手寻衅?"

"我是说,情况有可能是这样,但是我不敢打保票,陛下。您也清楚,了解真相该有多难,除非像路易十三这样,具有赢得正义者名声的非凡本能……"

"您说得对,特雷维尔。不过,在场的不仅是您的火枪手,和他们一起的还有个孩子?"

"对,陛下,其中一人带伤,因此,三名国王的火枪手有个伤号,加上一个孩子,他们不仅顶住了红衣主教先生五名最厉害的卫士的袭击,还把其中四个打倒在地。"

"真的,这可是一次胜仗啊!"国王容光焕发,高声说道,"一次全胜!"

"是的,陛下,同塞桥①之役一样,是一次全胜。"

"四个人,您是说,其中一个带伤,一个是孩子?"

"刚刚算个小青年,他这次表现得非常完美,因此,我要冒昧地推荐给陛下。"

"他叫什么名字?"

"达达尼安,陛下。他父亲是我从前的一位老朋友,曾有光荣的经历,跟随先王打过仗。"

"那个年轻人,您是说表现得很出色?讲给我听听,特雷维尔,您知道我爱听战争和打仗的故事。"

路易十三得意地捋着小胡子,同时臀部斜靠在窗台。

"陛下,"特雷维尔又说道,"我跟您说过,达达尼安先生差不多还是个孩子,没有当上火枪手的荣幸,一身普通百姓的打扮。红衣主教先生的卫士们见他特别年轻,又不是火枪卫队的人,就让他趁他们动手之前离开。"

"嗐,显而易见,特雷维尔,"国王接口说道,"是他们先动手的。"

---

① 塞桥:法国西部卢瓦尔河畔城镇,被放逐的王太后、路易十三之母曾两次发动叛乱。一六二○年,国王率军在塞桥击败她的部队。

"正是如此,陛下,这样就无可怀疑了。他们勒令他赶紧走开,然而他却回答,他有一颗火枪手的心,完全效忠于陛下,因此要留下来,同几位火枪手先生并肩作战。"

"勇敢的年轻人!"国王喃喃说了一句。

"果然,他留在他们身边,陛下又得到一个勇士,正是他给了朱萨克重重一剑,惹得红衣主教先生大发雷霆。"

"是他刺伤了朱萨克?"国王高声说道,"他一个孩子!这事儿,特雷维尔,简直不可能。"

"正像我荣幸地向陛下报告的这样,完全真实。"

"朱萨克,王国的一流击剑高手!"

"不错,陛下,他找到了师傅。"

"我要见见这个青年,特雷维尔,我要见见他,如果能为他做点儿什么,那好!我们就想法儿办到。"

"陛下什么时候召见他?"

"明天正午吧,特雷维尔。"

"只带他一个人来吗?"

"不,四个人全给我带来。我要同时向他们所有人表示感谢。忠心的人很难得,特雷维尔,必须褒奖忠心。"

"正午,陛下,我们准时到卢浮宫。"

"嗯!走小楼梯,特雷维尔,走小楼梯。不必让红衣主教知道……"

"是,陛下。"

"您也明白,特雷维尔,法令终究是法令,归根结底,还是禁止决斗。"

"不过,陛下,这次冲突超出了决斗的常规,完全是一场斗殴。红衣主教的五名卫士,袭击我的三名火枪手和达达尼安先生。"

"说得对,"国王说道,"尽管如此,特雷维尔,还是走小楼梯上来吧。"

特雷维尔微微一笑。对他来说,能让这孩子起而反抗老师①,已经算

---

① 本书开场时,年轻的路易十三与执掌朝政的首相黎世留被看成学生与老师的关系。

大有收获了。于是,他毕恭毕敬地向国王施礼,得到允许才告退。

当天晚上,三名火枪手就得知给予他们的殊荣。他们早就认识国王,对此也就不那么兴高采烈,达达尼安则不然,他发挥加斯科尼人的想象力,从中预见自己的前程,这一夜净做黄金梦了。因此,刚早上八点钟,他就来到阿多斯的住所。

达达尼安看到这位火枪手已经穿戴齐整,准备出门了。要到中午才去觐见国王,他就和波尔托斯、阿拉密斯约好,去卢森堡宫的马厩附近的网球场,打一场网球。阿多斯邀请达达尼安一同前往。达达尼安不会打网球,也从未打过,但还是接受了,因为刚到九点钟,到中午十二点这段时间,他还不知道该怎么打发。

另外两名火枪手先到了,正在一起练球。阿多斯擅长各种体育项目,他就和达达尼安组对,到球场另一边,向他们挑战。他打球虽用左手,但试着刚击头一个球,心里就明白受伤日期太近,不宜进行这种运动。于是,达达尼安单独留在场上,他明确表示自己打不好,不能按规则比赛,这样,他们只打球不计分。波尔托斯腕力超人,打过来一个球,贴着达达尼安的脸飞了过去。达达尼安心中一惊,不免想道:这个球如果不是擦边过去,而是击到脸上,那么觐见国王的事儿就可能告吹,他带着那张紫青脸,就根本无法面见国王了。可是在他这加斯科尼人的想象中,他的一生前程都取决于这次觐见,因此,他非常客气地向波尔托斯和阿拉密斯施了一礼,宣布等他提高技艺能对抗时再来同他们打球,说罢退场,走到界绳外面的观众廊站定。

也该着达达尼安出事,观众里正巧有法座的一名卫士,他因战友昨天刚遭到的失败还愤愤不平,决心一遇机会就要报仇雪恨。他认为时机已到,便对身边的人说:

"这个年轻人怕被球击中,也不足为奇,毫无疑问,他是火枪队里的一名学徒。"

达达尼安就像被蛇咬了一口,猛地转过身去,凝视说这种放肆话的卫士。

"活见鬼!"那卫士傲慢无礼地捋着小胡子,又说道,"随您怎么看我都成,我的小先生,这话我说了。"

"您的话非常清楚,无须解释,"达达尼安低声回答,"我就请您跟我走一趟。"

"什么时候?"那名卫士以同样嘲讽的口气问道。

"这就请吧。"

"不用说,您知道我是谁啦?"

"我嘛,根本不知道,管您是谁呢。"

"这您就错了,假如您知道我的名字,也许您就不会这么急着走了。"

"您叫什么名字?"

"贝纳茹,愿为您效劳。"

"好哇,贝纳茹先生,"达达尼安泰然自若地说道,"我去门口等您。"

"走吧,先生,我跟着。"

"不要太急,先生,别让人看出我们是一道出去的。您应当明白,要干我们这种事,人太多就碍手碍脚。"

"好吧。"那卫士回答,心中不免奇怪:他的名字对年轻人没有产生任何作用。

贝纳茹的大名,的确无人不知,无人不晓,也许只有达达尼安是个例外。因为,那些不顾国王和红衣主教的三令五申,天天发生的打架斗殴中,出现次数最多的人里就有他一个。

波尔托斯和阿拉密斯正专心打球,阿多斯正聚精会神看他们打球,他们根本没有瞧见年轻的伙伴出去了。达达尼安按照他对法座的那名卫士讲的,走到门口站住,不大工夫,那名卫士也出来了。中午就要去觐见国王,达达尼安没有充裕的时间了,他扫视一下四周,见街上无人,便对他的对手说:

"真的,您实在幸运,尽管您叫贝纳茹,要对付的也仅仅是火枪队的一个学徒。不过,请放心,我会尽力而为。接招儿吧!"

"然而我觉得,这地点选得不好,"受到达达尼安挑战的人说道,"我们最好还是去圣日耳曼修道院后面,或者去教士牧场。"

"您说得完全有道理,"达达尼安答道,"可惜我时间不多,中午十二点还有约会。接招儿吧,先生,接招儿吧!"

这种恭维的话,贝纳茹可不是那种让人说上两遍的人,说话间,他已经拔剑在手,亮闪闪朝对手猛刺过去,想欺对手年轻,会被他吓倒。

然而昨天,达达尼安已经当过学徒,刚刚胜利出师,心气儿正旺,决心一步也不后退。因此,两把剑相交,直卡到护手,他也坚决顶住,逼迫对手后撤一步。贝纳茹在后撤这步的动作中,剑锋稍微偏离肩和臂一线,达达尼安就趁势收剑,猛刺过去,一剑正中对手的肩膀。紧接着,达达尼安也后撤一步,举起了剑,然而,贝纳茹却冲他高喊这无所谓,又莽撞地冲过去,结果主动撞到对手的剑上。不过,他没有倒下,又不承认战败,只是朝德·拉特雷姆依先生府邸退去,他有个亲戚在那府上当差。达达尼安也不知道对手第二次伤得多重,还步步紧逼,无疑要第三剑结果他的性命。恰好这时,街上喧闹声一直传到网球场。那名卫士有两个朋友听见他和达达尼安交谈几句,还看见他说完话就离开了,于是,他们急匆匆走出网球场,扑向这个胜家。可是,阿多斯、波尔托斯和阿拉密斯也紧跟着到了,迫使那两个转身抵挡,而无暇攻击他们的年轻伙伴。恰好这时,贝纳茹倒下了,两名卫士见自己要对付四个人,就大声叫喊:"快来帮忙,德·拉特雷姆依府的人!"府里的人听到喊声,纷纷跑出来,扑向那四个伙伴。他们四人也开始喊人:"快来帮忙。"

这种喊叫通常能叫来人,因为大家知道,火枪手是法座的死对头,他们基于对红衣主教的仇恨才喜欢火枪手。因此,除了阿拉密斯所称的红衣公爵的卫士,其他禁军卫队的卫士在这种斗殴中,通常都站在国王的火枪手一边。这时,德·艾萨尔先生卫队的三名卫士经过这里,有两名立即上去增援那四个伙伴,另一名则跑向德·特雷维尔先生府,而且边跑边喊:"快帮忙,火枪手,快来帮忙!"跟往常一样,德·特雷维尔先生府里挤满了火枪手,他们都去救助他们的战友。斗殴变成一场混战,但是火枪手占了上风,红衣主教的卫士和德·拉特雷姆依先生府的家丁,只好撤进府中,并且及时关上几道门,没有让敌人跟着拥进来。至于那个伤号,早已抬进府去了,正如上文所说,他的情况不妙。

火枪手及其盟友群情激愤到了极点。大家已经议论,为了惩罚德·拉特雷姆依先生家丁放肆攻击火枪手的行为,他们要不要放火烧毁这座府邸。这个倡议一经提出,就被大家热烈采纳。幸而这时,十一点的钟声敲响了,达达尼安及其伙伴猛然想起,他们还要去觐见国王,而眼下这次非凡之举,他们不参加就仿佛特别遗憾似的,于是劝大家冷静下来。众人仅仅掀起几块铺路石砸门,砸了几下见门砸不开,也就松劲了。况且,他们视为这次行动的带头人,已经离去有一会儿了,前往德·特雷维尔先生府。德·特雷维尔先生正等着他们,他已经得知这次冲突了。

"快点儿,去卢浮宫,"他说道,"去卢浮宫,片刻也不能耽误,要赶在国王得到红衣主教的通知之前见到他。我们就对他说,这件事是昨天事件的延续,让两件事一同了结。"

德·特雷维尔先生由四个年轻人陪同,便朝卢浮宫走去。可是进宫听说国王去圣日耳曼森林猎鹿了,火枪卫队长不禁大吃一惊,他让人把这消息说了两遍,而每说一遍,陪同他的几个人都看见他的脸色逐渐阴沉了。

"陛下是不是昨天就有这次打猎的计划?"德·特雷维尔先生问道。

"不是,阁下,"近侍答道,"今天早晨围场总管来禀报,夜间赶出一头鹿供陛下猎取。陛下开头回答说不去,后来又不忍放弃这次打猎的乐趣,吃罢饭就起驾了。"

"国王见过红衣主教吗?"德·特雷维尔先生又问道。

"很有可能见过了,"近侍回答,"因为今天早晨,我看见法座的马车备好了,我问去哪里,法座回答说:'去圣日耳曼①。'"

"他抢在我们之前了,"德·特雷维尔先生说道,"先生们,今天晚上我面见国王,至于你们嘛,我还是劝你们别去冒这个险了。"

这种劝告太有道理了,尤其出自特别了解国王的一个人之口,四个年轻人就更不想辩驳了。德·特雷维尔先生让他们回自己的住处,等待他的消息。

---

① 指圣日耳曼-昂莱,位于巴黎西面,伊夫林省地区首府,周围有三千五百公顷森林,城中建有法国国王弗朗索瓦一世的行宫。

德·特雷维尔先生回到府上,想到应当抓紧时间先告状。于是,他写了一封信,打发仆人送到德·拉特雷姆依先生府上,信中请求德·拉特雷姆依先生将红衣主教先生的卫士赶出府去,并且斥责自己的家丁胆敢袭击火枪手。然而,德·拉特雷姆依先生已先有他的骑术师的进言,谁都知道,那名骑术师正是贝纳茹的亲戚。德·拉特雷姆依先生答复说,恰恰相反,应当提出控诉的是他,而不是德·特雷维尔先生,也不是那些火枪手,正是火枪手攻击了他府上的人,还要烧毁他的府邸。两位大人自然都固执己见,争论起来可能旷日持久。于是,德·特雷维尔先生想出一个办法,以便彻底了结,即亲自拜访德·拉特雷姆依先生。

就这样,他赶到德·拉特雷姆依府,让人通报进去。

两位大人客客气气地相互施礼,要知道,二人之间即使谈不上友情,至少彼此还敬重,他们都是勇敢的人,看重荣誉的人。德·拉特雷姆依先生信奉新教,很少有机会见到国王,他不属于任何政治派别,在社会交往中,一般也不带有任何偏见。然而这一次,他待客虽然彬彬有礼,却要比往常冷淡得多。

"先生,"德·特雷维尔先生说道,"我们都认为有理由控告对方,而我来登门拜访,就是希望我们一同将事情弄个水落石出。"

"乐于奉陪,"德·拉特雷姆依先生答道,"不过,我要先告诉您,情况我都了解了,事情全怪您的火枪手。"

"您是个特别公正、特别通情达理的人,"德·特雷维尔先生说道,"想必不会不接受我要向您提出的建议。"

"说吧,先生,我听着呢。"

"您的骑术师的亲戚,贝纳茹先生的状况现在如何?"

"嗯,先生,状况很糟。他臂上中了一剑,伤势倒还不算太危险,另外还中了一剑,穿透了肺部,医生说恐怕凶多吉少。"

"那么,他神志还清醒吗?"

"完全清醒。"

"能说话吗?"

"很困难,不过还能说话。"

"那好,先生,我们这就去见他,以上帝的名义要求他讲出真相,也许他要被召去见上帝了。我把他视为他自己案件的审判官,先生,我相信他讲出的话。"

德·拉特雷姆依先生沉吟一下,随即便接受了,看来很难提出更为合理的建议了。

二人下楼,来到安置伤员的房间。伤员见两位尊贵的大人来看望他,便要起身相迎,怎奈他身体十分虚弱,这一支撑便精疲力竭,身子又倒下去,几乎失去知觉。

德·拉特雷姆依先生走到近前,给他闻了闻嗅盐,这才使他苏醒过来。德·特雷维尔先生不愿让人日后指责对伤者施加影响,就请德·拉特雷姆依先生亲自询问。

果然不出德·特雷维尔先生所料。贝纳茹在弥留之间,甚至连想也没有想隐瞒真相,他向两位大人原原本本讲了事情的经过。

这正是德·特雷维尔先生所期望的,他祝愿贝纳茹早日康复,告辞了德·拉特雷姆依先生,回到自己府邸,立即派人通知那四位朋友,说他等他们共进晚餐。

德·特雷维尔先生接待的宾客,都十分有教养,而且完全是红衣主教的对头。因此不难理解,晚餐上的谈话自始至终都围绕法座的卫士接连遭受的两次失败进行。达达尼安是这两天的英雄,赞扬的话全落到他的头上,而阿多斯、波尔托斯和阿拉密斯并不争功,一来是大家已经成为好伙伴,二来他们也常有机会受表彰,这次也就情愿让给达达尼安了。

将近六点钟,德·特雷维尔先生宣布他要去卢浮宫。既然过了陛下原定的召见时间,他就不要求从小楼梯上去,而是带着四个年轻人直接走进候见厅。国王打猎尚未回来。我们年轻人混杂在众多的朝臣之间,等了差不多有半小时,所有宫门就敞开了,宣布陛下回宫。

听见这一声宣告,达达尼安感到浑身一阵震颤,直达骨髓。随后的片刻时间,很可能就要决定他此后的一生。因此,他死死盯住国王要进来的那扇门,眼里流露出惶惶不安的神色。

路易十三终于出现,他走在前头,穿一身还满是尘土的猎装,足下登一双长统靴,手执一条马鞭。达达尼安一眼就断定,国王脑海里正孕育一场暴风雨。

陛下的这种心情再怎么显而易见,朝臣还是列队迎候,并不规避。在王宫的候见厅里,哪怕国王怒目而视,被他瞧上一眼,也比根本没看见要强得多。因此,三名火枪手并不犹豫,抢前一步,达达尼安则不然,还是躲在他们的身后。国王虽然认识阿多斯、波尔托斯和阿拉密斯,但是从他们三人面前走过时,既不看他们,也不同他们讲话,就好像从未见过面似的。至于德·特雷维尔先生,国王的目光在他身上停留片刻,他就十分坚定地同国王对视,最后还是国王把目光移开。接着,陛下边走边咕哝着什么,回到自己的套房。

"事情不妙,"阿多斯微笑道,"骑士的封号,我们这回又要落空了。"

"在这里等待十分钟,"德·特雷维尔先生说道,"过十分钟,你们还不见我出来,那就回我的府上,不必再等下去了。"

四个年轻人等了十分钟,一刻钟,二十分钟,仍不见德·特雷维尔先生出来,他们就惴惴不安地离开,不知要出什么事儿。

德·特雷维尔先生壮着胆子走进国王的书房,看到陛下情绪非常恶劣,坐在扶手椅上,用马鞭柄拍打着马靴。尽管如此,他还是十分镇定,问陛下的身体是否安好。

"不好,先生,不好,"国王答道,"我感到无聊。"

这的确是路易十三最严重的病症,他时常抓住一位大臣,拉到窗口,对大臣说道:"某某先生,我们一同来感受无聊吧。"

"怎么!陛下感到无聊!"德·特雷维尔先生问道,"今天打猎,不是挺高兴吗?"

"太高兴了,先生!我以灵魂发誓,全都搞得一团糟,我不知道是猎物没了踪迹,还是猎犬没了鼻子。我们追逐一头角分十根杈儿的鹿,追赶了六个小时,眼看要逮住了,圣西蒙已经举起号角,要吹响猎物入围的信号,突然间,所有猎犬都认错追捕的目标,扑向一只小鹿。等着瞧吧,我已放弃了鹰猎,还不得不放弃围猎。噢!我真是个不幸的国王,德·特雷维尔先生!我本来只剩下一只北欧大隼了,前天它还死了。"

"不错,陛下,我能理解您的痛苦,这是巨大的不幸。不过,您好像还有不少隼、鹰和小点儿的猛禽。"

"没有一个人训练它们,训鹰的人全走了,精通犬猎艺术的人也只剩我一个。等我一死,就全失传,将来打猎,就只能使用捕兽器、陷阱和活板了。我若是有点时间,培养几个学生该有多好!是啊,可红衣主教先生总在我眼前,不容我有片刻的空闲,跟我谈西班牙呀,跟我谈奥地利呀,跟我谈英国呀!嗯!提到红衣主教先生,德·特雷维尔先生,我对您感到不满。"

德·特雷维尔先生就等着国王露出底牌。他对国王有长期的了解,知道他那一大套抱怨,仅仅是一个开场白,是激励自己,鼓足勇气的办法,最终才讲出自己的本意。

"我怎么这么不幸,在什么事情上惹陛下不悦了?"德·特雷维尔先生问道,并装出一副深感诧异的样子。

"您就是这样尽职的吗,先生?"国王没有正面回答德·特雷维尔先生,继续说道,"我任命您当火枪卫队队长,难道就是让火枪手们杀死一个人,把一个街区闹翻天,还要放火烧掉巴黎吗?可您连一句话也不提!不过,"国王接着说下去,"我这样责怪您恐怕太性急了,捣乱分子一定下了大狱,而您就是来向我报告,这案子已经审了。"

"陛下,"德·特雷维尔先生平静地回答,"正相反,我就是来请求您审判。"

"审判谁?"国王提高嗓门。

"审判诽谤者。"德·特雷维尔先生说道。

"哦!这倒是件新鲜事,"国王又说道,"莫非您要对我说,您那三个该死的火枪手,阿多斯、波尔托斯和阿拉密斯,还有您那贝亚恩小子,他们不是跟疯子一样,扑向可怜的贝纳茹,围攻摧残他,也许此刻他正在咽气呢!莫非您要说,他们接着没有围攻德·拉特雷姆依公爵府,也根本没有想把它烧掉!如果是在战争时期,烧掉它也许算不上闯了多大祸,反正那是胡格诺派的一个巢穴,可是现在天下太平,这就成了一个恶劣的榜样。说说看,莫非您要否认这一切吗?"

71

"这种美妙动听的故事,是谁讲给您听的,陛下?"德·特雷维尔先生平静地问道。

"是谁讲给我听的这种美妙动听的故事,先生!除了我睡觉他守夜,我娱乐他工作,在王国内外,在法国和欧洲指挥一切的那个人,还会是谁呢?"

"陛下所指的一定是上帝了,"德·特雷维尔先生说道,"因为,据我所知,惟有上帝才高高位于陛下之上。"

"不,先生,我指的是国家的支柱,我惟一的仆人、惟一的朋友,红衣主教先生。"

"法座可不是教皇陛下。"

"您这话是何用意,先生?"

"我想说,惟独教皇才万无一失,而这种万无一失的品性,并没有扩大到那些红衣主教身上。"

"您想说他欺骗我,您想说他背叛我。您这是控告他。喏,说吧,坦白地承认,您在控告他。"

"不,陛下。但是我要说,他自己弄错了,我要说他得到的情报不准确,我要说他急于控告陛下的火枪手,对他们有失公正,他没有从可靠的来源汲取情报。"

"控告是来自德·拉特雷姆依先生,来自公爵本人。您还有什么说的?"

"我还是要说,陛下,在这个问题上,他的利害关系太大,不可能充当十分公允的见证人,但是,我绝不这样讲,我知道公爵是一位正直的绅士,愿意相信他的证言,不过有个条件,陛下。"

"什么条件?"

"陛下召他入宫,亲自问他,不要有人在场,单独问他。等陛下一接见完公爵,我就再来觐见。"

"好吧!"国王说道,"您肯相信德·拉特雷姆依公爵的证言吗?"

"对,陛下。"

"您肯接受他的宣判?"

"当然。"

"您肯接受他提出的赔偿要求?"

"完全接受。"

"拉舍纳伊!"国王叫道,"拉舍纳伊!"

路易十三的心腹跟班总是守在门口,应声进来了。

"拉舍纳伊,"国王说道,"立刻去给我召来德·拉特雷姆依先生,今天晚上我要同他谈话。"

"陛下能向我许诺,在接见德·拉特雷姆依先生和我中间,不再见任何人吗?"

"谁也不见,以绅士的信誉担保。"

"那好,明天见,陛下。"

"明天见,先生。"

"陛下认为几点钟合适?"

"随您的便。"

"可是,我来得太早,怕吵醒陛下。"

"吵醒我?难道我还睡得着吗?我睡不着觉了,先生,有时我还做做梦。仅此而已。您想来多早都成,就七点钟吧。不过,您要当心,您的火枪手别真有罪。"

"我的火枪手如果真有罪,那就交给陛下,随陛下怎么处置。陛下还有什么要求?请讲吧,我都遵旨照办。"

"没有了,先生,没有了。大家称我正义者路易,也不是没有道理。明天见吧,先生,明天见。"

"愿上帝保佑陛下睡得好。"

国王睡得极少,而德·特雷维尔先生睡得更糟。当天晚上,他就派人去通知他的三名火枪手及其伙伴,早晨六点半到他府上来。他带着他们一道进宫,但是没有向他们保证什么,也没有许诺什么,而且没有向他们隐瞒,他们能否得宠,甚至他本人的宠幸,全看运气如何了。

来到王宫小楼梯下面,德·特雷维尔先生让他们等着。假如国王还一直生他们的气,他们就不必露面,自动离去;假如国王同意接见他们,那

73

只要派人叫他们就是了。

德·特雷维尔先生走进国王专用候见厅,看见拉舍纳伊在那儿。拉舍纳伊告诉他,头天晚上去府邸没有找见德·拉特雷姆依公爵,而公爵回府又太晚,不便进宫了,因此他刚来一会儿,现正在国王的房间里。

德·特雷维尔先生听说这一情况,心里非常高兴,这就可以肯定,德·拉特雷姆依先生作证和他觐见之间,别人没有机会向国王进言了。

果然,刚过去十分钟,国王书房的门就打开了,只见德·拉特雷姆依先生走出来,走到德·特雷维尔先生面前对他说道:

"德·特雷维尔先生,陛下刚才派人把我召来,了解昨天上午在我宅邸发生的事件。我向他讲了真相,即错在我的家丁,并说我准备向您道歉。既然在此相遇,就请您接受我的歉意,并请您始终把我当作朋友。"

"公爵先生,"德·特雷维尔先生则说道,"我十分信赖您的正直,在陛下面前,除了您我没有找别的辩护人。现在看来我做对了,我要向您表示感谢,是您的行为表明,如今法国还有人无愧于我对您的评价。"

"很好!很好!"国王在两道门之间,听见了他们称颂彼此的话,便说道,"只不过,特雷维尔,既然他声称是您的朋友,那么您就对他说,我也愿意成为他的朋友,可他疏远我,快有三年我没有见到他了,这次还是我派人找他,才算见上一面。这些话请您转告他,因为一位国王不便亲口讲。"

"谢谢,陛下,谢谢,"公爵说道,"不过,希望陛下相信,并不是一天当中,陛下随时能见到的那些人,当然德·特雷维尔先生不在此列,并不是随时能见到的那些人,才最忠于陛下。"

"嗯!您听到了我讲的话,这样更好公爵,这样更好,"国王一直走到门口,"哦!是您啊,特雷维尔!您的火枪手在哪儿呢?前天我就让您带他们来见我,您为什么还未带来呢?"

"他们就在楼下,陛下,您吩咐一声,拉舍纳伊就可以去叫他们上来。"

"好,好,让他们立刻上来,快八点钟了,九点钟我要等一个人来访。好了,公爵先生,务必常来。进来吧,特雷维尔。"

公爵施了礼走了。他打开套间门时,三名火枪手和达达尼安由拉舍纳伊带领,已经出现在楼梯口了。

"来吧,我的勇士们,"国王说道,"来吧,让我来训斥你们。"

火枪手走近前施礼,达达尼安则跟在他们身后。

"真是鬼晓得!"国王说道,"你们四个人,两天当中,就让法座的七名卫士丧失战斗力!这太多了,先生们,太多了。照这样干下去,三周之后,法座就不得不更换卫队了,我也不得不极其严厉地推行那些法令。偶尔搞他一个,我也不会说什么,然而两天里七个,我再说一遍,这太多了,实在太多了。"

"这不,陛下也看到了,他们万分痛悔,前来请求宽恕。"

"万分痛悔!得了吧!"国王说道,"我根本不相信他们虚伪的面孔,尤其是那边的加斯科尼人的那张脸。过这儿来,先生。"

达达尼安明白,这句赞扬的话是冲他讲的,于是他走上前去,摆出一副痛不欲生的样子。

"怎么!您怎么对我说他是个年轻人?明明是个孩子,德·特雷维尔先生,名副其实一个孩子!狠狠一剑刺中朱萨克的,就是他吗?"

"还有刺中贝纳茹那漂亮的两剑。"

"真有这事儿!"

"这还不算,"阿多斯说道,"如果不是他把我从比卡拉手中救出来,那么完全可以肯定,此刻我没有荣幸向陛下致以卑微的敬礼。"

"怎么,这个贝亚恩小子,是个地道的魔鬼呀!正如先王所说是个鬼胎,对吧,德·特雷维尔先生?要练成这一手,必得刺透多少紧身衣,折断多少把剑。可是,加斯科尼人还一直那么穷困,对不对?"

"陛下,我应当说,在他们的山区,还没有发现金矿,尽管天主完全应当为他们创造这种奇迹,奖赏他们支持先王的宏图所立的功劳。"

"这就是说,是加斯科尼人把我推上王位的,既然我是我父亲的儿子,对不对,特雷维尔?那好!就这样吧,我不否认。拉舍纳伊,去翻翻我所有的衣兜,能不能找出四十皮斯托尔,如果找到了,就给我拿来。喏,现在呢,将手放在良心上,讲讲是怎么回事儿?"

75

于是,达达尼安详详细细,讲述了昨天发生的事件:他要觐见陛下,兴奋得如何睡不着觉,还差三小时才能进宫,他就到了朋友的住所,他们如何去了网球场,他怕球打到脸上,流露出惧色,如何受到贝纳茹的嘲笑,而贝纳茹为一句嘲笑话险些丢了性命,跟此事毫无关系的德·拉特雷姆依先生,也险些毁了自己的府邸。

"情况是这样,"国王喃喃说道,"对,公爵给我讲的,也是这么回事。可怜的红衣主教!两天损失了七个人,还是他最得力的亲信。不过,就到此为止,先生们,请听明白!到此为止,费鲁街的仇你们算报了,甚至过了头,你们也应该满意了。"

"如果陛下满意,我们也就满意了。"特雷维尔说道。

"对,我满意了。"国王补充道,同时从拉舍纳伊手上抓了一把金币,放到达达尼安手里。"拿着,"他说道,"这是我满意的一种体现。"

当今流行的自尊的观念,那个时期还不时兴。一位绅士从国王手里接过金钱,丝毫也不会觉得丢面子。达达尼安一点儿也不客气,将四十皮斯托尔装进兜里,还万分感谢陛下。

"好了,"国王说着,瞧了瞧挂钟,"好了,现在八点半了,你们退下吧。我说过,九点钟还等一个人。感谢你们的忠心,先生们。我可以依赖了,对不对?"

"哎!陛下!"四个伙伴异口同声地嚷道,"为陛下我们可以粉身碎骨。"

"很好,很好,但身体还是保持完好无损,这样更好,你们对我会更有用处。特雷维尔,"国王等其他人退出去,又低声补充道,"您的火枪卫队没有空缺,而且我们早有决定,要有个见习期,才能进火枪卫队,这个年轻人,您就安置在您妹夫德·艾萨尔的卫队里吧。哈!真的!特雷维尔,想想真开心,红衣主教那张脸又要怪模怪样了,他一定恼羞成怒,但是我不在乎,我占着理呢。"

国王挥手同特雷维尔告别。特雷维尔出宫找他的火枪手,看见他们正同达达尼安分那四十皮斯托尔。

果然如陛下所说,红衣主教恼羞成怒,简直怒不可遏,一周没有理睬

国王的活动。尽管如此,国王见了他还是无比亲切,笑脸相迎,每次都以极其柔和的声调问他:

"对了,红衣主教先生,您手下那个可怜的贝纳茹、那个可怜的朱萨克,现在情况如何?"

第七章　火枪手的内务

出了卢浮宫,达达尼安就征求朋友意见,如何使用他那份四十皮斯托尔的奖赏,阿多斯建议他到松果饭店订一桌丰盛的宴席,波尔托斯建议他雇一名跟班,阿拉密斯则建议他找一个像样的情妇。

一桌宴席当天就吃了,跟班在旁边侍候。宴席由阿多斯订的,跟班则是波尔托斯提供的。这个自负的火枪手,为了这顿饭,当天就雇了一个庇卡底①人当跟班。当时,那个庇卡底人正在拉图奈勒桥上,往河里吐痰,望着河面上形成的一圈圈水纹。

波尔托斯断言,这种消遣方式表明一种深思熟虑的性格,再不要别的推荐,就把人给带来了。

这个庇卡底人名叫卜朗舍,他原以为是受雇于这位气宇轩昂的贵族,但是看见这位置让一个叫木斯克东的人给占了,又听到波尔托斯说自己房子虽大,还不需要两个仆人,因此他得给达达尼安做事,他就不免微微有些失望。及至主人请客吃晚饭,他在一旁侍候,看见主人从兜里掏出一把金币付账,便又认为交了好运,感谢上天让自己碰上这样一个大阔佬。这种看法,他一直保持到晚宴结束,宴席剩下的菜肴也填补了他长期的饮食不足。可是到了晚上给主人铺床,卜朗舍的幻想破灭了。这个套间一厅一室,只摆了一张床。卜朗舍就睡在前厅,铺的毯子还是从达达尼安的床上抽出来的,此后,达达尼安的床上就少了一条毯子。

阿多斯也有一个跟班,名叫格里莫,是用独特方法训练出来服侍他

---

① 庇卡底:法国古代北部地区名,包括今天的索姆省,以及瓦兹、埃纳和加来海峡三省的部分地区。

的。这位尊贵的老爷一向沉默寡言,我们当然说的是阿多斯。他与波尔托斯和阿拉密斯相处五六年之久,成为无比亲密的伙伴。回想起来,他们时常看见他微笑,但是从未听见他的笑声。他的话简短有力,总是表达要表达的意思,毫无多余的成分,没有粉饰,没有美化,也没有什么花样。他的谈话只讲事实,不带任何插曲。

阿多斯虽然才三十岁,而且仪表堂堂,天禀聪颖,但是谁也不知道他有没有情妇。他从不谈女人,不过别人在他面前谈论,他并不阻止,偶尔插言,也无非是辛酸话、愤世嫉俗的评点,别人不难看出,他对这类谈话完全反感。他的保留态度,落落寡合,以及寡言少语,几乎把他变成一个老人。他也让格里莫养成习惯,看见他打个手势或者嘴唇动一动,就明白怎么干。只有在万不得已的情况下,他才同格里莫说话。

格里莫就像怕火一样惧怕主人,但对他那个人又十分依恋,对他的天赋极为敬重,有时以为完全理解他渴望什么,跑去执行他发出的命令,结果做得满拧。碰到这种情况,阿多斯就耸耸肩膀,一点儿也不发火,只是狠狠揍格里莫一顿。每逢这种日子,他才讲几句话。

波尔托斯呢,大家已然看出,他的性格同阿多斯截然相反。他不仅话多,而且嗓门儿大,不过,也应该说句公道话,他并不在乎别人听不听,只图说话的乐趣,只图听见自己说话的乐趣。他无所不谈,只是不谈学问,其辩解的理由是,他对有学问的人,从小就怀有根深蒂固的仇恨。他显得不如阿多斯那么高贵。自愧不如的这种感觉,在他们交往之初,往往使他对这位绅士有失公允,他还竭力以华丽的服饰来超过对方。然而,阿多斯只穿着火枪卫队军服,仅仅靠仰头和举足的姿态,便立刻占据了理应归他的位置,使张扬摆阔的波尔托斯退居第二位。波尔托斯也有聊以自慰的办法:让德·特雷维尔先生的候客厅、卢浮宫的卫队室充满他的艳遇的宣扬,而这正是阿多斯绝口不提的。从穿袍贵族的夫人到佩剑贵族①的夫人,从法官的太太又到男爵夫人,波尔托斯频频得手,眼下他开口闭口就是一位外国公主,人家如何对他倾心相许。

---

① 当时法国贵族分两大类:任司法官员的称穿袍贵族,在军队中任职的称佩剑贵族。

古谚云："有其主必有其仆。"因此，我们就从阿多斯的仆人谈到波尔托斯的仆人，从格里莫谈到木斯克东。

木斯克东是诺曼底人，原名博尼法斯，听来太温和，主人就给他改成木斯克东这个无比响亮的名字。木斯克东给波尔托斯做事，只要求管穿管住，但是要穿得讲究、住得好。另外，每天只要求给他两小时自由活动，以便满足他的别种需要。波尔托斯接受了这种条件，觉得这事儿十分合意。他让人用他的旧礼服和替换的斗篷，给木斯克东改成几件紧身衣。有一位裁缝十分灵巧，将旧衣服翻了面，做成新衣裳，木斯克东穿上，跟在主人身后还显得挺神气。至于那位裁缝的老婆，有人怀疑她想要波尔托斯降尊纡贵，放下他的贵族习惯。

还有阿拉密斯的性格，我们认为阐述得相当充分了。而且，他和他同伴们的性格，我们还将继续关注其发展。他的仆人名叫巴赞。既然主人希望有朝一日当修士，仆人也一天到晚穿着一身黑衣服，符合神职人员的仆人那种打扮。他是贝里地区人，年龄约在三十五岁至四十岁之间，性情温和而平静，身体肥胖。有了空闲时间，他就阅读宗教书籍，平时不得不做饭时，也只为主仆二人烧很少的菜肴，但是是美味可口。此外，他又聋又哑又瞎，忠诚可靠经得住任何考验。

这几对主仆，现在我们已经了解，至少有了肤浅的了解，再看看他们每人的住所吧。

阿多斯住在费鲁街，离卢森堡宫仅有两步路。带家具出租的套房，只有两小间屋，但是陈设很雅净。女房东还年轻，也还的确很有姿色，却白白送给他许多秋波媚眼。这简朴住宅的墙上，倒还挂着几件旧物，显示昔日的辉煌：譬如一把古剑，剑身华丽，嵌着金银丝图案，式样可以追溯到弗朗索瓦一世的时代，单单镶嵌宝石的剑柄，就值二百皮斯托尔。然而，阿多斯在最穷困的时候，也绝不肯抵押或者卖掉这把剑。波尔托斯也垂涎好长时间，如能得到这把剑，少活十年他也干。

有一天，波尔托斯要赴约去见一位公爵夫人，竟想借用那把古剑。阿多斯一句话不讲，只是掏空所有口袋，拿出所有珠宝、钱包、军服的饰带、金链子，情愿全部送给波尔托斯，但是那把剑，他说已经嵌在墙壁上，只有

木斯克东穿上翻新的旧衣裳,跟在主人身后还显得挺神气。

他本人离开这住所,剑才能离开那墙壁。室内除了古剑,还挂着一幅画像,画的是亨利三世朝代的一位贵族,服饰极其华丽,佩戴着圣灵勋章,那相貌与阿多斯有相似之处,即族亲之间的那种相似,这表明画像上的那位大贵族,国王赐封的骑士,是阿多斯的祖先。

最后,还有一个特别精美的金匣子,上面的纹章与古剑、画像上的纹章一致,作为装饰品摆在壁炉台正中,同壁炉其他装饰品显得极不协调。匣子的钥匙,阿多斯一直带在身上。不过有一天,他当着波尔托斯的面打开匣子,波尔托斯也就亲眼看清,匣中只有几封信和文件材料,无疑是情书和家族的文件。

波尔托斯住在老鸽棚街,那套房非常宽大,装饰得十分豪华。波尔托斯每次同朋友从窗下经过,身穿号服的木斯克东总站在一扇窗前。波尔托斯便抬起头,举手指着说道:"那是我的住宅。"然而,去他住所从来就找不见他,他也从未邀请谁上去过,因此没人想象得出,那豪华的外观里面,究竟装有什么真正的财富。

至于阿拉密斯,他住的一套房很小,只有一厅一室和一间餐室。套房在一楼,卧室朝向绿荫浓郁、花木清新的小花园,能挡住邻人的目光。

还有达达尼安,他的居住情况,我们已然了解,也认识了他的跟班卜朗舍师傅。

达达尼安生来特别好奇,就像具有搞阴谋的天赋之人那样,费尽心机想查清阿多斯、波尔托斯和阿拉密斯的确切身份。因为这几个年轻人参军时用了化名,隐瞒了贵族姓氏,尤其是阿多斯,一法里之外,就能嗅出他那贵族大老爷的气味。达达尼安向波尔托斯打听阿多斯和阿拉密斯的情况,又向阿多斯了解波尔托斯。

可惜的是,对他那寡言少语的伙伴,波尔托斯也一知半解。据说阿多斯在爱情上遭受很大不幸。一次极为恶劣的背情负义,害了这个文雅之人的一生。那次背情负义是怎么回事儿,大家都不得而知。

那么波尔托斯,他和两位伙伴的真名实姓,惟独德·特雷维尔先生知晓,除了姓名,他的生活倒很容易弄清楚。他爱慕虚荣,嘴又没有把门的,整个人儿如同水晶制品,让人看个通透。只有一件事会把琢磨他的人引入歧途,即听了他自吹自擂的话都信以为真。

至于阿拉密斯,看样子好像毫无秘密,却又是个浸透神秘色彩的青年。向他打听别人的事儿,他几乎不予回答,问他个人的事儿,他更是避而不答。有一天谈起波尔托斯,达达尼安盘问他许久,得知这个火枪手同一位王妃的一段美事儿,于是就进而了解对面谈话者的种种艳遇。

"您本人呢,我亲爱的伙伴,"他对阿拉密斯说,"您怎么净谈别人交上男爵夫人、伯爵夫人、王妃公主呢?"

"请原谅,"阿拉密斯接口说道,"我谈论,是因为波尔托斯本人也这么说,是因为他在我面前大声宣扬所有这些美事儿。假如我是听另一个人讲的,或是他本人对我的交心话,那么请相信,我亲爱的达达尼安先生,世上绝没有比我还严守秘密的忏悔师了。"

"这一点我不怀疑,"达达尼安说道,"可是我总觉得,那些纹章,您本人也相当熟悉,有一条绣花手帕就是明证,我有幸认识您就多亏了那条手帕。"

这次阿拉密斯一点也没发火,反而摆出极为谦虚的神态,亲热地答道:

"亲爱的,不要忘记我是要进教会的,我总逃避各种社交活动。您见到的那条手帕,根本不是送给我的,而是一位朋友忘在我家了,我不得不收起来,以免有损他和那位夫人的名声。至于我嘛,没有,也不想有情妇,这是效仿阿多斯非常明智的榜样,他也同样没有情妇。"

"真是活见鬼!您是火枪手,还不是神父。"

"临时当当火枪手,亲爱的,如红衣主教所讲,我是违心的火枪手,心愿还是教会的人,请相信我这话。阿多斯和波尔托斯把我拉进火枪卫队,就是让我有点营生干,当时我正要授圣职,却跟人弄出一点小麻烦……不过,谈这个您不大感兴趣,浪费了您的宝贵时间。"

"绝不是,我非常感兴趣。"达达尼安嚷道,"再说,现在我一点事儿也没有。"

"是啊,可是,现在我要念日课经了,"阿拉密斯回答,"然后,还应戴吉荣夫人之请作几行诗,接下来要去圣奥诺雷街,为德·舍夫勒兹夫人买胭脂。您瞧,亲爱的朋友,您是闲得很,可我却忙得不可开交啊。"

阿拉密斯亲热地伸出手,同年轻的伙伴告别。

达达尼安费多大劲儿,也未能多了解一点儿三位新友的底细。于是,他就此罢手,眼下就相信别人谈到他们过去的那些说法,希望将来会有更准确、更广泛的发现。他权且把阿多斯视为阿喀琉斯①,把波尔托斯视为埃阿斯②,把阿拉密斯视为约瑟③。

总之,这四个年轻人日子过得很快活。阿多斯赌博,而且总输钱。然而,他从不向朋友借一文钱,尽管他的钱袋不断供给他们使用。他不赌现钱的时候,次日清晨六点钟总去叫醒赢家,还清头天夜晚所欠的赌债。

波尔托斯有时也头脑发热,在这种日子里,如果赢了钱,他就目空一切,神采飞扬;如果输了钱,他就一连几天无影无踪,等重新露面时,便脸色煞白,神情沮丧。口袋里却有了钱。

至于阿拉密斯,他从不赌博。但是,若说最坏的火枪手,餐桌上最搅局的客人,那就非他莫属。他总是离不开工作。有时晚宴进行到一半,大家酒兴正浓,谈话正热烈,都以为在餐桌上还可以开心度过两三个小时,不料阿拉密斯瞧了瞧怀表,站起身来,粲然微笑着向大家告辞,说是去请教一位他约好的决疑论者。还有几次,他回住所要写论文,请朋友不要去打扰。

碰到这种情况,阿多斯则微微一笑,那笑容迷人而忧郁,同他那张高贵的面孔十分相称。波尔托斯却边喝酒边断定,阿拉密斯永远也只能做个乡村教士。

达达尼安的跟班卜朗舍交上好运,倒也显得颇为大气。每天工钱能拿三十苏④,在头一个月,他回到住所时,快活得像只燕雀,对主人也很亲

---

① 阿喀琉斯:希腊神话传说中的英雄,海洋女神的儿子,在特洛伊战争中英勇无敌,扭转战局,率领希腊联军获胜。
② 埃阿斯:希腊神话传说中的英雄,英勇善战。特洛伊攻陷后,他闯入雅典娜神庙,奸污并掠走女祭司卡珊德拉,受雅典娜的报复,在归途中被海陆夹击而粉身碎骨。
③ 约瑟:《圣经》人物,犹太人十二列祖之一。曾被法老的护卫长买去做奴隶,护卫长的妻子多次勾引他未遂,反诬陷他。后来因给法老解梦,当上埃及宰相。
④ 苏:法国辅币名称,当时二十苏合一利弗尔,后来二十苏合一法郎。

热。可是,背运之风一开始刮向掘墓人街的这个住户,即路易十三国王赏赐的四十皮斯托尔被吃光,或者所剩无几了,他就开始发牢骚,阿多斯听了觉得恶心,波尔托斯认为不成体统,而阿拉密斯觉得愚蠢可笑。阿多斯劝达达尼安辞掉那个东西,波尔托斯主张先狠狠揍他一顿,阿拉密斯则认为,当主人的只应当听恭维自己的话。"你们说说倒容易,"达达尼安接口说道,"您呢,阿多斯,您跟格里莫一起生活,整天沉默不语,也禁止他讲话,因此从来听不到他讲什么难听的话。还有您,波尔托斯,您过着神仙的日子,您在仆人木斯克东的眼里就是个神仙。至于阿拉密斯,您总是潜心研究神学,赢得您的仆人巴赞由衷的尊敬,而巴赞本人也是个既温和又虔诚的人。可是我呢,既没有财产地位,又不是火枪手,甚至连个普通卫士都不是,我怎么做才能让卜朗舍对我又亲近,又惧怕,又敬重呢?"

"事情很严重,"三位朋友答道,"这是件家务事,有些仆人就跟女人一样,必须立即把他们置于该待的地方。仔细考虑考虑吧。"

达达尼安想了又想,决定先揍卜朗舍一顿再说。他干什么事都认认真真,这次也不例外。狠揍了一顿之后,他还禁止卜朗舍未经他允许,擅自辞职。他又补充说:"因为,将来我一定错不了,等着,肯定会时来运转。你留在我身边,也就能发财。我这个当主人的,心地特别善良,总不能你请求辞职我就放人,让你失去发财的机会。"

这种做法,令三名火枪手十分敬佩达达尼安的策略。卜朗舍也佩服得五体投地,此后再也不提走的事儿了。

四个年轻人的生活就变得一致起来。达达尼安来自外省,没有任何习惯,他到了一个全新的环境,立即随俗,接受朋友们的习惯。

他们冬季八点左右起床,夏季六点左右起床,前往德·特雷维尔先生府邸,了解当天口令和卫队的情况。达达尼安虽不是火枪手,也还按时值勤,令人感动,三位朋友无论谁站岗他都陪伴,因而总在岗位上。在火枪卫队总部,人人都认识他,都把他当作好伙伴。刚一见面,德·特雷维尔先生就很赏识他,后来对他还真有了感情,有机会就向国王推荐。

三位火枪手也非常喜爱这个年轻伙伴。这四人被友谊联结在一起,有时为决斗,有时为公务,有时为消遣,每天要见面三四次,简直就是形影不离了。从卢森堡宫到圣绪尔比斯教堂广场①,或者从老鸽棚街到卢森堡宫,别人总能遇见这四个形影不离的人在彼此寻找。

德·特雷维尔先生许诺的事情,也一直在进行。果然有一天,国王命令德·艾萨尔骑士,将达达尼安收进他的禁军卫队当见习生。达达尼安连连叹气穿上新军装,如能换成火枪手的卫士服,少活十年他也干。但是,德·特雷维尔先生已然许诺,两年见习期满,一定给予这种优待,而且,达达尼安只要有机会为国王效力,或者立了大功,见习期还可以缩短。得到这种许诺之后,达达尼安便告退,次日就开始服役了。

达达尼安站岗时,现在又轮到阿多斯、波尔托斯和阿拉密斯去陪伴了。德·艾萨尔骑士先生的部队,从收下达达尼安的那天起,就同时收下了四个人。

---

① 圣绪尔比斯教堂广场:位于巴黎塞纳河左岸,一六四六年开始兴建的圣绪尔比斯教堂前面的广场。

达达尼安站岗时,现在又轮到阿多斯、波尔托斯和阿拉密斯去陪伴了。

第八章　宫廷里的一桩密谋

世上一切事物都有始有终,国王路易十三赏赐的那四十皮斯托尔,有个起始,也同样有个终结。这终结之后,四个伙伴的生计又窘迫了。先是阿多斯拿出钱来,让大伙支撑了一阵子。接着是波尔托斯,他还是靠惯用手法,失踪两天弄来钱,又管了大家半个月的生活需求。最后轮到阿拉密斯,他也乐意担起责任,说是拿出他的神学书籍,变卖了一些皮斯托尔。

接下来呢,还一如既往,去向德·特雷维尔先生求助,他也只能预支一点儿军饷。但是,他们支取那点儿钱维持不了多久。因为,三名火枪手账上已经拖欠了不少,而一名禁军士兵还未拿军饷。

大家终于看到真要身无分文了,就最后挤一挤,凑了八九个,十来个皮斯托尔,由波尔托斯拿去赌一把。他正赶上手臭,全部输掉,还欠了二十五皮斯托尔赌债。

这样一来,窘迫就进而变得忍饥挨饿了。几个饥肠辘辘的人带着自己的仆人,跑遍一条条河滨路和禁军各部,到外面的朋友家,只要可能就混一顿晚餐。要知道,按照阿拉密斯的见解,人在富足的时候,就随手播种几餐饭,到了失意的时候也好有所收获。

阿多斯接受四次邀请,每次都带着他的朋友及其跟班。波尔托斯有六次机会,也和他的伙伴们共享。阿拉密斯则有八次机会,看得出来,此人说得少干得多。

达达尼安在京城还不认识什么人,他仅仅在一个同乡的教士家,蹭了一顿巧克力早餐茶,在禁军的一名掌旗官那里蹭了一顿晚餐。他率领全班人马来到教士家,一下子吃光了人家供两个月用的储备品。掌旗官则十分豪爽,然而正如卜朗舍所言,吃得再多,也总归是一顿饭。

阿多斯、波尔托斯和阿拉密斯搞到那些丰盛的宴席,而达达尼安只给伙伴们提供了一顿半饭,在教士家的那顿早餐只能算半顿,他觉得挺丢面子,认为自己要由大家养活,却忘了他怀着年轻人的满腔热忱,曾供养这伙人达一月之久。他心事重重,头脑开始活跃起来,他考虑这四个勇敢的年轻人,既精力充沛又有进取心,结合起来应当另有目的,而不能整天这样闲逛,上上剑术课,搞点儿恶作剧。

　　的确如此,他们这样四个人,彼此情深义重,从钱财到生命都可以献出来,四个人始终相互支持,绝不后退,单独或者一起执行共同做出的决定。四个人的手臂分别威胁四个方位,或者合力指向一点,这样四个人,不管是秘密还是公开的,不管是通过坑道还是通过战壕,不管是使用计谋还是武力,就必然能闯出一条路子,奔向他们要达到的目的,哪怕这种目的被严格禁止,或者相距十分遥远。惟一令达达尼安惊讶的是,他的伙伴们根本没有想到这一点。

　　他达达尼安想到了,甚至非常认真地考虑,绞尽脑汁要给这种增大四倍的独一无二的力量找到一个方向。他毫不怀疑,这种力量就是阿基米德[①]寻找的杠杆,运用起来就能撬起地球。正想到此处,忽听有人轻轻敲门,达达尼安叫醒卜朗舍,吩咐他去开门。

　　达达尼安叫醒卜朗舍这句话,读者看了千万不要以为当时天已黑了,或者还没有天亮。不对!刚刚敲过下午四点钟。两小时前,卜朗舍就来向主人讨午饭,主人就用这句谚语作答:"睡觉就是吃饭。"因此,卜朗舍就拿睡觉当饭吃。

　　带进来的是一个男子,外表相当朴素,看样子像个市民。

　　卜朗舍想听听他们的谈话,权当饭后甜食。然而,那市民却明确对达达尼安说,他要谈的事情很重要,也很机密,希望能单独跟他谈谈。

　　达达尼安打发走卜朗舍,请来访者坐下。

　　冷场片刻,二人相互对视,仿佛要先认识一下,然后,达达尼安点了点

[①] 阿基米德(公元前287—前212):古希腊数学家,发现杠杆定律和阿基米德定律。据传他有一句豪言:给他一个支点,他能把地球撬起来。

头,表示洗耳恭听。

"我听人讲,达达尼安先生是个非常勇敢的年轻人,"市民开口说道,"他完全配得上这个好名声,这使我决定告诉先生一个秘密。"

"请讲吧,先生,请讲吧。"达达尼安说道,他凭直觉嗅出这是件好事。

那市民又停顿一下,才接着说道:

"我妻子在宫里给王后掌管衣物,先生,她挺聪明,也很美丽,和我结婚快有三年了。她虽然只有一小笔财产,但是受到她的教父,王后的侍衣侍从德·拉波尔特先生的保护……"

"怎么样呢,先生?"达达尼安问道。

"怎么样!"那市民接口说,"怎么样!先生,昨天早晨,她从工作间出来,就遭人绑架了。"

"您妻子遭谁绑架啦?"

"那我哪儿知道,先生,不过,我怀疑一个人。"

"您怀疑的那个人是谁?"

"一个男人,很长时间就跟踪她。"

"见鬼!"

"那我能怎么对您说呢,先生,"那市民接着说道,"我确信这事儿是政治原因,没有什么爱情的成分。"

"是政治原因,没有什么爱情成分,"达达尼安接口说,一副沉思的样子,"您怀疑什么事儿?"

"我怀疑的事儿,不知道该不该告诉您……"

"先生,我要提请您注意,我绝没要求您做什么。是您来找我的,是您对我说,要告诉我一个秘密。随您便吧。现在走还来得及。"

"不,先生,不,看您样子是个正派的年轻人,我信得过。是这样,我认为我妻子被绑架,不是因为什么恋情,而是因为一位比她高贵得多的夫人的恋情。"

"嗯!嗯!会不会是德·布瓦-特拉西夫人?"达达尼安问道,他要在这市民面前显示他熟悉宫廷里的事。

"还要高贵,先生,还要高贵。"

"还要高贵,高贵得多!"博纳希厄说。

"那就是戴吉荣夫人?"

"还要高贵。"

"德·舍夫勒兹夫人吗?"

"还要高贵,高贵得多!"

"那就是王……"达达尼安戛然住口。

"对,先生。"那市民万分惶恐,声音压得极低地答道。

"跟谁?"

"还能跟谁,如果不是跟……公爵……"

"那位……公爵……"

"对,先生!"市民回答,声调又低沉了许多。

"这种事,您是怎么知道的?"

"唔!我是怎么知道的?"

"是啊,您是怎么知道的?说话不要留半截,否则的话……您也明白。"

"我是听妻子说的,先生,听我妻子亲口说的。"

"她呢,又是听谁讲的?"

"听德·拉波尔特先生讲的。我不是对您说过嘛,她是王后的心腹德·拉波尔特先生的教女!情况就是这样!德·拉波尔特先生把她安置在王后陛下身边,就是让王后身边至少还有一个可靠的人。王后也真可怜,被国王抛弃,受红衣主教的监视,简直众叛亲离!"

"嗯!嗯!事情画出轮廓了。"达达尼安说道。

"我妻子四天前回来过,先生,她进宫做事提出的条件,有一条就是每周回家看我两次。因为,正如我荣幸地向您讲过的,我妻子非常爱我,四天前她回家来,向我透露说,这阵子王后特别害怕。"

"真的吗?"

"是真的。看来,红衣主教先生变本加厉,折磨她并迫害她。萨拉班德舞①那件事,他不能原谅王后。萨拉班德舞那件事您知道吗?"

---

① 萨拉班德舞:原是西班牙的一种交谊舞,十七世纪成为法国宫廷舞会的流行舞蹈。

"这还用问,当然知道!"达达尼安答道,其实他一无所知,要装出全部了解的样子。

"结果,现在不再是怨恨,而是报复了。"

"真的吗?"

"而且王后认为……"

"怎么,王后认为如何?"

"王后认为,有人以她的名义,给白金汉公爵写了信。"

"以王后的名义?"

"对,要把他引到巴黎来,一旦到巴黎,再诱他掉进陷阱。"

"见鬼!可是,我亲爱的先生,您妻子,她搅进那里干什么?"

"他们知道她忠于王后,就打她的主意。要么把她从女主人身边拉走,要么恐吓她,逼她讲出王后陛下的秘密,要么引诱利用她充当密探。"

"有这种可能,"达达尼安说道,"那么,绑架她的那个人,您认识吗?"

"我跟您说过,我觉得认识他。"

"他叫什么?"

"不知道,我仅仅知道他是红衣主教的人,一个该死的走狗。"

"那么,您见过他吗?"

"见过,有一天,我妻子指给我看了。"

"他形貌有什么特征,能让人认出来呢?"

"嗯!当然有了,他是一副大老爷的架势,黑头发,古铜色的脸膛,目光锐利,牙齿雪白,鬓角有一道伤疤。"

"鬓角有一道伤疤!"达达尼安叫起来,"还是雪白的牙齿,锐利的目光,古铜色脸膛,黑黑的头发,大老爷的架势,正是我在默恩碰到的那个人!"

"您是说,那人您见过?"

"对,对,不过同这事毫无关系。不对,我说错了,恰恰相反,如果您这个人正是我那个人,事情就简单多了,我就能一下子报了两个人的仇,就这么简单。可是,去哪儿能找到那个人呢?"

"这我可不知道。"

"他住在哪儿,您一点儿也不掌握情况吗?"

"一点儿也不掌握。有一天,我送妻子去卢浮宫,她要进去时,正赶上他出来,她指给我看了。"

"见鬼!活见鬼!"达达尼安咕哝道,"这些情况都太含糊。您妻子被绑架的事,是谁告诉您的?"

"是德·拉波尔特先生。"

"他对您讲了什么具体情况?"

"什么具体情况也没有讲。"

"从另一方面,您也没有得到什么消息吗?"

"有消息,我收到了……"

"什么?"

"我真不知道说出来是不是太冒失了?"

"您又来了,这回我可要提醒您注意,再打退堂鼓就有点晚了。"

"妈的,我不打退堂鼓!"市民高声说道,他骂了一句是要给自己鼓气,"而且,以博纳希厄的人格发誓……"

"您叫博纳希厄?"

"对呀,这就是敝姓。"

"您说,以博纳希厄的人格发誓!请原谅我打断您的话,真的,这名字我好像听说过。"

"这有可能,先生。我是您的房东。"

"哦!哦!"达达尼安说道,欠了欠身施礼,"您是我的房东?"

"对,先生,对。您住进我这儿已有三个月了,不用说,您总忙着大事儿,就把付房租的小事儿给忘了。我要说,我一点也没有烦扰您,因此就想,这种体恤之心,您一定注意到了。"

"那还用说嘛,我亲爱的博纳希厄先生,"达达尼安接口说道,"请相信,我十分感谢这样一种做法,正如我刚才讲的,假如我能为您做点什么……"

"我相信您,先生,我相信您,这话刚才我就要对您讲了,以博纳希厄"

的人格发誓！对您我信得过。"

"那么,您开了头的话,就对我讲完吧。"

市民从兜里掏出一张纸,递给达达尼安。

"一封信!"年轻人说道。

"是我今天早晨收到的。"

达达尼安打开信,由于天色暗下来,他就凑到窗口。市民也跟上去。

"不要寻找您的妻子,"达达尼安念道,"等到用不着她了,就会送还给您。您只要采取行动,想找到她,那您就必定完蛋。"

"说得真明白,"达达尼安接着说道,"不过,归根结底,这只是一种威胁。"

"对,但是,这种威胁叫我心惊胆战。我呀,先生,刀剑我一窍不通,我也害怕巴士底狱。"

"嗯!"达达尼安说道,"其实我也一样,并不怎么喜欢巴士底狱。如果只是动动剑,那我还可以。"

"可是,先生,碰到这种情况,我早就指望上您了。"

"是吗?"

"看见您的周围总有一些特别帅的火枪手,也认出那是德·特雷维尔先生手下的火枪手,因而也就是红衣主教的敌人,于是我就想,您和您那些朋友,一定会仗义相助我们可怜的王后,也乐得戏弄戏弄法座。"

"那当然了。"

"接着我又想,您欠了三个月房租,我就从来没有向您提起过。"

"是啊,是啊,这种理由,您已经对我讲了,我也认为非常充分。"

"而且,我还打算,只要您赏脸继续住在我这儿,以后的房租我也绝不向您提起……"

"很好。"

"此外,如果需要的话,如果眼下您手头紧,虽说这根本不可能,我打算奉送给您五十皮斯托尔。"

"好极了。看来,您很富有啊,我亲爱的博纳希厄先生。"

"应当这么说吧,先生,我的生活还算宽裕。我是做服饰用品生意的,积攒了一笔钱,大约有三千埃居的年金,尤其还有一笔资本,投入著名航海家让·莫凯①的最近一次航行中。因此,您就能明白,先生……啊!怎么……"那市民嚷道。

"什么事?"达达尼安问道。

"那是谁?"

"在哪儿?"

"街上,在您窗户的对面,那户人家门斗下有个裹着斗篷的人。"

"是他!"达达尼安和市民同时嚷道,二人同时认出各自要找的人。

"哼!这回他可休想逃掉!"达达尼安说着,一纵身扑向自己的剑。他抽出剑,冲出房间。

他在楼梯撞见阿多斯和波尔托斯。二人闪避一旁,达达尼安像箭一般从他们中间穿过去。

"喂!你这是往哪儿跑啊?"两名火枪手异口同声地问道。

"是默恩的那个家伙!"达达尼安答道,随即就消失了。

达达尼安不止一次向朋友讲述,他如何同那陌生人发生冲突,如何出现一位旅行的美丽女郎,那陌生人又如何交给她一封重要信件。

当时阿多斯认为,达达尼安是在打斗中丢失了信件。照达达尼安的描绘,那陌生人应是位贵族,只能是位贵族,在他看来,一位贵族绝不会那样下作,偷人信件。

波尔托斯则认为,这件事纯粹是一次幽会。不是一位贵妇约会一名骑士,就是一名骑士约会一位贵妇,不料达达尼安和他的黄马出现给搅了局。

阿拉密斯却说,这种事秘不可测,没有必要寻根问底。

因此,听了达达尼安匆匆说的一句话,他们就明白是怎么回事了。不管达达尼安追上那个人,还是不见了那人的踪影,他们认为他最终还是要回来,于是接着上楼。

---

① 让·莫凯(1575—约1617):法国旅行家,他曾奉命游历世界许多地方,为国王亨利四世搜集奇珍异物。

两人走进达达尼安房间,里面已空无一人。房东担心年轻人和那陌生人准要闹出事来,再由于他本人对自己性格的剖析,就认为还是小心为妙,便溜之大吉了。

第九章　达达尼安初显身手

不出阿多斯和波尔托斯所料,半小时之后,达达尼安果然回来了。这次又没有追上,那人也神了,忽然消失得无影无踪。达达尼安手执长剑,跑遍了附近所有街道,没有看到一个像他要找的那个人。最后无奈,他又折回来,做他也许一开头就该先做的事,去敲敲刚才那陌生人靠过的那扇门。然而,他用门环连续叩了十一二下,也是徒劳,根本无人答应。邻居们听到敲门声,有的跑到门口,有的从窗口探出头,明确告诉他,那所房子整整半年无人住了,而且,所有门窗也确实关得严严实实。

就在达达尼安沿街奔跑,敲人家大门的工夫,阿拉密斯来找两个同伴,等达达尼安回来一看,大家全会齐了。

"怎么样?"三名火枪手齐声问道,他们见达达尼安进来,满头大汗,一脸怒气。

"怎么样!"达达尼安把剑往床上一扔,嚷道,"那家伙肯定是魔鬼,就跟幽灵、鬼影、阴魂一般,忽然消失了。"

"您相信鬼魂显形吗?"阿多斯问波尔托斯。

"我嘛,只相信亲眼所见的,鬼魂显形,我从未见过,也就不相信。"

"《圣经》教导我们必须相信,"阿拉密斯说道,"撒母耳①的鬼魂,就在扫罗面前显现;这是个信条,我看到有人怀疑就要气愤,波尔托斯。"

"那家伙,不管是人还是鬼,是肉体还是幽灵,是幻影还是现实,反正他是我的灾星。要知道,他一逃走,先生们,就搅了我们一桩好买卖,本来

---

① 撒母耳:《圣经·旧约》中人物,希伯来先知。他奉耶和华之命,遵照民意立扫罗为王。后来扫罗违背神意,撒母耳便秘密立大卫为以色列王。撒母耳死后,扫罗同非利士人交战前,撒母耳鬼魂显形责备扫罗,并预告次日他必死。

有一百皮斯托尔好赚,也许还要赚得多些呢。"

"怎么回事?"波尔托斯和阿拉密斯异口同声问道。

至于阿多斯,仍信守他那缄默的原则,仅以目光询问达达尼安。

"卜朗舍,"达达尼安见仆人这时从门缝探头探脑,想听谈话的片言只语,便吩咐道,"下楼去找房东博纳希厄先生,要他给我们送来六瓶博让西①葡萄酒来,那是我爱喝的酒。"

"嘿!怎么,您在房东这儿开了赊购账户啦?"波尔托斯问道。

"不错,"达达尼安答道,"从今天开始,你们就放心了,他的酒如果不好,我们再让他换别的。"

"应利用而勿滥用。"阿拉密斯以训诫的口吻说了一句。

"我总是说,咱们四人之中,真有头脑的要数达达尼安。"阿多斯抛出这种见解,便立刻恢复习惯的沉默,而达达尼安则点头逊谢。

"您倒是说说看,究竟什么事儿啊?"波尔托斯问道。

"是啊,"阿拉密斯也说道,"这事儿向我们透透风吧,亲爱的朋友,除非怕连累某一位夫人的名声,如果是这样,您就最好把这秘密藏在心里。"

"你们放心吧,"达达尼安答道,"我要告诉你们的事儿,不会惹起任何人抱怨连累了名誉。"

于是,他原原本本向几位朋友讲述,他和房东之间刚刚发生了什么事,绑架可敬的房东妻子的那个男人,如何就是在自由磨坊主客栈同他发生争执的那个人。

"您这桩买卖还真不赖,"阿多斯十分内行地品了品葡萄酒,点了点头,表示他认为是好酒,然后说道,"从这个正派人身上,还能捞他五六十皮斯托尔。现在要弄清楚的问题就是,为了这五六十皮斯托尔,值不值得拿四颗脑袋去冒险。"

"不过请注意,"达达尼安高声说,"这桩买卖牵涉一个女人,一个被劫持的女人。她肯定受到威胁,也许还在受折磨,而她落到这种地步,就

---

① 博让西:法国中部的城镇。

是因为她忠于自己的女主人。"

"当心,达达尼安,当心啊,"阿拉密斯说道,"一谈到博纳希厄太太的命运,我看您就有点太激动了。女人啊,是为了毁掉我们而被创造出来的,那是我们一切不幸的源泉。"

听了这一警句,阿多斯皱起眉头,又咬住嘴唇。

"我所担心的,绝非博纳希厄太太,"达达尼安高声说道,"而是王后。王后遭到国王的遗弃,还受红衣主教的迫害,只能眼睁睁看着她的所有朋友一批一批掉了脑袋。"

"她为什么要爱我们最恨的西班牙人和英国人呢?"

"西班牙是她的祖国,"达达尼安回答,"她爱西班牙人是极其自然的,那是和她生活在同一片土地的孩子。至于您指责她的第二点,我就听人说过,她不是爱所有英国人,而是爱一个英国人。"

"嗯!老实说,"阿多斯说道,"应当承认,那英国人也很值得爱。我还从没有见过他那样气宇轩昂的人。"

"且不说他衣着就与众不同,"波尔托斯也说道,"他撒珍珠那天,我恰巧在卢浮宫,真的,我也拾到两颗,每颗卖了十皮斯托尔。你呢,阿拉密斯,你认识他吗?"

"跟你们一样熟悉,先生们,因为在亚眠①的花园逮捕他的人,就有我一个,是王后的马厩总管德·普唐日先生带我进去的。那时,我还在神学院学习,觉得出了那种事,对国王是很残忍的。"

"尽管如此,"达达尼安说道,"我若是知道白金汉公爵在什么地方,还是会拉起他的手,把他带到王后身边,哪怕仅仅为了气气红衣主教先生。因为我们真正的、惟一的、永远的敌人,先生们,就是红衣主教。如有办法狠狠跟他搞个恶作剧,老实说,拿脑袋去试一试我也心甘情愿。"

"对了,"阿多斯又说道,"达达尼安,那个服饰用品商对您说过,王后认为有人是用假信把白金汉公爵骗来的吧?"

"她担心是这样。"

---

① 亚眠:法国北方索姆省省会,当时为庇卡底地区首府。

"请等一等。"阿拉密斯说道。

"什么?"波尔托斯问道。

"接着说吧,我是在回忆一些情况。"

"现在我确信了,"达达尼安说道,"劫持王后身边这个女子的事件,同我们所谈的事有关系,也许同白金汉先生来巴黎也有关系。"

"这个加斯科尼人真有脑子。"波尔托斯赞佩地说道。

"我很喜欢听他说话,"阿多斯说道,"听他讲方言真有趣。"

"先生们,"阿拉密斯说道,"听我讲讲这件事。"

"听听阿拉密斯怎么说。"三位朋友说道。

"昨天,我到一位很有学问的神学博士家里,我时而去向他讨教神学问题……"

阿多斯微微一笑。

"他住在一个偏僻的街区,"阿拉密斯接着说道,"这是他的爱好和职业要求。且说我从他家出来的时候……"

阿拉密斯收住话头。

"怎么样?"听众问道,"您从他家出来的时候,怎么啦?"

阿拉密斯就像一个正说谎的人,不料碰到障碍,想控制一下自己,然而,他三个伙伴的眼睛都盯着他,都竖着耳朵倾听,说的话无法收回了。

"那位博士有个侄女。"阿拉密斯接着说道。

"哦!他有个侄女!"波尔托斯插言道。

"非常令人尊敬的一位夫人。"阿拉密斯说道。

三个朋友哈哈大笑。

"哼!你们如果嘲笑,如果怀疑,那就什么也了解不到。"阿拉密斯来了一句。

"我们就像伊斯兰教徒那样虔诚,就像灵台那样缄默。"阿多斯说道。

"那我就接着说,"阿拉密斯说道,"那位侄女时而去看望她叔父。昨天碰巧,我去时她也在场,离开时,我当然主动送她上自己的马车。"

"哦!她还有一辆马车,博士的侄女?"波尔托斯接口说道,他的一个缺点就是嘴没有把门的,"结识的人挺有身份啊,我的朋友。"

"波尔托斯,"阿拉密斯又说道,"我已经不止一次向您指出,您太不谨慎,这有损您在女人面前的形象。"

"先生们,先生们,"达达尼安高声说道,他隐约看出这件事的实质,"这是件严肃的事儿,如果能办到,咱们尽量不要开玩笑。讲下去,阿拉密斯,讲下去吧。"

"忽然来了个男人,他身材魁伟,棕色头发,举止神态像个绅士……类似您的那个人,达达尼安。"

"也许是同一个人。"达达尼安答道。

"有可能,"阿拉密斯继续说道,"那人隔着十步远,身后跟随五六个人,他走到我面前,十分客气地对我说:'公爵先生,还有您,夫人……'他又对挽着我手臂的那位夫人说……"

"对博士的侄女?"

"别插嘴,波尔托斯!"阿多斯说道,"您真叫人受不了。"

"那人说:'请上这辆车吧,不要打算有一点点反抗,也不要弄出一点点动静。'"

"他把您当作白金汉了!"达达尼安高声说。

"我认为是这样。"阿拉密斯答道。

"可是那位夫人呢?"波尔托斯问道。

"他把她当作王后了!"达达尼安说道。

"一点不错。"

"这个加斯科尼人,真是鬼精灵!"阿多斯高声说道,"什么也瞒不住他。"

"事实上,"波尔托斯说道,"阿拉密斯同英俊的公爵个头儿相仿,体态也有相似之处。然而我觉得,火枪手这身装束……"

"我披了一件肥大的斗篷。"阿拉密斯说道。

"这七月的天儿,真见鬼!"波尔托斯说道,"难道博士怕您被人认出来?"

"密探看错了形体,"阿多斯说道,"我还能理解,然而面孔……"

"我戴了一顶大檐儿帽。"阿拉密斯说道。

"嗬！上帝呀，"波尔托斯高声说道，"研究神学，还采取这么多防范措施！"

"先生们，先生，"达达尼安说道，"咱们别打哈哈浪费时间，咱们出去四处寻找服饰用品商的妻子，这是识破阴谋的钥匙。"

"身份如此低下的一个女人！您这么看，达达尼安？"波尔托斯说着，撇嘴做鄙夷状。

"她是王后的心腹跟班德·拉波尔特的教女。我不是对你们说过吗，先生们？再说，也许这是王后陛下的一种安排，这次她借助于身份极低的人。地位高的人远远就能惹人注意，而红衣主教眼力又特别好。"

"好吧！"波尔托斯说道，"您先跟那服饰用品商谈好价钱，要个好价。"

"不必，"达达尼安说道，"因为我相信，他不付钱，另外一方也会给咱们相当高的报酬。"

这时，楼梯忽然响起急促的脚步声，房门啪的一声打开，服饰用品商像丧家犬似的，冲进正聚着商量事的房间。

"哎呀！先生们，"他喊道，"救救我，看在老天的分上，救救我呀！有四个人来抓我，救救我，救救我呀！"

阿拉密斯和波尔托斯忽地站起来。

"请等一下，"达达尼安高声说道，同时打了个手势，让他们把抽出半截的剑插回鞘里，"请等一下，现在需要的不是勇武，而是谨慎。"

"然而，"波尔托斯高声说道，"我们总不能让……"

"你们就让达达尼安去处理，"阿多斯说道，"我重复一遍，他是我们当中脑袋瓜最灵的，我这方面，我明确表态服从他。你看怎么办都成，达达尼安。"

这时，四名卫士到了前厅门口，他们瞧见屋里站着四名火枪手，都佩着剑，于是犹豫，不敢贸然闯入。

"请进，先生们，请进，"达达尼安叫道，"你们这是光临寒舍，我们大家都是国王和红衣主教先生的忠实仆人。"

"这么说，先生们，你们不会反对我们执行接受的命令吧？"小队长模样的那个人问道。

"正相反,先生们,如果需要,我们可以助你们一臂之力。"

"哎,你这是什么话?"波尔托斯咕哝道。

"你是个傻瓜,"阿多斯说道,"别作声!"

"可是,您答应过我……"可怜的商人压低声音说道。

"我们只有保住自由,才能救您,"达达尼安低声快速说道,"我们若是表示保护您,他们就会把我们连同您一起抓走。"

"然而我觉得……"

"进来吧,先生们,进来吧,"达达尼安朗声说道,"我毫无理由保护这位先生。今天我是头一回见到他,是为了什么事,他本人会告诉你们的,他是来向我讨房租。是不是真的,博纳希厄先生?回答呀!"

"千真万确,"商人高声说道,"可是,先生没有告诉你们……"

"千万不要提我,也不要提我的朋友们,尤其不要提到王后,否则,您要毁了所有人,也救不了您自己。动手吧,先生们,动手吧,将这个人带走!"

达达尼安把蒙了头的商人推到卫士手中,同时对他说:

"您是一个无赖,我亲爱的,居然来向我要钱!向一名火枪手要钱!关进大牢!先生们,再说一遍,把他押走,关进大牢,尽量多关些日子,我好有充分的时间付给他房租。"

几个打手连声道谢,把他们追捕的人押走了。

他们正要下楼时,达达尼安拍了拍小队长的肩膀。

"我们干吗不喝一杯,彼此敬祝健康呢?"达达尼安说着,就斟了两满杯博纳希厄先生慷慨送来的博让西酒。

"这是我的莫大荣幸,"打手的头儿说道,"我接受,非常感谢。"

"好,为您的健康干杯……您怎么称呼?"

"布瓦勒纳尔。"

"布瓦勒纳尔先生!"

"为您的健康,我的绅士,该我问您了,请问您怎么称呼?"

"达达尼安。"

"为您的健康,先生!"

"还有最高的祝酒,"达达尼安嚷道,仿佛控制不住激动的情绪,"为国王和红衣主教干杯。"

如果酒不好,打手的头儿就可能怀疑达达尼安的诚意,然而酒确实是好酒,他也就相信了。

"您这搞的是什么鬼名堂?"波尔托斯见那警官去追他那些伙伴,而屋里只有他们四个朋友了,便说道,"呸!四名火枪手,眼瞅着一个求助的不幸者让人抓走!一位绅士,同一个走卒碰杯!"

"波尔托斯,"阿拉密斯说道,"阿多斯先就说你是个傻瓜,现在我同意他的看法。达达尼安,你是个了不起的人,等你到了德·特雷维尔先生的职位,我就请求你保护,设法让我主持一座修道院。"

"怪事!真把我搞糊涂了,"波尔托斯说道,"你们赞成达达尼安刚才那么干?"

"我想当然是这样,"阿多斯说道,"他刚才那么干,我不仅赞成,还要向他祝贺呢。"

"现在,先生们,"达达尼安说道,他也不费那个劲儿向波尔托斯解释他的行为,"大家为一人,一人为大家,这就是我们的座右铭,对不对?"

"可是……"波尔托斯又说道。

"伸出你的手,宣誓!"阿多斯和阿拉密斯同时嚷道。

波尔托斯在榜样面前败下阵来,他嘟嘟囔囔伸出手去,四个朋友异口同声地重复达达尼安口授的誓词:

"大家为一人,一人为大家。"

"很好,现在,各回各的住所,"达达尼安说道,就好像他这一生除了指挥,就没有干过别的事,"因为,从此时此刻起,咱们开始跟红衣主教较量了。"

第十章 十七世纪的捕鼠笼子

捕鼠笼不是我们今天时代的发明,人类社会形成过程中,一旦发明了某种警察机构,那么警察机构就发明出捕鼠笼。

读者也许还不熟悉耶路撒冷街的这一切口①,而且,我们写作十五年来,还是头一次使用表达这种事物的切口,那就让我们给读者解释一下,捕鼠笼为何物。

在一所房子里,无论什么房子,如果逮捕了某桩罪案的嫌疑人,逮捕行动又秘密进行。然后在头一间屋里埋伏四五个人,谁敲门都打开,等人进来再关上门,来一个抓一个。这样,不出两三天,常来这所房子的人就差不多全逮住了。

这就是一只捕鼠笼。

博纳希厄老板的那套房间,就成了一只捕鼠笼,谁进去都要被捕,由红衣主教先生的属下审问。不过,达达尼安住在二楼,有专用的通道,来找他的人也就没有碰到任何麻烦。

况且,来找他的也只有三个火枪手。他们三人已经分头查访,但是查访一无所获,没有发现一点线索。阿多斯甚至问到德·特雷维尔先生头上,由于这个可敬的火枪手平时沉默寡言,此举倒使他的队长深感诧异。不过,德·特雷维尔先生也一无所知,他最近一次见到红衣主教、国王和王后,看出红衣主教忧心忡忡,国王神色不安,而王后眼睛红红的,显然彻夜未眠,或者流过眼泪。这后一种情况,他倒不觉得怎么奇怪,王后结婚之后,经常失眠,并且以泪洗面。

---

① 耶路撒冷街:当时巴黎警察局所在地。耶路撒冷街的切口,即指警察所用的暗语。

德·特雷维尔先生还是嘱咐阿多斯，务必要为国王效劳，尤其要为王后效劳，还请他把这种嘱咐转达给他的伙伴们。

达达尼安却守在住所，没有动窝，他把房间改成观察哨所，从窗口能看到有人来自投罗网。此外，他还掀起几块地下的方砖，挖开地板镶木，这样，楼上楼下的房间就只隔一层天花板，楼下房间进行的审讯，审问者和被告的问答，他全听到了。

被捕的人先仔细搜身，再进行审问，审问不外乎这样几个方面。

"博纳希厄太太交给您什么东西，让您转交给她丈夫，或者转交给其他什么人吗？"

"博纳希厄先生交给您什么东西，让您转交给他妻子，或者转交给其他什么人吗？"

"他们夫妇二人，有哪个亲口向您透露过什么秘密吗？"

达达尼安心中暗道，他们若是掌握了什么情况，就不会这样发问了。现在，他们要了解什么事呢？是想知道白金汉公爵在不在巴黎，他有没有见过王后，或者有没有打算见王后？

达达尼安停留在这种想法上，根据他听到的那些话来判断，他这种想法很可能对头。

不管怎样，捕鼠笼还在使用，达达尼安也时刻警惕。

可怜的博纳希厄被抓走的第二天晚上，阿多斯刚同达达尼安分手，要去德·特雷维尔先生府邸。九点钟刚过，卜朗舍开始铺床，忽听有人敲临街的门，那扇门随即打开又关上，有人钻进捕鼠笼。

达达尼安急忙跑到掀起方砖的地方，卧倒在地，侧耳细听。

很快就传来几声喊叫，接着是有人企图捂住嘴而发出的几声呻吟。这一回却不审问。

"见鬼！"达达尼安心中暗道，"我觉得是个女人，有人搜身，她在反抗——还对她使用暴力——这帮浑蛋！"

达达尼安虽然行事谨慎，还是得极力控制自己，以免跑去干预楼下的事件。

"我可告诉你们，我是这所房子的女主人，先生们。我可告诉你们，我是博纳希厄太太。我还告诉你们,我是王后的人!"那不幸的女人喊道。

"博纳希厄太太!"达达尼安咕哝道,"我的运气就这么好,找到了大家都在寻找的人?"

"我们守候的就是您。"那些审讯者答道。

那女人嘴被捂住,声音越来越低沉,忽然一阵骚乱,是撞击护墙板发出的声响。落难的女人在拼力反抗四条汉子。

"别这样,先生们,别……"那声音很低,只能听见断续之声。

"他们堵上了她的嘴,要把她拉走,"达达尼安嚷道,同时像安了弹簧似的腾地跳起来,"我的剑,哦,我挎着呢。卜朗舍!"

"先生?"

"快跑去找阿多斯、波尔托斯和阿拉密斯。他们三个人准有一个在家,也许三个全回到家了。让他们拿上武器,让他们来,快点赶来。嗯!想起来了,阿多斯去了德·特雷维尔先生那里。"

"可是您呢,这是上哪儿去,先生,您上哪儿去?"

"我从窗户跳下去,"达达尼安高声说道,"好早点赶到。你呢,再码上方砖,扫扫地板,从门出去,跑到我跟你说的地方。"

"哎!先生,先生,您会摔死的。"卜朗舍嚷道。

"闭嘴,蠢货。"达达尼安说了一句。他双手抓住窗台,身子从二楼顺下去。幸好楼层不高,一点皮也没有擦破。

紧接着他就去敲门,嘴里咕哝道:

"我要主动投进这捕鼠笼子,活该那些猫倒霉,竟敢惹我这样一只老鼠。"

年轻人手拉门锤刚一敲响门,里面的骚乱声立即停止,只听脚步声走近,门一打开,达达尼安手持长剑,冲进博纳希厄老板的套房,而那扇门无疑安了弹簧,他一进去就自动关上。

这时,博纳希厄这所倒霉的房子的其他房客,还有近邻,就听见大喊大叫,咚咚的跺脚声,剑与剑相击的叮当声,以及噼里啪啦撞翻家具的响动。过了一会儿,听到这种喧闹感到吃惊的人,就跑到窗口想看个究竟,结果看见房门重又打开，那四个黑衣人不是走出，而是飞出来，活似惊恐万状的乌鸦，将翅膀的羽毛丢在地上和桌角上，也就是说，丢下了他们的衣服和斗篷的破片。

应当说，达达尼安没有费多大力气就大获全胜，因为只有一名打手有武器，而且也只是装装样子抵挡两下。不错，其他三人也操起椅子、凳子和瓷器，要砸死这个年轻人。然而，加斯科尼人用长剑在他们身上划了两三处轻伤，就把他们吓得屁滚尿流。十分钟就挫败他们，达达尼安控制了战场。

邻居们打开了窗户，那种冷静的神态，是见惯了骚乱和斗殴的巴黎居民所特有的，他们瞧见那四个黑衣人仓皇逃走，便又关上窗户，凭本能就知道，这一切暂告结束。

再说，时间也晚了，那时同今天一样，卢森堡街区的住户睡得早。

屋里只剩下达达尼安和博纳希厄太太了。他朝那可怜的女人转过身去，只见她仰倒在一把扶手椅上，已经半昏迷了。达达尼安迅速地打量她一眼。

这个可爱的女人有二十五六岁，一头棕发，两只蓝眼睛，鼻子微微上翘，牙齿令人赞叹，肤色则白里透红。她能被人误认为是位贵夫人的特征，也就仅此而已。手虽白皙但不纤巧，双脚也表明出身并不高贵。幸而达达尼安还没有注意这种细节。

达达尼安打量博纳希厄太太，正如我们所说，打量到脚的时候，忽见旁边地上失落一条细麻纱手帕，他照习惯拾起来，看到角上绣有缩写姓名的字母图案，认出同他见到的另一条图案一样，那条手帕害得他险些跟阿拉密斯拼命。

从那以后，达达尼安对绣有纹章图案的手帕怀有戒心，因此，他拾起手帕，一言未发，就放回博纳希厄太太的兜里。

这时，博纳希厄太太苏醒过来，她睁开双目，惊恐地四下张望，看见房里空了，只剩下她和她的救星，便立即绽开笑容，朝他伸出双手。博纳希厄太太的粲然笑容能把人迷倒。

"哦！先生！"她说道，"是您救了我，请允许我向您表示感谢。"

109

"太太,"达达尼安答道,"换了任何别的绅士,都会像我这样做,因此,您无须向我道谢。"

"该谢的,先生,该谢的,但愿我能向您证明,您帮助的不是一个忘恩负义的女人。可是,那些人抓我干什么呢?开头我还以为是盗贼呢,博纳希厄先生怎么不在家呢?"

"太太,那些人可比盗贼危险得多,因为他们是红衣主教先生手下的人。至于您丈夫,博纳希厄先生,他是不在家,昨天就来人把他抓走,押进巴士底狱了。"

"我丈夫被押进巴士底狱!"博纳希厄太太叫起来,"噢!我的上帝!他干了什么呀?心爱的人,真可怜!他整个人,就是清白无辜的化身!"

年轻女子惊魂未定的脸上,微微泛起一种类似微笑的神态。

"他干了什么,太太?"达达尼安说道,"我认为他惟一的罪过,就是同时既有福气又不幸地成为您的丈夫。"

"怎么,先生,您知道了……"

"我知道您曾遭绑架,太太。"

"被谁绑架,您知道吗?噢!您若是知道,能告诉我吗?"

"那男人有四五十岁,黑头发,皮肤晒成古铜色,左鬓角有一道伤疤。"

"是这样,是这样。那么,他叫什么名字?"

"哦!问他名字吗?这我可不知道。"

"我丈夫,他知道我被绑架啦?"

"绑架者本人写了一封信,通知了他。"

"他想到这个事件的起因吗?"博纳希厄太太颇为尴尬地问道。

"照我看,他归咎于政治原因。"

"起初我还怀疑不是,现在我跟他的想法一样了。这么说,这位亲爱的博纳希厄先生,一刻也没有怀疑过我……"

"嗯!非但不怀疑,太太,他对您的智慧,尤其对您的爱情,还感到万分自豪呢。"

美丽的少妇粉红的嘴唇上,再次掠过难以觉察的微笑。

"不过,"达达尼安接着说道,"您是怎么逃脱的呢?"

"从今天早晨起,我就知道了为什么绑架我,于是趁着他们把我单独关在屋里的机会,就吊下床单从窗口爬下去。我还以为我丈夫在家,就跑回来了。"

"来寻求他的保护?"

"哎!不是,可怜的亲人,我很清楚他无力保护我。不过,他在别的事情上,对我们可能还有用处,我就想通知他一声。"

"通知什么事儿?"

"嗯!这不是我个人的秘密,因而不能告诉您。"

"再说,"达达尼安说道,"恕我冒昧,太太,我虽是卫士,还是提醒您要谨慎小心。再说,在这儿谈机密的事并不合适。被我打跑的那些人,一定会带着增援卷土重来。他们再来这儿找到我们,那我们就完了。我算做对了,派人去通知我的三个朋友,然而,能不能在家里找见他们,谁知道呢。"

"对,对,您说得有道理,"博纳希厄太太惊慌地说道,"咱们快逃,赶紧逃走吧。"

她说着,就挽起达达尼安的胳臂,急忙拉他走。

"可是,逃哪儿去呀?"达达尼安说道,"咱们往哪儿逃啊?"

"先远远离开这所房子,然后再看去哪儿。"

这少妇和这年轻人,连房门都不费心关上,就匆匆沿着掘墓人街下坡走去,拐进王爷壕沟街,一直走到圣绪尔比斯广场才站住。

"现在,我们怎么办呢?"达达尼安问道,"您要我送您去哪儿呢?"

"不瞒您说,我还真不好回答您,"博纳希厄太太说道,"本来打算让我丈夫去通知拉波尔特先生,也好让拉波尔特先生明白地告诉我们,这三天来卢浮宫到底出了什么事,我进宫有没有危险。"

"有我呢,"达达尼安说道,"我可以去通知德·拉波尔特先生。"

"当然可以,只是还有一个麻烦,博纳希厄先生去卢浮宫,他们认识,就会放他进去,而您呢,他们不认识,就会让您吃闭门羹。"

"哎,好办!"达达尼安说道,"卢浮宫的哪个小角门,总会有忠于您的看门人,他凭借一个暗号就……"

博纳希厄太太定睛注视这个青年。

"暗号如果告诉您,"她说道,"您用过之后,能不能马上忘掉呢?"

"我以人格保证,以贵族的荣誉保证!"达达尼安说道,那些声调的真诚是不容置疑的。

"好吧,我相信您。看样子您是个诚实的青年。而且,您忠心耿耿办事,到头来也许前途无量。"

"我不要任何许诺,尽心尽力为国王效劳,让王后高兴,"达达尼安说道,"您就像对待朋友那样支配我吧。"

"可是我呢,这段时间,您把我安置在哪儿啊?"

"您不能去哪个人家中,再让德·拉波尔特先生去找您吗?"

"不行,谁我也信不过。"

"等一等,"达达尼安说道,"我们快到阿多斯的住所。对,正是。"

"阿多斯是谁?"

"我的一个朋友。"

"可是,他若是在家,看见我怎么办?"

"他不在家,我带您进去之后,就把钥匙拿走。"

"他若是回来呢?"

"他不会回来,即使回来,有人就会告诉他,我领来个女人,就安置在他屋里。"

"可是,这会极大地损害我的名誉,您知道吧!"

"这有什么关系!谁也不认识您,况且,我们碰到非常情况,就顾不了那许多了!"

"那就去您朋友家。他住在哪儿?"

"费鲁街,离这只有两步路。"

"去吧。"

二人又匆匆赶路。不出达达尼安所料,阿多斯不在家。门房知道达达尼安是房客的好友,照例把钥匙交给了他。他带博纳希厄太太上楼,进了我们描述过的小套房。

"您就跟到了自己家一样,"他说道,"在这儿等着,从里面插上门,谁叫门也不开,除非听见像这样敲三下,听着。"他敲了三下,头两下连着,比较重些,第三下隔开一点儿,比较轻些。

"好的,"博纳希厄太太说道,"现在,该我告诉您怎么办了。"

"我听着。"

"您到临梯子街的卢浮宫角门,找热尔曼。"

"好。然后呢?"

"他要问您有什么事,您就回答他两个词儿,图尔①和布鲁塞尔。他立刻就会听从您的吩咐。"

"我吩咐他什么?"

"去找王后的跟班,德·拉波尔特先生。"

"等他找来德·拉波尔特先生之后呢?"

"您叫他来找我。"

"好的,那么以后,我去哪儿,又怎么能再见您的面呢?"

"您非常想再见到我吗?"

"当然了。"

"那好!这事儿您放心,就由我来安排。"

"一言为定。"

"您相信我好了。"

达达尼安施礼告辞,同时向博纳希厄太太抛去无比深情的一瞥,集中投在她那娇小可爱的身体上。他下楼时,听见房门从里面拧了两道门闩。他三纵两跳就赶到卢浮宫,走进梯子街的角门接待室,恰好响起十点的钟声。我们刚才讲述的事件,是在半小时里接连发生的。

事情完全按照博纳希厄太太的吩咐进行。热尔曼听了暗号,领首领命。十分钟之后,拉波尔特便来到接待室。达达尼安三言两语,就让他明了情况,博纳希厄太太在什么地方。拉波尔特让对方重复一遍,准确记下

---

① 图尔:位于巴黎西南方二百二十五公里处,曾是都兰地区的首府,现为安德尔·卢瓦尔省省会。

113

地址,便跑步离去。然而刚跑出十来步,他又反身回来。

"年轻人,有个劝告。"他对达达尼安说。

"什么劝告?"

"因为刚才发生的事情,您可能受到追究。"

"您这样认为?"

"对。您有没有什么朋友,他家的时钟走得慢些?"

"那又怎么样?"

"您去看他,好让他能证明您九点半钟在他家中,在司法上,这叫'不在现场'。"

达达尼安认为,这个劝告想得很周全,于是他飞跑到德·特雷维尔先生府邸,但是没有进客厅见其他人,而是请求去办公室。达达尼安是府上的常客,他的请求没有碰上任何障碍,府上人去向德·特雷维尔先生通报,说他年轻的同乡有要事相告,请求单独接见。五分钟之后,德·特雷维尔先生就问达达尼安,他能帮上什么忙,有什么要紧事这么晚来见他。

"对不起,先生!"达达尼安说道,他利用单独待的一会儿,将时钟拨慢三刻钟,"当时我想,刚刚九点二十五分,来见您还不算太晚。"

"九点二十五分!"德·特雷维尔先生望着时钟叫起来,"真的,这不可能啊!"

"您瞧嘛,先生,"达达尼安说道,"这就是证明。"

"不错,"德·特雷维尔先生说道,"我还以为挺晚了呢。好吧,说说看,您找我有什么事?"

于是,达达尼安说起王后的事,给德·特雷维尔先生讲了好久。他表示非常替王后陛下担心,还讲述了他耳闻的红衣主教对付白金汉的计策,等等。这些情况,他讲的时候,显得非常沉稳而肯定,德·特雷维尔听了不能不信以为真,尤其是他本人,正如我们说过的那样,也早已注意到,在红衣主教、国王和王后之间,又出现了新的问题。

十点的钟声敲响了。达达尼安起身告辞。德·特雷维尔先生感谢他提供这些情况,叮嘱他要念念不忘为国王和王后效劳,然后就回到客厅。达达尼安下了楼,忽然想起手杖忘记拿了,又急冲冲上楼,回到办公室,用手指一拨,又把时针拨回准确的位置,以防第二天有人发现时钟被人动过。这样他才确信,此后他就有了一个证人证明他不在现场。他下楼去,很快就来到大街上。

第十一章 私 通

拜访完德·特雷维尔先生出来,达达尼安若有所思,走最长的一条路回家。

他这样绕远道,举目望着天上的星星,时而叹气,时而微笑,究竟在想什么呀!

他在想博纳希厄太太。在一名见习火枪手看来,这位年轻女子是近乎理想的爱恋对象。她美丽、诡秘,几乎熟知宫廷的所有秘事,因此之故,她那俏丽的面容显出十足迷人的严肃表情。看样子她不是一个冷漠的人,这对初恋的人具有不可抗拒的诱惑力。再说,达达尼安把她从要搜她身,要折磨她的那些魔鬼手中解救出来,这种大恩大德,就在他们二人之间建立起感激之情,而这种感激之情又极容易带有更温存的色彩。

美梦乘着想象的翅膀,飞得特别快,达达尼安已经看见那年轻女子派了信使,交给他写有约会的一封情书,还带给一条金链或者一颗钻石。我们说过,年轻的骑士接受国王的赏钱,并不感到羞耻,现在我们还要补充一句,在那种不修行检的时代,他们接受情妇的馈赠也毫不为耻。情妇几乎不断地送给他们珍贵而耐久的纪念物,就好像要以她们牢固的礼物,来征服他们脆弱的感情。

当时,靠女人发迹也并不脸红。仅仅貌美的女子就献出美貌,从而引出这句谚语:天下最美丽的姑娘,也只能贡献出她所拥有的。有钱的女子,还要拿出一部分钱财。那个风流时代的大部分英雄,如果不是情妇将多少装满的钱袋系在他们的马鞍上,他们既不能崭露头角,也不能进而功成名就。

达达尼安一无所有。外省人的迟疑,无非是薄薄一层清漆、瞬间凋谢的花朵、桃子表皮的绒毛,而三个火枪手作为朋友给他的违背正统观念的劝告,则像一阵风,将他的迟疑吹得无影无踪。当时的习俗相当离奇,达达尼安也入乡随俗,将巴黎当作战场,就好像来到佛朗德斯①。所不同的是,那边对付西班牙人,这边对付女人,但同样是要攻打的敌人,同样是要缴获的战利品。

不过,平心而论,这时候达达尼安所怀有的情感,还是比较高尚而无私的。服饰用品商说过他挺富有,而这个年轻人也猜测得出来,同博纳希厄先生这样的傻瓜一起生活,掌管钱柜的肯定是太太。然而这一切,丝毫也没有影响他见到博纳希厄太太所产生的感情,这种起初由贪图钱财而导致的初恋,同金钱利益几乎毫不相干。我们说"几乎",只因一个美丽、优雅、聪明的年轻女子,同时又富有,绝不会削弱,反倒会激励这种初恋。

女人生活优越,就有贵人的各种修饰和癖好,与她们的美色十分匹配。一双精织的白袜子、一件丝绸的衣裙、一副镶花边的乳罩,脚上穿一双漂亮的皮鞋,头上扎一根鲜艳的缎带,这些不会使一个丑女人变得漂亮,却可以让漂亮的女人越发显得美丽,还不要说那双手也会倍加增色。人的手,尤其女人的手,需要休闲才能保持秀美。

而达达尼安呢,读者完全了解,我们也没有隐瞒他的财产状况,他不是百万富翁。他很希望有朝一日能变成富翁,不过给自己定的这种幸福转变的时间还很遥远。可是目前,有了一个心爱的女人,眼看她渴望千百种构成女人幸福的小玩意儿,自己却不能提供,这该多么让人痛心啊!

女人如果富有而情夫没钱,他不能向她提供的东西,至少由她自己提供了。这种享乐虽说花的是丈夫的钱,却很少领丈夫的情。

再说,达达尼安准备成为最温柔的情夫,不过暂时,还是先做个忠诚可靠的朋友。他与服饰用品商的妻子相爱,做出各种打算,其中也没有忘记他的朋友们。像博纳希厄太太这样漂亮的女人,最适合带着去圣德尼平野上散步,或者去逛圣日耳曼集市,由阿多斯、波尔托斯和阿拉密斯陪

---

① 佛朗德斯:中世纪公国,位于法国和比利时交界处,十四世纪至十五世纪,英法因争夺佛朗德斯及其他地方,进行了百年战争。十五世纪至十七世纪归属西班牙,因而西班牙和法国又起争端。

伴,达达尼安征服这样一个女人,正可以得意地向他们炫耀。接着又想,闲逛的时间长了,肚子也饿了——最近,达达尼安注意到这一点了——那么就随便在一起吃顿饭,惬意的晚餐,一边能触到朋友的手,另一边能碰到情妇的脚。总之,在紧急关头,在极端的困境,达达尼安还是他朋友的救星。

至于博纳希厄先生,达达尼安高声否认同他有关系,将他推到那些打手的手中,还悄声许诺救他,他的情况怎么样了呢?我们应当向读者承认,达达尼安根本没有去想他,即使想过,心里也要说,管他在哪儿,只要待在那儿就成,爱情是所有感情中最自私的。

然而,读者尽可放心,即使达达尼安忘掉房东,或者借口不知道将他押往何处,就佯装把他忘掉了,还有我们呢,我们并没有忘记他,也知道他人在哪里。不过,也让我们效仿这个多情的加斯科尼人,暂时把他置于脑后。以后我们还会谈到他,那位可敬的服饰用品商。

达达尼安一边思索他未来的爱情,同时向黑夜倾诉,朝星星微笑,一边沿寻午街,或者按那时的叫法,沿猎午街上坡路走去。他恰巧来到阿拉密斯居住的街区,灵机一动,就想去拜访他这位朋友,要向他解释一下出于什么缘故,刚才打发卜朗舍去通知他火速前往捕鼠笼。阿拉密斯那会儿如果在家,毫无疑问会当即赶到掘墓人街,而到了那儿,除了他的两个伙伴之外,也许什么人也找不到,他们三人,恐怕谁也不知道究竟是怎么回事。这次打扰需要说明,这便是达达尼安高声讲出来的念头。

继而,他又心中暗道,他倒可以趁此机会,谈一谈娇小而美丽的博纳希厄太太。她的身影,如果不是占据他的心,至少占据了他的头脑。既是初恋,就不必遮遮掩掩。初恋总伴随极大的喜悦,而这种喜悦必须向外流溢,否则就会把人憋死。

两小时之前就黑了天,巴黎街道现在开始冷清了。圣日耳曼大街的所有时钟都报十一点钟。天气和暖,达达尼安沿着一条小街巷走去,那正是今天阿萨街的位置。他呼吸着和风从伏吉拉尔街带来花木的香气,那是由于夜露的浸润,微风的吹拂,花园变得清爽而散发出来的。远处平野散布的几家小酒店,还有人在饮酒,他们的歌声透过酒店厚实的护窗板,传过来就微弱难辨了。达达尼安走到街巷的尽头,便朝左拐去。阿拉密斯所住的房子,坐落在首饰匣街和塞尔旺多尼街之间。

达达尼安刚刚走过首饰匣街,已经认出他朋友住宅的大门,只见桐叶槭和铁线莲枝叶掩映,在门上交织成巨大的绿荫棚。这时,他忽然瞧见什么东西,仿佛是人影,从塞尔旺多尼街走出来。那身影裹着一件斗篷,乍一看达达尼安还以为是个男子,再看那矮小的身材、迟疑的姿态、为难的脚步,很快就认出是个女子。那女子好像不能断定那是她要找的房子,抬起眼睛辨认,停下脚步,又往回走,随即又返回来。达达尼安不免奇怪。

"我要不要上前帮她忙!"他想道,"从步伐可以看出她很年轻,也许长得很美。嗯!当然美了。不过,时间这么晚了,一位女子跑到街上来,只能是出门会情人。哎呀!别打扰人家的幽会,这样跟人拉关系可找错门了。"

这工夫,那年轻女子继续朝前走,还一边数着房舍和窗户。这倒既不费时,也不费力,因为街道两侧,各有三座公寓、两扇临街窗户。有两座公寓相像,阿拉密斯就住在其中的一座。

"见鬼!"达达尼安心中嘀咕,又想起那位神学家的侄女,"见鬼!深夜飞出来的这只小野鸽,如果是找我们朋友的房舍,那才有趣呢。真的,凭良心讲,恐怕就是这码事。啊!我亲爱的阿拉密斯,这一回,我可要弄个水落石出。"

达达尼安尽量缩小身形,躲到街道最幽暗的一侧,紧挨着墙龛里的一条石凳。

那年轻女子继续朝前走,除了轻盈的步伐显露她很年轻之外,刚才一声轻咳,嗓音无比清脆。达达尼安心想,这声咳嗽是个暗号。

这时,也许有人用约定的暗号回应这声咳嗽,这位夜间寻觅的女子不再犹豫,也许她并没有借助外力,最终跑到地方就认出来了。她果断地走近阿拉密斯的窗板,用弯曲的手指间隔均匀地敲了三下。

"她的确来找阿拉密斯,"达达尼安喃喃说道,"哼!伪君子!让我逮着了,您就这样研究神学的啊!"

刚刚敲了三下,里面的窗户就打开,从护窗板的玻璃透出一束灯光。

"哈！哈！"窃听者想道,"不敲门而敲窗户,哈！哈！里边有人等候呢。瞧着吧,窗板要打开,这位女士要跳窗户进去。很好!"

然而,令达达尼安深感诧异的是,护窗板始终关着,刚才点亮的灯光又消失了,周围又恢复黑暗。

达达尼安心想,这种情况不可能持续多久,他就接着睁大眼睛观察,竖起耳朵倾听。

他判断得不错,过了几秒钟,窗里脆生生地敲了两下。

街上的年轻女子作为回应,只敲了一下,于是,窗板就打开了。

可以想见,达达尼安该有多么贪婪地注视和谛听。

可惜,灯光移到另一间屋去了,好在这个年轻人的眼睛适应了黑暗。况且,加斯科尼人的眼睛,就有人断言,像猫眼睛一样,天生就有黑夜辨认东西的本领。

因此,达达尼安瞧见那年轻女子从兜里掏出一件白色物品,急忙展开,那形状好似一块手帕。她展开之后,又让对方注意看它的一角。

这让达达尼安想起,他在博纳希厄太太脚边拾起的那块手帕,而当时他就联想起在阿拉密斯脚下拾到的一块手帕。

活见鬼,那手帕到底有什么名堂呢?

达达尼安所处的位置,看不见阿拉密斯的脸,但是年轻人毫不怀疑,在屋里跟外面的女子谈话的肯定是他的朋友。于是,他的好奇心战胜谨慎,趁着上场的两个人物专心看手帕之机,从藏身的地方出来,动作疾如闪电,脚步又不发出一点声响,闪身贴到一个墙角,从那里望去,他的视线恰好能探进阿拉密斯的房间。

到了那里,达达尼安真想惊叫一声,同夜访的女子谈话的并不是阿拉密斯,而是一位女子。达达尼安只能分辨出她衣裙的轮廓,却看不清她的容貌。

与此同时,屋里的女子也从兜里掏出一块手帕,交换了刚才给她看的手帕。接着,两个女子匆匆交谈几句,最后,护窗板又关上了,窗外的女子转过身来,将风帽拉低,但是她采取这种谨慎措施为时已晚,她刚从离四步远的达达尼安面前走过,已被他认出是博纳希厄太太。

博纳希厄太太！她从兜里掏出手帕时,达达尼安就闪过念头怀疑是她。可是,这怎么可能呢？博纳希厄太太派他去见德·拉波尔特先生,好让德·拉波尔特先生带她回卢浮宫,她怎么可能在半夜十一点半钟,独自跑到巴黎大街上,冒着第二次被劫持的危险呢？

因此,肯定有重要事情,一位二十五岁的女人,能有什么重要事情呢？爱情。

不过,她冒着这样的危险,究竟为她自己,还是为别人的事呢？这正是年轻人在内心发出的疑问。嫉妒的恶魔在咬噬他的心,他那颗不折不扣正式情夫的心。

要弄清博纳希厄太太去哪里,倒是有一个简单易行的办法,就是在她后面跟踪。这办法实在简单,达达尼安十分自然就采用了,而且出于本能。

博纳希厄太太忽然看见一个青年离开墙壁,仿佛一尊雕像走出神龛,又听到身后响起一阵脚步声,她便轻轻叫了一下,赶紧逃跑。

达达尼安随后追赶,要追上一位身披斗篷、行动不便的女人,对他来说不是难事。因此,她逃进那条街,还没有跑出街长的三分之一,就被他追上了。不幸的女子跑得精疲力竭,一感到达达尼安的手搭到她的肩上,腿一软便单膝跪倒在地,倒不是因为太累,而是吓的,她声音哽咽着嚷道：

"您要杀就杀吧,从我这儿什么也不会问出来。"

达达尼安伸出双臂抱住她的腰,扶她起来,但是从身子的沉重上觉出她就要昏过去了,于是他赶紧表白愿为她尽心效力,让她放心。在博纳希厄太太听来,这类表白毫无意义,因为心怀恶意的人,也同样可以这样表白,但是声音胜过一切话语。年轻女子觉得听过这人的声音,便睁开眼睛,瞧一瞧把她吓得半死的那个人,认出了达达尼安,不禁高兴地叫起来：

"嗯！是您啊,是您啊！"她说道,"谢谢,我的上帝呀！"

"对,是我,"达达尼安说道,"是上帝派我来保护您的。"

"您就是抱着这种打算跟随我的吗？"年轻女子问道,同时风情十足地微微一笑。她有点爱戏谑的性情重又占了上风,一看清是朋友而非敌人,她的恐惧就烟消云散了。

"那倒不是,"达达尼安说道,"我承认,那倒不是。我是偶然在路上碰见您,看见一位女子敲我一个朋友的窗户……"

"您的一个朋友?"博纳希厄太太打断他的话。

"当然了,阿拉密斯是我一个最要好的朋友。"

"阿拉密斯!他是谁呀?"

"算了吧!莫非您要对我说,您不认识阿拉密斯?"

"这个名字我还是头一次听说。"

"这样看来,您也是头一次到那所房子去?"

"当然了。"

"您不知道那儿住一个青年男子?"

"不知道。"

"住的是一名火枪手?"

"根本不知道。"

"您刚才不是去找他的吗?"

"绝对不是。再说,您也完全看清楚了,跟我说话的是个女人。"

"不错。不过,那女人是阿拉密斯的朋友。"

"那我就不得而知了。"

"既然她待在阿拉密斯的家中。"

"这就与我不相干了。"

"那么她是谁呀?"

"哎!这就不是我本人的秘密了。"

"亲爱的博纳希厄太太,您很可爱,但同时您也是最神秘的女人。"

"我是不是因此就掉价啦?"

"不,正相反,您令人赞叹。"

"那好,让我挽上您的胳臂。"

"乐意效劳。现在做什么?"

"您现在送送我。"

"去哪儿?"

"去我要去的地方。"

"可您要去哪儿啊?"

"到地方就知道了,您要送我到门口。"

"要我等您吗?"

"不必了。"

"怎么,您要一个人回去?"

"也许是,也许不是。"

"那么陪您返回的人,是个男人呢,还是个女人呢?"

"我还一点儿也不知道。"

"我呀,我会知道的!"

"您怎么会知道?"

"我等着看您出来呀。"

"既然如此,那就再见了!"

"这是为什么?"

"我用不着您。"

"可是刚才您还要求……"

"一位绅士的帮助,而不是一个密探的监视。"

"这话可有点儿刺耳!"

"硬要跟踪别人的人,应当怎么称呼呢?"

"冒失鬼。"

"这词儿也太轻了。"

"好了,太太,我明白了,一切都得按照您的意思办。"

"您何不做得漂亮些,当即答应照办呢?"

"那么悔改就一点儿也算不上漂亮吗?"

"您真心悔改吗?"

"我自己也不清楚。不过,我所知道的,就是答应您一切照您的意思办,假如您让我陪您一直走到那地方。"

"然后您就离开我吗?"

"对。"

"不窥伺我出来?"

"不会。"

"以人格发誓?"

"以贵族的诚信保证!"

"让我挽上您的胳臂,咱们走吧。"

达达尼安伸出胳臂,博纳希厄太太紧紧挽住,她虽然有说有笑,但是身体还是不住地发抖,二人走到竖琴街地势高的一端。到了那里,年轻女子又显得犹豫不决,就像在伏拉吉尔街那样。继而,她根据一些特征,似乎认出了一扇门,于是走到门口。

"现在,先生,"她说道,"我就到这儿了。万分感谢您盛情陪伴,使我免遭独自行走的各种危险。现在,您履行诺言的时刻到了,我已经到达目的地。"

"您回去的路上,就什么也不害怕了吗?"

"只怕强盗。"

"难道那不算什么吗?"

"他们能抢去什么呢? 我身上一文钱也没有。"

"您忘了,还有那块带有纹章的漂亮绣花手帕呢。"

"什么手帕?"

"就是我从您脚边拾起来,放回您兜里的那块。"

"住口,住口,坏家伙! 您想毁了我呀?"年轻女子嚷道。

"瞧见了吧,您还有危险,简单一句话就让您发抖,您也承认了,这句话如果让人听见,您就毁了。哦! 听我说,太太,"达达尼安高声说道,同时握住她的手,以火热的目光凝视她,"听我说! 您还是大度一点儿吧,完全信赖我。您在我的眼中,难道没有看出我心里惟有忠诚和友善吗?"

"看出来了,"博纳希厄太太说道,"正因为如此,您就问我个人的秘密吧,我会告诉您的,可是别人的秘密,那就是另一码事儿了。"

"那好,"达达尼安说道,"我自己去发现,既然这些秘密可能影响您的生活,那么我就应该掌握。"

"千万不要这样,"年轻女子叫起来,她态度那么严肃,让达达尼安不由得打了个寒战,"哎! 千万不要插手关系到我的那些事,千万不要总想帮我完成那些事。我引起您的关怀,您对我的帮助我终生不忘,就以这种关怀和帮助的名义,我求您千万不要插手。请相信我对您说的话。您不要再管我了,我对您来说不存在了,就当您从来没有见过我。"

"阿拉密斯也应当像我这样做吗,太太?"达达尼安不免恼火,问道。

"这个名字,先生,您已经向我提了两三次,然而我对您说过,我并不认识他。"

"您不认识人家,却去敲人家的护窗板。得了吧,太太!您这么说,还以为我太轻信人了。"

"老实承认吧,您就是想套我的话,才编造这段故事,造出这个人物。"

"我没有编什么,也没有造什么,太太,我讲的是不折不扣的真话。"

"您说您的一位朋友住在那所房子里?"

"我是说了,而且还要重复第三遍,那所房子住着我的朋友,而那朋友就是阿拉密斯。"

"这些情况,以后会弄清楚的,"年轻女子轻声说道,"现在,先生,还是住口吧。"

"如果您能洞彻我完全敞开的心扉,"达达尼安说道,"您就会看到我心里充满好奇而可怜我,看到我心里充满爱而愿意立即满足我的好奇心。丝毫也不必担心爱您的人。"

"您谈论爱也未免操之过急了,先生!"年轻女子摇着头说道。

"因为爱来得快,这是我头一次,我还不满二十岁。"

年轻女子偷眼瞧他。

"听我说,我已经摸到线索了,"达达尼安说道,"三个月前,我差点儿同阿拉密斯决斗,就是由一块手帕引起的,而那块手帕,同您递给在他家里的那个女人看的那块手帕一模一样,而且可以肯定,上面也有同样的图案。"

"先生,"年轻女子说道,"我向您发誓,您总唠叨这些问题,已经让我烦透了。"

"可是您呢,太太,这么谨慎的人,要好好想一想,您身上带着这块手帕,如果让人抓住,手帕让人搜去,您不是给自己惹麻烦吗?"

"怎么会呢,上面缩写姓名C.B.不正是我的姓名孔斯唐丝·博纳希厄的开头字母吗?"

"或者是卡蜜儿·德·布瓦-特拉西①的开头字母。"

"住声,先生,再说一遍,住声! 唉! 我本人所冒的危险,既然制止不了您,那就想一想您可能冒的危险!"

"我?"

"对,您。认识我,就有坐牢的危险,就有生命危险。"

"那我就再也不离开您了。"

"先生,"年轻女子合拢手掌恳求道,"先生,以上天的名义,以一名军人荣誉的名义,并以一位贵族礼让的名义,请您走吧,喏,午夜十二点的钟声敲响了,时间到了,有人等我呢。"

"太太,"年轻人施礼答道,"以这种方式向我提出要求的人,我什么也不能拒绝,让您满意,我走了。"

"您真的不会跟随我,不会窥伺我吗?"

"我这就回自己的住所。"

"嗯! 我早就知道,您是个诚实的青年!"博纳希厄太太高声说着,就一只手伸给他,另一只手按住几乎嵌在墙里的一扇小门的门锤。

达达尼安抓住伸给他的手,热烈地吻着。

"噢! 我真希望从来就没有见过您!"达达尼安嚷道,他那种天真的粗鲁口气,往往比矫揉造作的虚礼更讨女人喜欢,因为这能暴露内心的思想,能表明感情胜过理智。

"不然!"博纳希厄太太接口说道,几乎是安抚的声调,而她那只一直被对方抓住的手,反过来紧紧握住达达尼安的手,"不然! 我不会说您这种话:今天未得到,不见得将来得不到。有朝一日我解除了约束,谁知道我会不会满足您的好奇心呢?"

---

① 卡蜜儿·德·布瓦-特拉西:即本书第二章提及的德·布瓦-特拉西夫人,德·舍夫勒兹夫人的表妹。

达达尼安抓住伸给他的手,热烈地吻着。

"对我的爱情,您也做出同样的许诺吗?"达达尼安乐不可支,高声说道。

"哎!这方面,我不愿做出任何保证,这要看您能激发我什么感情。"

"就说今天,太太……"

"今天,先生,我还只有感激之情。"

"嗯!您太可爱了,就故意怠慢我的爱情。"达达尼安伤心地说道。

"不,我承蒙您的慷慨,仅此而已。不过,请相信我这话:同某些人打交道,一切都会有转机。"

"啊!您让我成为最幸福的人。不要忘记这个夜晚,不要忘记这种许诺。"

"请放心吧,到了适当的时间和场合,我会记起这一切的。好啦!您走吧,走吧,看在上天的分上!有人午夜十二点准时等我,我已经迟到了。"

"晚了五分钟。"

"是的。然而有些情况,五分钟就等于五个世纪。"

"人在爱恋的时候。"

"哼!谁告诉您,我不是去会一个恋人呢?"

"是个男人等您?"达达尼安嚷道,"一个男人!"

"好了,又要争论起来。"博纳希厄太太说着,浅浅一笑,脸上已经流露出不耐烦的神色。

"好,好,我这就走,我走了。我相信您,我要保持我这忠诚的全部价值,哪怕这种忠诚是一种愚蠢的行为。别了,太太,别了!"

达达尼安握着她的手,仿佛感到没有勇气放开,只好猛力一甩,便跑开了。于是,博纳希厄太太去敲门,就像敲窗板那样,缓慢而均匀地敲了三下。达达尼安跑到街头拐角,回头望望,只见打开的门又关上,服饰用品商的美丽妻子身影消失了。

达达尼安接着往前走,他许诺不再窥伺博纳希厄太太的行动,哪怕她的性命交给她去的地方,交给要陪伴她的人,他达达尼安也管不了,他说过回家就得回家。五分钟之后,他就到了掘墓人街。

"可怜的阿多斯,"达达尼安说道,"他弄不清这究竟是怎么回事儿。也许他等着我就睡着了,也许他回家去了,可是到家却听说,一个女人来过。阿多斯家来了个女人!不管怎么说,"达达尼安接着说道,"阿拉密斯家里也有一个女人。这一切实在离奇,我真渴望知道,这一切该如何收场。"

"很糟,先生,很糟。"有人回答,而年轻人听出是卜朗舍的声音,因为他像满腹心事的人那样,一路自言自语,不知不觉走进过道,走到头后上楼便是他的房间了。

"怎么,很糟?傻瓜蛋,你这是什么意思?"达达尼安问道,"出了什么事儿啦?"

"什么倒霉事儿都有。"

"哪些倒霉事?"

"首先,阿多斯先生被捕了。"

"被捕了!阿多斯!被捕了!为什么?"

"他们在您这儿找到他,把他当成您了。"

"是谁来逮捕他的?"

"是被您赶跑的那些黑衣人找来的卫士。"

"他为什么不报出名字呢?为什么不说他与此事无关呢?"

"他就是故意不讲,先生。他反而走到我跟前,对我说:'此时此刻,需要自由的是你的主人,而不是我,因为他全知道,而我一无所知。他们以为抓到了他,这就给他争取了时间。三天之后,我再说出我是谁,他们只能放了我。'"

"好样的,阿多斯!高尚的心,"达达尼安喃喃说道,"从这件事儿就看出他的品格!那些打手都干了什么?"

"四个人把他押走,不知去哪儿了,也许押进巴士底狱,也许送进主教堡。两个人留下来,跟那些黑衣人到处搜查,拿走了所有材料。还有两个人,在搜查过程中把守门口。完事儿之后他们全走了,扔下门窗大开的空屋子。"

"波尔托斯和阿拉密斯呢?"

"我没有找见他们。他们没有来。"

"可是,他们随时都可能来,你不是让人转告他们,我在等他们吗?"

129

"对,先生。"

"很好!你待在这儿别动,如果他们来了,你就告诉他们,我这儿出了什么事儿,让他们去松果酒店等我。这里可能有危险,这房子也许被监控了。我马上去见德·特雷维尔先生,向他报告这些情况,然后再去找他们。"

"好吧,先生。"卜朗舍答道。

"让你留下,你也用不着害怕!"达达尼安走了又返回来,给他的跟班打气。

"您就放心吧,先生,"卜朗舍说道,"您还不了解我,我一干起来就勇敢,关键就是让我干。再说,我是庇卡底人。"

"那就这么定了,"达达尼安说道,"你就是让人杀了,也不能离开岗位。"

"是的,先生。为了向先生证明我的忠诚,就没有我不能做的事儿。"

"好哇,"达达尼安心中暗道,"我驾驭这个小伙子的办法,显然很有效,以后有机会还得用。"

达达尼安奔波了一整天,两条腿也有点累了,但他还是大步流星,急速赶到老鸽棚街。

德·特雷维尔先生不在府上,他的卫队在卢浮宫值勤,他和自己的卫队一起待在卢浮宫。

必须见到德·特雷维尔先生,让他了解发生的情况,这很重要。达达尼安决定试试,也许能进卢浮宫。他穿着德·艾萨尔先生的禁军卫队服,也算是一张通行证。

于是,他沿着小奥古斯丁街往下坡走去,再沿河滨路上坡,想从新桥过河。本来,他闪过念头,要乘渡船过河,可是到了河边,下意识地摸摸口袋,才发觉没钱付给摆渡的艄公。

他快要走到盖内戈街时,忽见太子妃街方向走出来两个人,走路的姿态引起他的注意。

结伴而行的两个人是一男一女。

那女子的身段好似博纳希厄太太,那男子同阿拉密斯则一模一样。

而且,那女子还是披着那件黑斗篷,当时在伏吉拉尔街敲窗板,在竖琴街敲门的情景,又浮现在达达尼安的眼前。

此外,那男子身穿火枪队卫士服。

那女子的风帽拉得很低,男子则用手帕遮住脸。两个人都那么小心谨慎,显然是怕被人认出来。

他们上了桥,这也正是达达尼安去卢浮宫要走的路。于是,达达尼安跟上去。

达达尼安还没有走出二十步,就确认那女子是博纳希厄太太,那男子是阿拉密斯。

他立时就感到,由嫉妒而起的种种怀疑,在他心中闹腾开了。

他的朋友,以及他已经当作情妇所爱的那个女人,双双背叛了他。博纳希厄太太还向他赌咒发誓,说她不认识阿拉密斯,才过了一刻钟,她就挽上阿拉密斯的胳臂,又让他撞见了。

达达尼安只是没有考虑这一点:他认识美丽的服饰用品商太太也不过三个钟头,他从那些要劫持她的黑衣人手中把她解救出来,她因此对他怀有感激之情,此外什么也不欠他的,而且她也没有向他许诺什么。他却以遭受侮辱、遭受背叛、遭受嘲弄的情人自居,气得满脸通红,决意要把事情弄个水落石出。

那对青年男女已经发觉有人跟踪,便加快了脚步。达达尼安干脆跑起来,超过他们,然后再掉头朝他们走去,正好在撒玛利亚教堂前打了照面。一盏路灯照亮教堂,光亮也投在这段桥面上。

达达尼安在他们面前站住,他们也站住了。

"您要干什么,先生?"火枪手后退一步,问道,那外国口音向达达尼安表明,他的猜测有一部分错了。

"不是阿拉密斯啊!"达达尼安高声说道。

"对,先生,不是阿拉密斯,从您惊讶的声音,我听出您把我错当另一个人了,我原谅您。"

"您原谅我!"达达尼安嚷道。

"对,"外国人答道,"请让开路吧,既然您要见的人不是我。"

"您说得对,先生,"达达尼安说道,"我要见的不是您,而是这位

131

夫人。"

"这位夫人！您并不认识她啊。"外国人说道。

"您错了，先生，我认识她。"

"哼！"博纳希厄太太责备道，"哼！先生！您以军人的荣誉、贵族的诚信向我保证过，当时我还真希望靠得住。"

"可是我，太太，"达达尼安尴尬地说道，"您也曾向我保证过……"

"挽上我的胳臂，太太，"外国人说道，"我们往前走吧。"

达达尼安碰到这意外情况，一时不知所措，神情十分沮丧，他叉着胳膊，呆立在火枪手和博纳希厄太太面前。

火枪手朝前走两步，用手推开达达尼安。

达达尼安往后一跳，抽出剑来。

与此同时，那陌生人也疾如闪电，拔剑在手。

"看在上天的分上，大人！"博纳希厄太太高声说道，她冲到两个斗士之间，双手抓住那两把剑。

"大人！"达达尼安也高声说道，他猛然醒悟，"大人！对不起，先生，莫非您就是……"

"白金汉公爵大人，"博纳希厄太太小声说道，"现在，您可能把我们全毁了。"

"大人，太太，实在抱歉，万分抱歉。不过，我爱她，大人，因而嫉妒了。您也了解爱是怎么回事，大人，请宽恕我，告诉我，我如何为公爵大人献出生命。"

"您是个诚实的青年，"白金汉说着，就把一只手递给达达尼安，而达达尼安则恭敬地握了握，"您主动要为我效劳，我接受，您隔二十步远跟随我们，一直到卢浮宫，如有人窥探我们，您就把他杀掉！"

达达尼安将拔出鞘的剑夹在腋下，让过博纳希厄太太和公爵走出二十步，便追随其后，准备不折不扣地执行查理一世[①]的这位高贵的、风度

[①] 查理一世(1600—1649)：英国斯图亚特王朝国王，一六二五年至一六四九年在位，白金汉公爵即是他的首相。

翩翩的大臣的指示。

所幸的是,这个年轻的亲信并无机会向公爵证明他的忠勇,年轻女子和英俊的火枪手一路上没有碰到麻烦,就从梯子街角门进入卢浮宫。

至于达达尼安,他随即赶往松果酒店,见到在那儿等他的波尔托斯和阿拉密斯。

然而,他还是没有说明为何让他们折腾一趟,只是告诉他们有一件事,有一阵认为需要他们的援手,最后他独自妥善处理了。

现在,我们受到这个故事的吸引,就让我们三位朋友各自回家,我们就跟随白金汉公爵及其向导,走进卢浮宫那弯弯曲曲的路径。

第十二章　乔治·维利尔斯·白金汉公爵

博纳希厄太太和公爵没遇到什么阻碍就进入了卢浮宫。宫里人所共知,博纳希厄太太是王后身边的人,而公爵则穿着火枪卫士服,我们也交代过,这天晚上,正是德·特雷维尔的火枪卫队在宫里值勤。再说,热尔曼忠心维护王后的利益,万一出事,就指控博纳希厄太太将情夫带进卢浮宫,无非一件绯闻。她担着罪名,不错,她的名声要被败坏了,可是,在这个世界上,区区一个服饰用品商的妻子的名声,又能价值几何呢?

公爵和年轻女子一进入内院,就贴着墙根,走了大约二十五步远,然后,博纳希厄太太便推一推一扇杂役的小门——这扇门白天开着,夜晚通常关闭——门推开了,二人走进黑暗中。供仆役使用的卢浮宫这个区域,厅室过道迂回曲折,不过,博纳希厄太太很熟识。她随手关上小门,拉住公爵的手,摸索着走了几步,抓住一道楼梯扶手,脚触到楼梯的头一梯级,便开始上楼,公爵数着上了两层楼。接着,她拐向右边,沿着一条长廊走去,再下一层楼,又走了几步,便拿钥匙插进锁孔,打开一扇门,把公爵推进只有一盏灯彻夜照明的套间,说道:"您就待在这里,公爵大人,一会儿人就来了。"然后,她又从同一扇门出去,随手将门锁住。这样一来,公爵就成了地地道道的囚犯。

然而应当说,白金汉公爵虽说孤身入深宫,却一瞬间也没有恐惧感。他性格突出的一个特点,就是寻求冒险和浪漫的爱情。他英勇,有胆识,敢闯敢干,类似的图谋冒生命危险,这已经不是第一次了。奥地利安娜的那封信,他原以为是真的,便来到巴黎,在得知那封所谓的信是个陷阱之后,他非但不回英国,反而利用别人给他造成的处境,向王后表示不见一面绝不离开的决心。起初王后断然拒绝,后来又担心公爵意气用事,会有什么荒唐的行为。王后已经决定接见他,当面恳求他立即回国,不料当天晚上,奉命去接公爵,并把公爵带进卢浮宫的博纳希厄太太遭绑架。接连两天,她的下落无人知晓,整个安排只好暂停。她一旦重获自由,就与拉波尔特恢复联系,事情又重新启动,她刚刚完成风险极大的使命,而这项使命,她如果不被捕,三天前就该执行了。

白金汉独自留下,他走到一面镜子前;这身火枪卫士服,他穿着十分合体。

他时年三十五岁,理所当然是法英两国公认的最英俊的贵族,最风雅的骑士。

乔治·维利尔斯·德·白金汉公爵,是两朝国王的宠臣,家产百万,在王国掌管大权,翻手为云,覆手为雨,过着传奇般的生活。他一生的传奇,流传几个世纪,令后人惊叹不已。

他充满自信,也坚信自己的力量,确信支配别人的法律奈何不了他,因此,他确定了目标,就勇往直前,哪怕这个目标多么高不可攀,多么令人目眩,换一个人即使一闪念也是妄想。他就是以这种方式几次得手,接近美丽而高傲的奥地利安娜,靠耀眼的光辉赢得了爱。

如上文所述,乔治·维利尔斯面对镜子,让帽子压平的漂亮金发恢复波浪的发型,再捋着小胡子重新翘起来。他心中乐不可支,既幸福又得意,热切盼望已久的时刻就要到了,不由得冲自己微微一笑,流露出骄傲而企盼的神色。

这时,嵌在壁毯中的暗门打开,走出一位女子。白金汉在镜中看到出现的身形,忍不住叫了一声。来者正是王后。

奥地利安娜时年二十六七岁,正当韶华,光彩照人。

她的举止正是一位王后,或者一个女神的风范。她那美目十分明丽,放射出绿宝石的光芒,既饱含温柔,又充满庄严。

她那张朱红色的小口,下唇同奥地利王族一样,比上唇略微凸出,微笑时显得特别妩媚,鄙夷时又显得极其高傲。

她的肌肤以柔美和滑润著称,那双手臂佳妙无双,当时的诗人全都歌唱过。

135

最后,她那头秀发,少年时呈金黄色,现在变成褐色,浅浅的褐色鬈发扑了厚厚的粉,绝妙地簇拥着那张脸。对她那面孔,最严格的鉴赏者也只能希望那红润之色略微淡些,而最苛求的雕塑家,也只会提出那鼻梁再纤巧些。

白金汉一时看得出神。他在舞会上,在庆典上,在赛马场上,也见过奥地利安娜,但是在他看来,她从来没有像现在这样美。此刻她穿一件普通白缎子衣裙,由埃斯特法尼亚夫人陪伴,须知她的那些西班牙侍从女官,全因国王的嫉妒和黎世留的迫害而遭逐,只剩下埃斯特法尼亚夫人一个了。

奥地利安娜向前走了两步,白金汉扑上去跪倒在地,趁王后来不及阻止,他就连连亲吻她衣裙的下摆。

"公爵,您已经知道了,那封信并不是我命人给您写的。"

"嗯!是的,王后,是的,陛下,"公爵高声说道,"我知道自己发疯了,丧失了理智,竟然相信雪峰会活动,大理石会变热。可是,有什么办法呢,爱上一个人,就容易相信爱情。况且,我这趟行程,既然见到您,就不是完全徒劳。"

"是的,"安娜答道,"然而您也知道,我为什么,又在怎样的情况下见您,只因您对我的所有痛苦无动于衷,执意留在这座城市里,您留下来冒着生命危险,也让我冒着败坏名誉的危险。我见您是要告诉您,一切都把我们分开,渊深的大海、王国间的仇视、还有神圣的誓言。大人,要同这么多事物搏斗,就是亵渎神灵。总之,我见您是要告诉您,我们不应再见面了。"

"说吧,王后,说下去吧,"白金汉说道,"您声音的温柔,掩盖了您话语的冷酷。您说什么亵渎神灵!其实拆开天造地设的两颗心,才叫亵渎神灵。"

"大人,"王后高声说道,"您想想,我从来没有对您讲过我爱您。"

"可您也从来没有对我讲过您不爱我,若是真讲出类似的话,那么陛下就未免太绝情了。您倒是说说看,您到哪里能找见如我这样的爱情?这种爱情,无论时间、分离,还是痛苦、绝望,都不可能扑灭;这种爱情,可以满足于失落的一条缎带、转瞬即逝的一瞥、脱口而出的一句话。

"三年前,王后,我初次见到您,而三年来,我始终这样爱着您。

"您愿意让我对您说说,初次见面时您的衣着打扮吗?您愿意让我细数您的每一件饰物吗?喏,您那时的模样,现在我还看得见:您按照西班牙的习俗,坐在方垫上,身穿金银丝绣花的绿缎子衣裙,垂下的袖子挽起来,用大颗的钻石扣住,露出您那美丽的胳臂,令人赞叹的胳臂。您的脖颈围着一圈皱领,头戴一顶无檐小软帽,与您的衣裙同色,帽上插着一根白鹭羽毛。

"哦!瞧瞧,瞧瞧,我闭上眼睛,就能看见您当时的模样,睁开眼睛,就看见您现在的模样,您现在比那时还要美上一百倍。"

"实在荒唐!"奥地利安娜喃喃说道,她没有勇气责备公爵把她的形象如此牢记在心,"用这样的回忆,来维系无望的爱情,这实在荒唐!"

"那么您要我靠什么活下去呢?我只有回忆呀,我。这是我的幸福,我的财宝,我的希望。每次我见到您,我心头的首饰匣就多珍藏一颗钻石。这是第四颗,您丢下而我拾起来,要知道,王后,三年当中,我只见了您四面。刚才我对您讲起第一面,在德·舍夫勒兹夫人府上是第二面,在亚眠的花园是第三面。"

"公爵,"王后红着脸说道,"请不要提那天夜晚。"

"哎!正相反,王后,我们要提一提,要提一提,那是我一生中最幸福、最光辉的夜晚。您还记得吗?那天夜色多美!空气多温和,多芳香!天空多蓝,满是星星!啊!那一次,王后,我能同您单独待一会儿;那一次,您有了思想准备,全部向我谈了您生活的孤独、心灵的忧伤。您偎依在我这胳臂上,我的头歪向您,每次感到您的秀发拂着我的脸,就不禁从头到脚打个寒战。哦!王后,王后!哦!您还不全知道,这样的时刻蕴藏多少上天的幸福、天堂的快乐。喏,我的财产、我的前程、我的荣耀、我的整个一生,都可以用来换取这样一个时刻,换取这样一个夜晚!因为,那天夜晚,王后,那天夜晚,您爱我,我可以向您发誓。"

"大人,是有这种可能,是的,环境的影响、美丽夜晚的魅力、您那目光的迷惑力,总之,千百种情景有时汇聚在一起能毁掉一个女人,那天命定的夜晚,也聚拢在我周围。然而,大人,您已经看到了,王后来救助软弱下去的女人,对您胆敢讲出的头一句话、第一个大胆的表示,我就做出应有的回答,我喊人来了。"

"嗯!对,对,的确如此,如不是我,换了另外一个人,爱情就经不住这种考验。而我的爱情经此一劫,反而变得更加炽烈,更加恒久了。您以为返回巴黎就可以逃避我,您以为我不敢离开职守,抛下我的主人委派我看管的宝库。哼!世上的所有宝库、人间的所有国王,在我眼里又算什么!一周之后,我这不又回来了,王后。这一次,您对我无可指责,我冒着失宠的危险,冒着生命危险,就是为了见您一秒钟,我甚至连您的手都没有碰一碰,而您呢,看到我那么驯服,那么痛悔,也就宽恕了我。"

"是的,然而,所有这些荒唐之举,却被人利用去大肆诽谤,大人,您当然很清楚,这些荒唐之举与我毫不相干。国王受红衣主教的煽动,雷霆大怒,德·韦尔内夫人被驱逐,皮唐日遭流放,德·舍夫勒兹夫人也失宠了。当您想以大使的身份再来法国时,是国王本人,请您记住,大人,是国王本人表示反对。"

"是的,法兰西国王的这次拒绝,要给他的国家招来一场战争。我不能再见您的面了,王后,那好吧!我要让您每天都听到谈论我。

"这次出兵雷岛①,我还计划与拉罗舍尔的新教徒结盟,您认为是出于什么目的呢?无非是赢得同您见面的乐趣!

"我并不希望手执武器深入巴黎,这一点我很清楚,但是,这场战争又要带来和平,而这种和平就需要一个谈判代表,那个谈判代表就将是我。到那时就不敢再拒绝我了,我要再次来巴黎,再次见到您,得到片刻的欢乐。不错,为了我这片刻的欢乐,成千上万的将士将战死沙场,可是这对我又有什么关系,只要能再见您一面!这一切也许很荒唐,也许真的丧失了理智,然而,请您告诉我,哪个女子还能有更深情的情人?哪位王后还能有更热忱的仆人?"

"大人,大人,您用来为自己辩护的这些事,反而进一步成为您的罪

---

① 雷岛:法国西部沿海的岛屿,同拉罗舍尔相距很近。

证。大人,您向我表白爱情的所有这些证据,简直伤天害理。"

"这是因为您不爱我,王后。您若是爱我,就会用相反的眼光看待这一切。您若是爱我,啊!真的,您若是爱我,那是我天大的福分,我会乐得发疯的。啊!德·舍夫勒兹夫人,刚才您提起她,德·舍夫勒兹夫人没有您这么冷酷,霍朗爱她,她也予以回报。"

"德·舍夫勒兹夫人不是王后。"奥地利安娜喃喃说道,她身不由己,信服了如此深沉爱情的表白。

"假如您不是王后,您就会爱我啦,王后您说,您就会爱我啦?我可以这样认为,令您对我冷酷的,仅仅是您的身份。我可以这样认为,假如您是德·舍夫勒兹夫人,可怜的白金汉就有希望啦?谢谢您这温柔的话语,我美丽的陛下啊!万分感谢。"

"哎!大人,您听错了,理解错了,我的意思并不是说……"

"打住!打住!"公爵说道,"假如我因为误解而感到幸福,您也不要这么残忍地纠正过来。您亲口说过,有人把我诱入陷阱,我的性命也许会丢在里面,喏,说来很怪,近来我就有预感,我可能要死了。"公爵说着,微微一笑,一副既伤感又迷人的笑容。

"噢!我的上帝!"奥地利安娜高声说,她那惊骇的声调表明,她远远没有讲出对公爵的关切。

"我讲这话绝非恐吓您,王后,绝非如此。我对您这样讲,甚至颇为可笑。请相信,这类梦幻我并不在意。不过,您刚才讲的这句话,您几乎给予我的这种希望,就全都补偿了,甚至包括我的生命。"

"那好!"奥地利安娜说道,"我也一样,公爵,我呀,我也有预感,也有梦幻。我梦见您身负重伤,倒在血泊中。"

"是一把刀,刺进左肋,对不对?"公爵接口说道。

"对,正是,大人,正是这样,左肋刺进一把刀。能有谁告诉您,我做了这种梦呢?我仅仅向上帝透露,还是我在祈祷的时候。"

"我别无他求了,王后,您爱我,这很好。"

"我爱您,我?"

"是的,您。如果您不爱我,上帝会托给您相同的梦吗?如果我们二

139

人的生活不是心心相印,我们能产生相同的预感吗?王后啊,您爱我,您会为我哭泣吧?"

"噢!我的上帝!我的上帝!"奥地利安娜高声说道,"这我实在承受不了。好了,公爵,看在上天的分上,您走吧,离开这里。我不知道爱您还是不爱您,但是我知道,我绝不会违背婚姻的誓言。您就可怜可怜我,还是走吧,噢!万一您在法国受到袭击,万一您死在法国,如果我能确定您是因爱我而丧命的,那我就会痛苦一生,我会发疯的。您还是走吧,走吧,我恳求您了。"

"哦!您这样子有多美啊!哦!我多么爱您啊!"白金汉说道。

"走吧!走吧!我恳求您了。以后再来吧,以大使的身份,以大臣的身份再来吧,再来的时候,带上一群保护您的卫士、照看您的仆人,到那时,我就不必为您的性命担忧了,我就会高兴地再见到您。"

"哦!您对我说的这些是真话吗?"

"是……"

"那好,赏给我一件您宽容的证物,您的一件物品,好提醒我绝不是做梦,一件您佩戴过、我也能佩戴的饰物,一枚戒指、一条项链、一条表链。"

"您要的物品,假如我给了您,您就走吗?"

"是的。"

"立刻就走?"

"立刻就走。"

"您就会离开法国,返回英国?"

"对,我向您发誓!"

"等一等,请稍等。"

奥地利安娜说着,就回到自己的套房,随即又出来,手里拿着一只香木小匣,匣上有她名字的缩写,是金丝镶嵌的图案。

"给您,公爵大人,给您,"王后说道,"这是我的念心儿,好好保存。"

白金汉接过香木匣,再次跪倒在地。

"您向我保证过马上离开。"王后说道。

"我信守诺言。您的手,您的手,王后,然后我就走。"

奥地利安娜闭上眼睛,把手递过去,另一只手则扶在埃斯特法尼亚身上,只因觉得自己要挺不住了。

白金汉满怀激情,将嘴唇贴在这只美丽的手上,然后站立起来,说道:

"不出半年,如果我不死,我一定会再见到您,王后,为达此目的,王后,就是把世界搞个天翻地覆,我也在所不惜。"

他决意信守许下的诺言,随即冲出了房间。

他在走廊遇见等待他的博纳希厄太太。她同样小心翼翼,也同样顺利地把公爵送出卢浮宫。

第十三章　博纳希厄先生

大家可能注意到,在整个事件中,有一个人物处境危险,别人对他却不大关心。此人便是博纳希厄先生,政治和爱情阴谋的可敬受害者。须知那是个崇尚骑士精神而又特别风流的时代,政治和爱情的阴谋诡计总是交织在一起。

好在,不管读者记得还是不记得他,好在我们保证过,不会让他失去踪迹。

那些打手将他逮捕,径直押往巴士底狱。到了狱中,他浑身颤抖,从正给火枪装弹药的一小队士兵面前走过。

接着,他又被带进半地下的一条走廊,遭受押解他的人最粗鲁的辱骂、最野蛮的虐待。他们看到押来的不是贵绅,便把他当成十足的乡巴佬那样对待。

约莫半个小时之后,一名书记官前来制止这种折磨,但是没有消除他的担心,下令将博纳希厄先生押进审讯室。一般来说是在牢房就地审讯犯人,但是对待博纳希厄先生,就无须那么客气了。

两名狱卒抓住服饰用品商,押着穿过一座院子,走进了三道岗哨的走廊,打开一扇门,把他推进一间低矮的房中。房间里一张桌子、一把椅子和一名审讯官。审讯官坐在椅子上,伏在桌子上正忙着写什么。

两名狱卒将犯人带到桌子前面,遵照审讯官的一个手势,退到听不见审讯对话的地方。

审讯官的脑袋一直伏在纸上,这时抬起来,瞧一瞧要审讯的是个什么人。这个审讯官面目可憎,尖尖的鼻子,高高的颧骨,黄黄的面皮,眼睛很小,贼溜溜的,十分敏锐,整个模样儿既像貂,又像狐狸。他的头由活动的长脖子从肥大的黑袍支出来,摇摇晃晃,活似伸出壳的乌龟头。

他先问博纳希厄先生的姓名、年龄、职业和住址。

被告回答说:他叫雅克·米歇尔·博纳希厄,今年五十一岁,是退休的服饰用品商,家住掘墓人街十一号。

审讯官没有继续审问,却大谈特谈起一个地位卑微的市民,插手国家事务有多危险。

他这开场白越讲越复杂,现在又叙述红衣主教先生的作为和权力。这位无与伦比的大臣,这位击败过去大臣们的胜者,未来大臣们的楷模,无论谁对抗他的举措和权力,无不受到惩罚。

他这演说第二部分讲完之后,那鹰眼便死死盯住可怜的博纳希厄先生,他让被告认真考虑自己处境的严重性。

服饰用品商早就考虑好了,他最恨德·拉波尔特先生要把教女嫁给他的那一刻,尤其恨这个教女当了王后的衣物女侍的那一刻。

博纳希厄老板性格的本质,是极端的自私,还掺杂着卑劣的悭吝和无以复加的怯懦。他的少妻在他心中激发起来的爱,完全是一种次要的情感,争不过在此列举的这些天生的情感。

博纳希厄的确考虑了刚才对他讲的话。

"可是,警官先生,"他冷静地说道,"请您相信,我比任何人都了解,也更敬重超群绝伦的法座的功德,我们受他的统治实在荣幸。"

"真的吗?"警官以怀疑的态度问道,"果真如此,您怎么又到巴士底狱来了呢?"

"我怎么来了,确切地说,我为什么来了,"博纳希厄先生答道,"这正是我根本没法儿对您讲的,因为我本人也不知道,但肯定不是冒犯了,至少不是有意冒犯红衣主教先生。"

"但您必定犯了罪,既然这里指控您叛国。"

"叛国!"博纳希厄惊恐万状,嚷道,"叛国!一个可怜的服饰用品商,既憎恶胡格诺派,又痛恨西班牙人,怎么能被指控叛国呢?想一想吧,先生,这种事,实际上是不可能的。"

"博纳希厄先生,"警官说道,他那对小眼睛盯住被告,就仿佛具有看透人心的特性,"博纳希厄先生,您有妻子吧?"

"有,先生,"服饰用品商浑身颤抖着答道,他感到一问这个,事情就要纠缠不清了,"也就是说,原来有一个。"

"什么?您原来有一个!如果说现在没有了,那么您怎么处置她了?"

"有人把她从我身边劫持走了,先生。"

"有人把她从您身边劫持走了?"警官说道,"哈!"

博纳希厄从这声"哈!"感到,事情越理越乱了。

"有人把她从您身边劫持走了!"警官又说道,"您知道劫持者是谁吗?"

"我觉得认识他。"

"他是什么人?

"要注意,我什么也肯定不了,警官先生,我只是怀疑。"

"您怀疑是谁?喏,坦率地回答。"

博纳希厄先生陷入极大的困惑,他应当全盘否认,还是和盘托出呢?如果全盘否认,对方就可能认为他了解太多而不敢招认;如果和盘托出,他就表现出了诚意。于是,他决定和盘托出。

"我怀疑,"他说道,"是一个棕色头发、大个子的人,傲气十足,完全像个贵族大老爷,他趁我到卢浮宫角门接妻子回家,似乎跟踪我们好几回。"

警官流露出不安的神色。

"他叫什么名字?"警官问道。

"嗯!他的名字么,我根本就不知道。不过,我可以向您保证,就是在一千个人当中遇见他,我也能认出他来。"

警官的额头布满阴云。

"您是说,在一千个人当中,也能认出他来?"他追问道。

"也就是说,"博纳希厄又说道,他看出自己走错了一步棋,"也就是说……"

"您刚才回答,您能认出他来,"警官说道,"很好,今天就问到这里,再往下审问之前,必须通知一个人,说您认识绑架您妻子的那个人。"

"可是我没有对您说我认识他!"博纳希厄气急败坏地嚷道,"我对您说的正相反……"

"将犯人带走。"警官对两名狱卒说道。

"把他押到哪儿去?"书记官问道。

"单人牢房。"

"哪一间?"

"哎!我的上帝,随便哪一间,只要锁得严实就行。"警官答道,他这种无所谓的态度,却让恐怖感袭入可怜的博纳希厄的心头。

"唉!唉!"他自言自语,"大难临头,我妻子一定犯了什么滔天大罪,他们把我当成同谋,也一起惩办我。她肯定说了,肯定承认全告诉了我,一个女人啊,就是太软弱!单人牢房,随便哪一间!就这样!一夜很快就过去,明天,就上车轮刑,押上绞架!噢!我的上帝!我的上帝!可怜可怜我吧!"

两名狱卒根本不屑于听博纳希厄老板的哀诉,况且这类哀诉,他们早就听惯了,他们每人架起博纳希厄的一条胳膊,将犯人押走。这工夫,警官迅速写了一封信,而书记官等着送走。

博纳希厄没有合眼,这倒不是因为这间牢房多么不舒服,而是因为他过分惶恐不安。他通宵都坐在凳子上,稍有动静,就吓得魂不附体,看到晨曦初现,透进牢房,他也觉得曙光换上了哀悼的色彩。

忽听有人拉门闩,吓得他惊跳起来,他还以为是来押他上断头台的。因此,他一见进来的不是他等待的刽子手,而是头天审讯他的警官和书记官,他就差一点要扑上去搂住人家的脖子。

"从昨天晚上起,您的案子就变得特别复杂了,我的老实人啊,"警官对他说道,"奉劝您,还是把真相全讲出来,您只有悔罪,才能平息红衣主教的怒火。"

"我是准备全讲出来呀,"博纳希厄高声说道,"至少把我所知全讲出来。就请您问吧。"

"首先,您妻子在哪儿?"

"我不是告诉过您,她被人劫持走了。"

"是啊,然而从昨天下午五点钟起,她多亏了您,又逃掉了。"

"我妻子逃掉了!"博纳希厄叫起来,"噢!这个坏女人!先生,如果说她逃掉了,那也不是我的过错,我向您发誓。"

"出事的当天,您到邻居达达尼安先生家去干什么?您同他有一次长谈吧?"

"哦!对,警官先生,对,有这事儿,我承认我做错了。我去过达达尼安先生的家。"

"您去拜访有何目的?"

"求他帮我找回我妻子,当时我认为我有权找回她来,现在看来我错了,请求您多多宽恕。"

"达达尼安先生是怎么回答的?"

"达达尼安先生答应帮助我,不过很快我就发觉,他出卖了我。"

"您在欺骗法庭!达达尼安先生同您达成协议,而他正是依照这项协议,将逮捕您妻子的警方人员赶跑,还帮助她逃避各种追捕。"

"达达尼安先生抢走了我妻子?噢,有这种事!您这是跟我说什么呀?"

"幸而达达尼安先生也落入我们手中,您这就同他对质。"

"哦!老实说,我求之不得,"博纳希厄高声说道,"能见到一张熟面孔,总归不是什么恼火的事儿。"

"把达达尼安先生带进来。"警官对两名狱卒说。

两名狱卒将阿多斯押进来。

"达达尼安先生,"警官对阿多斯说道,"交代一下您和这位先生之间有过什么事?"

"且慢!"博纳希厄叫起来,"您给我带来的人,并不是达达尼安先生!"

"怎么,他不是达达尼安先生?"警官高声说道。

"根本不是。"博纳希厄答道。

"这位先生叫什么名字?"警官问道。

"我没法告诉您,我不认识他呀。"

"什么!你不认识他?"

"不认识。"

"您就从未见过他?"

"见倒是见到过,但是我不知道他叫什么。"

"您的名字?"警官问道。

"阿多斯。"火枪手答道。

"可这不是人名,而是一座山名①!"可怜的审讯官高声说道,他觉得自己要晕头了。

"我就叫这名字。"阿多斯平静地说道。

"可是您当初说,您叫达达尼安。"

"我?"

"对,就是您。"

"是这么着,有人对我说:'您是达达尼安先生吗?'我就回答:'您认为呢?'那些卫士就叫嚷,他们完全有把握。我不想同他们辩驳。再说,我也可能听错了。"

"先生,您这是侮辱司法的尊严。"

"绝无此事。"阿多斯平静地答道。

"您就是达达尼安先生。"

"您瞧哇,您还是这么对我讲。"

"哎,"博纳希厄先生也嚷起来,"我跟您说,警官先生,一点儿疑问也没有。达达尼安先生是我的房客,因此,他尽管没有付房租,甚至正因为如此,我才应当认得他。达达尼安先生是个青年,才十九岁,而这位先生,少说也有三十岁。达达尼安先生是艾萨尔先生禁军卫队的人,这位先生则是德·特雷维尔先生火枪卫队的,您瞧瞧他的军装嘛,警官先生,瞧瞧他的军装嘛。"

"不错,"警官咕哝道,"一点儿不错。"

---

① 阿多斯山位于希腊北部,又称圣山,山上建有隐修院。

147

这时,门忽然打开,一名信使由巴士底狱的一名传达员带进来,交给警官一封信。

"噢!该死的女人!"警官嚷了一声。

"什么?您说什么?您在说谁?但愿说的不是我妻子吧!"

"正相反,说的就是她。您的案子,这下子可有好瞧的了。"

"怎么会这样!"服饰用品商气急败坏地嚷道,"劳驾告诉我,先生,我在牢里,怎么能因为我妻子干了什么,我的案子就越发糟糕了呢?"

"就因为她所干的事,是你们之间制订的计划的结果,一个罪恶计划的结果!"

"我向您发誓,警官先生,您陷入了天大的谬误当中,我根本不知道我妻子要干什么,她干的事,同我毫不相干,假如她干了什么蠢事,那我就不认她,我就揭穿她,诅咒她!"

"好啦,好啦!"阿多斯对警官说,"如果您这里用不着我了,就把我送到什么地方,您这位博纳希厄先生,实在无聊得很。"

"将犯人押回各自牢房,"警官用一个手势同时指阿多斯和博纳希厄,吩咐道,"对他们比以前还要严加看管。"

"然而,"阿多斯以他习以为常的平静态度,又说道,"您要审问的如果是达达尼安先生,我就不大明白,我在哪方面能替代他。"

"就照我说的办!"警官嚷道,"绝对保密!你们都听清楚啦!"

阿多斯耸了耸肩,跟随狱卒走了。博纳希厄先生却大放悲声,就连老虎听了也要心碎。

服饰用品商又被押回他过夜的牢房,关了整整一天。一整天博纳希厄都在哭,无愧于一个名副其实的服饰用品商人,他也亲口对我们讲过,他绝不是个使枪弄剑的人。

晚上约莫九点钟,他正要下决心上床睡觉的时候,忽听过道里传来脚步声,走近他的牢房,牢门打开了,狱卒走进来。

"跟我走。"跟在狱卒后面的一名士官说道。

"跟您走!"博纳希厄叫起来,"这么晚了跟您走,我的上帝,去哪儿啊?"

"去我们奉命押您去的地方。"

"这也算不上一种回答呀。"

"然而,这是我们能向您做出的惟一回答。"

"噢!我的上帝,我的上帝,"可怜的服饰用品商咕哝道,"这回我算完蛋了!"

他丝毫也不反抗,机械地跟随来押解他的狱卒走了。

这条过道他们已经走过,穿过第一座院子,便进入狱堡的第二座塔楼,最后到了前院的大门口,只见门口停着一辆马车,由四名骑卫守护。博纳希厄被押上马车,那名士官坐到他身边,车门上了锁,两个人就关在一间活动的牢房里了。

马车缓缓启动,就像柩车一样。透过挂了大锁的铁窗,犯人只能瞧见房屋和街道,但是,博纳希厄作为真正的巴黎人,从界石、招牌、路灯就能认出每一条街。到了圣保罗教堂广场,正是巴士底狱的囚犯行刑的地方,他几乎要昏过去,接连两次画十字。他本以为马车会停在广场,可是却驶过去了。

再往前行驶,他又吓得魂飞魄散,马车经过圣约翰公墓,那里埋葬着处死的国家要犯。只有一个情况令他稍微放点心,这就是埋葬要犯之前,一般都砍了脑袋,而他的脑袋还在自己的双肩上。然而,他见马车驶向通河滩广场①的那条路,望见了市政厅的尖屋顶,接着,马车便驶入拱廊,心想这下子彻底完蛋了,于是他就要向那名士官忏悔,遭到了拒绝,他就连声呼号,十分凄惨,把人的耳朵都要给吵聋了,那士官不得不断喝一声,再这样闹下去,就用布团将他的嘴给塞住。

这一威胁,倒多少让博纳希厄放点心。如果要到河滩广场处决他,既然到了地方,就没有必要把他的嘴塞住了。果然,马车驶过凶险的广场,并没有停下。再令他畏惧的,就只剩下特拉瓦尔十字架②了,马车行驶的

---

① 河滩广场:从前是塞纳河右岸的一片滩地,中世纪是处决犯人的刑场,一八〇六年起改为市府广场。

② 特拉瓦尔十字架:坐落在巴黎圣奥诺雷街与枯树街的交叉路口,始建于十三世纪,后几经变迁,终于在十八世纪倾毁了。

路正是通向那里。

　　这一次无可怀疑了,处决普通罪犯,往往是在特拉瓦尔十字架街头。本来,博纳希厄还颇为得意,自以为还配得上圣保罗广场或河滩广场,讵料他的旅程和命运,就要在特拉瓦尔十字架下终止!他还看不见那倒霉的十字架,但是在某种程度上,他感到那十字架朝他迎过来。离十字架还有二十步,就听见一片喧哗声,马车也停下了。可怜的博纳希厄接连几次心惊肉跳,这一回实在支撑不住,微微地呻吟一声,就像临终人的最后一声叹息,随即就昏过去了。

第十四章　默恩镇的那个人

围观的人群,并不是等待一个要上绞刑架的人,而是在观赏已经吊在绞刑架上的人。

马车停了片刻,重又朝前行驶,穿过人群,驶入圣奥诺雷街,再拐进好人街,停到一扇低矮的门前。

车门打开,两名卫士张开手臂,接住由士官扶下车的博纳希厄。他们把他推上一条路径,让他登上一座楼梯,最后把他撂在前厅里。

这一系列走动,对他来说全是机械地进行。

他走路就像梦游者,看物品仿佛隔着一层雾,他的耳朵听见说话声却不懂什么意思。如果在这种时候处决他,他不会做出一个自卫的动作,也不会发出一声乞求怜悯的号叫。

卫士把他撂在长凳上,他就待在那里,背靠着墙,耷拉着两条胳臂。

继而,他瞧了瞧周围,没有看见一样凶险的物品,没有一点迹象表明他真有什么危险,而且长凳的垫子相当柔软,墙壁则镶着科尔多瓦①的漂亮牛皮,又见金丝带系住的红锦缎大窗帘在窗前飘动,他就渐渐明白他过分恐惧了。于是,他开始活动脑袋,向左向右,再向上向下。

他这样活动,见没人干涉,便恢复点勇气,壮着胆子收拢一条腿,再收拢另一条腿。他借助两只手,终于撑起身子,从凳子上站起来。

这时,一位相貌和善的军官掀起一道门帘,还接着同里屋的一个人说了几句话,这才转身问囚犯:

"就是您叫博纳希厄?"

---

① 科尔多瓦:西班牙南部城市,从前以皮革制造业闻名。

"是的,军官先生,"服饰用品商结结巴巴地答道,那样子已经半死不活了,"愿为您效劳。"

"进来吧。"军官说道。

他闪身让服饰用品商进去。服饰用品商服服帖帖,走进似乎有人在等待他的房间。

这是一间大办公室,墙上挂着进攻性和防御性武器,房间门窗紧闭,颇为憋闷,虽然刚到九月末,就已经生了火。一张大方桌上,摊满了书籍和文件,上面还展开一大幅拉罗舍尔城地图。

壁炉前站着一个男子,中等身材,很有派头,两眼犀利,天庭十分饱满,脸庞瘦削,由一缕山羊胡衬着,就显得格外长,而山羊胡上边还蓄留两撇小胡。此人虽然才三十六七岁,须发却开始花白了。他没有佩剑,却有一种十足的军人气派,他那水牛皮靴还薄薄蒙着一层尘土,表明当天他骑过马。

此人便是阿尔芒-让·杜普莱西——红衣主教黎世留,他绝非别人向我们描述的那样,是个弯腰驼背的老人,痛苦不堪的殉道者,身体疲惫,声音微弱,埋在宽大的太师椅里,就仿佛提前进入坟墓,仅仅靠天才的力量维持生命,仅仅靠思想的不停运转支撑着同欧洲的斗争。其实不然,那个时期他的真实状态,还是个敏捷而风流的骑士,固然身体衰弱了,但是由一种强大的精神力量支撑着,正是有了这种精神力量,他才成为历史上出现过的最非凡的人物之一。他支持德·内维尔公爵巩固在芒托瓦公国的地位,他统兵夺取了尼姆、加斯特尔和于泽斯①诸城之后,又准备把英国人赶出雷岛,准备围困拉罗舍尔城。

乍一见面,根本看不出他就是红衣主教,而不认识他面孔的人,绝不可能猜出自己面对的是什么人。

可怜的服饰用品商愣在门口,这工夫,我们刚刚描绘过的那个人物定睛凝视他,仿佛要洞彻他从前的底细。

"这就是那个博纳希厄?"他沉默了片刻,才问道。

---

① 这三座城市位于法国南方,从十六世纪中叶起,它们受新教徒势力的控制。

两名卫士让他登上一座楼梯。

"正是,大人。"军官回答。

"好,这些材料给我,您就退下吧。"

军官从桌上拿起指定的材料,交给向他要的人,然后一躬到地,便退了出去。

博纳希厄认出,这些材料正是在巴士底狱审讯他的记录。站在壁炉旁边的那个人在看记录,他不时抬起眼睛,目光像两把匕首,一直刺进可怜的服饰用品商的内心深处。

审阅了十分钟,观察了十秒钟之后,红衣主教便主意已定。

"这家伙从未搞过阴谋,"他低声说道,"哎!管他呢,瞧瞧再说吧。"

"您被控告犯了叛国罪。"红衣主教缓缓地说道。

"有人跟我这么说过了,大人,"博纳希厄高声说道,他用刚才听见军官所用的称谓称呼对方,"但是我向您发誓,我一无所知。"

红衣主教欲笑又止。

"您伙同您妻子、德·舍夫勒兹夫人,并伙同白金汉公爵大人搞阴谋。"

"这些名字,大人,我的确听她说过。"服饰用品商答道。

"在什么场合听说的?"

"她说,德·黎世留红衣主教把白金汉公爵引诱到巴黎来,就是要毁掉他,在毁掉他的同时,也要毁掉王后。"

"她是这么说的?"红衣主教激烈地高声问道。

"对,大人。不过,我却对她说,她这样讲是错误的,法座不可能……"

"住口,您是个蠢货!"红衣主教又说道。

"我妻子也正是这么回答我的,大人。"

"您知道是谁劫持了您妻子吗?"

"不知道,大人。"

"不过,您有所猜测吧?"

"对,大人,可是这些猜测惹那位警官先生不快,我也就不猜测了。"

"您妻子逃掉了,您知道吧?"

"不知道,大人,我是入了狱之后才听说的,还是通过那位警官先生,一个非常热情的人,才知道的。"

红衣主教再次欲笑又止。

"这么说,您妻子逃走后的情况,您不知道了?"

"一无所知,大人。她一定是回卢浮宫了。"

"凌晨一点钟,她还没有回去。"

"噢!我的上帝!那她到底怎么啦?"

"会弄清楚的,您就放心吧。什么也瞒不住红衣主教,红衣主教什么都掌握。"

"既然如此,大人,您认为红衣主教肯告诉我,我妻子怎么样了吗?"

"也许吧。不过首先,您知道的必须全招了,您妻子和德·舍夫勒兹夫人有什么联系。"

"可是,大人,我一无所知呀。我从未见过那位夫人。"

"您去卢浮宫接妻子的时候,她直接跟您回家吗?"

"几乎从来不直接回家,她要去见布店老板,我就送她去了。"

"有几位布店老板?"

"有两位,大人。"

"他们住在哪儿?"

"一位住在伏吉拉尔街,另一位住在竖琴街。"

"您同她一起进去吗?"

"从来不进去,大人,我总是在门口等她。"

"那么她找什么借口单独进去呢?"

"什么借口也不找,她让我等着,我就等着。"

"您是个非常随和的丈夫,我亲爱的博纳希厄先生!"红衣主教说道。

"他称呼我亲爱的先生!"服饰用品商心中暗道,"嘿!事情有转机!"

"那两扇门您还认得吗?"

"认得。"

"门牌号您知道吗?"

"知道。"

155

"多少号?"

"伏吉拉尔街,是25号;竖琴街那儿,是75号。"

"很好。"红衣主教说道。

说着,他就拿起一只银铃,摇了两下。军官进来了。

"您去把罗什福尔给我找来,"他低声说道,"他如果回来了,就让他立刻进来。"

"伯爵到了,"军官说道,"他紧急要求同法座谈事情。"

"让他来吧,那就让他来吧!"黎世留急忙说道。

军官冲出房间,正显示红衣主教的所有仆从通常奉命办事的速度。

"同法座谈事情!"博纳希厄咕哝道,他的眼珠惊慌得滴溜儿乱转。

军官出去还不到五秒钟,房门就又打开,走进来一个新人物。

"是他!"博纳希厄叫起来。

"他,谁呀?"红衣主教问道。

"劫持我妻子的那个人。"

红衣主教再次摇铃。军官又进来了。

"把此人交给那两名卫士看管,让他等我传唤。"

"不,大人! 不,不是他!"博纳希厄嚷道,"不,是我弄错了,那是另外一个人,一点儿也不像他! 这位先生是个正派人。"

"把这蠢货带走!"红衣主教说道。

军官架起博纳希厄的胳臂,又把他带回前厅,交给押解他的两名卫士。

刚刚引进来的那个新人物,不耐烦地目送博纳希厄,直到他出去,房门重又关上。

"他们见面了。"那人急忙走近前,对红衣主教说道。

"谁?"法座问道。

"她和他。"

"王后和公爵!"黎世留高声说道。

"对。"

"在什么地方?"

"在卢浮宫。"

"您有把握吗?"

"完全有把握。"

"是谁告诉您的?"

"德·拉努瓦夫人,您知道,她完全效忠于法座。"

"为什么她没有早点儿讲呢?"

"不知是偶然,还是戒备,王后把她留了一整天,让德·苏尔吉夫人睡在她房间。"

"好吧,我们输了。我们要想法报复。"

"我全心全意帮助您,大人,请放心。"

"事情经过如何?"

"午夜十二点半,王后同她的女侍在一起……"

"在哪里?"

"在她的寝宫……"

"好。"

"有人来,转交给她衣物女侍送来的一块手帕……"

"后来呢?"

"王后当即非常激动,她尽管施了脂粉,还是看出她面失血色。"

"后来呢? 后来呢?"

"她站起身,说话声调都变了,她说:'夫人们,等我十分钟,我这就回来。'于是她打开里间的门,便出去了。"

"德·拉努瓦夫人为什么没有立即来通知您。"

"当时她什么也确定不了,而且王后说了:'夫人们,等着我。'她不敢违抗王后。"

"王后离开房间有多长时间?"

"三刻钟。"

"她的女侍没有一人陪伴她吗?"

"只有埃斯特法尼亚夫人。"

"她随后又回来了吗?"

"回来了,只为了取一只带有她缩写名字的香木小匣,马上又出去了。"

"后来,小匣她带回来了吗?"

"没有。"

"小匣里装着什么,德·拉努瓦夫人知道吗?"

"知道,是陛下送给王后的钻石别针。"

"小匣她没有带回来?"

"没有。"

"照德·拉努瓦夫人的看法,王后把钻石别针给了白金汉?"

"这一点她可以肯定。"

"怎么就能肯定!"

"德·拉努瓦夫人是王后的梳妆女侍,次日白天寻找小匣,没有找见,显得很不安,终于还是问了王后……"

"王后怎么说?"

"王后满脸通红,回答说昨天晚上,有一个别针钻石头打破了,她就派人送到首饰匠那里去修配了。"

"必须去那里查证此事是真是假。"

"我去过了。"

"好哇!首饰匠怎么说?"

"首饰匠根本不知此事。"

"好哇!好哇!罗什福尔,还不是无可挽回,也许……也许整个事态会更有利!"

"其实我并不怀疑法座的天才……"

"定然能弥补属下所干的蠢事,对不对?"

"这正是我要讲的,法座却没容我把话说完。"

"现在您知道,德·舍夫勒兹公爵夫人和白金汉公爵,躲藏在哪里吗?"

"不知道,大人,关于这方面,我的人提供不了任何准确的情况。"

"我可知道。"

"您,大人?"

"对,或者至少我猜到了。他们一个住在伏吉拉尔街25号,一个住在竖琴街75号。"

"法座要我派人去逮捕他们二人吗?"

"太迟了,他们肯定走了。"

"不管怎样,还是去查个明白。"

"从我的卫士中挑选十人,去搜查那两所房子。"

"我这就去,大人。"

罗什福尔说着,便冲出房间。

红衣主教独自一人,沉思片刻,又第三次摇铃。

还是那位军官进来了。

"将囚犯带进来。"红衣主教说道。

博纳希厄老板又被带进来了。红衣主教打了个手势,那名军官便退了出去。

"您欺骗了我!"红衣主教声色俱厉,说道。

"我!"博纳希厄叫起来,"我,欺骗法座!"

"您妻子去伏吉拉尔街和竖琴街,并不是去见布店老板。"

"公正的上帝,那她去见谁呀?"

"去见德·舍夫勒兹公爵夫人和白金汉公爵。"

"对了,"博纳希厄说道,他全想起来了,"对了,是这码事儿,法座说得对。我也觉得奇怪,布店老板在那种房子里,连块招牌也没有挂,好几次向我妻子说起这事,每次她都笑起来。啊!大人,"博纳希厄扑倒在法座脚下,"啊!您准是红衣主教,伟大的红衣主教,人人敬重的天才人物。"

对付博纳希厄这样一个俗物,所取得的胜利尽管微不足道,红衣主教还是有一瞬间的欣喜,继而,几乎紧接着,他似乎又产生一个新念头,嘴唇泛起微笑,伸手去扶服饰用品商,说道:

"起来吧,我的朋友,您是一个好人。"

"红衣主教触碰过我的手,我触碰过伟人的手!"博纳希厄嚷道,"伟

159

人称我是他的朋友！"

"是的，我的朋友，是的！"红衣主教说道，有时候，他善于装出这种慈爱的口气，但只能欺骗不熟悉他的人，"您受到了不公正的待遇，好吧！应当给您补偿，拿着！这袋有一百皮斯托尔，请原谅我。"

"要我原谅您，大人！"博纳希厄说道，他迟疑不敢接钱袋，无疑是害怕这种所谓的馈赠，仅仅是开个玩笑，"可是，当时，您完全有这个自由让人逮捕我，现在您也完全有自由让人严刑拷打我，完全有自由让人绞死我，您是主子，我绝不会发一点儿怨言！原谅您，大人！算了吧，您不是这么想的吧？"

"哎！我亲爱的博纳希厄先生！您这是宽大为怀，这我明白，我感谢您。因此，您拿着这袋钱离开，不会感到特别不满意吧？"

"我会满心欢喜地离开，大人。"

"就此分手，或者不如说，再见，希望我们还有见面的机会。"

"大人想什么时候见面都可以，我完全听法座的吩咐。"

"会经常见面的，请放心，因为从您的谈话中，我感到极大的乐趣。"

"嗯！大人！"

"再见，博纳希厄先生，再见！"

红衣主教向博纳希厄挥了挥手，他作为回谢，便一躬到地，然后一步一步退了出去。到了前厅，红衣主教还听见他激动地拼命高呼："大人万岁！法座万岁！伟大的红衣主教万岁！"红衣主教这边则面带笑容，听着博纳希厄老板大肆宣泄激动的心情。继而，博纳希厄的喊声渐远，等到消失之后，红衣主教便说了一句：

"很好，从此以后，这个人就会为我卖命了。"

接着，红衣主教又开始聚精会神审视拉罗舍尔地图，前面说过，地图就摊在书案上，他拿铅笔画了一条线，而一年半之后，那条线就建成著名的大堤，封锁了被围困城市的港口。

他正极深入地考虑战略部署，忽然房门又打开，罗什福尔走进来。

"怎么样？"红衣主教霍地起身问道，那种急切的动作，表明他何等重视交给伯爵所办之事。

"果然!"伯爵答道,"在法座指出的那所房子里,的确住了一男一女。那女子有二十六七岁,住了四天,昨天夜晚离去。那男子约三十五岁至四十岁之间,住了五天,今天早晨走了。"

"是他们!"红衣主教高声说道,他望了望挂钟,"现在追赶他们,已经太迟了,"他接着说道,"公爵夫人到了图尔,公爵也到了布洛涅①。还是应当追赶到伦敦去。"

"法座有何指令?"

"只字不提所发生的事情,让王后高枕无忧,不让她知道我们已经了解她的秘密,让她以为我们密谋策划别的什么事。去把掌玺大臣塞吉埃②给我唤来。"

"那个人呢,法座怎么处置了?"

"哪个人?"红衣主教问道。

"那个博纳希厄?"

"尽人力所能,我妥善处理了,安排在他妻子身边当密探。"

对主子超群绝伦的雄才大略,德·罗什福尔伯爵自然佩服得五体投地,他深鞠一躬退了出去。

屋里只剩下红衣主教一人了,他重又坐下,写了一封信,用私章盖在封口的火漆上,然后摇铃。那名军官第四次进来。

"去把维特雷唤来,"红衣主教说道,"告诉他准备好旅行。"

不大工夫,召唤来的那个人便站到他面前,穿好了马靴,还带上了马刺。

"维特雷,"红衣主教说道,"您快马赶到伦敦,路上片刻也不要停留。这封信交给米莱狄。这是二百皮斯托尔的付款单,去我司库那里领取现金。假如您在第六天上回来,差使办得很好,还可以领取同样数目的一笔钱。"

信使一言未发,鞠了一个躬,拿了信件和二百皮斯托尔的付款单,便

---

① 布洛涅:即海滨布洛涅,法国西北部加来省港口,渡过海峡即是英国。
② 皮埃尔·塞吉埃(1588—1672):路易十三和路易十四的两朝大臣。但是,他于一六三三年才任掌玺大臣,一六三五年开始任司法大臣。

出去了。

这封信内容如下:

米莱狄:

白金汉公爵一举行舞会,您就去参加。他的紧身上衣将有镶十二枚钻石的别针,您设法接近他,摘取两颗钻石。

两颗钻石一旦到手,您就通知我。

第十五章　法官与军官

发生这些事的次日,还不见阿多斯露面。阿多斯失踪的消息,由达达尼安和波尔托斯报告给德·特雷维尔先生。

至于阿拉密斯,他请了五天假,据说去鲁昂处理家事。

德·特雷维尔先生就是他手下兵卒的父亲。他们当中最不起眼、最不知名的人,只要穿上火枪卫队军装,就一律得到他的关照和帮助,就像对待亲兄弟一般。

他当即去见刑事总监,还派人找来红十字监狱的典狱长,陆续得到的消息表明,阿多斯暂时关押在主教堡。

我们看到博纳希厄所经受的种种考验,阿多斯也经历一遍。

我们目睹了两名犯人对质的场面。阿多斯担心,达达尼安也遭逮捕而没有时间办事,就始终什么也不讲,直到对质时,才说出自己名叫阿多斯,而不是达达尼安。

他还补充说,他既不认识博纳希厄先生,也不认识那位太太,无论同那位先生还是那位太太,他从来就没有说过话。他是在晚上十点钟去拜访他朋友达达尼安先生,此前他一直在德·特雷维尔先生府上,同德·特雷维尔先生共进晚餐,并说可以找出二十个人作证,列举了几位很有名望的贵族,其中就有德·拉特雷姆依公爵先生。

第二个警官听了这名火枪手简单而坚定的陈述,同头一个警官一样不胜愕然,他很想报复一下,须知穿法袍的人多想压过佩剑者一头。不过,德·特雷维尔先生、德·拉特雷姆依公爵先生这些人的大名,毕竟令他有所忌惮。

阿多斯也打发给红衣主教处置,不巧红衣主教在卢浮宫面见国王。

163

德·特雷维尔先生分别拜会了刑事总监、主教堡典狱长之后，未能找见阿多斯，也正是在这种时候，来到国王的宫室。

身为火枪卫队队长，德·特雷维尔先生可以随时出入王宫。

众所周知，国王对王后的成见该有多深，而且这种成见又由红衣主教巧妙经营。在策划阴谋方面，红衣主教提防女人，要远远胜过提防男人。造成这种成见的最大起因之一，就是奥地利安娜对德·舍夫勒兹夫人怀有的深厚友谊。红衣主教忧虑这两个女人，要超过忧虑对西班牙的战争，同英国的纠纷，以及国家的财政困难。在他的眼里以及信念中，德·舍夫勒兹夫人不仅在政治阴谋上，还在爱情密谋上为王后效劳。

红衣主教谈到德·舍夫勒兹夫人放逐到图尔，都以为她在那座城市里，她却潜入巴黎，逗留了五天，巧妙地摆脱了警察的跟踪。国王刚听一句，就雷霆大怒。国王喜怒无常，又不忠诚守信，但是偏偏让人称他"正义者路易"和"贞洁者路易"。他这种性格，后世很难理解，因为历史所做出的解释，仅仅依据事实，而从不依赖推理。

红衣主教还补充说，德·舍夫勒兹夫人不仅来到巴黎，还同王后联系上，借助的正是当时称为魔法的神秘联系方式。他还肯定地说，这种阴谋极其隐蔽，而他，红衣主教，眼看就要理出线索，掌握了各种证据，准备在犯罪现场逮捕王后派去同那放逐的女人联系的密使，一名火枪手竟胆敢粗暴地阻断司法的侦查，举剑扑向秉公处理此案并准备报呈国王的司法人员。路易十三听到此处，就再也按捺不住，脸色气得发白，这种无声的怒火一旦爆发，就会导致国王干出冷酷而残忍的事情，他朝王后的寝宫跨了一步。

不过，红衣主教讲了这么多，还只字未提白金汉公爵。

恰好这时候，德·特雷维尔先生走进来，他沉着冷静，彬彬有礼，军容十分整肃。

有红衣主教在场，国王又满脸怒气，德·特雷维尔先生就感到自己坚强有力，如同参孙①面对非利士人。

---

① 参孙：《圣经·旧约》中人物，力大无比的勇士，娶非利士女子为妻。他的情妇大利拉被非利士人收买，探出他力大无比的原因，趁他熟睡时剃去他的头发。他被缚受辱，便求神再给他一次力量，然后双手各抱一根柱子，倾覆神庙，与敌人同归于尽。

路易十三手已经按在门把手上,听见德·特雷维尔先生进来的声音,便转过身来。

"您来得正好,先生,"国王说道,他的火气上升到一定程度,就掩饰不住了,"我听说您的火枪手干的好事。"

"我呢,"德·特雷维尔先生冷静地回答,"我也要向陛下禀报,司法人员干的好事。"

"真的吗?"国王高傲地说道。

"我荣幸地向陛下禀报,"德·特雷维尔先生以同样的口气接着说道,"一伙检察官、警官和警察,都是些十分可敬的人,但是仿佛极端仇视军人,擅自闯入一所房子,逮捕我的一名无辜的火枪手,确切地说,陛下,您的一名火枪手,押着走过大街,投进主教堡狱,而所谓的逮捕令却拒绝向我出示。那名火枪手品行无可指责,而且相当有名望,也受到陛下的赏识,他就是阿多斯先生。"

"阿多斯,"国王机械地重复道,"对,不错,这个名字我知道。"

"请陛下回想一下,"德·特雷维尔先生说道,"在那场您知道的令人遗憾的决斗中,阿多斯先生,就是不幸将德·卡于扎克先生刺成重伤的那名火枪手——顺便问一句,大人,"特雷维尔转向红衣主教,继续说道,"德·卡于扎克伤势痊愈了,对不对?"

"托福!"红衣主教应了一声,气得咬住了嘴唇。

"当时,阿多斯先生去看不巧外出的一个朋友,"德·特雷维尔先生继续说道,"那个朋友是贝亚恩青年,是德·艾萨尔先生禁军卫队中为陛下效力的见习卫士。不料,阿多斯到朋友家刚坐下,拿起一本书来等待,一大帮法警和兵卒一窝蜂似的围攻那所房子,撞开好几道门……"

红衣主教向国王示意:"这就是我对您所讲的案件。"

"这些情况,我们都知道了,"国王驳斥道,"那次行动是为我们效劳。"

"这么说,"特雷维尔说道,"逮捕我的一个清白无辜的火枪手,一个为陛下效命曾流过十次血,还准备流血的高尚文雅的人,被当作坏人由两名警察押着,从那些放肆无礼的刁民中间走过,这难道也是为陛下

165

效劳?"

"哦!"国王受到震动,说道,"事情果真如此?"

"德·特雷维尔先生没有说,"红衣主教异常冷静地说道,"正是那个清白无辜的火枪手,那个高尚文雅的人,在事发一小时之前,用剑刺伤四名警官,全是我派去侦破一起重大案件的。"

"我看法座就未必能拿出证据,"德·特雷维尔先生提高嗓门,显出纯粹加斯科尼人的坦率和纯粹军人的粗鲁,"因为事发一小时前,阿多斯先生,我向陛下透露一点,他的出身十分高贵,他在我那里用完晚餐,又赏光在我府上的客厅里同做客的德·拉特雷姆依公爵先生、德·夏吕伯爵聊天。"

国王看了看红衣主教。

"一份笔录可以作证,"红衣主教高声回答陛下的无声询问,"遭受袭击的人拟了这份笔录,敬请陛下过目。"

"司法人员的笔录,能抵得上军人以荣誉做出的保证吗?"特雷维尔骄傲地答道。

"好了,好了,特雷维尔,少说两句。"国王说道。

"假如法座对我的一名火枪手有什么怀疑,"特雷维尔说道,"红衣主教先生的公正是众所周知的,因此我请求亲自查证。"

"这次侦察的那所房子,"红衣主教不动声色,继续说道,"我想住着一个贝亚恩人,那名火枪手的朋友。"

"法座要说的是达达尼安先生。"

"我要说的是受您保护的一个年轻人,德·特雷维尔先生。"

"对,法座,的确如此。"

"难道您就不怀疑那个年轻人出坏主意……"

"给阿多斯先生,给一个年龄比他大一倍的人?"德·特雷维尔先生接口说道,"不对,大人。况且,那天晚上,达达尼安先生是在我府邸。"

"有这种事!"红衣主教说道,"那天晚上,所有人都是在贵府上过的?"

"难道法座怀疑我的话吗?"特雷维尔气红了脸,说道。

"没有,不敢冒昧!"红衣主教说道,"不过,他是几点钟到贵府的?"

"嗯!这一点,我可以明确告诉法座。因为,他进门时,我注意到挂钟是九点半,虽然我觉得时间还要晚些。"

"他是几点钟离开贵府的?"

"十点半,事件发生之后一小时。"

"然而,"红衣主教回答,他片刻也不怀疑德·特雷维尔先生的正直,感到胜利又从手指间漏掉,"然而,阿多斯毕竟是在掘墓人街那所房中逮捕的。"

"难道访友也不准许吗?我卫队的一名火枪手,同德·艾萨尔先生部下的一名卫士,难道不能密切往来吗?"

"如果那个朋友住的房子可疑,就不能密切往来。"

"那所房子可疑,特雷维尔,"国王说道,"也许您不知道吧?"

"我的确不知道,陛下。不管怎样,那所房子处处都可疑,但是我否认,达达尼安先生住的那部分是可疑的。因为,我可以向您肯定,陛下,我相信他所说的话,他是陛下最为忠诚的仆人,是红衣主教先生最为由衷的崇拜者。"

"是不是那个达达尼安,有一天在赤足加尔默罗修道院附近那场不幸的决斗中,刺伤了朱萨克?"国王看着红衣主教,气得红衣主教满脸通红。

"第二天又刺伤了贝纳茹。是的,陛下,是的,就是他,陛下的记忆力真好。"

"好了,我们怎么办吧?"国王说道。

"这事主要关系陛下而不是我,"红衣主教说道,"要我说有罪。"

"我则否认,"特雷维尔说道,"陛下有法官,由他们判决吧。"

"这样可以,"国王说道,"将这案子交给法官,审判是他们的事,就由他们判决吧。"

"不过,"特雷维尔又说道,"在我们这个不幸的时代里,最纯洁无瑕的生活、最不容置疑的品德,也不能使人免遭污辱,免遭迫害,这实在可悲。因此,因警务的事,军队如果受到严厉的对待,我敢保证,他们是不会满意的。"

这话未免太冒失,但是,德·特雷维尔先生一言既出,就胸有成竹。他就是要引起一次爆炸,因为火药一爆炸就起火,火光会照亮一切。

"警务!"国王接过德·特雷维尔先生的话,高声重复道,"警务!您知道怎么回事,先生?还是管好您的火枪手吧,不要在这儿吵得我头疼。听您这意思,如果不巧逮捕了一名火枪手,法兰西就有危险了。哼!为了一名火枪手,闹成什么样子!我就派人抓他十个,畜生!甚至抓他一百个,整个火枪卫队都抓起来!谁也不准吭一声!"

"既然在陛下看来,他们是可疑的,"特雷维尔说道,"那么火枪手都是有罪的,因此,陛下,您瞧我,这就准备把剑交还给您。我毫不怀疑,红衣主教控告我的士兵之后,最终还要控告我本人。莫不如我投案自首,同已经被捕的阿多斯、无疑即将被捕的达达尼安一起受审。"

"加斯科尼的倔头,您还有完没完?"国王说道。

"陛下,"特雷维尔答道,大嗓门丝毫也不降低,"您下令把我的火枪手还给我,或者审判他。"

"会审判他的。"红衣主教说道。

"好!那再好不过,因为一旦审判,我就请求陛下准许我亲自为他辩护。"

国王担心闹得不可收拾,说道:

"假如法座没有什么个人的考虑……"

红衣主教领会国王的用意,便迎合道:

"请原谅,既然陛下把我看成一个有成见的法官,那我就退出。"

"喂,特雷维尔,"国王说道,"您能以我父王的名义发誓,事发的时候,阿多斯先生在您府上,绝没有参加吗?"

"以您光荣的父王的名义,并以您本人,我在世间最热爱最敬重的人的名义,我发誓!"

"请陛下考虑,"红衣主教说道,"犯人如果就这样释放,恐怕就再难查清事实真相了。"

"阿多斯先生人始终在那儿,"德·特雷维尔先生说道,"他随传随到,回答司法人员的询问。红衣主教先生请放宽心,他不会逃走,我可以为他担保。"

"的确,他不会逃走,"国王说道,"随时可以传唤他,正如德·特雷维尔先生所讲的。况且,"他压低声音,以恳求的目光注视法座,又补充一句,"我们要给他们安全感,这是策略。"

路易十三的这种策略,令黎世留哑然失笑。

"那就下旨吧,陛下,"红衣主教说道,"您有赦免权。"

"赦免权仅仅适用于罪犯,"德·特雷维尔说道,他要获全胜,"我的火枪手是清白的。陛下,您不是赦免,而是主持公道。"

"他在主教堡狱吗?"

"对,陛下,秘密关押在单人囚室,就像对待罪大恶极的人那样。"

"见鬼!活见鬼!"国王咕哝道,"到底该怎么办?"

"签署无罪释放的命令,这事儿就了结了,"红衣主教接口说道,"我同陛下一样,相信有德·特雷维尔先生的保证,就足够而有余了。"

特雷维尔恭恭敬敬地施了一礼,欣喜中也掺杂几分恐惧。他更喜欢红衣主教拼命争,见他突然随和起来,反而不放心了。

国王签发了释放的指令,而事不宜迟,特雷维尔马上带走了。

他正要出去时,红衣主教冲他友好地微笑一下,又对国王说道:

"在您的火枪卫队里,陛下,官兵之间十分融洽,这既有利于效力,大家面子也都好看。"

"他马上又要跟我玩什么鬼花招儿了,"特雷维尔自言自语,"对付这样一个人,永远也谈不上最后胜利。不过,我们得赶紧,过一会儿国王就可能改变主意。抓了人关押起来容易,人放出来,再想关进巴士底狱或者主教堡狱,可就难了。"

德·特雷维尔先生趾高气扬进入主教堡狱,解救出始终平静而不以为然的火枪手。

事后,阿多斯第一次再见到达达尼安,就对他说道:

"您侥幸逃脱了,就是刺朱萨克那一剑的代价。贝纳茹挨的一剑那笔账还没算,千万不要大意啊。"

再说,德·特雷维尔先生认为事情未完,要提防红衣主教也是对的,因为火枪卫队队长刚关上门,法座就对国王说道:

"现在只剩下我们二人了,陛下如果愿意,我们就严肃地谈一谈。陛下,白金汉先生来巴黎逗留五天,今天早晨才离开。"

第十六章　掌玺大臣一如既往，
　　　　　不止一次寻钟敲打

　　这简短两句话对路易十三的作用，是无法想象的。他的脸红一阵，白一阵。红衣主教当即就看出，自己失去的地盘，一下子全夺回来了。

　　"白金汉先生来过巴黎！"国王高声说，"他来巴黎干什么？"

　　"毫无疑问，是来同您的敌人，胡格诺派和西班牙人策划阴谋。"

　　"不对，哼，不对！他是来见德·舍夫勒兹夫人、德·龙格维尔夫人和孔代家族①的人，阴谋策划毁损我的名誉。"

　　"哎！陛下，何来这种想法！王后特别贤明，尤其是特别爱陛下。"

　　"女人生性软弱，红衣主教先生，"国王说道，"至于说特别爱我，对于这种爱我自有看法。"

　　"我仍然认为，"红衣主教说道，"白金汉来到巴黎，纯粹是为了一个政治计划。"

　　"可是我呢，我确信他此行另有图谋，红衣主教先生。王后果真有罪，那就让她发抖吧！"

　　"其实，"红衣主教又说道，"我的思想不管多么踌躇，还是受陛下的引导，考虑到这种背情负义。遵照陛下的旨意，我多次问过德·拉努瓦夫人，今天早晨她对我说，王后陛下昨天熬夜，睡得很好，早上流了许多眼泪，一整天都在写信。"

　　"是这样，"国王说道，"无疑是给他写信。红衣主教，王后写的信，我

---

① 孔代家族：法国波旁王室的嫡系之一，历史上出过法国国王路易一世、亨利一世、路易二世等。

171

必须拿到。"

"可是,如何拿到呢,陛下? 我认为无论我还是陛下,都不宜担负这样一种使命。"

"那次对付当克尔元帅夫人①,用的是什么办法呢?"国王怒不可遏,嚷道,"当时搜查了她的衣柜,最后还搜了她的身。"

"当克尔元帅夫人不过是当克尔元帅夫人,一个来自佛罗伦萨的冒险的女人,陛下,仅此而已。而陛下尊贵的妻子是奥地利安娜,法兰西王后,即是世界上最伟大的王后之一。"

"那她罪过只能更大,公爵先生! 她越是忘记自己所处的崇高地位,就越是堕落得十分卑下。况且,我早就主意已定,要彻底了结这些政治的和爱情的小阴谋。她身边也有一个名叫拉波尔特的人……"

"不瞒您说,我认为此人是这一切的关键人物。"红衣主教说道。

"看来您像我一样,认为她欺骗我?"国王说道。

"我认为,我再对陛下说一遍,王后密谋反对她的国王的威权,但我绝没有讲她反对陛下的名誉。"

"我却要对您说,两样她全反对;我却要对您说,王后并不爱我;我却要对您说,她另有所爱;我却要对您说,她爱白金汉那个无耻之徒! 他来到巴黎,您为何不派人抓他?"

"逮捕公爵! 逮捕英王查理一世的首相! 您怎么想得出来,陛下? 会引起多大轰动啊! 而陛下的那些猜疑——对此我始终不敢苟同——果真有几分道理的话,那会引起多么可怕的轰动! 会造成多么令人痛心的丑闻啊!"

"不过,既然他像个流浪汉,像个窃贼那样来此冒险,那就应该……"

路易十三说着,对自己要讲的话突然怕起来,便主动停下不讲了。而

---

① 当克尔元帅夫人(1580—1617):意大利人,生于佛罗伦萨,是法国国王亨利四世的王后玛丽·德·梅迪契同奶姊妹,嫁给意大利冒险家、亨利四世宠臣孔奇尼。玛丽·德·梅迪契王后摄政时,任命孔奇尼为法国元帅,即当克尔元帅。孔代亲王纠集大贵族借故叛乱,路易十三的亲信便设计剪除当克尔元帅,又指控元帅夫人善巫术,将其斩首焚尸。

黎世留则伸长脖子,徒然等待国王留在唇间的话。

"那就应该?"

"没什么,"国王说道,"没什么。不过,他在巴黎逗留期间,您始终盯着他吧!"

"对,陛下。"

"他住在哪里?"

"竖琴街75号。"

"在什么位置?"

"靠近卢森堡宫。"

"您肯定王后和他没有见过面?"

"我相信王后特别看重自己的职责,陛下。"

"可是他们通过信。王后一整天都在给他写信,公爵先生,我要得到那些信件!"

"陛下,只是……"

"公爵先生,无论花多大代价,我都要得到。"

"然而,我还是要提请陛下注意……"

"您总是这么反对我的旨意,红衣主教先生,难道您也背叛我?难道您也投合西班牙人和英国人,也投合德·舍夫勒兹夫人和王后吗?"

"陛下,"红衣主教叹息着回答,"我原以为这种怀疑绝不会轮到我头上。"

"红衣主教先生,您听见了我讲的话,我要得到那些信件。"

"只有一种办法。"

"什么办法?"

"责成掌玺大臣塞吉埃先生完成这项使命。这件事完全是他的职责范围。"

"立刻派人唤他来!"

"他大概在我府邸,陛下。我请他去我那里,我来卢浮宫时吩咐过,他到了就请他等着。"

"那就立刻去叫他。"

"陛下的旨意必将执行,可是……"

"可是什么?"

"可是,王后也许拒绝服从。"

"拒绝服从我的指令?"

"对,假如她不知道这是国王的指令。"

"那好!我亲自去给她打声招呼,以免她心存疑虑。"

"陛下不会忘记,我已尽了力,防止关系破裂。"

"对,公爵,我知道您对王后十分宽容,也许过分宽容了。我先跟您说一声,这件事,以后我们还要谈一谈。"

"听从陛下吩咐。不过,我渴望看到您和法国王后关系和谐,这样,陛下,我鞠躬尽瘁,也会始终感到欣喜和自豪。"

"好,红衣主教,好。不过眼下,还是派人把掌玺大臣找来。我呢,这就去见王后。"

路易十三打开通道的门,走进通向奥地利安娜寝宫的走廊。

王后同女侍在一起,有德·吉托夫人、德·萨布莱夫人、德·蒙巴宗夫人和德·盖梅内夫人。从马德里伴随而来的西班牙女侍唐娜·埃斯特法尼亚则坐在角落里。大家都聚精会神,听着德·盖梅内夫人朗读,惟独王后例外,她发起这次朗读,只是佯装倾听,好能按着自己的思路想事儿。

这些思绪,尽管被爱情的最后一道反光映成金黄色,还照样是忧郁的。奥地利安娜失去丈夫的信任,又受红衣主教的掣肘,红衣主教怀恨在心,不肯原谅她拒绝多几分温柔的一种感情。眼前王太后就是榜样,终生受这种仇恨的迫害,虽说当初,如果当时的回忆录可信的话,玛丽·德·梅迪契不是像奥地利安娜这样始终拒绝,而是给予了红衣主教所要求的感情。奥地利安娜眼看着她的最忠实的仆人、最亲密的心腹、最心爱的宠臣,都纷纷在她周围倒下去了。她就像那些天生就不祥之人,跟谁接触就给谁带去不幸,她给予的友谊,就是给人招致迫害的一种凶兆。德·舍夫勒兹夫人和德·韦尔内夫人,已经遭到放逐。最后,拉波尔特也不向女主人隐瞒,他随时都可能被捕。

她正陷入这些最沉郁、最黯然的思索中,忽见寝宫的门被打开,国王走进来。

朗读声戛然而止,所有女侍都起立,宫室一片死寂。

国王毫无礼貌的表示,仅仅到王后面前站住,说话也岔了声:"王后,您要接待掌玺大臣先生的觐见,他将向您转告我交办之事。"

不幸的王后屡屡受到离婚、放逐,乃至审判的威胁,她那涂了胭脂的脸唰地变白,不禁说道:

"为什么他来觐见,陛下?掌玺大臣要对我讲什么,难道陛下不能亲口对我讲吗?"

国王没有搭理,转身离去。几乎就在同时,卫队长德·吉托先生进来通禀,掌玺大臣求见。

掌玺大臣露面时,国王已从另一扇门出去。

大法官①走进来,他那张脸似笑非笑,似红非红。这个人物,在以后的故事中可能还要遇见,读者不妨现在就了解一下,恐怕也没有什么坏处。

这个首席大法官是个可笑的人物,是红衣主教从前的贴身仆人、后来当了巴黎圣母院议事司铎戴罗什·勒马尔把他当作绝对忠诚的人推荐给了法座。红衣主教对他十分信任,也对他十分满意。

关于此人流传不少故事,其中有这样一个——

他经历了放荡的青春之后,便退身进了一座修道院,以便至少待上一段时间,为青年时期干下的荒唐事赎罪。

然而,这个可怜的悔罪者进入这块圣地,没有及时关上门,结果他要逃避的情欲也跟进去了。情欲苦苦纠缠,无休无止,他便向院长坦吐了这种惨痛的境况。院长表示愿意尽一切可能帮他解脱,建议他求助于钟绳,拼命拉绳敲钟,驱赶诱惑人的魔鬼。修士们听见钟声就知道,一位兄弟正受到诱惑,于是全体都开始祈祷。

未来的首席大法官认为这个建议很好,他借助修士们的祈祷来驱魔。然而,魔鬼一旦占据一个地盘,就不会轻易放弃,越驱赶就越是加倍诱惑。

---

① 法国旧王朝时期,掌玺大臣也是首席大法官。

因此,无论白天黑夜,钟声狂响不已,宣告悔罪者所感到的禁欲的极度渴望。

修士们片刻休息时间也没有了。白天,他们要在通向礼拜堂的楼梯不停地上来下去。夜间,除了晚祷和晨祷之外,他们还不得不折腾二十次,跳下床,匍匐在单人修室的方砖地上。

不知是魔鬼放弃了,还是修士们厌烦了,总之三个月之后,这个悔罪者重入尘世,背负着世间从未见过的魔鬼附身的最大恶名。

他出了修道院,进入司法界,接替叔父的班,当了法院院长,投靠了红衣主教,此举足以表明他不乏远见,后来就当上首席大法官,为法庭仇恨王太后,报复奥地利安娜效犬马之劳,还在夏莱的案件中,煽动那些审判官,鼓励法国最大的猎物袋制作匠德·拉弗马①先生的试验,最后完全取得红衣主教的信任,而且当之无愧。结果这次就接受特殊的使命,为执行使命面见王后。

他进来时,王后还站着,一看见他,便重新坐到王后椅上,并示意女侍们各自坐回椅子和凳子上,然后口气极其高傲地问道:

"您有何公干,先生,进宫来因何目的?"

"奉国王的旨意,恕我对王后陛下冒昧,要仔细检查您的信件。"

"什么,先生!仔细检查……我的信件!这种事实在无耻!"

"我这么做还请宽谅,王后,不过,在这种情况下,我无非是国王使用的工具。陛下不是刚离开这里,不是亲自来请您准备好这次检查吗?"

"那就搜查吧,先生,看来我成了罪犯。埃斯特法尼亚,我的桌子和写字台抽屉的钥匙,全交出去。"

首席大法官形式上看了看家具,不过他完全清楚,王后白天写的那封重要的信,绝不会藏在抽屉里。

写字台的抽屉,大法官拉开又关上,不知重复了多少次,不管心存什么疑惧,最终还得,我是说最终还得了结这件事,即搜查王后本人。于是,

---

① 伊萨克·德·拉弗马(1587—1657):因严厉判决叛乱的贵族,被人称为"红衣主教的刽子手""最大的猎物袋制作匠"。

"王后,您要接待掌玺大臣先生的觐见。"

大法官走向奥地利安娜,表情十分尴尬,口气特别为难地说道:

"现在,我还剩下一项主要搜查。"

"主要搜查?"

王后问道,她不明白,确切地说,她也不想明白。

"国王陛下肯定,您白天写了一封信,也知道信还没有寄出去。这封信,既没有在您的桌子里,也没有在您的写字台里,可是,它总归得在什么地方。"

"您还敢碰碰您的王后?"奥地利安娜说着站起来,挺直身子,两眼盯住大法官,眼神近乎威胁了。

"我是国王陛下的忠实臣仆,王后,国王下什么指令,我都照办不误。"

"的确如此!"奥地利安娜说道,"红衣主教先生的密探可真为他卖力。今天我写了一封信,没有发出去。信就在这儿。"

王后收回美丽的手,拍拍胸前。

"那就把信给我吧,王后。"大法官说道。

"我只能交给国王。"奥地利安娜说道。

"假如国王要求这封信交给他,王后,他就会亲自向您提出来了。然而,我再向您重复一遍,他是派我来向您索取的,假如您不交给我……"

"怎么样呢?"

"他还是责成我从您这儿取出来……"

"什么,您这话什么意思?"

"我这话的意思是,我奉旨意可以采取极端行动,王后,我被授权,可以在陛下身上查找可疑的信件。"

"简直骇人听闻!"王后高声说道。

"王后,还是请您配合一下。"

"这种行为是一种无耻的暴力,您知道吗,先生?"

"国王指令,王后,请原谅。"

"我不能容忍,不,不,宁可死去!"王后嚷道,她身上西班牙和奥地利王族的血脉冲腾起来。

大法官深深鞠了一躬,接着意图十分明显,寸步不退,决意完成所负的使命,他就像拷问室里刑讯逼供的打手那样,朝奥地利安娜逼过去。就在这同一时刻,只见王后愤怒的泪水夺眶而出。

正如我们说过的,王后的美貌倾城倾国。

这项使命可以说很棘手,而国王因过分嫉妒白金汉,竟然不再嫉妒任何人了。

毫无疑问,掌玺大臣塞吉埃这时拿眼睛寻找那口有名大钟的钟绳,却没有找到,便主意已定,手伸向王后承认放信的部位。

奥地利安娜朝后退了一步,脸色惨白,仿佛就要死去。她左手扶住身后的一张桌子,右手从胸口掏出一张纸,递给掌玺大臣。

"拿着,先生,就是这封信,"王后语不成句,声音颤抖地嚷道,"拿着,别让我再看见您这张可憎的面孔。"

大法官激动得发抖,这很容易理解,他接过信,一躬到地,便退了出去。

门刚一重新关上,王后就半昏过去,倒在几位女侍的怀中。

大法官一字不看,将信呈给国王。国王接过信的手直颤抖,他找不到收信人的姓名和地址,不禁面失血色,缓慢地拆开信,看了头几个字便明白,信是写给西班牙国王的,便快速浏览一遍。

这是进攻红衣主教的一个完整计划。王后在信中说,黎世留不失时机地压制奥地利皇室,极大地伤害西班牙国王①和奥地利皇帝,因此,她劝说王弟和皇帝佯装向法国宣战,提出罢免红衣主教是和谈的条件。至于爱情之事,信中从头至尾只字未提。

国王高兴极了,询问红衣主教是否还在卢浮宫。侍从回答法座在办公室等候陛下的旨意。

国王立刻去见他。

"喏,公爵,"国王对他说道,"还是您说得对,我判断错了。纯粹是政

---

① 西班牙国王腓力四世(1605—1665)是奥地利安娜的弟弟,而他们的曾祖父,与当时奥地利皇帝斐迪南二世(1578—1637)的祖父,原是亲兄弟。他们都有哈布斯堡皇族的血统,有亲族关系。

179

治阴谋,这封信根本没有谈到爱情。反之,许多处谈到您。"

红衣主教接过信,看得十分专心,看了一遍又重看一遍。

"好哇,陛下!"红衣主教说道,"您看见了,我的敌人会利用多少极端的手段:您不罢免我,他们就用两场战争相威胁。老实说,陛下,我若是处于您的位置,面对如此强权的要求,也会让步的,而且从我这方面来讲,退出政务,倒是我真正的福分。"

"您这是说什么呀,公爵?"

"我是说,陛下,这些特别激烈的斗争、这些永远也处理不完的公务,损害了我的健康。我是说,围攻拉罗舍尔的那种疲劳战,恐怕我支撑不了,您最好还是派德·孔代先生,或者德·巴松皮埃尔先生。总之,派一个以统兵打仗为职业的勇敢的人,而不是派我这样一个神职人员前往,不断地让我放下终生的志向,去干一些我根本不能胜任的事务。那样一来,陛下,您治理国内会更为顺利,对外关系方面,我也不怀疑,您会更加强大。"

"公爵先生,"国王说道,"我理解,务请放心,这封信里提到姓名的每个人,都将受到应得的惩罚,王后本人也不能幸免。"

"您这是说什么呀,陛下?但愿不要因我之故,引起王后一点点不悦!她一直认为我与她为敌,陛下,而陛下足可以证明,我始终热情地支持她,甚至站到您的对立面。噢!假如她背叛而有辱陛下的名誉,那又当别论,我会头一个主张:'绝不轻饶,陛下,对这样的罪犯绝不轻饶!'幸而事情并非如此,陛下也刚刚掌握了这样的新证据。"

"的确如此,红衣主教先生,"国王说道,"一如既往,还是您说得对。不过,王后此举,还是值得我大发雷霆。"

"哎!陛下,反倒是您惹她气恼。老实说,即便她真的同您赌气,我也理解:陛下对待她实在太严厉……"

"对待我的敌人和您的敌人,公爵,我永远持这种态度,不管他们地位有多高,也不管我严厉对待他们会冒多大风险。"

"王后与我为敌,却不以您为敌,陛下,情况恰恰相反,她忠贞、温顺,是个无可指责的妻子。因此,陛下,请让我在陛下面前为她求情。"

"那就让她俯首小心,主动来见我。"

"正相反,陛下,您要做出表率。您有错在先,怀疑了王后。"

"要我先认错!绝不!"国王说道。

"陛下,我恳求您。"

"再说,我要以什么方式认错呢?"

"办一件您肯定能让她高兴的事。"

"什么事?"

"举办一场舞会,您知道,王后多么喜欢跳舞;我可以向您保证,面对这样的殷勤之举,她的怨恨也就自消自灭了。"

"您也知道,红衣主教先生,那种社交性娱乐我都不喜欢。"

"王后也知道您憎恶这种娱乐,因而会更加感激您。而且,这对她也是一次机会,正好可以佩戴那些漂亮的钻石别针,她还一直未能用您送给她的生日礼物修饰呢。"

"以后再看吧,红衣主教先生,以后再看吧,"国王说道——他发现王后的罪过是他不放在心上的方面,而不是在他最怕的事情上,心里也就特别高兴,准备同她言归于好——"以后再看吧,不过,以我的名义发誓,您太宽容了。"

"陛下,"红衣主教说道,"把严厉留给臣子,宽容是王者的美德,运用它吧,您会看到一定受益匪浅。"

谈到此处,红衣主教听见挂钟敲了十一点,他就深鞠一躬,请求国王准许他告退,还恳请国王使他同王后和解。

信件被抄走之后,奥地利安娜料想自己要受到责备,可是次日见国王试图接近她,不禁深感诧异。她的头一个反应是排斥,她作为女人的自尊和身为王后的尊严,两者都创痛巨深,不可能一下子就回心转意。但她还是信服了女侍们的劝告,终于神情缓和,仿佛开始忘记了这件事。国王抓住这最初的转机告诉她,他打算不久举办一场舞会。

对可怜的奥地利安娜来说,舞会实在是件稀罕事,不出红衣主教所料,她一听到宣布这条消息,怨恨的最后一点余波也就消失了,心里如何还很难说,至少脸上没有痕迹了。她问舞会定在哪天举行,国王则回答,这一点还需同红衣主教商议。

其实,国王每天都问红衣主教,到底哪天举办舞会,每天红衣主教都找借口推迟定日子。

十天就这样过去了。

上文叙述的那场风波过后一周,红衣主教收到盖有伦敦邮戳的一封信,信中只有三两行字:

> 东西到手。但是缺少经费,我还不能离开伦敦;请汇来五百皮斯托尔,收到钱之后四五日,我即可赶到巴黎。

红衣主教收到这封信的当天,国王又照例问起舞会的事宜。

黎世留掐着指头计算,嘴里咕哝着:

"她说,收到钱后四五天赶到,钱汇到那里也需四五天,总共要十天时间,再算上逆风、意外耽搁,以及女人的一些弱点,宽打一点儿,就算十二天吧。"

"怎么样?公爵先生,"国王问道,"算好日子了吗?"

"算好了,陛下。今天是九月二十日,而在十月三日,本城市政官员要开一次庆祝会。这样安排极为妥善,因为您就不会给人以向王后让步的印象。"

接着,红衣主教又补充一句:

"对了,陛下,舞会的前一天,不要忘记对王后陛下说,您希望看看她戴上那些钻石别针是否合适。"

第十七章　博纳希厄夫妇

又提起钻石别针,这已经是第二次了,红衣主教强调这一点,就给路易十三造成强烈印象:这种叮嘱莫非隐藏着什么秘密。

国王不止一次受到红衣主教的挫辱:法座手下的警探,虽然还没有现代警察这样的高超技艺,在当时也是相当出色的,因而,红衣主教掌握宫里的家务事,比国王还要清楚得多。于是,国王要同奥地利安娜交谈一次,通过谈话弄清楚点事情,带着红衣主教知道或不知道的秘密,无论哪种情况,再去见首相,他在首相的眼里威望也会极大地提高。

国王主意已定,去见王后,又按老习惯威胁一通王后身边的人。奥地利安娜低头无语,让滔滔话语流淌过去,希望国王最终会停下来。然而,这并不是路易十三的初衷,他是要引起一场争论,在争论中好有所发现;他也断定红衣主教心怀叵测,会以其擅长的手法,给他制造一个惊诧不已的意外。国王一味指责,终于达到目的。

"可是,"奥地利安娜高声说道,她实在听烦了这些没头没脑的攻击,"可是,陛下,您心里装的话,没有全对我讲出来。我究竟做了什么?说说看,我究竟犯了什么罪?陛下这样大吵大嚷,不可能就因为我给我兄弟写了一封信吧!"

国王反过来受到如此直截了当的攻击,一时无以回答。他心想叮嘱舞会前夕讲的话,干脆趁此机会讲出来。

"王后,"他神态庄严地说道,"不久就要在市政厅举行舞会,为了给那些正派的市政官员多赏点面子,我要您去参加时盛装打扮,尤其戴上我祝贺您生日时送给您的那套钻石别针。这就是我的回答。"

这个回答吓死人。奥地利安娜以为路易十三全了解了,以为他隐忍七八天之久,还是红衣主教在起作用,而且这也符合他的性格。她的脸立时煞白,扶着托架的一只美得出奇的手,这时就像白蜡制成的,她眼神惊恐地望着国王,一个字也答不上来。

"您听见了吗,王后?"国王说道,他最大限度地玩味王后的窘迫,但是没有猜出是何缘故,"您听见了吗?"

"听到了,陛下。"王后讷讷答道。

"您参加那场舞会吗?"

"对。"

"戴上您的钻石别针?"

"对。"

如果可能的话,王后的脸还会变得更加苍白。国王见状,心中十分快意,这种冷酷是他性格恶劣的一面。

"就这么定了,"国王说道,"我要对您讲的就是这些。"

"这场舞会,究竟哪天举行啊?"奥地利安娜问道。

王后问这句话,声音微弱到了极点,路易十三本能地感到,他不应当回答这个问题。

"嗯,很快就举行,王后,"他说道,"确切的日期,我不记得了,要问问红衣主教。"

"这场舞会,看来是红衣主教告诉您的啦?"王后高声说道。

"对,王后,"国王惊讶地回答,"为什么问起这事?"

"也是他让您邀请我佩戴钻石别针出席舞会吗?"

"也就是说,王后……"

"是他,陛下,是他!"

"哎!是他还是我,又有什么关系?这次邀请还有什么罪过吗?"

"没有,陛下。"

"那么您出席吗?"

"是的,陛下。"

"那好,"国王边往外走边说道,"那好,有您这话就行了。"

王后行了个屈膝礼,这虽是出于礼仪,但主要还是因为她的双膝软了。

国王高高兴兴地走了。

"我完了,"王后喃喃说道,"完了,红衣主教全掌握了,正是他在怂恿国王,而国王现在还不清楚,但是很快就会全了解了。我完了!上帝啊!上帝啊!我的上帝啊!"

她跪在垫子上祈祷,颤抖的双臂抱住脑袋。

的确,她的处境堪虞。白金汉返回伦敦,德·舍夫勒兹夫人现在在图尔。王后受到更为严密的监视,她已隐约感到,有一名女侍出卖了她,但不知是哪一个。拉波尔特不能离开卢浮宫,她在这世间,没有一个可信赖的人。

因此,大祸临头之际,又孤立无助,她不禁痛哭流涕。

"我就不能为陛下做点什么吗?"忽然有人说道,声音充满温情与怜悯。

王后尖叫一声,不料自己这样被人撞见,一时误会了这种声调。其实,这样讲话的人肯定是朋友。

果然,王后寝宫的一扇门打开,出现美丽的博纳希厄太太。刚才国王进来时,她正在一个工作间整理衣裙和床单,来不及退避,这场谈话全听到了。

王后尖叫一声,不料自己这样被人撞见,她由于心慌意乱,头一眼没有认出那是拉波尔特推荐给她的年轻女子。

"嗯!王后,不必害怕。"年轻女子说着,就合拢双手,看到王后惶恐,自己也流下眼泪,"我的肉体和灵魂都属于陛下,不管我与陛下相距多远,我的地位又多么卑微,我认为已经找到能使陛下摆脱苦恼的办法。"

"是您!天啊!是您!"王后高声说道,"喏,正面看着我的眼睛。各处都有人出卖我,而您呢,能让我信得过吗?"

"嗯!王后!"年轻女子跪下,高声说道,"我以灵魂发誓,随时准备为陛下献出生命!"

这声呼喊发自肺腑,如同生来第一声呼叫,是绝不会误解的。

"对,"博纳希厄太太继续说道,"对,这里有人叛变了。不过,我以圣母的神圣名义发誓,没有人比我更忠于陛下的了。国王又要那些钻石别针,您却给了白金汉公爵,是不是?那些钻石别针装在香木匣里,他夹在腋下带走了,是吧?我会不会看错了呢?难道情况不是这样吗?"

"噢!上帝啊!上帝啊!"

王后讷讷说道,她吓得牙齿格格打战。

"那好!"博纳希厄太太接着说道,"那些钻石别针,一定得要回来。"

"对,毫无疑问,一定得要回来,"王后高声说道,"可是怎么办呢?怎么才能成功呢?"

"必须派人去见公爵。"

"可是派谁?……派谁?……谁靠得住呢?"

"请相信我,王后,请把这种荣誉赏给我,我就能找到使者!"

"那么还得写信啦?"

"嗯!对。信必不可少。陛下亲笔写几个字,再盖上您的私章。"

"可是,这几个字,就是我的判决,那得离婚,驱逐!"

"对,假如落入无耻小人之手!然而我保证,这几个字一定能交到收信人手中。"

"哦!上帝啊,那我就得把我的性命、我的荣誉、我的名声,全托付给您啦?"

"对,对,王后,必须如此,我呀,这一切我都可以保全!"

"可是要怎么办呢?总可以告诉我吧。"

"两三天前,我丈夫被释放了,只是我还没有时间见他。他为人正直、正派,不恨也不爱任何人。我叫他干什么他就干什么,我一声吩咐,他就会把信送到指定地点,甚至不知道带的是什么,他把信交到收信人手中,甚至还不知道是王后陛下的信。"

王后非常激动,拉起这个年轻女子的两只手,凝视她的双眼,仿佛要看透她的内心,但是在她美丽的眼中,仅仅看到真诚,于是深情地同她拥抱。

"就这么办吧,"王后高声说道,"你会保全我的性命,你也会保全我的名誉!"

"哎！不要夸大我的作用,为陛下效劳是我的荣幸,陛下无非是那些卑鄙阴谋的受害者,根本无须我保全什么。"

"是这样,是这样,我的孩子,"王后说道,"你这话有道理。"

"这封信,写了给我吧,王后,时间紧迫。"

王后疾步走到一张小桌子前,桌上有纸张、墨水、羽毛管笔。她写了两行字,加封了印章,交给博纳希厄太太。

"还有,"王后说道,"我们忘了,还有一样东西必不可少。"

"什么东西?"

"钱呀!"

博纳希厄太太脸红了。

"嗯,真的,"她说道,"我得向陛下承认,我丈夫……"

"你丈夫没钱,这就是你要说的话。"

"倒还不是,他有钱,但是他很吝啬,这是他的缺点。不过,陛下不必多虑,我们会设法……"

"其实我也没有,"王后说道(后来读过德·莫特维尔夫人①回忆录的读者,对王后这种回答不会感到奇怪),"不过,等一下。"

奥地利安娜跑去拿首饰匣。

"拿着,"她说道,"这枚戒指据说很昂贵,是我兄弟西班牙国王送给我的。这东西是我的,随我怎么支配。拿着这枚戒指,换了钱,让你丈夫出发。"

"过一小时,就照您的吩咐办了。"

"地址你看到了,"王后补充一句,声音极低,几乎听不见她说什么,"伦敦,白金汉公爵亲启。"

"信一定送交他本人。"

"热心肠的孩子!"奥地利安娜感叹一句。

博纳希厄太太吻了吻王后的手,将信藏在胸衣里,动作像鸟儿一样轻

---

① 德·莫特维尔夫人:奥地利安娜的随身女侍与心腹,曾写一本回忆录,记述王后的生活。

盈,一闪身就消失了。

十分钟之后,她就回到家中。正如她对王后讲的,丈夫放回来以后夫妻还未见过面,因此,她不知道丈夫对待红衣主教的态度所发生的变化。而且,德·罗什福尔伯爵前来拜访过两三次,成了博纳希厄的最好朋友,也就巩固了他这种态度的变化。德·罗什福尔伯爵没有多费唇舌,就让博纳希厄相信,绑架他妻子毫无恶意,仅仅是一种政治的防范措施。

她见博纳希厄先生独自在家中。这个可怜的人费了好大力气收拾屋子:家具差不多全砸烂了,大衣柜几乎空空如也。司法警察可不是所罗门王所指出的那三样东西之一:所经之处不留痕迹①。至于那名女佣,早在主人被捕时她就逃之夭夭。那个可怜的姑娘当时吓坏了,赶紧逃离巴黎,没有歇脚一直走回家乡勃艮第。

可敬的服饰用品商一见妻子回家,就讲述他如何顺利回来。妻子先是祝贺他,接着又说她差使太忙,刚能走开一步,什么事儿也不做,就赶回家看他。

这"刚能走开一步",要他等了五天。如果在往常,博纳希厄老板肯定会觉得时间有点长。然而,他见到了红衣主教,又接待了几次德·罗什福尔伯爵的来访,因此要考虑的事情很多,而且众所周知,思考比干什么都耗费时间。

更何况博纳希厄考虑的是锦绣前程。德·罗什福尔称他朋友,称他亲爱的博纳希厄,见面就对他说,红衣主教特别器重他。这位服饰用品商已经看到自己走在飞黄腾达的路上。

博纳希厄太太也有所思考,但想的是别的事儿,而非个人野心。她时刻想的是那个极为诚实、似乎在热恋的英俊青年,那形象挥之不去。她十八岁上嫁给博纳希厄先生,始终生活在丈夫的朋友圈子里。这位少妇地位虽低,品性却很高,这种生活丝毫引不起她的感情共鸣,她对低俗的诱惑也始终无动于衷。然而,尤其在那个时代,贵族的头衔对市民影响极

---

① 事见《圣经·旧约·箴言》第三十章第十八节。统一希伯来的所罗门王说,所经之处不留痕迹的三种东西,就是"鹰在空中飞的道,蛇在磐石上爬的道,船在海中行的道"。

大,而达达尼安既是贵族,身上又穿着禁军卫士服,除了火枪手的军装,那是妇女们最赞赏的装束。我们再说一遍,达达尼安年轻英俊,敢闯敢干。他谈论起爱情来,显然是坠入情网的人,渴望赢得爱。他身上的长处,要让一个二十三岁的女子晕头转向,则绰绰有余,而博纳希厄太太正好处于人生的这个幸福的年龄段。

夫妇俩虽说一周多没有见面了,可是这段时间,两个人都经历了重大事件,这次见面就各怀各的心事。不过,博纳希厄先生又见到妻子,表现出了由衷的喜欢,张开双臂迎上去。

博纳希厄太太递给他额头亲吻。

"咱们聊聊吧。"妻子说道。

"怎么?"博纳希厄惊讶地问道。

"是啊,当然了,我有一件特别特别重要的事情要告诉您。"

"真的,我也一样,有几个相当严肃的问题要同您谈谈。您被绑架那件事,请您给我解释解释。"

"眼下要谈的根本不是那件事。"博纳希厄太太说道。

"那谈什么呀?谈我被关起来的事?"

"那事我当天就知道了,但是您什么罪也没有,什么密谋也没有参与,总之,您不知道能牵连您或别的人的任何事情,因此,我也就没有过分重视那个事件。"

"您说得倒轻巧,太太!"博纳希厄见妻子对他不大关心,感到受了伤害,便接口说道,"我被投进巴士底狱,在单人牢房关了一天一夜,您不知道吗?"

"嗯!一天一夜转眼就过去,您被关押的事先搁一搁,还是谈谈我回到您身边有什么事。"

"什么?您回到我身边有什么事!别离了一周,难道不是渴望看您丈夫吗?"服饰用品商又被刺痛,质问了一句。

"回家首先是看您,其次还有别的事。"

"说吧。"

"事关最高利益,也许还会决定我们将来的境况。"

"自从我见到您,博纳希厄太太,我们的境况大大地改观了,再过几个月,要惹许多人眼红,我也不会觉得奇怪。"

"对,但是您必须照我的吩咐行事。"

"要我去办?"

"对,要您去办。"

"这是一个好的、神圣的行动,同时还能赚很多钱。"

博纳希厄太太知道,一提起金钱,便抓住丈夫的要害。

然而一个人,即使是个服饰用品商,只要同红衣主教黎世留谈了十分钟话,也就变成另一个人了。

"能赚很多钱!"博纳希厄撇着嘴说道。

"对,很多钱。"

"大约有多少?"

"可能有一千皮斯托尔。"

"您让我干的事情很重要喽?"

"对。"

"要干什么呢?"

"您即刻启程,拿着我交给您的一封信,无论什么情况都不能脱手,直接交到收信人的手上。"

"要我去哪里?"

"去伦敦。"

"我,去伦敦!算了吧,开什么玩笑,伦敦那儿我没有事。"

"可是有人需要您去一趟。"

"是什么人?我可告诉您,我再也不盲目干任何事情,我不仅要了解自己冒多大风险,还要了解是为谁冒风险。"

"派您去的是一位贵人,等您去的也是一位贵人。酬金会超出您的期望,这些我都可以向您保证。"

"又是些鬼鬼祟祟的事儿!总离不开鬼鬼祟祟的事儿!多谢了,现在我可要提防,而且这方面,红衣主教先生也开导了我。"

"红衣主教!"博纳希厄太太叫起来,"您见过红衣主教?"

"是他派人叫我去的。"服饰用品商得意地答道。

"您就赴约了,您也太冒失了。"

"应当说去还是不去,没有我选择的余地,因为有两名卫士架着我。不错,还应当说,我并不认识法座,如能免去这次拜访,我会打心眼里高兴。"

"那么他虐待您啦?他威胁您啦?"

"他跟我握手,称呼我是他的朋友——他的朋友!听见了吗,太太?——我是伟大的红衣主教的朋友!"

"伟大的红衣主教!"

"对他这样称呼,太太,难道您还有异议吗?"

"我没有什么异议,但是我要对您说,一位大臣的恩惠是短暂的,人只有发疯了,才会去巴结一位大臣。另外有些高于他的权势,不是基于一个人的反复无常,也不取决于一个事件的结果,要依附,就应当依附这种权势。"

"实在遗憾,太太,我不认识其他有权势的人,只认识我有幸为之效劳的那个伟大人物。"

"您为红衣主教效劳?"

"是的,太太。作为他的仆人,我绝不允许您卷入危害国家安全的阴谋,绝不允许您为一个不是法国人、天生一颗西班牙心灵的女人的阴谋效力。幸而有伟大的红衣主教,他的警惕目光在监视,能够看透人心。"

这是德·罗什福尔伯爵讲的一句话,博纳希厄听来,又一字不差地重复一遍。这个可怜的女人,原指望丈夫能助一臂之力,才向王后为他担保,现在想想就不寒而栗,自己险些坏了大事,眼下真是一筹莫展了。不过,她深知丈夫的弱点,尤其丈夫的贪婪,认为还有望把他拉回来为自己所用。

"哼!您成了红衣主教派的人了,先生!"她说道,"哼!您在为折磨您妻子、侮辱您的王后那伙人效劳!"

"在全体利益面前,个人利益微不足道。我支持拯救国家的那些人!"博纳希厄夸张地说道。

这又是德·罗什福尔伯爵讲的一句话,博纳希厄记在心中,找到机会抛出来。

"您所说的国家,您知道究竟是什么吗?"博纳希厄太太耸耸肩膀说道,"您就安心当一个毫无心计的小市民,转向给您的利益更多的方面吧。"

"哦!哦!"博纳希厄说着,拍了拍一只鼓鼓囊囊、发出钱币声响的口袋,"我的爱说教的太太,您对这个有什么说的?"

"这钱从哪儿来的?"

"您猜不出?"

"红衣主教给的?"

"有他给的,也有我的朋友,德·罗什福尔伯爵给的!"

"德·罗什福尔伯爵!可正是他绑架我的呀!"

"有这种可能,太太。"

"而您就接受这个人的钱?"

"您不是对我说过,这次绑架纯粹是政治性的吗?"

"对。然而,这次绑架的目的,就是逼我背叛我的主子,严刑逼供,好利用我的口供诋毁我尊贵主子的名誉,也许还要危害她的性命。"

"太太,"博纳希厄又说道,"您的尊贵主子是一个背信弃义的西班牙人,红衣主教所作所为完全正当。"

"先生,"年轻女人说道,"当初我认为您只是胆怯、吝啬和愚蠢,真不知道您还是个无耻之徒!"

"太太,"博纳希厄讷讷说道,他从未见过妻子发火,面对她的恼怒不禁退避,"太太,您这是怎么说的?"

"我说您是个无赖!"博纳希厄太太又恢复几分对丈夫的影响,便接着说道,"哼!就您啊,居然搞什么政治!还搞红衣主教派的政治!哼!您为了钱,把肉体和灵魂全卖给了魔鬼。"

"不对,是出卖给红衣主教。"

"这是一码事!"年轻女子嚷道,"所谓黎世留,就是撒旦。"

"住口,太太,住口,您这话会让人听见!"

"对,您说得对,您胆小如鼠,我替您感到羞愧。"

"可是,哎呀!您到底要求我做什么呀?"

"我跟您说了,您即刻动身,先生,忠实地完成我交给您的使命,这事儿办好了,我就原谅您,什么也不记恨了,而且……"她朝丈夫伸过手去,"我还恢复对您的友谊。"

博纳希厄人是又怯懦又吝啬,不过,他还是爱自己的妻子。一个五十岁的男人,面对一个二十三岁的女人,是不会怨恨多久的。博纳希厄太太见他还在犹豫,便说道:

"好了,您决定了吗?"

"可是,我亲爱的朋友,您要求我干的事,还是考虑考虑吧。伦敦距巴黎那么远,太远了,您交给我的使命,也许不敢说没有危险吧?"

"如果您能避开,那么危险又算什么呢!"

"听着,博纳希厄太太,"服饰用品商说道,"听着,我主意已定,拒绝这事,我就怕搞什么阴谋。我见识过巴士底狱,哎呀呀,太可怕了,巴士底狱!想一想我浑身就起鸡皮疙瘩。他们还威胁给我上刑。您知道受刑是什么滋味儿吗?往腿里钉木楔,一直钉到骨头爆裂!不,主意已定,我不去。活见鬼!干吗您自己不去呢?老实说,到今天为止,我想我错看了您,现在我相信,您是个男子汉,还是个最狂热的男子汉!"

"那么您呢?您是个娘儿们,一个下三烂的娘儿们,又愚蠢又糊涂。哼!您害怕啦!那好,假如您不立刻动身,我就让王后下令逮捕您,把您投进您怕得要命的巴士底狱。"

博纳希厄深入思考,在脑子里仔细衡量两种震怒:红衣主教的震怒和王后的震怒,最后还是红衣主教的震怒占了绝对优势。

"您就以王后的命令让人逮捕我吧,"他说道,"那我就去向法座申诉。"

这样一来,博纳希厄太太发觉他走得太远,几乎没有回旋余地了,不由得心惊胆战。她恐惧地注视一会儿这张愚蠢的面孔,冥顽不化的神态,一如吓破了胆的傻瓜。

"哦,那就算了吧!"她说道,"归根结底,也许您是对的,在政治上,男人比女人懂得多,尤其是您,博纳希厄先生,还跟红衣主教谈过话。不过,"她又补充道,"这也实在让我痛心,我的丈夫,我本以为感情上靠得住的一个男人,对待我竟然这样无情无义,丝毫也不满足我的一点怪念头。"

"那是因为您的怪念头会把人拖得太远,"博纳希厄得意地接口说道,"因此,我就小心为妙。"

"那我就放弃,"年轻女子叹息一声,说道,"好吧,这事儿就不要再提了。"

"哎!至少您可以跟我说说,要我去伦敦做什么。"博纳希厄又说道,他忽然想起,可惜有点迟了,罗什福尔曾叮嘱过,要他设法截获他妻子的秘密。

"没必要告诉您了,"年轻女子说道,基于一种本能的疑虑,现在她后撤了,"不过是让女人动心的一项生意,赚头很大。"

然而,年轻女人口风越紧,博纳希厄反而越以为,不肯告诉他的这件秘密很重要。他决定即刻跑去找德·罗什福尔伯爵,告诉他王后正在找一名信使要派往伦敦。

"请原谅,亲爱的博纳希厄太太,我得离开您一会儿,"他说道,"是这样,我不知您要回来看我,我已经跟一个朋友定了约会,去去就回来,您若是愿意等我,有半分钟就行了,我跟那位朋友说完话就回来,而且时间不早了,我要送您回卢浮宫。"

"谢谢,先生,"博纳希厄太太回答,"您不够勇敢,对我什么用处也没有,还不如我自己回卢浮宫。"

"那就随您便吧,博纳希厄太太,"从前的服饰用品商说道,"我很快能再见到您吗?"

"当然了,希望下周能再见面,到那时我的差使少些,能有点空闲,我就回来整理整理屋子,看来家里够乱的。"

"好吧,到时候我等您。您不怨恨我吧?"

"我嘛!一点儿也不。"

"那就改日见!"

"改日见。"

博纳希厄吻了吻妻子的手,便匆匆离去。

"好家伙,"博纳希厄太太见丈夫又关上临街的门,把她一个撂在家中,便自言自语,"这个白痴,终于成了红衣主教的走卒!而我还向王后担了保,向我可怜的主子一口应承……噢!我的上帝,我的上帝啊!她就要把我看成充斥宫里的卑鄙小人,安插在她身边监视她的!哼!博纳希厄先生!我一直就没有怎么爱您,现在就更谈不上了,我恨您!我发誓,一定要让您付出代价!"

她正说话间,忽听有人敲天花板,抬头一看,又听见一个声音隔着楼板冲她喊:

"亲爱的博纳希厄太太,把过道的小门打开,我这就下楼去找您。"

第十八章　情人和丈夫

"嗯！太太，"达达尼安从博纳希厄太太给他打开的门进来，说道，"您丈夫是个孬种。"

"怎么，我们的谈话您听见啦？"博纳希厄太太瞅着达达尼安，急忙问道。

"全听见了。"

"上帝啊，怎么听见的？"

"用我熟悉的一种方式，您同红衣主教的打手更为激烈的谈话，我也是这样听见的。"

"您从我们的谈话中了解到什么事儿？"

"很多很多事。首先了解您丈夫是个白痴，是个蠢货，幸而如此；其次了解您处于为难的境地，对此我很庆幸，这是给我的一次为您效劳的机会，上帝明鉴，为了您，赴汤蹈火我在所不辞；最后还了解王后需要一个勇敢、聪明而忠诚的人，为她跑一趟伦敦。您需要的这三种品质，我至少占两种，因此来见您。"

博纳希厄太太没有应声，不过，她的心欢快得怦怦直跳，她的眼里闪亮着一种隐隐的希望。

"这项使命，我若是同意交给您，那么您给我什么保证呢？"她问道。

"我对您的爱。喏，说吧，下命令吧，应当做什么？"

"我的上帝！我的上帝！"年轻女子喃喃说道，"这样一件秘密差使，我能托付给您吗，先生？您几乎还是个孩子呀！"

"哦！看得出来，您需要一个人为我担保。"

"我承认，那会让我放心多了。"

"您认识阿多斯吗?"

"不认识。"

"波尔托斯呢?"

"不认识。"

"阿拉密斯呢?"

"不认识。这几位先生是什么人啊?"

"都是国王的火枪卫队的。您认识他们的队长德·特雷维尔先生吗?"

"嗯!对,这个人我认识,不是认识他本人,而是好几次听人对王后提过,说他是一位勇敢而忠诚的贵绅。"

"您不会怕他为了红衣主教而出卖您吧,对不对?"

"嗯!当然不怕了。"

"那好!您就把这秘密告诉他,也不管这秘密有多重要,有多珍贵,有多骇人,您可以问问他,您能否把它托付给我。"

"可是,这秘密并不属于我,我不能随便透露。"

"您不是差点儿告诉博纳希厄先生嘛。"达达尼安气愤地说道。

"那就像把一封信放进一个树洞,系在鸽子的翅膀上,或者塞进一条狗的项圈里。"

"然而我呢,您看得一清二楚,我爱您。"

"您是这么说吧。"

"我是一个诚实的人。"

"我相信。"

"我很勇敢。"

"嗯!这一点,我深信不疑。"

"那就让我接受考验吧。"

博纳希厄太太还有最后一点疑虑,她定睛看着年轻人。这年轻人眼里饱含极大的热情,声调也显示极大的说服力,她觉得自己受到感染,开始信赖他了。况且,她陷入这种困境,只能孤注一掷了。过分谨慎同过分轻信一样,都会使王后遭殃。再说,我们也应当承认,她对这年轻的保护者无意间产生的感情,促使她决定讲出来。

"您听着,"博纳希厄太太对他说,"我就相信您的申辩,听信您的保证。但是,我要在听得见我们的上帝面前发誓,假如您背叛我,而我的敌人又宽恕我,那我就自尽,用死来控告您。"

"我也在上帝面前发誓,太太,"达达尼安说道,"我在执行您交给我的指令时,如果被捕,宁可一死,也不会做出一件事,说出一句话牵连别人。"

于是,这位年轻女子便向他透露这一可怕的秘密,而其中一部分,达达尼安在撒玛利亚教堂对面,已经偶然获知了。

这是他们彼此的爱情表白。

达达尼安容光焕发,又喜悦又得意。他掌握的这一秘密,他爱的这位女子,信赖和爱情把他变成一个巨人。

"我动身了,"他说道,"我立刻就动身。"

"什么!您这就动身!"博纳希厄太太高声说道,"那么您的卫队呢,还有您的队长呢?"

"真的,您使我把这一切都置于脑后了,亲爱的孔斯唐丝!是啊,您说得对,我必须请假。"

"又是个障碍。"博纳希厄太太愁苦地咕哝一声。

"唉!这个障碍,"达达尼安想了片刻,才高声说道,"我能够克服,您就放宽心。"

"怎么克服?"

"今天晚上,我就去见德·特雷维尔先生,请他求他妹夫德·艾萨尔先生照顾我一下。"

"现在,还有一件事儿。"

"什么事儿?"达达尼安见博纳希厄太太犹豫,没说下去,便问道。

"也许您没有钱吧?"

"'也许'这个词是多余的。"达达尼安微笑道。

"好吧,"博纳希厄太太说着,就打开一个柜门,从里面取出半小时前她丈夫深情爱抚过的口袋,"这袋钱您拿着。"

"红衣主教的钱袋!"达达尼安哈哈大笑,高声说道——我们都还记得,他掀起了几块方砖,一字不落地听到了服饰用品商同他妻子的谈话。

"红衣主教的钱袋,"博纳希厄太太回答,"您瞧见了,它还挺像样的。"

"好家伙!"达达尼安高声说,"拿法座的钱,去救王后,这件事真是大快人心!"

"您真是个又可爱又可亲的小伙子,"博纳希厄太太说道,"请相信,王后陛下绝非忘恩负义之人。"

"哎!我已经大大地得到了奖赏!"达达尼安高声说道,"我爱您,而您也允许我向您表白,这种幸福已经超出我的期望。"

"别出声!"博纳希厄太太打了个寒战,说道。

"怎么啦?"

"街上有人说话。"

"听声音……"

"是我丈夫。对,我听出来了,是他的声音!"

达达尼安跑去插上房门。

"我不离开别让他进来,"他说道,"等我走了,您再给他开门。"

"可是,我也得走啊,我。这笔钱不见了,我若是在屋怎么交代呢?"

"您说得对,必须出去。"

"出去,怎么出去?我们一出去,他准看见。"

"那就只能上楼到我的房间。"

"噢!"博纳希厄太太高声说道,"您讲这话的声调真叫我害怕。"

博纳希厄太太这么说着,眼里溢出一滴泪。达达尼安一见眼泪就没了主张,心也软了,便跪到她膝下。

"您到我的屋,"他说道,"就像进神庙一样安全,我以贵族的信誉向您保证。"

"咱们走吧,"她说道,"我就相信您,我的朋友。"

达达尼安小心翼翼地打开门闩,二人脚步极轻,像幽灵似的从里门溜进过道,悄无声息地上楼,又走进达达尼安的房间。

一进了他的屋,为了加一份保险,年轻人还把房门堵上。然后,二人走近窗口,从窗板的一道缝望去,看见博纳希厄先生正同一个披着斗篷的人谈话。

一见那披斗篷的人,达达尼安就跳起来,剑抽出半截,朝门口冲去。

冤家路窄,正是默恩那个人。

"干什么去?"博纳希厄太太嚷道,"您要把我们全毁了。"

"我发过誓,一定要杀了那家伙!"达达尼安说道。

"此刻,您生命已经献出去,不是您自己的了。我以王后的名义,禁止您去冒旅途之外的任何别的风险。"

"那么以您的名义,就不能命令我什么吗?"

"以我的名义,"博纳希厄太太十分激动地说,"以我的名义,我求求您了。真的,咱们听一听,他们似乎在谈我。"

达达尼安又靠近窗口,侧耳细听。

博纳希厄先生重又打开家门,看看房间空无一人,便回到独自待了一会儿的那个披斗篷的人身边。

"她走了,"博纳希厄先生说道,"一定是回卢浮宫了。"

"您能肯定她没有猜出您出门的用意吗?"那个陌生人问道。

"猜不出,"博纳希厄自负地答道,"这个女人一点见识也没有。"

"禁军卫队的见习卫士不在家吗?"

"想必不在。您也瞧见了,他的护窗板关着,缝儿里没有透出一点儿亮光。"

"不管怎样,还是应当搞确实了。"

"怎么搞确实?"

"去敲敲他的房门。"

"就说找他的跟班。"

"去吧。"

博纳希厄又回到家中,从两个潜逃的人经过的那道里门进去,上楼到了达达尼安的门前,敲了敲门。

没人应声。这天晚上,波尔托斯要摆排场,将卜朗舍借用去了。至于达达尼安,他当然特别当心,不会显露一点在家的迹象。

博纳希厄用手指一敲门,两个年轻人就感到心都要跳出来。

"他家一个人也没有。"博纳希厄说道。

"无所谓。我们还是进您屋吧,总比站在门外说话更安全。"

"哎呀!上帝啊!"博纳希厄太太咕哝道,"咱们就什么也听不见了。"

"正相反,咱们只能听得更清楚。"达达尼安说道。

达达尼安去掀起三四块方砖,就把他的房间变成了狄奥尼西奥斯①的耳朵。接着,他又在地上铺了一条毯子,自己跪在上面,还示意博纳希厄太太照他样子,俯身对着掀开的缺口。

"您肯定屋里没人?"那陌生人问道。

"我敢打保票。"博纳希厄答道。

"您认为您妻子……"

"回卢浮宫去了。"

"除了对您,她没有对任何人讲过?"

"我可以肯定。"

"这一点很重要,明白吗?"

"这么说,我提供的消息有价值……"

"有很大价值,我亲爱的博纳希厄,这一点我对您不隐瞒。"

"那么,红衣主教对我会满意喽?"

"毫无疑问。"

"伟大的红衣主教!"

"您能肯定吗,您妻子同您谈话中,就没有指名道姓提到谁?"

"我想没有。"

"她没提到德·舍夫勒兹夫人、德·白金汉公爵,也没有提到德·韦尔内夫人吗?"

"没有。她只是对我说,她要派我跑一趟伦敦,给一位贵人办事。"

---

① 狄奥尼西奥斯(大约公元前430—前367):意大利古国锡拉库萨的暴君。他曾建石屋关押人,石屋构造特殊,里面的人说话能传到外面,以便窃听。

"叛徒！"博纳希厄太太咕哝道。

"别出声！"达达尼安说着，抓住她一只手，而她也没有想到抽回去。

"不管怎样，"披斗篷的人说道，"您是个傻瓜，如果假意接受这个差使，信现在就到您手了，受到威胁的国家也就得了救，而您呢……"

"而我？"

"嘿！您啊！红衣主教就会给您签署贵族封号的证书……"

"他对您说过？"

"对，我知道他要给您一个惊喜。"

"请放心吧，"博纳希厄又说道，"我妻子非常爱我，现在还来得及。"

"白痴！"博纳希厄太太又咕哝道。

"别出声！"达达尼安说着，把她的手握得更紧了。

"怎么还来得及？"披斗篷那人又问道。

"我再去卢浮宫，请求见博纳希厄太太，对她说我经过考虑，还是接受这个差使。我拿到信，就赶紧去红衣主教府上。"

"那好！快去吧！过一会儿我再来了解您行动的结果。"

那陌生人出门去了。

"无耻！"博纳希厄太太又把这个修饰语给了她丈夫。

"别出声！"达达尼安越发握紧她的手，重复说道。

忽然一声惨叫，打断了达达尼安和博纳希厄太太的思索。原来是博纳希厄夫人的丈夫发现钱袋不见了，便大嚷捉贼。

"噢！我的上帝！"博纳希厄太太高声说道，"他会把整个街区的人全招来！"

博纳希厄叫嚷了好久，不过，这类喊叫时常听得到，尤其服饰用品商的这所房子近来名声不好，也就没有把掘墓人街任何人吸引来。他见无人理睬，便出门去一路喊叫，只听叫声渐远，朝摆渡街的方向去了。

"现在他走了，您也该离开，"博纳希厄太太说道，"勇敢些，但是要多加小心，想着您这是为王后效力。"

"为王后，也是为您！"达达尼安高声说道，"务请放心，美丽的孔斯唐丝，我一定事成回来，不辜负王后的厚意，而且事成回来，也没有辜负您的

"别出声!"达达尼安说着,抓住她一只手。

爱情吧？"

这位年轻女子没有应答，只是脸涨得通红。过了一会儿，达达尼安也出门去了，他披着的大斗篷，由一把长剑的剑鞘威武地挑起来。

博纳希厄太太目送他许久，那种饱含爱意的目光，正是一个女人伴随着感到爱她的男人所特有的目光。等达达尼安在街角拐弯，身形消失了，她就合拢双手跪下来，高声说道：

"我的上帝啊！愿您保护王后，保护我吧！"

第十九章　作战计划

达达尼安径直去德·特雷维尔先生府邸。他考虑过了,那个该死的陌生人大概是红衣主教的爪牙,再过几分钟,红衣主教就会得到这一情报,因此,他有理由这样想,一分一秒也不能耽搁了。

年轻人心里这会儿乐不可支,这真是个名利双收的好机会,还让他同所爱的女人接近了,就仿佛给了他头一个鼓舞。这种机会,他是不敢乞求上天赐予的,几乎是偶然的,让他一下子撞见了。

德·特雷维尔先生正在客厅,仍然陪伴那些贵绅常客。达达尼安是府上的熟客,他径直走进办公室,让人向德·特雷维尔先生通报,说他有要事求见。

达达尼安约莫等了五分钟,德·特雷维尔先生就进来了。可敬的队长一眼就看到年轻人喜形于色,明白肯定发生了新情况。

达达尼安在前来的路上,就考虑该不该向德·特雷维尔先生交底,还是仅仅向他讨一张准假条好去办密差。据说,德·特雷维尔先生对他始终厚爱有加,又特别忠于国王与王后,恨死了红衣主教,因此,年轻人就决意全部告诉他。

"是您要见我吗,年轻的朋友?"德·特雷维尔先生问道。

"是的,先生,"达达尼安答道,"多有打扰,还望见谅,您这就会知道事情有多重要。"

"说吧,我洗耳恭听。"

"事关……"达达尼安压低嗓门儿说道,"事关王后的名誉,也许还有王后的性命。"

"您说什么?"德·特雷维尔先生环视周围,看看有没有别人,然后收回询问的目光,盯住达达尼安。

"我是说,先生,我偶然掌握了一个秘密……"

"但愿您用生命保守这个秘密,年轻人。"

"但是我应当告诉您,先生,因为在我刚接到的王后使命中,惟独您能帮助我。"

"这秘密是您的吗?"

"不是,先生,这是王后的秘密。"

"那么王后陛下授权您告诉我了吗?"

"没有,先生,正相反,王后要我严守秘密。"

"那您为什么向我泄密呢?"

"我对您说了,只因没有您,我就一事无成,怕您不了解我请求的目的,就会拒绝我的请求。"

"保守您的秘密,年轻人,谈谈您的渴望吧。"

"我渴望您同德·艾萨尔先生说说,让他准我半个月假。"

"什么时候开始?"

"今天夜晚。"

"您离开巴黎?"

"我去完成使命。"

"您能告诉我去哪儿吗?"

"去伦敦。"

"有人不想让您达到目的吗?"

"红衣主教,我想他会千方百计地阻挠。"

"您独自前往吗?"

"独自前往。"

"这样的话,您连邦迪镇都过不去,我,特雷维尔,对您讲的是实话。"

"怎么会这样?"

"您会遭到杀害。"

"那我就以身殉职。"

"然而,您的使命没有完成。"

"这倒是真的。"达达尼安说道。

"请相信我,"特雷维尔接着说道,"要办这种事,必须有四个人,才能保证一个人到达。"

"嗯!您说得对,先生,"达达尼安说道,"不过,您认识阿多斯、波尔托斯和阿拉密斯,您看我能不能拉上他们。"

"也不告诉他们这个我不想了解的秘密?"

"我们都发过誓,永不反悔,不加考虑就相互信任,忠诚的友谊经得住一切考验。况且,您也可以对他们说,您完全信赖我,他们也就像您一样,不会有什么疑虑。"

"我所能做的,就是向他们每人提供半个月的准假条。阿多斯为伤痛所困扰,要去福尔日温泉疗养,而波尔托斯和阿拉密斯也决定陪同前往,他们不忍心看到有伤在身的朋友无人照顾。提供给他们的准假条,就表明我批准了他们的旅行。"

"谢谢,先生,您的心地真是无比善良。"

"立刻去找他们,今天晚上就全部搞定。哦!首先,给我写一份要交给德·艾萨尔先生的申请书。也许暗探已经跟踪您,您的来访,已经报告给了红衣主教,那么有了申请书,您到这儿来就有了正当理由。"

于是,达达尼安写了申请,德·特雷维尔先生收下,他保证在凌晨两点钟之前,四份准假条分别送至几个出行者的住所。

"劳驾把我那份也送到阿多斯那里,"达达尼安说道,"回我那儿恐怕要有什么麻烦。"

"放心吧。再见,一路顺风!对了,还有件事儿!"德·特雷维尔先生叫他回来。

达达尼安反身回来。

"您有钱吗?"

达达尼安拍了拍兜里的钱袋。

"够用吗?"德·特雷维尔先生又问道。

"三百皮斯托尔。"

"很好,有这笔钱,跑到天涯海角也够了。走吧。"

达达尼安向德·特雷维尔先生施礼。队长则伸出手来,达达尼安怀着又敬重又感激的心情,同队长握手。他到巴黎之后,对这位杰出的人就一直非常满意,始终认为他高尚、正直而伟大。

达达尼安先去拜访阿拉密斯,自从那个令人难忘的夜晚,他跟踪博纳希厄太太之后,就再也没有到过他这位朋友的住所。而且,刚一见面,以及后来每次见面,他从这位年轻火枪手的脸上,都觉得看出一种深深的悲哀。

这天晚上也一样,阿拉密斯没有睡觉,还是一副忧郁而沉思的神态。达达尼安问他何以这样心情郁结,阿拉密斯推说他的心思全放在一篇文章上,要用拉丁文撰写评论圣奥古斯丁著作第十八章的文章,下周必须交稿。

两位朋友聊了一会儿,忽然德·特雷维尔先生的一名仆人进屋,送来一个封上的纸包。

"这是什么?"阿拉密斯问道。

"先生要的准假条。"仆人答道。

"我,我也没有请假呀。"

"别说了,收下吧,"达达尼安说道,"您呢,我的朋友,辛苦您了,给您半个皮斯托尔,回去告诉德·特雷维尔先生,阿拉密斯先生对他表示衷心感谢。去吧。"

仆人一躬到地,然后离去。

"究竟是怎么回事儿?"阿拉密斯问道。

"带上旅行半个月的必需品,跟我走就是了。"

"可是,眼下我不能离开巴黎,还不知道……"

阿拉密斯又住口了。

"不知道她现在怎么样了,对不对?"达达尼安接口说下去。

"谁?"阿拉密斯问道。

"就是在这儿待过的那位女子,有绣花手帕的那位女子。"

"谁对您说有个女子在这儿待过?"阿拉密斯反驳道,他的脸色也一下子变得惨白。

"我见过她。"

"您知道她是谁吗?"

"我想,至少我猜得出来。"

"听我说,"阿拉密斯说道,"您既然了解这么多事情,那么知道那个女子现在怎么样了吗?"

"估计她已返回图尔。"

"返回图尔?对,是这么回事儿。您认识她。不过,她怎么没有对我说一声,就返回图尔了呢?"

"因为她害怕被逮捕。"

"她怎么没有给我写信来?"

"因为她害怕连累您。"

"达达尼安,您可救了我一命!"阿拉密斯高声说道,"我原以为她鄙视我,背离我了。当时再次相见,我真是高兴极了,不敢相信她会冒着被剥夺自由的危险来见我,可是,她回到巴黎来,究竟为何事由呢?"

"就是我们要去英国的同样事由。"

"什么事由?"阿拉密斯问道。

"有朝一日您就会知道了,阿拉密斯,不过眼下嘛,我还是效仿那位博士侄女的谨慎态度。"

阿拉密斯微微一笑,他想起一天晚上,他向朋友编造的那个故事。

"好吧!既然她离开了巴黎,您又肯定了这一点,达达尼安,那么这里就没有什么拖我的后腿了。我准备跟您走,您是说我们前往……"

"眼下先去阿多斯那里,如果您愿意一起去,我还得请您快点儿,我们已经耽误了不少时间。对了,通知巴赞一声。"

"巴赞也同我们一起走吗?"阿拉密斯问道。

"有可能。不管怎样,他现在最好还是随我们去阿多斯那里。"

阿拉密斯叫来巴赞,吩咐跟班去阿多斯家找他。

"咱们走吧。"阿拉密斯说道。他披上斗篷,佩上长剑,还带上三支短枪,但是拉开三四个抽屉,却没有找到遗漏的皮斯托尔。继而他完全确定再找也是徒然,便跟随达达尼安走了,心里还在嘀咕,这个见习小卫士怎么会同他一样知道他留宿的女子是谁,甚至比他还清楚她后来的情况呢。

不过,在出门的时候,阿拉密斯又把手按在达达尼安的手臂上,定睛看着他:"您跟谁也没有谈过那女子吧?"他问道。

"跟谁也没有谈过。"

"甚至没有跟阿多斯和波尔托斯谈过?"

"我一个字也没有向他们透露。"

"很好。"

在这重要一点上放了心,阿拉密斯才继续跟达达尼安往前走,二人很快到了阿多斯住所。

只见阿多斯一只手拿着准假条,另一只手拿着德·特雷维尔先生的信。

"我刚刚收到这份准假条和这封信,你们能不能给我解释一下是怎么回事?"阿多斯一副诧异的样子问道。

> 我亲爱的阿多斯,既然您的身体状况绝对有此需要,我就批准您休养十五天。您可以去福尔日温泉,或者去您认为合适的其他温泉疗养,尽快恢复健康。
>
> 您的挚友
特雷维尔

"跟您说吧,这份准假条和这封信表明,您必须跟我走了,阿多斯。"

"去福尔日温泉吗?"

"去那儿或者别的地方。"

"是为国王效劳?"

"为国王或者王后,我们不是两位陛下的臣仆吗?"

这时,波尔托斯走进来。

"真见鬼,"他说道,"碰到怪事儿了:从什么时候起,火枪手不申请就给假啦?"

"就从有朋友替他们申请的时候起。"达达尼安说道。

"啊哈!"波尔托斯说道,"看来这儿有新鲜事儿呀?"

"对,我们要出发。"阿拉密斯答道。

"去哪个国家?"波尔托斯问道。

"真的,我也不大清楚,"阿多斯说道,"这事儿问问达达尼安吧。"

"去伦敦,先生们。"达达尼安答道。

"去伦敦!"波尔托斯嚷道,"我们跑到伦敦那儿干什么?"

"这我可就不能对你们讲了,你们必须信赖我。"

"可是,去伦敦,"波尔托斯又说道,"必须有路费,我可没有。"

"我也没有。"阿拉密斯说道。

"我也没有。"阿多斯也说道。

"我有啊,"达达尼安接口说道,他从兜里掏出钱袋,放到桌上,"这袋里有三百皮斯托尔,每人拿上七十五皮斯托尔,足够去伦敦打个来回了。再说,也请大家放心,我们不是每个人都能抵达伦敦。"

"那是为什么?"

"因为,我们当中,很可能有人留在中途。"

"我们是去打仗吗?"

"这是最危险的一仗,我可把话说在前头。"

"是这样!我们既然冒着生命危险,"波尔托斯说道,"那我至少希望知道为什么。"

"你问也白费劲儿!"阿多斯说道。

"不过,我还是赞成波尔托斯的看法。"阿拉密斯说道。

"国王是不是有向你们汇报的习惯呢?没有。他直截了当地对你们说:'先生们,加斯科尼或者佛兰德斯在打仗,你们去参加战斗吧。'于是你们就去了。为什么呢?对此你们甚至一点儿也不关心。"

"达达尼安说得对,"阿多斯说道,"德·特雷维尔先生给我们开来三份准假条,还有不知谁给的三百皮斯托尔。让我们去哪儿战死,我们就去哪儿吧。就一条命呗,值得提那么多问题吗?达达尼安,我准备好跟你走了。"

"我也一样。"波尔托斯说道。

"我也一样,"阿拉密斯说道,"况且,离开巴黎也没有什么遗憾,我倒是需要散散心去。"

"好哇！有你们散心的,先生们,你们就放心吧！"达达尼安说道。

"那么,我们什么时候动身?"阿多斯问道。

"马上动身,"达达尼安答道,"一分钟也不能耽误。"

"来呀！格里莫、卜朗舍、木斯克东、巴赞！"四个年轻人呼唤他们的跟班,"给我们的靴子打油,到队部把我们的马牵来！"

每名火枪手及其跟班的马,的确都留在队部,都把队部当作兵营了。

卜朗舍、格里莫、木斯克东和巴赞都急忙走了。

"现在,咱们就来拟订作战方案吧,"波尔托斯说道,"咱们先去哪里?"

"先去加来①,"达达尼安说道,"那是前往英国最近的路线。"

"听着！我有这种想法。"波尔托斯说道。

"说吧。"

"四个人一道旅行可能引起怀疑,不如达达尼安把指令告诉我们每个人。我先走一步,上布洛涅大道,在前面探探路,过两个小时,阿多斯再动身,走亚眠大道,阿拉密斯则随后走努瓦永大道。至于达达尼安,随便他走哪条道,不过要跟卜朗舍换服装,让卜朗舍穿上禁军卫士服,扮成达达尼安跟我们一起走。"

"先生们,"阿多斯说道,"依我看,让跟班参与这种事情极不合适,一件秘密,偶尔可能会让贵绅给捅出去,而跟班一旦掌握,十有八九要出卖。"

"波尔托斯的方案,我觉得行不通,"达达尼安说道,"就连我本人也不知道能给你们什么指令。我只不过是去送一封信,而这封信是封好的,我没有也不可能抄写三份。因此我认为,还必须结伴同行。信就在这兜里,"他指了指放信的口袋,"如果我被杀死了,你们当中一个人就接过去,继续赶路,如果他也遇难了,另一个再接替,如此类推,只要有一个人抵达目的地就成,这就是全部要求。"

---

① 加来:法国西北部加来省港口城市,隔海峡与英国多佛尔港仅距三十四公里。

"好哇,达达尼安!你的想法同我一致,"阿多斯说道,"而且,还必须贯彻到底。我要去洗温泉浴,你们陪同我前往,我又不去福尔日温泉,要去洗海水浴,这是我的自由。谁要逮捕我们,我就出示德·特雷维尔先生的信件,你们也出示准假条;谁若是攻击我们,我们就正当防卫;谁若是审判我们,我们就一口咬定,我们别无目的,只想多泡泡海水浴。别人很容易收拾四个单独行动的人,然而四个人行动一致,就形成一支队伍。我们还可以用短枪和火枪,把我们四个跟班武装起来。真有人派一队人马袭击我们,我们就投入战斗,而幸免于难者,就按达达尼安说的那样,一定把信件送到。"

"说得好,"阿拉密斯嚷道,"你不轻易开口,阿多斯,一说起来,可就像金嘴圣约翰①了。我接受阿多斯的方案。你看呢,波尔托斯?"

"我也接受,"波尔托斯答道,"如果达达尼安觉得合适的话。达达尼安是持信者,自然也就是这一行动的头儿,由他做出决定,我们执行就是了。"

"好,"达达尼安说道,"我决定我们采纳阿多斯的方案,过半小时就启程。"

"赞成!"

三名火枪手又齐声喊道。

大家都伸手从钱袋里取钱,每人拿七十五皮斯托尔,然后分头准备,好按时出发。

---

① 金嘴圣约翰(约344—407):希腊教会神父,任君士坦丁堡主教,因其讲道才辩无双,被誉为"金嘴"。

第二十章 旅 行

凌晨两点钟,我们这四位冒险家从圣德尼城关出巴黎。夜色极浓,大家默默行路,都不由自主地感受到黑暗的威胁,看哪里似乎都有埋伏。

晨曦初现,他们的舌头也灵便了。随着旭日东升,他们也恢复了快乐的情绪,就仿佛处于战斗的前夜,心儿怦怦跳动,而且眉开眼笑,大家感到也许要离开的生命,归根结底还是个好东西。

这队人马很是威武雄壮,火枪手的黑战马,它们的战斗雄姿,作为士兵的挚友而养成的列队行进的习惯,这些都暴露了骑手极力掩饰的身份。

跟班紧随身后,一个个全副武装。

一路平安无事,约莫早晨八点钟到达尚蒂伊。该吃饭了。他们在一家客栈门前下马,只见招牌上画着圣马尔丹将自己长袍扯一半给穷人的故事。他们吩咐跟班不给马卸鞍,准备随时重新上路。

他们走进客栈大厅,围着餐桌坐下。

同桌还有一位绅士用餐,他刚从达马尔坦大路而来。他同这几位拉话,讲些晴天下雨的事儿,这几位旅客也随意应答。他为他们的健康干杯,他们也以礼相还。

这时,木斯克东来报告马匹已备好,大家站起来正要离开餐桌,不料那陌生人又向波尔托斯提议,为红衣主教的健康干杯。波尔托斯则回敬道,他十分乐意,如果对方也愿意为国王的健康干杯的话。那陌生人却嚷道,他只认法座,不认什么国王。波尔托斯叫他醉鬼,那人就拔出剑来。

"您可干了一件蠢事,"阿多斯说道,"没办法,现在不能退缩,您就把这人杀掉,再尽快同我们会合。"

他们三人又飞身上马,疾驰而去。波尔托斯这边则向对手许诺,一定

那些人纷纷退到路沟里,取出藏好的火枪。

给他满身打洞,显示剑术的各种著名招势。

"损失一员!"走出五百步远时,阿多斯说道。

"那人为什么不找别人,就要攻击波尔托斯呢?"阿拉密斯问道。

"就因为波尔托斯说起话来,嗓门儿比我们都大,那人就以为他是头儿了。"达达尼安说道。

"要不我总说,这个加斯科尼的见习卫士是个人精呢。"阿多斯咕哝道。

这几位行客继续赶路。

到了博韦停了两小时,让马喘口气,也要等一等波尔托斯。过了两个小时,波尔托斯还没有赶到,也毫无消息,大家只好重又上路。

从博韦走出一法里,经过一段两道土坡逼仄的路,路面的铺石掀掉了,有十来个人似乎正在干活,有的挖坑,有的平整满是泥浆的辙道。

走到这人为的烂泥坑,阿拉密斯怕弄脏自己的马靴,便恶言恶语地呵斥他们。阿多斯想要阻止,但为时已晚。那些工人开始嘲笑几个行客,那种撒野的无礼态度,甚至把一向冷静的阿多斯也惹恼了,他催马冲向他们当中的一个人。

于是,那些人纷纷退到路沟里,取出藏好的火枪,结果七名行客只好穿越枪林弹雨。阿拉密斯中了一弹,肩膀被打穿,另一颗子弹则打进木斯克东屁股的厚肉里。不过,惟独木斯克东落了马,倒不是他伤得多重,而是他瞧不见,就以为伤势比实际重得多。

"这是埋伏,"达达尼安说道,"咱们别开枪,快赶路。"

阿拉密斯受伤不轻,但他紧紧抓住马鬃,伏在马背上,还是跟上了其他人。木斯克东的马也赶过来,无人驾驭也加入队列奔驰。

"咱们倒有一匹马替换了。"阿多斯说道。

"我倒宁愿有一顶帽子,"达达尼安说道,"我的帽子给一颗子弹打飞了。老实说,我还算有运气,没有把信放在帽子里。"

"好家伙!可是,波尔托斯经过那里,准要被打死。"阿拉密斯说道。

"波尔托斯若是能站起来,现在早就同我们会合了,"阿多斯说道,"依我看,那个醉鬼一到决斗场,酒就该醒了。"

他们又跑了两个小时,尽管马十分疲惫,恐怕随时有可能停下。

几位行客抄了一条近道,从而希望少碰到些麻烦。然而,到了克雷沃克尔时,阿拉密斯就说不能再往前走了。的确,他伤得那么重,还保持温文尔雅的仪表和文质彬彬的风度,坚持到这里需要超人的勇气。他的脸色一阵白似一阵,有时不得不扶他在马上坐稳。到了一家小酒店门前,大家将他扶下马,留下巴赞照顾他,反正发生冲突,这个跟班只是个累赘,一点儿忙也帮不上。然后,大家重又上路,希望能赶到亚眠过夜。

他们再次上路时,就只有二主二仆,即格里莫和卜朗舍这两个跟班了。阿多斯不禁说道:

"见鬼!活见鬼!我再也不上当了,从这里到加来,我向你们保证,他们休想让我开口,也休想让我拔剑。我发誓……"

"咱们先别发誓,"达达尼安说道,"还是快跑吧,只要咱们的马同意。"

几位行客用马刺狠叩坐骑的腹部,马受到剧烈刺痛,又奋力奔跑,午夜时分终于抵达亚眠,在金百合客店下榻。

店主看样子是天下最老实的人,他一手举着烛台,另一只手拿着布睡帽,接待两位客人,安排他们每人各住一间漂亮的大客房,可惜两间客房分别在客店的两端。达达尼安和阿多斯不同意,店主回答说,其他房间都配不上两位客官,但是他们声言就睡在一间客房,在地上给每人放一张床垫即可。店主据理力争,旅客绝不松口,必须按照他们的意思去办。

他们刚排好床铺,从里侧将房门堵死,就听见从院子里敲护窗板的声音,他们问是什么人,听出是他们跟班的声音,便打开窗户。

果然是卜朗舍和格里莫。

"看管马匹,有格里莫一个人就够了,"卜朗舍说道,"两位先生如果愿意,我就横在你们的房门口睡觉,保证谁也近不了你们的身。"

"那么你睡在什么上面呢?"达达尼安问道。

"这就是我的床。"卜朗舍答道。

他指了指一捆麦秸。

"那你就进来吧,"达达尼安说道,"你说得对,店主那副嘴脸,我看不

217

对劲,殷勤得过分了。"

"我看也不对头。"阿多斯说道。

卜朗舍便从窗户跳进屋,横卧在门口,格里莫则回到马厩关起门,他保证早晨五点钟,他和四匹马都准备好上路。

夜晚相当安静,不过,约莫凌晨两点钟时,有人试图开门,卜朗舍一下子惊醒,喊了一声:"谁呀!"有人回答说走错了门,随即走开了。

凌晨四点钟,马厩里一片喧闹。格里莫要叫醒马厩的几个伙计,却被他们狠揍了一顿。达达尼安他们打开窗户,看见可怜的小伙子已经失去知觉,脑袋被叉子柄打破了。

卜朗舍来到院子,要给马匹备鞍,可是马脚全跛了。木斯克东的那匹马昨天没人骑,空跑五六小时,按说还能继续赶路,谁料由于不可思议的过错,据说请来给店主的马放血的兽医,却给木斯克东的马放了血。

看来苗头不对,这一系列意外事件,也许是偶然发生的,不过也很可能是一种阴谋的结果。阿多斯和达达尼安也走出客房,卜朗舍则去打听,附近是否能买到三匹马。客店门口倒拴着两匹备好鞍的骏马,又精神又强壮,很可以解决问题。于是他问两匹马的主人在哪儿,人家告诉他,那二人在客店过的夜,此刻正在同店主结账。

阿多斯也去付房费,达达尼安则站在临街的大门等着。店主在一间缩在里边、天棚低矮的屋里,伙计请阿多斯进去。

阿多斯毫无戒备,走进里屋,掏出两皮斯托尔付账。店主坐在桌子后面,桌子有一个抽屉半开着,他接过银币,拿在手中翻来覆去地查看,突然他大喊一声:"这钱是假的,这人和他的旅伴是造假币的人,喊人把他们抓起来。"

"你这怪家伙,"阿多斯逼上前,"看我不割掉你的耳朵。"

与此同时,四条全副武装的汉子,从旁门冲出来,扑向阿多斯。

"我上当啦!"阿多斯扯着嗓门大喊,"快走,达达尼安!冲啊,冲啊!"他随即放了两枪。

达达尼安和卜朗舍不等他说第二遍,解开那两匹马的缰绳,飞身上马,用马刺猛催,一溜烟儿跑了。

阿多斯扯着嗓门大喊："快走，达达尼安！冲啊，冲啊！"

"你知道阿多斯怎么样了吗?"在奔驰中,达达尼安问卜朗舍。

"唔!先生,"卜朗舍答道,"我看见他两枪撂倒两个人,隔着玻璃望进去,他好像在用剑同人搏斗。"

"好样的,阿多斯!"达达尼安咕哝道,"没想到要抛下他!再说了,离这儿不远,也许还有人等着我们。前进,卜朗舍,前进!你是个勇敢的人。"

"我跟您说过,先生,"卜朗舍回答,"我们庇卡底人,真到用的时候才能显出本色来。而且,我在自己的家乡,就更来劲儿了。"

两个人催马疾驰,一口气跑到圣奥梅。他们怕出意外,就牵着缰绳让马歇一歇,在街上随便吃点东西,然后,他们又出发了。

离加来城门还有一百来步,达达尼安的马倒下了,怎么也拉不起来,马鼻子和眼睛都流了血。剩下卜朗舍的这匹马,可一停下来,就再也赶不走了。

幸好如我们所说,他们离加来城只有百十来步了,就干脆把两匹马丢在大路上,二人跑向港口。卜朗舍让他主人注意看,前边五十步有一位贵绅和一个跟班。

他们快步追上那位贵绅。那人行色匆匆,马靴上满是尘土,他正打听能不能立刻渡海去英格兰。

"这事儿本来极容易,"一艘准备扬帆起航的海船老板答道,"只是今天早晨接到一项命令,没有红衣主教先生的特别许可证,一律不放行。"

"我有这种特许证,"那位贵绅从兜里掏出证明,说道,"就是这个。"

"还得拿去让港务总监签证,"船老板说道,"签完了请坐我的船。"

"港务总监在什么地方?"

"在他别墅。"

"他别墅在哪儿?"

"离城四分之一法里,从这儿望得见,就坐落在那小山脚下,那青石板房顶。"

"很好!"贵绅说了一句。

他带着跟班,走上去总监别墅的路。

达达尼安和卜朗舍跟上去,但是拉开五百步的距离。

一出了城,达达尼安就加快脚步,等那贵绅刚走进小树林,达达尼安就追到他身边了。

"先生,"达达尼安对他说,"看样子您很急吧?"

"万分火急,先生。"

"实在遗憾,"达达尼安说道,"我也非常急,我想求您帮个忙。"

"帮什么忙?"

"让我先走。"

"这不可能,"那贵绅说道,"我花了四十四小时,赶了六十法里路,明天中午,我务必到达伦敦。"

"我用四十小时,也走了同样长的路程,而且明天上午十点钟,我务必赶到伦敦。"

"非常遗憾,先生,我是头一个到的,不能第二个过去。"

"非常遗憾,先生,我是第二个到的,可我非要第一个过去。"

"我为国王办差!"那贵绅说道。

"我为自己办差!"达达尼安则说道。

"看样子,您这是成心向我寻衅。"

"真见鬼!那能是什么呢?"

"您想要干什么?"

"您想知道吗?"

"当然了。"

"那好!我想要您带的那张特许证,因为我需要一张,却没有。"

"想必您是开玩笑。"

"我从不开玩笑。"

"让我过去!"

"您过不去。"

"勇敢的年轻人,我可要砸烂您的脑袋。喂,吕班!我的短枪!"

"卜朗舍,"达达尼安说道,"你对付跟班,我来解决主人。"

卜朗舍初次逞威风,无所畏惧,朝吕班猛扑过去,而且他身强力壮,一下子就把对手打翻在地,用膝盖抵住那人的胸膛。

"我的活儿干完了,先生,"卜朗舍说道,"放心干您的活儿吧。"

那贵绅见此情景,便抽出剑来,扑向达达尼安,不料碰到了强手。

只用三秒钟,达达尼安就接连刺中他三剑,刺中一剑来一句:

"这一剑为阿多斯,这一剑为波尔托斯,这一剑为阿拉密斯。"

中了第三剑时,那贵绅扑通一声栽倒在地。

达达尼安以为他死了,至少昏迷过去,便上前去拿特许证。可是,他伸出手臂正要搜索时,那个剑没撒手的受伤者,突然刺向达达尼安的胸口,还说了一句:

"这一剑给您。"

"还有我一剑! 好的留在最后!"达达尼安嚷道,他怒不可遏,第四剑刺进腹部,将对手钉在地上。

这一下,那贵绅合上眼睛,昏了过去。

达达尼安看见他把特许证装进那个口袋里,便翻了出来,一看是开给德·瓦尔德伯爵的。

接着,他又最后瞥了一眼那个英俊的青年,看上去那人不过二十五岁,躺在那里失去知觉,或许已经死了。他不禁叹息一声,感叹促使人们相互残杀的这种奇怪的命运,为了素不相识的人的利益相互残杀,而那些人往往不知道世上还有他们这些人。

然而,吕班连声号叫,拼命呼救,很快把他从这种思索中唤醒。

卜朗舍用手卡住他的喉咙,竭尽全力掐紧。

"先生,"他说道,"只要我这样掐住,他就叫喊不了,这我有把握,可是我一松手,他就又叫嚷起来。我看出他是诺曼底人,诺曼底人全都这么倔巴。"

的确,喉咙给人紧紧掐着,吕班还要叫出声。

"等一等!"达达尼安说道。

他掏出手绢,把吕班的嘴给堵住。

"现在,咱们把他捆在树上。"卜朗舍说道。

这事仔细办完,他们又把德·瓦尔德伯爵拖到他的跟班旁边。天色渐晚,夜幕开始降临,而那被捆绑之人和受伤者,恐怕要在离大路不远的树林里待到第二天了。

"现在就去港务总监家!"达达尼安说道。

"可是,您好像受伤了吧?"卜朗舍问道。

"没关系,咱们先处理紧急的事情,然后再看我的伤口,而且,我觉得伤势不太危险。"

于是,两个人大步流星,朝那负责官员的别墅走去。

下人通报德·瓦尔德伯爵求见。

"您有红衣主教签发的特许证吗?"总监问道。

"有,先生,"达达尼安回答,"就是这份。"

"哦!哦!证件合乎规定,是特许。"总监说道。

"这很简单,"达达尼安应道,"我是红衣主教最忠诚的部下。"

"法座好像要阻止一个人去英国。"

"对,一个叫达达尼安的贝亚恩贵族,他同三位朋友从巴黎启程,企图去伦敦。"

"您认识他本人吗?"总监问道。

"认识谁呀?"

"那个达达尼安。"

"熟极了。"

"那您能给我描述一下他的相貌特征吗?"

"再容易不过了。"

达达尼安便把德·瓦尔德伯爵的相貌特征,详详细细地描述一遍。

"有人陪他吗?"

"有,是个叫吕班的跟班。"

"对他们要严密监视,一旦抓住他们,就可以让法座放心了,多派人把他们押回巴黎。"

"总监先生,您能这么做,"达达尼安说道,"一定会得到红衣主教的奖赏。"

"您返回之后,还能见到法座吧,伯爵先生?"

"毫无疑问。"

"请您转告他,在下是他的仆人。"

"我一定转告。"

得到这一明确的回答,总监十分高兴,立即签发了通行证,交给达达尼安。

达达尼安也不再说客套话耽误时间,他谢了总监,施礼告辞。

一出了门,他和卜朗舍撒腿就跑,绕了一个弯,避开那片树林,从另一道城门回到城里。

那条船一直准备起锚,船老板在码头上等候。

"怎么样?"他见达达尼安便问道。

"这是签发的通行证。"达达尼安说道。

"另一位贵绅呢?"

"他今天不走了,"达达尼安说道,"不过请放心,我会付双份儿的船钱。"

"既然这样,我们就起航吧。"船老板说道。

"我们起航。"达达尼安重复道。

他和卜朗舍跳上小艇,五分钟之后便登上大船。

走得正是时候,海船驶离港口约半法里,达达尼安就望见一道闪光,接着听到一声炮响。

那是宣布封港的号炮。

现在该查看一下伤口了,好在如达达尼安所想的,伤势不算重,剑尖碰到一条肋骨滑开了,伤口又几乎立刻粘住衬衣,没有流几滴血。

达达尼安身子累得散了架,就躺到为他铺在甲板的床垫上,迷迷糊糊睡过去了。

次日拂晓,离英国海岸仅有三四法里了,一夜风力小,船行驶得缓慢。

十点钟,船到多佛尔港抛下锚。

十点半钟,达达尼安踏上英格兰大地,高声嚷道:

"我终于到啦!"

然而,事情还没有完:必须前往伦敦。英格兰驿站相当健全。达达尼安和卜朗舍各租一匹矮种马,一名骑夫在前面奔驰带路,用了四个小时便到了京城的大门。

达达尼安没到过伦敦,他连一句英语也不会讲,只好在一张纸上写了白金汉的名字,谁都可以给他指引去公爵府的路。

公爵陪国王去温莎打猎了。

公爵有个心腹跟班,每次旅行都跟随左右,能讲一口漂亮的法语。达达尼安见到那个跟班,说明他从巴黎赶来,是为了一件性命攸关的大事,务必立刻同他主人谈一谈。

达达尼安讲话坦诚,说服了帕特里克——这便是那位首相跟班的名字,帕特里克当即叫人备两匹马,亲自给这名见习卫士带路。至于卜朗舍,他浑身僵得像根藤杖,是让人扶下马的。可怜的小伙子精疲力竭了,而达达尼安却仿佛钢筋铁骨。

到了温莎城堡一打听,国王和公爵架鹰打猎,去了两三法里远的沼泽地。

又跑了二十来分钟,到达了指定地点。帕特里克很快就听见主人呼叫猎鹰的声音。

"我怎么向公爵大人通报来客呢?"帕特里克问道。

"您就说有一天夜晚,在新桥撒玛利亚教堂前,找他寻衅打架的那个青年到了。"

"这种自我介绍太古怪啦!"

"您就等着瞧吧,这样自我介绍同样管用。"

帕特里克催马向前,见到公爵,以上面所说的一套话向他通报,说是一名信使等着求见。

白金汉当即认出达达尼安,猜想法国出了什么事情,派人来通消息。他只问了一句送信的人在哪儿,远远一望便认出禁军卫士服,策马直奔达达尼安跑去。帕特里克行事谨慎,停在远处。

"王后没有出什么事吧?"白金汉高声问道,一句问话就把他的全部心思、全部爱恋暴露无遗。

"我相信没出什么事,但是我认为,她面临极大的危险,惟有大人才能救她脱险。"

"我?"白金汉高声说道,"我!如能为她做点什么事,就是我的福运!说吧!说吧!"

"给您这封信。"达达尼安说道。

"这封信!是谁写来的这封信?"

"我想是王后陛下。"

"是王后陛下!"白金汉说着,面失血色,达达尼安见状真以为他要晕过去。

白金汉弄开信的封漆。

"这怎么撕破了?"他指着信上透亮的破洞,问达达尼安。

"嗯!嗯!"达达尼安答道,"我没有看见,大概是德·瓦尔德伯爵猛刺我胸膛那一剑,把信给刺破了。"

"您受了伤?"白金汉问道,同时拆开了信。

"哦!没什么!"达达尼安说道,"擦破一点皮。"

"上天明鉴!我读到了什么内容啊!"公爵嚷道,"帕特里克,你留在这儿,不,还是去找国王,不管在哪儿也要见到,对陛下说我恳请宽恕,一件天大的事召我回伦敦。走吧,先生,走吧。"

二人又在回京城的路上飞驰。

第二十一章　德·温特伯爵夫人

一路上，公爵向达达尼安了解他所知道的情况，当然不可能了解发生的所有事情。他听了年轻人所说的情况，再联想他本人的记忆，就能比较准确地把握局面的严重性，而且王后的信虽然极短，又极隐晦，也能让他忖度出局面严重到了什么程度。不过，公爵特别感到惊奇的是，红衣主教那么不想让这个青年踏上英国的土地，中途却没有将他截住，达达尼安看出他那诧异的神色，便向他讲述采取了什么防范措施，如何将三位满身是血的朋友分别丢在半路，而多亏他们同心同德，他才能到达目的地，最后还挨了把王后的信也刺穿的那一剑，他又如何狠狠地回敬了德·瓦尔德伯爵。这段经历讲得十分简单明了，公爵听着，不时用惊奇的目光瞧瞧这个青年，似乎难以理解一个约莫还不到二十岁的青年，怎么会如此谨慎、勇敢和忠心耿耿。

两匹马风驰电掣，没用几分钟，便跑到伦敦城门口。进城之后，达达尼安还以为公爵会放慢速度，结果出乎意料，他仍然策马飞奔，根本不顾是否会撞倒行人。在穿越老城区时，果然发生了两三起这种事故，可是，白金汉甚至连头也不回，一眼也不瞧瞧被他冲倒的人。达达尼安紧随其后，穿过一片很像诅咒的叫喊声。

进入公爵府的庭院，白金汉跳下马，也不管马如何安置，只把缰绳往马脖子上一扔，就冲上台阶。达达尼安也照样办理，但是颇有点顾忌，他十分赞赏那两匹骏马良驹，不过他见到从厨房和马厩跑出三四名仆人，抓住了马的笼头，也就放下心来。

公爵脚步如飞，达达尼安跟着很吃力。他接连穿过好几间厅室，那厅里的豪华装饰，就连法国最大的贵族也想象不出来。最后，他走进一间赛似神仙居所的精美雅致的卧室。卧室里间还有一道门,由壁毯遮护,公爵用吊在脖子上的金链系的小金钥匙,打开了这道门。

达达尼安颇为知趣,就停在后面。可是,白金汉要跨进这道门时,回过头来,见年轻人迟疑不前,便说道:

"请进来吧。您如能荣幸地见到王后,就请您把在这里看到的一切都告诉她。"

达达尼安受此邀请的鼓励,便随主人进去。公爵又随手把门关上。

二人进入了一座小礼拜堂,只见四壁都镶着金丝图案的波斯绸缎,被大量蜡烛映得通明透亮。在一座类似祭台的台子上,由一顶上面饰有红色和白色羽翎的天蓝丝绒华盖罩着,正是奥地利安娜的画像,同真人一样大小,画得形神酷似,达达尼安一见不由得惊叫一声,真叫人以为王后就要开口讲话。

那只装着钻石别针的钻石匣子,就放在祭台上的画像下面。

公爵走到祭台跟前,如神父礼拜基督一般跪下,然后打开小匣。

"您瞧,"他边说边取出一个缀满闪亮钻石的大蓝缎带花结,"您瞧,这就是我发誓做我陪葬品的珍贵钻石别针。王后赠给了我,现在又要收回去,她的旨意就是上帝的旨意,要一丝不苟地照办。"

接着,他又一颗一颗吻了吻这些难以割舍的钻石别针。突然,他大叫一声。

"怎么啦?大人,出什么事儿啦?"达达尼安担心地问道。

"出什么事儿,全完了,"白金汉高声说道,他的脸变得像死人一样惨白,"少了两只别针,只剩下十只了!"

"大人是失落了呢,还是认为被人偷去了呢?"

"是让人偷走了,"公爵又说道,"这一定是红衣主教干的。喏,您瞧,托着那两颗钻石的一截缎带给剪掉了。"

"如果大人能猜到是谁偷的……也许东西还在那人手里。"

"等一等!等一等!"公爵高声说道,"这些钻石别针,我只戴过一次,是一周前国王在温莎举行的舞会上。已经跟我闹翻的德·温特伯爵夫人,在舞会上主动靠近我。这种和解,其实是嫉妒女人的一种报复。那天之后,我就再也没有见到她。这个女人是红衣主教的一个密探。"

"怎么,天下到处都有他的密探!"达达尼安感叹一声。

"哦!对,对,"白金汉咬牙切齿地说道,"对,他是个非常厉害的角斗士。不过,那场舞会什么时候举行?"

"下周一。"

"下周一!还有五天,时间足够我们采取弥补的措施了。帕特里克!"公爵打开礼拜堂的门,高声呼唤,"帕特里克!"

他的贴身仆人应声来了。

"去把我的首饰匠和秘书找来!"

贴身仆人一言不发,当即去办,这表明他已养成惟命是从、绝不回嘴的习惯。

然而,召唤的头一个人虽是首饰匠,先到的却是秘书。这道理很简单,他就住在府上。他来见白金汉,而公爵正坐在卧室的一张桌子前,亲手写几道命令。

"杰克逊先生,"他对秘书说道,"您立刻去见大法官,就说我委派他执行这些命令。我希望这几道命令立即颁布。"

"可是,大人,如果大法官问我,爵爷究竟为何采取如此异乎寻常的措施,我又该如何回答呢?"

"就回答说我高兴这么办,而我的意愿也没有必要告诉任何人。"

"他也应当向陛下转呈这种回答吗?"秘书微笑着说道,"假如王上也偶尔好奇问起来,为什么船只一律不准驶离大不列颠各港口呢?"

"您说得对,先生,"白金汉答道,"如果问起来,他就对王上说,我决定宣战,这项措施是我对法兰西的第一个敌对行动。"

秘书施礼退下。

"这方面我们就无须担心了。"白金汉又转身对达达尼安说道,"那两只钻石别针,如果还没有送往法国,那就只能在您之后送到了。"

"怎么会这样呢?"

"我刚刚下了禁航命令,此刻在王国各港口停泊的所有船只,没有我的特许,一艘也不敢起航。"

229

达达尼安惊愕地注视这个人,此人仰仗一位国王的信任,竟然运用无限的权力来维护自己的爱情。白金汉从年轻人脸上的表情,看出他的想法,便微微一笑,说道:

"不错,不错,只因奥地利安娜是我的真正王后,只要她一句话,我就会背叛我的国家,背叛我的国王,背叛我的上帝。我曾许诺派兵增援拉罗舍尔的新教徒,但我应她的要求,没有派去一兵一卒。我违背了自己的诺言,可是这又算什么呢?我服从了她的意愿,说说看,我的服从,这才得到了大大的奖赏,只因服从,我才拥有了她的肖像!"

达达尼安不禁赞叹,一个民族的命运和民众的生活,是由多么细弱而不可知的线维系着。

他正这样冥思苦想,忽见首饰匠进来了。首饰匠是爱尔兰人,技艺精湛纯熟,他自己就承认,每年能从白金汉公爵的手上赚十万利弗尔。

"奥里莱先生,"公爵把他让进小教堂,对他说道,"您瞧瞧这些钻石别针,然后告诉我每颗钻石值多少钱。"

首饰匠看了一眼钻石镶嵌的精美工艺,又估算一下钻石的价值,便毫不犹豫地答道:

"每颗一千五百皮斯托尔,大人。"

"这样的钻石别针,制作两只要多少天?您瞧,这上面缺少两只。"

"一个星期,大人。"

"制作一只我付三千皮斯托尔,后天一定交货。"

"大人会按时拿到。"

"您真是个不可多得的人,奥里莱先生。不过,话还没有讲完,这两只钻石别针,不能交给别人制作,而且必须在我府内制作出来。"

"不可能交给别人制作,大人,新的和旧的要看不出一点差别,也只有我能办得到。"

"因此,我亲爱的奥里莱先生,现在您是我的囚犯了。此刻,您要走出我的府邸是不可能了。您可想好了。您需要哪些伙计,告诉我名字,需要什么工具也告诉我,好让伙计带来。"

首饰匠了解公爵,知道提出任何异议都徒劳无益,因此当即就决定下来。

"能允许我通知一声我妻子吗?"

"嗯!甚至允许您同她见面,我亲爱的奥里莱先生,对您只是软禁,请放宽心。而且,凡属打扰,都要得到补偿,喏,除了制作两只钻石别针的费用之外,我再给一张一千皮斯托尔的期票,以便让您忘掉我给您带来的烦扰。"

达达尼安不胜惊诧,这位大臣如此随心所欲,把世人和财富当作掌中之物。

首饰匠给妻子写了一封信,并附去那张一千皮斯托尔的期票,信中嘱咐妻子把最灵巧的学徒给他派来,同时带来一组他标明重量和名称的钻石,以及开在单子上所需要的工具。

白金汉把首饰匠带进给他用的房间。半小时工夫,这间屋就改成工厂。接着,公爵又给每道门派一名岗哨,除了他的贴身仆人帕特里克,不准任何人进入,也严禁首饰匠奥里莱及其助手以任何借口出来。

这方面的事情一解决,公爵就又回到达达尼安身边。

"现在,我年轻的朋友,"他说道,"英国就是我们两个人的了,您想要什么?渴望什么呢?"

"一张床铺,"达达尼安回答,"我承认,这是我此刻最需要的东西。"

白金汉把隔壁房间给达达尼安使用。他要把年轻人留在身边,倒不是因为信不过,而是想能有人不断和他谈论王后。

一小时之后,就在伦敦颁布了命令,任何准备开往法国的海船,甚至包括运载邮件的船只,一律不准驶离港口。在所有人看来,这就等于两个王国宣战了。

到了第三天,上午十一点钟,两只钻石别针做好了,仿造得非常完美,完全一模一样,新旧混在一起,连白金汉也分辨不出来,就是最有经验的行家,也会像他一样看走眼。

他随即派人叫来达达尼安。

"您瞧,"他对达达尼安说,"这就是您来取的钻石别针,请您为我作证,凡是人力所能及,我全做到了。"

"请放心,大人,我会讲述我所看到的一切。可是,大人不把这些别针连同匣子给我吗?"

"匣子带在身上不方便,而且现在只剩下匣子,对我就更加宝贵了。您就说我把它珍藏起来了。"

"我会一字不差地完成您的托付,大人。"

"现在,"白金汉定睛凝视着年轻人,又说道,"我又该如何报答您呢?"

达达尼安的脸一下子红到耳根子。他明白公爵在设法让他接受一件礼物,而一想到他和伙伴流的血要由英国的黄金来偿付,心里就产生一种异样的反感。

"我们应当互相理解,大人,"达达尼安说道,"先就把事情掂量好了,绝不要产生一点误会。我为法国国王和王后效劳,是德·艾萨尔先生统领的禁军卫队的士兵。德·艾萨尔先生,尤其他内兄德·特雷维尔先生,都无限忠于两位陛下。再说,如果不是为了讨好我爱慕的女子的欢心,就像您所爱慕的女子是王后一样,也许我根本不会插手这件事。"

"对,"公爵微笑道,"我甚至觉得认识那位女士……那是……"

"大人,我根本没有提她的名字。"年轻人急忙接口道。

"的确如此,"公爵说道,"看来您为此事效命,我应当感谢那个人了。"

"您说对了,大人,因为,恰恰在这种要开战的时刻,我向您坦言,我仅仅把大人您视为一个英国人,也就是说一个敌人,我更高兴在战场上相遇,而不是在温莎花园或卢浮宫走廊里见面。但是这不会阻碍我不折不扣地执行我的任务,必要时为完成任务而献出生命。不过,我还要向阁下重复一遍,头一次见面我是为大人做了些事,第二次见面我是为自己做事,这次大人就不必多谢我什么。"

"我们这里的人常说:'像苏格兰人一样骄傲。'"白金汉喃喃说了一句。

"我们那儿的人常说:'像加斯科尼人一样骄傲。'加斯科尼人,就是法国的苏格兰人。"

达达尼安向公爵施了一礼,准备走了。

"怎么!您就这样走啦?从哪儿走?又如何走呢?"

"这话不错。"

"上帝明鉴!法国人总是无所顾忌!"

"我怎么忘了,英国是个岛国,而您是这里的王。"

"您去港口,找到一只'三德号'的双桅船,将这封信交给船长,他就会送您到法国的一个小渔港,而绝不会有人想到在那里等您。"

"那小港叫什么名字?"

"圣瓦勒里,您还是听下去,到了小渔港,您就走进一家小客店,那客店破烂不堪,没有名称也没有招牌,是专供水手住的破房子,而且只有那一家,您不会找错。"

"然后呢?"

"您就找店主,对他说:Forward①。"

"这是什么意思?"

"是'前进'的意思,这是暗号。店主一听到这个暗号,就会给您一匹备好鞍的马,指给您应走的路线,这样,您在路上还能得到四匹换乘的驿马。您若是愿意,就把您在巴黎的住址告诉每一站的人,那么四匹马就会随后送到。其中两匹您见过,就是我们骑过的那两匹,您作为行家,似乎很欣赏。请相信我这话,另外两匹也绝不逊色。这是装备起来的四匹战马。您再怎么骄傲,也不会拒绝收下一匹,并让您的伙伴接受另外三匹,况且,还是为了同我们作战。正如你们法国人所说,目的正当,可以不择手段,对不对呀?"

"对,大人,我接受,"达达尼安答道,"如果上帝愿意,我们会充分利用您的礼物。"

"现在,年轻人,请把手伸给我,也许我们不久就会在战场上相遇,可是现在,希望我们还是跟好朋友一样分手。"

"对,大人,但是也希望很快成为敌人。"

---

① 英语,意思为"向前""前进"。

233

"请放心吧,我答应您。"

"我相信您的诺言,大人。"

达达尼安拜别了公爵,便匆匆走向港口。

他到伦敦塔对面,找见了指定的那只船,将公爵的信交给船长。船长又拿着信请港务总监签发,然后便升帆起航。

准备离港的有五十艘船,都在港口等待。

同其中一只船擦舷而过时,达达尼安瞧见一个女人,觉得在默恩见过,正是那个陌生贵绅称她米莱狄的那个女子,当时达达尼安就认为她美如天仙。但是水流很急,又遇顺风,他乘坐的帆船疾驶如飞,一会儿工夫就望不见人影了。

次日上午九点钟,船抵达圣瓦勒里。

达达尼安当即走向指定的那家客店,循着屋里传出的喧闹声就能走到:欢快的水手们一边大吃大喝,一边大谈英法战争,就好像这是即将发生、无可置疑的一件事了。

达达尼安穿过人群,走向店主,说了 Forward 这个词。店主立即示意来客跟他走,二人一同走出一道门,来到院子,又走进马棚,只见一匹已经备好鞍的马等在那里。店主还问他是否还需要别的东西。

"我需要知道应当走哪条路。"达达尼安说道。

"从这里到布朗日,再从布朗日到纳沙泰勒。到了纳沙泰勒,您就进'金耙'客店,向店主说出暗号,您就会像在这里一样,也能得到一匹备好鞍的马。"

"要我付钱吗?"达达尼安问道。

"全付过了,"店主答道,"而且大大超过。上路吧,愿上帝指引您!"

"阿门。"年轻人回答一声,便策马飞驰而去。

四小时之后,便赶到纳沙泰勒。

他严格依照指示行事。到纳沙泰勒如同到圣瓦勒里那样,也见到一匹备好鞍的马在等他。他想把挂在马鞍旁边的短枪移到新坐骑上,却发现换乘的马上皮套已装好了同样的短枪。

"请问您在巴黎的住址?"

"德·艾萨尔禁军卫队队部。"

"好。"店主说道。

"我该走哪条路?"达达尼安又问道。

"走鲁昂大道,不过,您要从城左侧绕过去,到埃库伊小村停下。村里只有一家客店,叫'法兰西盾牌',别看它样子不起眼,马棚里却有一匹赛过这匹的好马。"

"原来的暗号?"

"完全一样。"

"再见,老板!"

"旅途顺利,阁下!您还需要什么吗?"

达达尼安摇了摇头,就又疾驰而去。到了埃库伊,又重复了同样的场面,见到同样殷勤的店主,换乘一匹精神饱满的好马,也同样留下地址,然后又以同样速度向蓬图瓦兹进发。到了蓬图瓦兹,他最后一次换了坐骑,九点钟他快马冲进德·特雷维尔先生府的院子。

十二小时当中,他跑了将近六十法里路。

德·特雷维尔先生就像当天早上还见过似的接待他,只是握手时比往常更热切些。他告诉达达尼安,德·艾萨尔先生的卫队正在卢浮宫值勤,他可以回到岗位上去了。

第二十二章　梅尔莱松舞

第二天，巴黎全城都在议论，市政长官先生们为国王和王后举办舞会，而在舞会上，国王和王后两位陛下，要跳国王特别喜爱的梅尔莱松舞。

为了举办这场隆重的舞会，一周以来，市政厅加紧筹备。细木工搭起了看台，以供受邀请的女士们观赏之用。供货商则给各个大厅装了两百支白蜡巨烛，这在当时是闻所未闻的奢华排场。最后，还请来二十名提琴师，据一份报告所称，由于通宵演奏，要付双倍的费用。

上午十点钟，禁军卫队的掌旗官德·拉科斯特先生，带两名副手和数名卫士来见市政厅秘书克莱芒，要接收市政厅大小厅室和每道门的钥匙。钥匙当即全部交出来，每把都系着一个小标签。即刻起，看守市政厅所有门户和街道的职责，就移交给德·拉科斯特了。

十一点钟，禁军卫队的一个队长杜阿利埃也来了，他率领的五十名卫士很快就分派守卫市政厅的各个门户。

下午三点钟，又开来两队卫士，一队法国士兵，一队瑞士雇佣兵。那队法国士兵半数是杜阿利埃先生所部，半数是德·艾萨尔先生所部。

傍晚六点钟，来宾开始入场，他们走进大厅，坐到搭好的看台上。

晚上九点钟，首席大法官夫人到，她是这次舞会仅次于王后的二号人物，受到市政长官们的欢迎，被安排坐到王后包厢对面的包厢。

晚上十点钟，在圣约翰教堂一侧的小厅里，对着由四名卫士看守的市政厅银酒台，为国王摆了一桌甜点夜宵。

午夜十二点，听见大声吆喝，以及一阵阵欢呼声，那是国王从卢浮宫出来，穿过挂满彩灯的街道，走向市政厅。

身穿呢料长袍的市政长官们立即出迎，他们由六名手执火炬的军士引领,在台阶上同国王相遇。市长向国王致欢迎辞,而国王答辞说到得太晚实在抱歉,但是这全怪红衣主教先生,是红衣主教拖住他不放,谈国事一直谈到十一点钟。

陛下身穿礼服,伴驾的有王爷殿下、德·苏瓦松伯爵、大修院院长、德·龙格维尔公爵、德·埃尔伯夫公爵、达尔古尔伯爵、德·拉罗什-居永伯爵、德·利昂库尔先生、德·巴拉达斯先生、德·克拉马伊伯爵,以及德·苏夫雷骑士。

大家都注意到,国王神色忧郁,心事重重。

人们为国王准备了一间休息室,为王爷殿下也准备了一间。每间休息室都摆好化装用的服饰。为王后和首席大法官夫人,也有同样的安排。两位陛下的廷臣和命妇,则每两人用一间化妆室。

国王走进休息室之前,吩咐说红衣主教一到,就向他通报。

国王进入市政厅半小时之后,又响起欢呼声,表明王后驾到。市政长官们像刚才迎接国王那样,也由军士引领,去迎接最尊贵的女宾。

王后走进大厅,大家注意到,她也像国王那样神色忧郁,尤其显出一副倦容。

就在王后走进大厅的时候,一个小看台一直拉着的帷幔,忽然拉开了,露出身穿西班牙骑士服的红衣主教那张苍白的面孔。他的眼睛死死盯住王后的眼睛,嘴角掠过一丝令人心惊的快意微笑,王后没有戴钻石别针。

王后在大厅停留片刻,接受市政长官的颂扬,回答各位命妇的礼拜。

突然间,国王和红衣主教出现在大厅的一个门口。国王脸色十分苍白,听着红衣主教向他窃窃私语。

国王没有戴面具,短上衣的缎带还没有系紧,他劈开人群,径直走到王后面前,说话都岔了声:

"王后,"他对王后说道,"请问,您为什么没有戴上钻石别针呢?您明明知道戴上会让我高兴!"

王后游目四望,瞧见红衣主教在身后,脸上一副狞笑。

"陛下,"王后回答,说话也岔了声,"只因这里人太庞杂,我担心钻石别针出什么差错。"

"是您错了,王后!这礼物我送给您,就是为了让您佩戴。我对您说,您错了。"

国王气得声音发抖。众人都十分诧异,看着这场面,听着这些对话,却根本不明白发生了什么事。

"陛下,"王后说道,"钻石别针在卢浮宫,我可以派人去取来,陛下也就如愿以偿了。"

"办吧,王后,办吧,要尽快办好。因为,再过一小时,舞会就开始了。"

王后施了一礼,表示遵命,然后跟随引路的命妇们去她的休息室。

国王也回到自己的休息室。

大厅里的人一阵慌乱和迷惑不解。

人人都能看出,国王和王后之间出了什么事儿,然而,两位陛下说话声音都极低,每人又都恭敬地站在几步开外,谁也没有听见。提琴师起劲地演奏,可是大家都充耳不闻。

国王头一个走出化妆室,他穿了一身极为华丽的猎装,王爷殿下和其他贵族,也都跟国王同样装扮。国王最适于穿猎装,而且如此打扮,他就名副其实地成为他这王国的第一贵族。

红衣主教凑到国王身边,递给他一只小匣。国王打开一看,匣里装有两只钻石别针。

"这是什么意思?"他问红衣主教。

"没什么,"红衣主教回答,"只是,假如王后戴上钻石别针,对此我尚存怀疑,陛下倒可以数一数,如果只有十颗钻石,就请问问王后陛下,谁又能从她身边窃走这两颗呢。"

国王瞧着红衣主教,仿佛要问话,但是未待他提出一个问题,全场忽然响起一片喝彩声。如果说国王好似他这王国的第一贵族,那么王后无疑是法兰西的第一美人。

的确,她那身女猎手打扮,对她再适宜不过,只见她头戴一顶饰有蓝羽翎的呢帽,身穿一件用钻石别针扣住的银灰色丝绒斗篷,以及绣满银花

舞会持续了一小时。

的蓝缎子短裙,左肩系着一个缎带大花结,和羽翎及裙子同色,上面别着一排钻石。

国王高兴得身子发颤,而红衣主教则气得浑身发抖。不过,他们二人离王后都比较远,没法数清王后肩上钻石的数目。王后确实佩戴了钻石别针,但究竟是十颗还是十二颗钻石呢?

这时,提琴演奏发出舞会开始的信号。国王朝首席大法官夫人走去,应当邀请她跳舞。王爷殿下则应邀请王后跳舞。大家各就各位,舞会开始了。

国王位于王后的对面,每次打照面时,他的目光总注视那些钻石,但还是数不清数目。红衣主教则冒出一头冷汗。

舞会持续了一小时,共有十六次入场。

舞会在全场一片掌声中结束,每位男士都要把舞伴送回原来的座位。但是国王利用自己的特权,丢下舞伴,急忙走向王后。

"王后,感谢您尊重了我的意愿,"他对王后说道,"不过,我觉得您还缺少两颗,我给您带来了。"

他说着,就递过去红衣主教交给他的那两只钻石别针。

"怎么,陛下,"王后故作惊讶地说道,"您又给我两颗,那我总共就要有十四颗了吧?"

国王数了数,果然不错,王后肩上有十二颗钻石。

国王叫来红衣主教。

"喂!红衣主教先生,这究竟是什么意思呀?"国王声调严厉地问道。

"这就是说,陛下,"红衣主教回答,"我本想请王后接受这两颗钻石别针,我自己又不敢造次,就采用了这种办法。"

"我对法座应当格外表示谢意,"奥地利安娜说着微微一笑,表明这种费尽心机的殷勤之举骗不过她,"因为您为这两颗钻石所付的费用,抵得上陛下送给我的这十二颗钻石。"

王后说罢,向国王和红衣主教施了一礼,便又返回化妆室卸妆。

本章开始,我们引上场一些名流权贵,就不得不把注意力集中到他们身上,自然暂时未提那位功臣,多亏了他,奥地利安娜才挫败了红衣主教,获得空前的胜利。此刻,他正人不知鬼不觉混杂在人群当中,伫立在一个门口,远远望着惟独四个人知情的这个场面。这四人便是国王、王后、红衣主教和他本人。

王后回到休息室,而达达尼安正准备离开,忽然感到肩膀有人轻轻拍一下,他回头一看,只见一位年轻女子向他示意随她走。那女子戴着黑丝绒半截面罩,不过,这种小心措施不是防他,而是防范别人。他当即认出是平时的向导,那位敏捷而机灵的博纳希厄太太。

昨天晚上,达达尼安让人找她,二人在卢浮宫看门人热尔曼那儿匆匆见了一面。信使顺利归来这个大好消息,博纳希厄太太当时急于要报告给王后,结果这对情侣没有说上几句话。现在,达达尼安又跟博纳希厄太太走去,心里激荡着爱情和好奇的双重情感。过道上的人越来越少,达达尼安真想在半路拉这个女子站住,抓住她好好瞧一瞧,哪怕片刻时间也好。然而,这个女子轻捷得像只鸟儿,总是从他手中滑掉。每次他想说话,她就伸出一根手指放到嘴边,那种命令式的小动作充满魅力,令他想起自己受一种强大权力的支配,必须盲目服从,不准发出丝毫的怨言。左拐右拐走了一两分钟之后,博纳希厄太太终于打开一扇门,把年轻人带进一个漆黑的小房间。到了屋里,她又示意他不准出声,便打开另一扇隐在壁毯后面的房门,从打开的门缝突然射来一束强光,接着博纳希厄太太人就不见了。

达达尼安一动不动待在原地,心里琢磨这是到了什么地方。但是不大工夫,一束光亮又射进屋来,同时飘进来暖烘烘而芳香的气息,还传来两三位女士的谈话,那谈吐既恭谨又高雅,多次出现"陛下"的称呼,这一切都明白无误地向他表明,隔壁就是王后的休息室。

年轻人在黑暗中恭候。

王后显得满心欢喜,而周围的人看惯了她愁眉苦脸,现在不免感到惊讶。王后把她欢快的情绪归功于舞会的华美,以及舞蹈使她感到的乐趣。不管王后是笑还是哭,都不准同她的情绪唱反调,因此,大家竞相称赞巴黎市政长官们的盛情招待。

达达尼安根本不认识王后,但他很快就听出哪个是王后的声音,首先

241

她有轻微的外国口音,其次她每句话都不容置疑,自然显露绝对权威的意识。达达尼安听见她时而走近,时而远离这扇开着的房门,有两三次,他甚至看见她那阻断亮光的身影。

最后,一只令人赞叹的白皙而曼妙的胳臂,忽然从壁毯里面伸出来,达达尼安明白这是给他的奖赏,于是他双膝跪下,握住这只手,恭恭敬敬地把嘴唇印上去。继而,这只手抽了回去,留下一物在他的手中,他认出是一枚戒指。房门随即关上了,达达尼安重又陷入伸手不见五指的黑暗当中。

达达尼安将戒指戴到手指上,又开始等待。显而易见,事情还没有完,奖励他的忠诚之后,还应当奖赏他的爱情。况且,舞虽然跳完了,但是晚会刚刚开始,三点钟要吃夜宵,圣约翰教堂的钟已经敲过两点三刻了。

果然,隔壁房间谈话的声音逐渐减缓,接着人声渐远。最后,达达尼安所待房间的门重又打开,博纳希厄太太疾步走进来。

"您啊,终于来啦!"

达达尼安高声说道。

"别出声!"年轻女子说着,就伸手捂住达达尼安的口,"别出声!走吧,您从哪儿来再从哪儿出去。"

"可是,在哪儿,什么时候我能再见到您啊?"达达尼安又高声说道。

"您回到家中,看看一封信就知道了。快走吧,快走吧!"

她说着,就打开临走廊的门,将达达尼安推出房间。

达达尼安像孩子一样顺从,既不抵制,也不提出一点异议,这表明他真的坠入情网了。

第二十三章 约 会

达达尼安一路跑回家,正是凌晨三点钟,又经过巴黎最凶险的街区,倒也没有遇见恶人。众所周知,有一个神灵专门佑护酒鬼和恋人。

他进了楼,发现过道的门虚掩着,便登上楼梯,用他与跟班约定的方式轻轻地敲门。两小时前他在市政厅,就打发卜朗舍回家等他。卜朗舍闻声给他开门。

"有人给我送信来了吗?"达达尼安急不可待地问道。

"没人送信来,先生,"卜朗舍回答,"不过倒有一封信,是自己长脚跑来的。"

"你这蠢货,说什么鬼话?"

"我是说,我回来的时候,您房间的钥匙虽然在我兜里,一直没有离开过我,我在您卧室那张桌子的绿台布上,却发现了一封信。"

"信在哪儿?"

"信我没有动,还在原来的地方,先生,这不正常啊,信怎么就这样进了人家的房间。如果窗户开着,或者虚掩着,我也就不说什么。可是没有呀,全关得严严实实。先生,您可得当心,这里面准有什么魔法。"

就在他啰唆的工夫,达达尼安已经冲进房间,将信拆开。信正是博纳希厄太太写来的,内容如下:

> 要向您表达并转达衷心的感谢。今晚十点到圣克卢①来,就在戴斯特雷先生府边角那座小楼对面。
>
> C. B.

---

① 圣克卢:巴黎西郊城镇。

读这封信时,达达尼安感到自己的心剧烈地扩张和紧缩,这正是折磨并爱抚恋人心灵的那种甜美的痉挛。

这是他收到的头一封情书,这也是给他的头次约会。他乐不可支,心都陶醉了,到了人称爱情的人间天堂门口,就感到要衰竭了。

"怎么了,先生!"卜朗舍见主人的脸红一阵白一阵,便说道,"是不是让我猜中了,恐怕出了倒霉事儿吧?"

"你错了,卜朗舍,"达达尼安回答,"要证据嘛,喏,给你一埃居,去为我的健康干杯。"

"我感谢先生给我的一埃居,我也保证完完全全照先生的指示办。不过,事情该怎么的还是怎么的,信就这样钻进门窗紧闭的屋子里……"

"是从天上掉下来的,我的朋友,天上掉下来的。"

"这么说,先生挺高兴喽!"卜朗舍问道。

"我亲爱的卜朗舍,我是天下最幸福的男人!"

"我能托先生的福去睡觉吗?"

"去睡吧。"

"愿所有的祝福,都从天上掉到先生的头上。不过,事情该怎么的还是怎么的,这封信……"

卜朗舍摇着头,满腹狐疑地出了屋。达达尼安的慷慨赏赐,并没有完全消除他的疑虑。

屋里只剩下一个人了,达达尼安读了又读这封信,不知吻了多少次他美丽的情妇亲手写的这两三行字。他终于躺下睡觉,做起金光灿烂的美梦。

早晨七点钟,他起了床,呼唤卜朗舍,叫了两遍,卜朗舍才打开门,昨天的疑虑,还没有从他脸上完全抹去。

"卜朗舍,"达达尼安对他说,"我出门去,可能要一整天,因此,晚上七点之前没你的事儿。但是,一到七点钟,你就备好两匹马等着。"

"好吧!"卜朗舍说道,"看样子,我们身上又得让人捅几个窟窿。"

"你带上火枪和短枪。"

"瞧瞧!我说什么来着?"卜朗舍高声说道,"我心里早就有数,是一封倒霉的信!"

"哎!你就放心吧,笨蛋,只不过是出去游玩嘛。"

"哼!就像那天游玩似的,要冒枪林弹雨,脚下全是陷阱。"

"那好,卜朗舍先生,"达达尼安接口说道,"您若是害怕,我就不带您走了,路上带一个战战兢兢的伙伴,还不如我一个人旅行了。"

"先生是在骂我呀,"卜朗舍说道,"先生似乎亲眼见过,我是怎么干活的。"

"见过,我还以为,你的勇气一下子全用光了呢。"

"到时候先生会看到,勇气我还有。不过,我请先生不要太挥霍,假如先生愿意勇气留在我身上时间久些。"

"你觉得还够今天晚上用的吗?"

"但愿够用。"

"那好!我就靠你了。"

"到时候,我一定做好准备。不过,我怎么以为,禁军卫队的马厩里,只有先生一匹马。"

"这时候也许还只有一匹,到了晚上,就会有四匹了。"

"看样子,我们上次旅行,就是去补充马匹的吧?"

"一点不差。"达达尼安回答。

他用手势最后叮嘱卜朗舍一下,便出门去了。

博纳希厄先生正站在门口。达达尼安本想径直走过去,不同这位可敬的服饰用品商说话。然而,对方却十分亲热、十分和善地施了一礼,迫使这位房客不仅要以礼相还,还要同他寒暄几句。

况且,人家老婆同你约会,当天晚上在圣克卢戴斯特雷先生府小楼对面相见,现在对这位丈夫,怎能不稍微屈就一点呢!因此,达达尼安走到近前,竭力表现出最亲热的态度。

话题自然而然扯到这个可怜人如何被拘押。博纳希厄先生同默恩那个陌生人的谈话,他还不知道达达尼安窃听了,因此对这位年轻的房客,他谈起如何受那个恶魔德·拉弗马先生的迫害。在整个讲述过程中,他一再把那个恶魔称为红衣主教的刽子手,还详尽地描绘了巴士底狱、狱中的大铁闩、小窗口、通风窗、铁窗栏以及各种刑具。

达达尼安听他讲述,那种屈尊俯就的态度堪称楷模,听他讲完之后,才终于问了一句:

"博纳希厄太太呢?您知道是谁劫持她的吗?我可没有忘记,正是出了那件不幸的意外,我才有幸同您结识。"

"唉!"博纳希厄先生说道,"他们都绝口不提,而且,我妻子也对我赌咒发誓,说她不知道是谁干的。那么您呢,"博纳希厄先生用一种完全憨直的口气接着说道,"这几天您怎么啦?我没有见到您,也没有见到您那些朋友。昨天,卜朗舍给您刷马靴,上面满是尘土,我想在巴黎街道上沾不了那么多吧。"

"您说得对,亲爱的博纳希厄先生,我和几位朋友,做了一次短期旅行。"

"走得远吗?"

"嗯!上帝呀,不远,只有四十来法里。我们送阿多斯先生去福尔日温泉,几位朋友都留在那儿了。"

"而您呢,您回来了,对不对?"博纳希厄先生接口道,脸上显出极为狡猾的神态,"像您这样一个英俊的小伙子,情妇那儿就准不了长假,巴黎这儿,还有人天天盼着咱们呢,对不对?"

"真的,"年轻人笑道,"我得坦白地向您承认,亲爱的博纳希厄先生,况且我也看得出来,什么也瞒不了您哪。对,有人天天盼着我。这一点我向您保证。"

一片阴云掠过博纳希厄的额头,但是极为浅淡,达达尼安没有发现。

"嗯,咱们这么殷勤,总要得到报偿吧?"服饰用品商又说了一句,说话稍微岔了声,不过达达尼安这次也没有觉察,就像刚才这位可敬的人额头掠过一片阴云,他没有发现一样。

"嘿!还是装您的正经人去吧!"达达尼安笑道。

"不是那个意思,"博纳希厄又说道,"我要对您讲的,只是想知道,人是不是很晚才回来。"

"您怎么问起这个呢,我亲爱的房东?"达达尼安问道,"莫非您打算等我吗？"

"不，是这么回事，自从我那次被捕，家中又失盗之后，每次听见开门，尤其深夜听见开门声，我就害怕。唉！有什么办法呢！我呀，我可不是个使枪弄剑的人！"

"好吧！您不必害怕，管我凌晨一点钟，两点钟，还是三点钟回来。如果我根本不回来，您就更不必害怕了。"

这一下，博纳希厄脸色陡变，苍白极了，达达尼安不可能再视而不见，于是他问对方究竟怎么了。

"没什么，"博纳希厄回答，"没什么。不过是我遭遇那场不幸之后，有时会突然感到一阵虚弱，这会儿就是，身子感到一阵发冷。这情况您不必理会，您忙您的去，就一门心思扑到幸福上吧。"

"我很幸福，所以有得忙嘛。"

"还没到时候呢，等一等嘛，您说过，是今天晚上。"

"是啊，今天晚上会到来的，谢天谢地！也许，您也同我一样，焦急地等待今天晚上，也许今天晚上，博纳希厄太太要回家，夫妻团聚。"

"博纳希厄太太今天晚上脱不开身，"丈夫一本正经地回答，"她留在卢浮宫里做事。"

"算您倒霉，我亲爱的房东，算您倒霉。我这个人呀，我快活的时候，就希望所有人都快活，看来这是不可能的。"

年轻人哈哈大笑，扬长而去，心想这句玩笑开得爽，惟独他能够领会。

"玩您的去吧！"博纳希厄回了一句，声调阴森而可怕。

然而，达达尼安已经走远，听不见了，即使听见，他处于那种精神状态，也肯定不会留意的。

他前往德·特雷维尔先生府邸，大家还应当记得，他昨天晚上的拜访，时间很短，事情没有说明白。

达达尼安看到，德·特雷维尔先生心花怒放。在舞会上，国王和王后对他十分亲热，而红衣主教的情绪也的确糟透了。

凌晨一点钟，红衣主教借口身体不适，便离开了舞会。而两位陛下，直到早晨六点钟，才回到卢浮宫。

247

德·特雷维尔先生扫视房间的每个角落,确认只有他们二人了,才压低声音说道:

"现在,我的年轻朋友,来谈谈您的事吧。显而易见,国王高兴了,王后得意了,而法座却丢了面子,这些同您顺利归来都有些关系。您可就得多多当心了。"

"我有什么可担心的?"达达尼安回答,"反正我得到两位陛下的恩宠!"

"什么都得当心,请相信我。红衣主教那个人,受了愚弄,只要还没有同愚弄他的人算账,他是绝不会忘记的。而愚弄他的人,很可能就是一个我认识的加斯科尼人。"

"您认为红衣主教同您一样了解情况,也知道是我去了伦敦吗?"

"见鬼,您去了伦敦!您手指上闪闪发光的这枚漂亮钻戒,就是从伦敦带回来的吧?当心啊,我亲爱的达达尼安,敌人的一件礼物,可不是什么好东西,上面不会没有一句拉丁文诗吧……请等一等……"

"对,当然有了,"达达尼安回答,其实拉丁文的基本规则,一条也没有入他的脑子,连他的家庭教师都大失所望,"对,当然了,应当有一句拉丁文诗。"

"肯定有一句,"德·特雷维尔先生有点文学细胞,又说道,"有一天,德·邦斯拉德先生向我引了一句……等一等……哦!想起来了:

timeo Danaos et dona ferentes. ①

意思就是:要提防送给您礼物的敌人。"

"这枚钻戒不是敌人送给我的,先生,而是王后送给我的。"达达尼安接口说道。

"王后送的!嗬!嗬!"德·特雷维尔先生说道,"不错,这是一件名

---

① Danaos(达那俄斯)是埃及王,为了与他的孪生兄弟争夺王位,他就让五十个女儿嫁给他兄弟的五十个儿子,并吩咐女儿们在新婚之夜杀死丈夫。四十九个女儿奉父命行事,惟独一个女儿不忍杀死丈夫林叩斯。后来,林叩斯为兄弟们报仇,杀死达那俄斯及其四十九个女儿。

副其实的王家珠宝,至少值一千皮斯托尔。这件礼物,王后是通过谁转给您的?"

"是她亲手交给我的。"

"在什么地方?"

"就在她那间化妆室相连的小房间里。"

"怎么进行的?"

"她伸过手来让我吻。"

"您吻了王后的手!"德·特雷维尔先生注视着达达尼安,高声说道。

"王后陛下给了我这种恩典。"

"有人在场吗?失慎的女人,太不谨慎啦!"

"哎,先生,您就放心吧,谁也没有看见。"达达尼安又说道。接着,他就向德·特雷维尔先生讲述了事情的经过。

"噢!女人,女人啊!"老军人高声感叹,"我就知道,她们的头脑里全是奇思异想,一见到带点神秘色彩的事就着迷。这么说,您见到了那只胳臂,仅此而已。以后您遇见王后也认不出她来,她遇见您也不会知道您是谁。"

"不对,还有这枚钻戒……"年轻人接口说道。

"听着,"德·特雷维尔先生说道,"要不要我给您一个忠告,一个好的忠告,朋友的忠告呢?"

"这是您看得起我,先生。"达达尼安回答。

"那好!您随便到哪家珠宝店,将这枚钻戒卖掉,价钱给多少算多少。那珠宝店老板再怎么贪心,也总会付给您八百皮斯托尔。钱币上没名没姓,小伙子,而这枚戒指却有一个可怕的名字,能供出戴它的人。"

"卖掉这枚戒指!戒指可是王后赐给的呀!绝不卖!"达达尼安说道。

"那就将钻石底座转到手指里侧来。我的可怜的冒失鬼,因为大家都知道,一个加斯科尼的见习卫士,从他母亲的首饰匣里绝找不出这样的首饰。"

"照您看来,我会出什么事吗?"达达尼安问道。

"这就是说,小伙子,即使躺在点燃引线的火药上睡觉的人,也觉得比您安全啊。"

"真见鬼!"达达尼安说道,他见德·特雷维尔先生口气十分肯定,就开始不安了,"真见鬼!那该怎么办啊?"

"您处处都要格外当心。红衣主教特别记恨人,手又伸得长。请相信我,他肯定要跟您耍鬼花招。"

"什么鬼花招?"

"哎!我怎么知道!魔鬼的所有阴谋诡计,哪一件不为他所用?最轻的,也是让人把您抓起来。"

"怎么,还敢抓为陛下效命的人?"

"算什么!抓阿多斯那会儿,顾忌什么了吗?不管怎么说,小伙子,请相信在朝廷干了三十年的一个人,您不能安安稳稳地睡大觉,那就完蛋了。恰恰相反,您要处处防范敌人,这话我跟您说下。假如有人找茬儿吵架,哪怕是一个十岁的孩子,您也要躲事避事。假如有人袭击您,不管是白天还是黑天,您一定要边战边退,不要觉得丢脸。假如您过桥,您就要试探着走,小心桥板脱落一脚踏空。假如您从一座正在建造的房子旁边经过,您就要瞧着上边,别让掉下来的石头砸着您的脑袋。假如您晚归,您就带着仆人,对仆人若是信得过,您也让他带上武器。要提防所有人,提防您的朋友、您的兄弟、您的情妇,尤其要提防您的情妇。"

达达尼安脸红了。

"提防我的情妇,"他机械地重复道,"为什么要特别提防她呢?"

"因为利用情妇是红衣主教最拿手的一招,美人计比什么都有效。一个女人,为了十皮斯托尔,就会把您给卖了,大利拉①就是个好例证。您读过《圣经》吧,嗯?"

达达尼安想到当天晚上,博纳希厄太太跟他的约会。不过,真应该称赞一句我们的主人公,德·特雷维尔先生总体对女人不好的评价,丝毫也

---

① 大利拉:《圣经·旧约》中人物,非利士人,她受首领的指使,套出情夫参孙力大无比的秘密,然后把他出卖了。

没有引起他对美丽的女房东的怀疑。

"对了,"德·特雷维尔先生又问道,"您的那三位伙伴,现在怎么样了?"

"我还正要问您,有他们什么消息没有?"

"一点消息也没有,先生。"

"情况是这样!我全把他们丢在半路上了。波尔托斯在尚蒂伊,要有一场决斗,阿拉密斯在克雷夫科尔,肩头中了一弹,阿多斯在亚眠遇到麻烦,背上了被人指控制造伪币的罪名。"

"您瞧,我怎么说来着!"德·特雷维尔先生说道,"您哪,您是怎么化险为夷的?"

"应当说,是个奇迹吧,先生,只是胸部挨了一剑,但是德·瓦尔德伯爵,却让我钉在加来大路旁的小树林里,就像一只蝴蝶钉在壁毯上。"

"您瞧,又来了!德·瓦尔德,红衣主教的人,罗什福尔的一个表兄弟。有了,我亲爱的朋友,我有了个主意。"

"您说,先生。"

"我若是您,就去干一件事。"

"什么事?"

"就让法座在巴黎寻找我,我却不声不响,重又踏上庇卡底大路,去打听我那三位伙伴的消息。还用说!他们总值得您稍微关心一下。"

"这个建议很好,先生,明天我就动身。"

"明天,何不今天晚上就走呢?"

"今天晚上,先生,我还得留在巴黎,有一件事必须办。"

"唉!年轻人!年轻人啊!是会情人吧?当心啊,我再向您重复一遍,我们毁在女人手里,有多少毁多少,将来也要毁在女人手里,有多少毁多少。请相信我,今天晚上就走吧。"

"不可能,先生。"

"这么说,您答应了人家?"

"对,先生。"

"那就另当别论,然而,请您也答应我,今天晚上,您若是没有给人杀

251

掉,那么明天一定走。"

"我答应您。"

"您还缺钱吗?"

"我还有五十皮斯托尔,想必也够用了。"

"还有那几个伙伴呢?"

"我想,他们也不会缺钱。我们从巴黎出发那时候,每人兜里都装了七十五皮斯托尔。"

"您动身之前,我们还能见面吗?"

"我想不能了,先生,除非出现了新情况。"

"好吧,祝您一路平安!"

"谢谢,先生。"

达达尼安向德·特雷维尔先生告辞,心下十分感动,觉得他对火枪手的关怀情同父子。他先后去了阿多斯、波尔托斯与阿拉密斯的住所,见他们无一人返回,连跟班也没有回来,谁也不知道他们的消息。本来也可以向他们的情妇打听消息,然而,无论波尔托斯的还是阿拉密斯的情妇,他都不认识,至于阿多斯,他也没有情妇。

他经过禁军卫队队部,朝里边的马厩瞥了一眼,只见四匹马中已有三匹送来。卜朗舍不胜惊讶,正在给马梳理皮毛,已经梳理完两匹了。

"啊,先生,"卜朗舍一见到达达尼安,便说道,"看到您我真高兴。"

"为什么这么说,卜朗舍?"年轻人问道。

"我们的房东,博纳希厄先生那人,您信得过吗?"

"我吗?一点也信不过。"

"嗯!您说得太对了,先生!"

"可是,您怎么问起这个来?"

"是这样,刚才你们说话时,我听不见你们说什么,却在观察你们,先生,我发现他的脸色变了两三次。"

"嘀!"

"先生一心想着刚接到的信,就没有注意到这一点。我呢,正好相反,我觉得这封信来得怪,就处处留心,一点儿也没有漏掉他那表情的变化。"

"你看他那是什么表情?"

"阴险,先生。"

"真的吗?"

"这还不算,先生刚一离去,拐过街口不见了,博纳希厄先生就戴上帽子,关上房门,朝相反的方向跑去。"

"不错,卜朗舍,你说得有道理,这些情况,我也觉得很可疑,你就放心吧,事情不给咱们解释清楚,咱们就不付给他房钱。"

"先生还开玩笑,那就等着瞧吧。"

"有什么办法呢,卜朗舍,该发生的事情就得发生!"

"看来,先生还不放弃,今天晚上要出去走走。"

"恰恰相反,卜朗舍,我越是憎恶博纳希厄先生,越是要赴约,就是叫你惶恐不安的这封信给我的约会。"

"好吧,如果这是先生的决定……"

"不可动摇的决定,我的朋友。因此,九点钟,你就准备好,在队部等着,我来找你。"卜朗舍一看无望说服主人放弃计划,便长叹一声,开始给第三匹马刷毛了。

其实,达达尼安是个非常谨慎的小伙子,他没有回自己的住所,而是去那个加斯科尼教士家吃晚饭。当初四个朋友身无分文的时候,正是到他家吃了一顿巧克力茶早餐。

第二十四章 小 楼

九点钟,达达尼安来到禁军卫队队部,看见卜朗舍已经拿好武器。第四匹马也送到了。

卜朗舍装备了一杆火枪和一把手枪。

达达尼安佩带了他的剑,腰上插了两把手枪,二人上了马,悄悄地走了。夜色弥漫,没有人瞧见他们出去。卜朗舍隔着十步远,跟在主人后面。

达达尼安穿过河滨路,从会议门①出城,沿着当时远比现在优美的那条路,走向圣克卢。

只要还没有出城,卜朗舍就恭敬地保持应有的距离,一旦路途变得更为冷清,更加昏暗了,他就逐渐靠上来,结果走进布洛涅树林时,就自然而然同他的主人并肩而行了。我们也不应当掩饰,摇曳的高树、照在黑黝黝灌木林中的月光,的确叫人毛骨悚然。达达尼安发觉他的跟班产生了异乎寻常的念头。

"怎么!卜朗舍先生,"他问道,"咱们好像有点什么事儿吧?"

"您不觉得吗,先生,树林就跟教堂一样?"

"为什么这么说呢,卜朗舍?"

"因为在这里就跟在教堂一样,都不敢大声说话。"

"你为什么不敢大声说,卜朗舍?因为害怕吗?"

"对,先生,怕被人听见。"

---

① 会议门:巴黎旧城门,始建于一五六三年,一五九三年命为"会议门",以纪念亨利四世与天主教神圣联盟的首脑会议。

"怕被人听见！我们的谈话完全合乎道德规范,我亲爱的卜朗舍,谁也挑不出什么毛病来。"

"哼！先生！"卜朗舍又说道,他的思路又回到他的根本念头,"博纳希厄先生那眉毛,真够阴的,他那嘴唇一活动,也够叫人厌恶的！"

"见鬼,你怎么又想起博纳希厄来啦？"

"先生,人只能想能想的事,而不是想希望想的事。"

"就因为你是个胆小鬼,卜朗舍。"

"先生,谨慎和胆怯,不能混为一谈,谨慎是一种美德。"

"这么说,卜朗舍,你是个有美德的人,对吧？"

"先生,那边是不是一枝火枪筒在闪亮？咱们是不是低低头呢？"

"真的,"达达尼安咕哝道,他又想起德·特雷维尔先生的叮嘱,"真的,到头来,这畜生还真要叫我怕起来。"

他策马开始奔跑。

卜朗舍也照学主人的动作,如影随形,又追到主人身边。

"先生,咱们就这样跑个通宵吗？"他问道。

"不,卜朗舍,你到地方了。"

"怎么,我到地方了？那先生呢？"

"我嘛,还得朝前跑几步。"

"先生要把我一个人丢在这儿？"

"你害怕吗,卜朗舍？"

"不怕,我只是想提醒先生注意,夜晚会很冷,寒气容易让人得风湿痛,而一名患了风湿痛的跟班,就是个蹩脚的仆人了,尤其是跟着一个像先生这样矫健的主人。"

"好吧,卜朗舍,你若是觉得冷,就进一家小酒馆,瞧那边有几家,明天早上六点钟,你就在酒馆门口等我吧。"

"先生,早上您给我的那枚埃居,我已经照尊意又吃又喝花光了,到了觉得冷的时候,身上就连一个子儿也没有了。"

"给你半个皮斯托尔,明天见。"

达达尼安跳下马,将缰绳往卜朗舍胳膊上一扔,用斗篷将身子裹住,急匆匆地走了。

"上帝啊,我真冷!"卜朗舍不见主人的踪影了,立刻嚷起来。他急着要暖暖身子,就赶紧去敲一家完全具备郊区小酒馆特点的房门。

这工夫,达达尼安已经抄了一条近道,沿小路径直到达圣克卢。然而,他没有走大街,而是绕到城堡的后面,踏上一条偏僻的小巷,很快便到了信上所指定的小楼对面。这地方行人绝迹。巷子一侧高墙耸立,小楼便坐落在墙角,另一侧是挡住行人进入小园子的篱笆,而园子里端有一个简陋的木屋。

他到了约会地点,由于信上没有指定他到时发什么信号,就只好等待了。

周围一点儿动静也没有,真好像离开京城千里之外了。达达尼安望了望身后的园子,便靠到篱笆上。在这道篱笆、这座园子和木屋的那边,一片昏黑的雾气,空荡荡,深不可测,笼罩着无边无际的空间,那片巴黎在安睡的空间,闪着几点灯光,就仿佛那座地狱凄凉的星星。

然而在达达尼安看来,所有景物都蒙上了幸福的色彩,所有念头都带着微笑,所有黑暗都透着亮光。约会的时间就要到了。

果然,工夫不大,圣克卢钟楼的喧嚣巨口中,就缓缓吐下来十响钟声。铜钟夜间的这种悲鸣,听来总有几分凄怆的意味。

然而,期待的钟声的每一下,都在这年轻人的心中和谐地回荡。

他的眼睛盯着墙角的那座小楼,除了二楼的一扇窗户,所有护窗板都关着。

那扇窗口射出柔和的灯光,照在园外丛生的两三株椴木的树冠上,只见颤动的枝叶闪着银光。在灯光中那么优雅的小窗里面,美丽的博纳希厄太太显然在等他。

达达尼安沉浸在这种甜美的想象中,丝毫也不着急,又等了半小时,眼睛凝望着那可爱的小起居室,看见一角天棚,那金色线脚表明那套房其余部分相当华丽。

圣克卢的钟楼敲响十点半钟。

这一次,达达尼安也不知是何缘故,浑身忽然打了个寒战。也许是寒气开始侵入他的肌体,纯粹生理的一种感觉,他却当成是一种心理反应了。

他忽然又想到,也许当时他没有看清楚,而约定的是十一点钟。

于是,他走到窗前,借着一束灯光,从兜里掏出信来再看一遍,当初并没有看错,约会就定于十点钟。

他又回到原来的位置,见此地这样偏僻寂静,便开始惴惴不安了。

十一点的钟声响起来。

达达尼安真的开始担心了,怕博纳希厄太太出了事。

他拍了三次掌,这是情侣幽会通常用的暗号,但是无人回应,甚至连回声都没有。

于是,他颇为气恼地想道,这年轻女子,等他的时候莫非睡着了。

他走到围墙脚下,试着想爬上去,可是墙上新近用灰泥抹平,往上爬只能白白抠断指甲。

这时,他又瞄准那几棵树,只见树叶始终被灯光照成银白色,而有一棵树枝伸到小巷的上方。达达尼安心想,他爬到树上,透过枝叶能望见小楼里面。

这棵树容易爬上去,况且达达尼安才二十岁,还记得念小学时的本领。转瞬间,他就爬到枝叶中间,他的目光穿过透明的玻璃窗,一直探进小楼的房间。

奇怪的场面,达达尼安一见,从头发梢儿就凉到脚底板,那柔和的光亮,那盏宁静的灯,照见了骇人的凌乱场景:窗户的一块玻璃打碎了,房门撞破,挂在合叶上半倒下来。本来摆好美味晚餐的桌子已经打翻在地,瓶子全摔得粉碎,散落在地上的水果都踏扁了,整个情景表明,那房间里发生过激烈而殊死的搏斗。达达尼安甚至觉得,在那乱糟糟的物品中间,能看出撕破衣衫的碎片,以及溅到桌布和帷幔上的血迹。

他的心怦怦狂跳,急忙从树上溜下来,要看看街道,能否找到施暴的其他痕迹。

在平静的夜色中,那盏小灯的柔和光亮始终照到街上,达达尼安这才发现刚来时没有注意到,也毫无理由观察的现象。地面踏得坑坑洼洼,有人的脚印和马蹄印,以及一辆马车在松软的地上留下的深深辙印。从辙印可以看出,那辆车从巴黎驶来,到小楼这儿又折回去了。

达达尼安继续察看,最后还在墙根附近发现一只撕破的女人手套,而且,手套十分洁净,一点泥也没有沾上,还散发着芳香,正是情人喜欢从一只美丽的手上脱下的那种手套。

达达尼安还继续搜索,同时脑门沁出的汗珠越多,也越冰冷了,因为极度的忧惧而一阵阵揪心,呼吸也急促起来。然而,他为了安稳一下情绪,心里就这样嘀咕,这座小楼也许同博纳希厄太太毫无关系,她约他见面的地点是小楼对面,而不是小楼里面。她可能有事,也可能丈夫吃醋,而在巴黎被拖住了。

不过,所有这些推理,全被内心的这种痛苦给击破,给摧毁,给推翻了。须知这种痛苦,在某些情况下,会控制住我们的整个身心,会通过我们身上一切旨在领悟的途径向我们呼喊:大难临头了!

这时候,达达尼安几乎丧失理智,他在大路上奔跑,又踏上已经走过的路,还一直跑到渡口,向摆渡的船工打听。

傍晚约莫七点钟,船工倒是给一个女子摆渡过河。那女子身披黑斗篷,裹得严严实实,生怕被人认出来,正因为她小心过分,船工才越发注意,看出她是个年轻漂亮的女子。

那年代同今天一样,许多年轻漂亮的女子都奔圣克卢来,谁也不想被人看到,达达尼安却一刻也不怀疑,船工所注意到的,准是博纳希厄太太。

达达尼安借着船工木屋的灯光,又看了一遍博纳希厄太太的信,确认自己没有看错,约会地点的确在圣克卢,而非别处,的确在戴斯特雷先生的小楼对面,而非别的街道。

所有迹象都向达达尼安证明,他的预感绝没有错,发生了巨大的不幸。

他重又向城堡飞快跑去,就好像他离开这工夫,那小楼又出现了新情况,正等着他去了解。

那小巷始终空荡无人,那窗口依然射出平静而柔和的灯光。

达达尼安这时便想道:那个又哑又瞎的破木屋,肯定目击了什么情况,也许还能讲一讲呢。

园门关着,他便跳过篱笆,也不理会由铁链拴着的一条狗狂吠,径直走向那木屋。

他敲了几下门,里面无人应声,死一般的寂静,同那小楼一样。然而,这木屋是他最后的指望,他还是继续敲门。

他很快就听见屋里有轻微的响动,战战兢兢的,仿佛害怕被人听见。

于是,达达尼安停止敲门,而是向屋里的人恳求,声调充满忧虑、期望、惊慌和奉承,能让最胆怯的人放宽心。一扇虫蛀的护窗板终于打开,准确说来是推开一条缝。然而,屋里角落的一盏小灯的微弱光亮,一照见达达尼安身上的肩带、剑柄和手枪柄,护窗板马上又关了。但是,不管动作多么快,达达尼安还是瞥见一颗老人的头。

"看在上天的分上!"达达尼安说道,"请听我说,我等一个人却没有等来,担心得要命。这周围出了什么事儿吗?请说吧。"

窗户重又打开,同一张脸又露出来,只是比刚才更加苍白了。

达达尼安将自己的遭遇,一五一十讲了一遍,只差道出姓名了。他说如何和一位年轻女子相约,在小楼前见面,不见她来赴约,他又如何爬上椴树,借着灯光看见屋里一片混乱。

老人注意听他讲,同时点头表示情况的确如此,等达达尼安讲完了,他又摇起头,表示情况一点也不妙。

"您这是什么意思?"达达尼安高声问道,"看在上天的分上!求求您,对我明说吧。"

"唉!先生,"老人说道,"什么也不要问我。因为,我把看见的事情讲出去,就肯定不会得好。"

"您看到了什么事情?"达达尼安接口说道,"既然如此,看在上天的分上!"他丢给老人一枚皮斯托尔,继续说道,"把您看到的事情说出来吧,我以贵族的名义向您保证,您的话留在我心里,一句也不会泄露出去。"

老人从达达尼安脸上看出他十分坦诚,又极为痛苦,就示意他听着,压低声音对他说道:

"约莫九点钟,我听见街上有声响,就想瞧瞧是怎么回事。我走到门口,就发现有人要闯进来。反正我穷得很,不怕人抢我什么东西,就把门打开了,看见门外几步远站着三条汉子。黑暗中停着一辆大轿车,还套着马,另有几匹马有人牵着。那牵着的马,显然是三个身穿骑士服的人的坐骑。

"'啊!几位善良的先生!'我高声说,'你们要干什么?'

"'你大概有梯子吧?'好像是小队长的那个人问我。

"'有,先生,是我摘水果用的梯子。'

"'给我们用一用,回你的屋去,这有一埃居,算是补偿对您的打扰。不过你要记住,你看见和听到的事情,讲出一个字去,也就没命了(因为,不管我们怎么威胁你,你总是要偷看,总是要偷听的)。'

"说着,他就扔给我一埃居,我拾了起来,他就把梯子搬走了。

"我关上篱笆门之后,装作回屋,随即又从后门溜出去,钻进暗地里,一直走到那片接骨木丛中,在那里什么都看得见,又不会被人发现。

"三个男人招呼马车悄悄驶过来,从车里拉出一个矮胖的男人。那人头发已经花白,身穿普通的深色礼服,他小心翼翼地爬上梯子,鬼头鬼脑往屋里张望,又蹑手蹑脚退下来,悄声说了一句:

"'是她!'

"刚才跟我说话的那个人马上走到小楼门口,用自身携带的钥匙打开门,走进去又把门关上,人随即不见了。与此同时,另外两个爬上梯子。那个矮个老头站在马车旁边,车夫拉住套在车上的马,一名跟班则牵着另外几匹马。

"突然,小楼里发出尖叫声,一个女人冲到窗口,把窗户打开,要往外跳,却又发现窗外有两个人,赶紧退回去,那两个男人跟着就纵身跳进屋里。

"此后我再也看不见什么了,但是听得见打烂家具的声响。——那女人高呼救命,但是很快,她的喊声就给捂住了。那三条汉子又到了窗口,抬着那女子,两个从梯子下来,将那女的抬进车里,那小老头也随后钻进车里。留在小楼上的那个人又把窗户关上,过一会儿从门出来,查看一

两个汉子从梯子下来,将那女的抬进车里。

下那女的确实在车上,而他的两个伙伴已经在马上等着他,他也就翻身上马,跟班登上马车,回到车夫旁边的座位。四座马车飞快驶远,那三名骑士始终护在左右,整个事情就这样结束了。从那时候起,我就再也没有看见什么,再也没有听到什么了。"

达达尼安听到这样一条骇人听闻的消息,精神一下子就垮了,一动不动地待在原地,一句话也说不出来,而愤怒和嫉妒的所有魔鬼,在他的心里狂呼乱叫。

这种无言的绝望产生的效果,肯定要超过大哭大叫。老人见此情况,又说道:"不过,我的绅士先生,算了,您也不要太伤心,他们没有把她杀掉,这是最主要的。"

"领头干这种缺德事的,"达达尼安问道,"究竟是什么人,您大概知道?"

"我不认识他。"

"既然他同您说过话,您总归看清楚了吧。"

"嗯!您是问我那人的长相吧?"

"对。"

"个子很高,干瘦干瘦,脸色晒得黑黑的,留着黑色的小胡子,一对黑眼睛,那副样子像个贵族。"

"一点儿不错,"达达尼安嚷道,"又是他!总是他!看来,他就是我的恶魔!另外一个呢?"

"哪一个?"

"那个矮个儿的。"

"嗯!那人不是贵族,我可以肯定,再说,他也没有佩带剑,其他几个人对他一点儿也不尊敬。"

"是个仆从吧,"达达尼安咕哝道,"噢!可怜的女人!可怜的女人!他们怎么处置她啦?"

"您答应过我保守秘密。"老人说道。

"我重申对您的许诺,请放心吧,我是贵族。贵族最重诺言,我向您许诺了。"

达达尼安内心伤痛,又朝渡口走去。有时他还是不能相信那就是博纳希厄太太,希望第二天在卢浮宫又见到她;有时他又担心她同另一个人有私情,那人因嫉妒而突然袭击,把她劫走。他疑虑重重,既伤心又绝望。

"唉!我的几个朋友在身边该有多好!"他高声说道,"至少我还有希望找到她。可是谁又晓得,他们究竟怎么样了呢!"

将近午夜十二点,他要找到卜朗舍。于是,小酒馆只要还有点儿灯光,他就逐家敲开门,找了几家也不见卜朗舍。

找到第六家,达达尼安才考虑,这样寻找也不是个办法。当时他同跟班约好六点钟见面,那么卜朗舍到哪儿去都不为过。

而且,年轻人这时又有了一个主意:留在出事地点附近,也许能得到点线索,破解这一神秘事件。因此如我们所说,达达尼安到了第六家酒馆,就不走了,要了一瓶上好的葡萄酒,坐到最昏暗的角落,臂肘撑在桌子上,决定就这样等到天亮。不过,他这次希望又落空了,他置身的这个体面的社交圈,全是工人、仆役和车夫,他虽然竖起耳朵倾听,除了他们之间的调笑谩骂之外,就没有听见一句有关被劫持的可怜女人的线索。一瓶酒喝下去之后,实在无事可干,为了不引起怀疑,就不得不在他的角落里尽可能找个舒服的姿势,好歹睡上一觉。大家还记得,达达尼安才二十岁,人在这个年龄,睡眠的权利不受时效的约束,甚至能够驾驭绝望到极点的心灵。

将近早晨六点钟,达达尼安醒来,身体觉得很不舒服,一个人夜晚没睡好,到天亮时通常有这种感觉。他洗漱无须花什么时间,倒是赶紧瞧一瞧,会不会有人乘他睡觉时偷了他的东西,还好,钻戒还戴在手指上,钱袋还在衣兜里,手枪还别在腰带上。于是,他起身付了酒钱,出门看看,早晨是不是比夜晚更容易找见他的跟班。果然,透过湿漉漉、灰蒙蒙的雾气,他头一眼便看见诚信的卜朗舍。卜朗舍牵着两匹马,正在一家不起眼的小酒馆门前等候。昨天夜晚,达达尼安从那门前经过,甚至没有想到那是一家酒馆。

第二十五章　波尔托斯

达达尼安没有直接回住所,先到德·特雷维尔先生府邸门口下了马,疾步上楼。他心下早已决定,这一次把刚刚发生的事情和盘托出,而在这件事情上,德·特雷维尔先生肯定能给他提出好建议。而且,德·特雷维尔先生几乎天天能见到王后,也许他能从王后陛下那里得知一点消息。可怜的女人无疑是为她主子忠心办事,才付出了这种代价。

德·特雷维尔先生听着年轻人的讲述,神态十分严肃,表明在整个这次变故中,他看到的不仅是一次偷情,还有别种图谋。等达达尼安讲完了,他便说道:

"哼!整个事件,一法里之外就能嗅出法座的气味。"

"那怎么办呢?"达达尼安问道。

"没办法,眼下一点办法也没有,只能像我跟您说过的,尽早离开巴黎。我能见到王后,把这可怜女人失踪的详细情况告诉她,她肯定还不知道,得知这些情况也好有个主张。等您再回来的时候,也许我就有好消息告诉您。有我这话,您就放宽心吧。"

达达尼安知道,德·特雷维尔先生虽是加斯科尼人,却没有许诺的习惯,他偶尔答应了什么事,做的肯定要超出他的许诺。转念至此,他满怀感激,向队长施了一礼,感谢队长过去和将来的帮助。可敬的队长对这个年轻人,也感到极大的兴趣,认为他特别果敢而坚强,非常亲热地同他握手,祝他一路平安。

达达尼安决定,立即把德·特雷维尔先生的忠告付诸实践,于是,他走向掘墓人街,以便看着打点行装。快要走到住所的时候,他认出身穿晨装站在门口的人,正是博纳希厄先生。谨慎的卜朗舍昨天对他讲的房东性格很阴的话,达达尼安忽又全部想起来,他就比以往更加注视博纳希厄先生,在他脸上的皱纹中,果然发现阴险狡诈的神色,至于他那张苍白发黄的脸,只能是一种偶然的病态,表明胆汁已经渗入他的血液。一个坏蛋和一个正派人,笑的样子不同;一个虚伪的家伙哭泣,也和一个诚实人不一样。凡是虚假的,都是一副面具,而面具制作得再精美,只要细心一点儿,就能把它同面孔区分开。

达达尼安这样一看,就觉得博纳希厄先生戴了一副面具,甚至觉得那副面具特别可憎。

他确信讨厌这个人,就不想说话,径直从他面前走过去,可是像昨天一样,博纳希厄先生又叫住他。

"哎嘿!年轻人,"博纳希厄先生对他说,"看来咱们熬夜啦?早晨七点钟,好嘛!看来您要多少改变一下已经养成的习惯,在别人要出门时您回来。"

"别人可不会这样指责您啊,博纳希厄老板,"年轻人回敬道,"您是守规矩人的楷模。也的确如此,有一个年轻漂亮的妻子,就没有必要去追求什么幸福了,是幸福来找您啊,对不对,博纳希厄先生?"

博纳希厄的脸唰地白了,跟死人一样,勉强挤出一个怪笑。

"嘿!嘿!"博纳希厄说道,"您真是个爱开玩笑的伙计。真的,昨天夜晚,您跑到什么鬼地方去了,我的公子哥儿?看来那些小路不好走哇。"

达达尼安低头看了看自己沾满泥巴的马靴,但同时也顺便瞧了瞧服饰用品商的鞋袜,真好像蹚过同一个泥坑,两个人脚下沾的泥巴完全相同。

于是,达达尼安的思想里忽然闪过一个念头,那个头发花白、又矮又胖的男人,那个身穿深色服装、没有得到押车军人敬佩的跟班模样的人,正是他博纳希厄!做丈夫的,居然带人去绑架自己的妻子!

这时,达达尼安真想扑上去,掐死这个服饰用品商。不过,我们前面说了,达达尼安是个行事谨慎的小伙子,他还是克制住一时的冲动。然而,这种心理活动,明显地流露在他脸上。博纳希厄吓得要往后退,可是身后的门扇恰巧关着,退无可退,也就依然站在原地。

"哦,说这个!您又开玩笑,我的老实厚道的人。我的马靴看来应当擦一擦了,您的鞋袜也要刷一刷了。博纳希厄老板,莫非您也去寻花问柳啦?哎,见鬼!像您这样年龄的男人,又有那样一位年轻漂亮的妻子,再去乱跑可就不可饶恕了。"

"噢!上帝啊,不是乱跑,"博纳希厄说道,"昨天,我是去圣芒代打听一个女佣的情况,我这儿少了她不行,那路太糟糕,带回来这些泥,还未抽出空儿来擦掉呢。"

博纳希厄说他去的地点,又给达达尼安的怀疑提供了一个新证据,他所说的圣芒代,同圣克卢的方向恰好相反。

这种可能性,是达达尼安的头一个安慰。如果博纳希厄知道他妻子在哪儿,那么采取一点极端的手段,总能撬开他的牙齿,让他讲出秘密。现在的问题,只是将这种可能性变成确定性。

"对不起,亲爱的博纳希厄先生,我跟您可就不讲客气了,"达达尼安说道,"不睡觉最容易口渴了,我就渴得要命,请允许我进您屋喝杯水。您也知道,邻里之间,这事儿是不能拒绝的。"

未待房东准许,达达尼安就疾步走进屋,迅疾瞥了一眼床铺。铺盖没有乱,博纳希厄没有在家睡觉,他回来顶多有一两个钟头,大概陪他妻子直到安排的地点,或者至少到了头一个驿站。

"谢谢,博纳希厄老板,"达达尼安喝下一杯水,说道,"现在我回自己房间,让卜朗舍给我刷刷马靴,等他刷完了,如果您愿意的话,我就让他来给您刷刷鞋。"

这种告别的方式实在奇怪,服饰用品商不禁瞠目结舌,心想他作茧自缚。

达达尼安上了楼,看见卜朗舍神色惊慌。

"哎呀!先生,"卜朗舍一见主人,便高声说道,"又出怪事儿了,我一直盼您早点回来。"

"又有什么事儿?"达达尼安问道。

"哼!我让您猜上一百次,先生,让您猜上一千次,猜猜您不在时,我替您接待了什么人。"

"什么时候?"

"半个钟头之前,您去德·特雷维尔先生府邸的工夫。"

"究竟谁来了?哎!你倒是说呀。"

"德·卡伏瓦先生。"

"德·卡伏瓦先生?"

"是他本人。"

"法座的卫队长?"

"正是他。"

"他来逮捕我?"

"我想是的,先生,尽管他假装很客气。"

"你是说,他假装客气?"

"也就是说,先生,他满口甜言蜜语。"

"真的吗?"

"他说,是法座派他来的,法座对您非常有好感,请您随他去王宫走一趟。"

"你是怎么回答他的?"

"我说这事不可能,既然您出门了,而且他也看得出来。"

"他又怎么说呢?"

"他说,您今天务必去他那一趟,接着,他又压低声音补充说:'告诉你主人,法座对他十分器重,他的前程,也许就取决于这次会见。'"

"红衣主教设这种陷阱,也真够笨的。"年轻人微笑着接口说道。

"因此,我也看出是陷阱,于是我回答说,您回来得知误了这事儿,准要懊悔不已。

"德·卡伏瓦先生又问:'他去哪儿了?'

"我回答说:'他去了香槟地区的特鲁瓦。'

"'什么时候走的?'

"'昨天晚上。'"

"卜朗舍,我的朋友,"达达尼安打断他的话,"你真是个难得的

267

人啊。"

"您也明白,先生,当时我心里想,您若是想去见德·卡伏瓦先生,随时都可以否认我的话,就说您根本没有动身。这样一来,说谎的就是我了,而我不是贵族,说点谎不要紧。"

"放心吧,卜朗舍,你讲真话的名声,一定能保住。过一刻钟,咱们就动身。"

"这正是我要向您提议做的事,咱们去哪儿?如果这么问不算太多嘴的话。"

"还用问!你跟人家说我去了什么地方,就去相反方向。现在,我特别急于了解阿多斯、波尔托斯和阿拉密斯的情况,你不是也一样,特别想知道格里莫、木斯克东和巴赞的情况吗?"

"当然了,先生,"卜朗舍答道,"您什么时候想走我就走。照我看,外省的空气,眼下比巴黎的空气对我们更有利。因此……"

"因此,你收拾咱们的行装吧,卜朗舍,然后咱们就动身。我先一步,两手插在兜里,不让人觉察出什么。你去队部找我。对了,卜朗舍,关于房东,我认为还是你看得准,毫无疑问,他是一个大坏蛋。"

"嗯!先生,我对您说什么事儿,就请您相信好了,我可会看相,我呀,真的!"

达达尼安按照说定的,先下楼去。继而,他就去三位朋友的住所,最后瞧一眼,免得以后有什么自责的。一点儿消息也没有,只是有阿拉密斯的一封字迹娟秀、芳香飘溢的信。达达尼安拿上信,来到队部。十分钟之后,卜朗舍就在马厩找见达达尼安。为了争取时间,他先就给马备好了鞍。

等卜朗舍将行李固定在马鞍上,达达尼安就对他说:

"很好,现在,你再把另外三匹装上鞍,咱们就动身。"

"您以为咱们每人骑两匹马,会跑得更快些吗?"卜朗舍一副狡黠的样子问道。

"不会,乱开玩笑的先生,"达达尼安回答,"然而,我们的三位朋友如果还活着,我们找到他们,有四匹马就能把他们带回来。"

"那就太幸运了，"卜朗舍回答，"不过，天主是慈悲的，咱们总该抱有希望。"

"阿门!"达达尼安说着，便跨上马。

二人出了禁军卫队的队部，在街上分手，朝相反的方向跑去。一个从维莱特门出城，一个从蒙马特尔门出城，再到圣德尼门外会合。这一战略措施从头至尾严格执行，取得了极佳效果。达达尼安和卜朗舍一起进皮埃尔菲特小镇。

应当说，卜朗舍到了白天，要比夜晚勇敢。

然而，他片刻也没有丢掉天生的谨慎。上次出行所发生的变故，一件他也没有忘，这次路上遇到的所有人，他全视为敌人，结果帽子总拿在手上，这招致主人的严厉申斥。达达尼安担心这样过分礼貌，别人会把他看成是个普通人的跟班。

不过，不知这次是行人被卜朗舍彬彬有礼的态度所打动，还是年轻人所经过的路没人设埋伏，反正两位行客平平安安到达尚蒂伊，在伟大的圣马尔丹客栈下马。上次旅行，他们就是在这家客栈歇的脚。

店主一见年轻人带着跟班，还有两匹备用的马，便走到门口恭迎。他们已经跑了十一法里了，不管波尔托斯在不在这客栈，达达尼安也认为应当歇一歇。继他又想，一开口就打听那名火枪手的情况，也许不大妥当，于是，他没有打听任何人的消息，只是跳下马，将几匹坐骑交给跟班，便走进单人住的小客房，向店主要了一瓶上好的红葡萄酒，要一顿尽可能丰盛的午餐。有了这些吩咐，店主初见对这位旅客产生的好感就有增无减了。

因此，达达尼安要的午餐马上就上了，简直快得出奇。

禁军卫士都是从名门士族招募的，而且达达尼安旅行带着一个跟班，备有四匹骏马，尽管身穿普通的卫士服，也还是令人高看。店主要亲自侍候。达达尼安见此情景，便吩咐人拿来两只杯子，并且进行这样一场对话：

"老实说，亲爱的店家，"达达尼安边说边斟满两只酒杯，"我让您给我上最好的酒，您若是欺骗了我，那就得自作自受了，要知道，我讨厌一个人喝闷酒,您来同我共饮。请拿起这只酒杯,我们干杯吧。哦,对了,我们为了什么干杯,才不至于伤和气呢?就为您这客栈生意兴隆干杯吧。"

"大人真是赏我的脸,"店家说道,"我衷心感谢阁下的良好祝愿。"

"不过,您也不要误解,"达达尼安说道,"也许您没有想到,我这祝酒包含更多的自私成分。因为,客栈只有生意兴隆了,才能招待好客人,而旅客进了生意萧条、全乱了套的客栈,就会成为陷入困境的店主的牺牲品。我哪,就经常旅行,尤其走这条道,因此希望一路上的客栈家家兴旺发财。"

"不错,"店主说道,"好像这不是头一次我有幸见到先生。"

"是啊!尚蒂伊这地方,我过往有十来趟了,在贵店歇脚少说也有三四次。对了,约莫十一二天前,我还到过这里,那次带了几位朋友,是几位火枪手,就因为穿着火枪手的军装,一个生人,素不相识的人,同他们当中一个吵起来,不知道为什么,那人就是要找他打架。"

"嗯!是有这么回事儿!"店主说道,"我完全想起来了。大人要向我提的,不就是波尔托斯先生吗?"

"我那旅伴就是这么称呼。上帝啊!我亲爱的店家,请告诉我,他是不是有什么不测?"

"大人总该注意到,他未能继续旅行。"

"确实如此,当时他说肯定能追上我们,结果我们再也没有见到他的人影。"

"他赏面子留在我们这儿了。"

"什么,他赏面子留在你们这儿了?"

"对,先生,就在这店里,我们甚至还挺担心。"

"担心什么?"

"担心他的一些花费。"

"算什么!花多少钱,他会付账的。"

"哎!先生,您真会给我吃宽心丸!我们已经垫付了不少钱,就说今天早晨,外科大夫还对我们明确说,假如波尔托斯先生不付费,他就向我要,谁让我派人请他来了。"

"怎么,难道波尔托斯受伤啦?"

"这事儿我无法告诉您,先生。"

"什么,这事儿您无法告诉我?按说您比任何人都更了解情况。"

"是啊,不过,干我们这行的,不能知道什么就说什么,先生,特别是有人跟我们打了招呼,管不住舌头,就得小心耳朵。"

"那好!我能见见波尔托斯吗?"

"当然可以,先生,请走楼梯,到二楼,敲1号客房的门。不过,您得先说出是您。"

"什么,还得先说出是我?"

"对,要不然,您就可能发生什么不幸。"

"我能发生不幸?"

"波尔托斯就有可能认为您是店里的人,发起火来,一剑刺穿您的身子,或者一枪打烂您的脑袋。"

"你们怎么招惹他啦?"

"我们向他要过住店钱。"

"哦,见鬼!我明白了,波尔托斯身上没钱的时候,最受不了讨账的了,不过我知道,他身上应当有钱。"

"当时我们也是这么想的,先生。我们店规挺严的,每星期结一次账,等他住了一星期,我们给他送去账单,可能去的时候不对,刚一开口,就让他全给轰出来了。不错,前一天他是赌过钱。"

"什么,前一天他赌过钱,同谁赌的?"

"唉!上帝呀,谁知道呢?跟一位过路的爵爷,他向人家提议,打一局朗斯克奈纸牌①。"

"这就对了,这个倒霉的家伙,肯定输得精光。"

"连马都输掉了,先生,因为那陌生人要动身时,我们发现他的跟班给波尔托斯先生的马备鞍,于是就向他指出来。可是,他回答说我们多管

---

① 朗斯克奈纸牌:由德国雇佣兵于十六世纪传到法国。

闲事,那马是他的。我们马上又派人通知波尔托斯先生,告诉他发生了什么事。他却把人打发回来,传话说我们全是无赖,居然怀疑一位绅士的话,既然那位绅士说马是他的,那就肯定是他的。"

"没错,一听就是他。"达达尼安咕哝道。

"于是,"店主又说道,"我打发人回答他说,在付账问题上,看来我们注定不能取得一致意见,我就希望他至少发发慈悲,去照顾照顾我的同行,金鹰客店老板的生意。不料波尔托斯先生答复说,我的客栈是最好的,他就想留在这儿。

"这种答复太中听了,我也就不好强行让他离开,仅仅请求他把全店最好的客房腾出来,搬上四楼小巧玲珑的一间屋。然而,波尔托斯先生听了这种请求,却回答说他在等人,他的情妇随时会到,那是宫廷里身份最高的贵妇之一,我应当明白,就连现在他赏脸住的客房,接待那样的贵妇已经很差了。

"然而,我一方面承认他讲的是实话,另一方面认为还得坚持。可是,他根本就不想跟我废话,拿出手枪,往床头柜上一放,声明不管是搬走还是换房,完全是他个人的事儿,谁敢冒冒失失插手,向他提搬开的事,他就老实不客气地打烂谁的脑袋。因此,先生,从那以后,除了他的跟班,谁也不敢进他的房间了。"

"那么,木斯克东也在这儿了?"

"对,先生。他走了五天,又回来了,可是脾气坏极了,好像在旅途上,他也碰到了不愉快的事。不幸的是他比他主人手脚快得多,为了侍候主人,把什么都搞得乱七八糟,因为他认为提什么要求都会遭到拒绝,就问也不问一声,需要什么干脆自己动手。"

"事实上,"达达尼安说道,"我一直注意到,木斯克东身上体现出极大的忠心和聪明。"

"这是可能的,先生,然而您设想一下,同这种既忠心又聪明的人,我每年若是打上四次交道,就非得破产不可。"

"不会,波尔托斯肯定会付账。"

"哼!"店主怀疑地应了一声。

"一位十分高贵的妇人那么爱他,绝不会袖手旁观,让他陷入欠房费的这种困境。"

"关于这件事,我若是冒昧讲出我的看法……"

"您的看法?"

"不如说,我所知道的。"

"您所知道的?"

"甚至可以说,我确信无疑。"

"说说看,什么您确信无疑?"

"我要说,我认识那位贵妇。"

"您?"

"对,我认识。"

"您是怎么认识她的?"

"唔!先生,假如我能相信您会守口如瓶……"

"说吧,请相信绅士的信誉,您不会后悔的。"

"好吧!先生,您能理解,一个人有了担心,就会做不少事情。"

"您做了什么?"

"哦!一点儿也没有超出一个债主的权限。"

"究竟做了什么呀?"

"波尔托斯先生写给公爵夫人一封信,让我们送到驿站去。当时他的跟班还没回来,他又不能离开客房,只好差遣我们跑一趟。"

"后来呢?"

"信交到驿站很不保险,就没有送去,正好店里有个伙计要去巴黎,我就吩咐他把信送交公爵夫人本人。波尔托斯先生一再嘱咐,这样做也完全合乎他的心愿,对不对?"

"差不多吧。"

"嘿!先生,您知道那位贵妇是怎么回事吗?"

"不知道,我仅仅听波尔托斯说起过。"

"那位所谓的公爵夫人,您知道是怎么回事吗?"

"我再跟您说一遍,我不认识她。"

"她是夏特莱①法庭一位讼师爷的妻子,名叫科克纳尔太太,有五十多岁了,还总摆出醋劲十足的样子。我也觉得特别奇怪,一位公爵夫人,怎么会住在狗熊街呢。"

"这情况您是怎么知道的?"

"因为她接到信时,大动肝火,说波尔托斯先生太轻浮,又是为女人挨了那一剑。"

"怎么,他挨了一剑?"

"噢!上帝啊!瞧我这嘴,说什么啦?"

"您说波尔托斯先生挨了一剑。"

"对。可是他严禁我讲出去!"

"为什么?"

"还用问,先生!那天您走了,留下他同一个陌生人吵起来,他大吹大擂,扬言要把人家刺个穿心透,结果却被人家给撂倒在地了。波尔托斯先生可是个死要面子的人,他不愿向任何人承认自己挨了一剑,只告诉了公爵夫人,那是认为他这冒险经历会引起那位夫人的兴趣。"

"这么说,他是中了一剑,才卧床养伤?"

"我可以向您保证,那一剑很厉害。看来,您的朋友命可够大的。"

"当时您在场?"

"先生,我出于好奇,暗暗跟了去,看见了他们决斗,不过决斗的人没有看见我。"

"当时情况怎么样?"

"唔!时间倒不长,我可以向您保证。双方拉开架势,那陌生人做了个假动作,便猛刺过去,动作快极了,波尔托斯先生刚一招架,剑已经刺进他胸膛三寸深了。他仰身倒下去,那陌生人立刻用剑尖抵住他的喉咙,波尔托斯先生见大势已去,便向对手认输。于是,那陌生人问他的姓名,得知他是波尔托斯先生,而不是达达尼安先生,就伸手将他扶起来,搀回旅

---

① 巴黎市中心建有两座要塞,称大、小夏特莱。大夏特莱位于塞纳河右岸,刑事审判机构设在那里,一八〇二年拆毁。小夏特莱坐落在塞纳河左岸,充当监狱,于一七八二年拆毁。

店,自己上马走了。"

"这样看来,那人要找的是达达尼安先生啦?"

"看来是的。"

"您知道他的下落吗?"

"还真不知道。以前我从未见过,后来我们再也没有见过他。"

"很好,我想了解的全了解了。现在,您是说波尔托斯先生住在二楼1号房?"

"对,先生,全旅店最漂亮的房间,我若安排客人住,已经不下十次机会了。"

"哎!您就放宽心,"达达尼安笑道,"波尔托斯会用科克纳尔公爵夫人的钱付您账的。"

"哦!先生,是讼师爷太太还是公爵夫人,倒也无所谓,只要她肯打开钱袋就成。不过,她答复得十分肯定,波尔托斯先生总要钱,又总负情,她已经厌倦了,再也不会寄给他一个铜子儿。"

"这种答复,您告诉了房客吗?"

"我们当然避而不谈,否则的话,他就会知道,我们用什么办法给他送信的。"

"因此,他就一直等着寄钱来?"

"嗯!上帝呀,对!昨天他还写信来着,不过这回,是他的仆人把信送到驿站。"

"照您说的,那位讼师爷太太又老又丑?"

"少说有五十岁了,照我的伙计帕托说的,一点儿也不漂亮。"

"果真如此,您就放心吧,她的心很快就会软下来。况且,波尔托斯欠您的账也不会有多少。"

"什么,不会有多少!已经有二十来皮斯托尔了,还不算医疗费。噢!他生活样样都不能少,看得出来,他过惯了优裕的生活。"

"没事儿!如果情妇丢下他不管,他总还有朋友呢,我可以向您打保票。因此,我亲爱的店家,您丝毫不必担心,他这身体状况需要什么,您就供应什么好了。"

275

"先生可答应过我,绝口不提讼师爷太太,也只字不讲受伤的事儿。"

"说定的事儿,您有我的承诺。"

"噢!要知道,他会要我的命!"

"不要怕,其实,他并没有那么凶!"

达达尼安说着,便上楼去,而留在原地的店主,对自己非常看重的两样东西:债权和性命,心里稍微踏实了一点儿。

上了一层楼,楼道里最显眼的一扇门上,只见用黑墨水写着一个巨型的"1号",达达尼安敲了一下门,屋里的人叫他走开,他却举步走进屋。

波尔托斯躺在床上,正同木斯克东打朗斯克奈牌,为了练练手。插着竹鸡的铁扦在炉火前转动,大炉灶西侧的炉眼上,各放一只锅,锅里炖着菜,散发出香喷喷的白葡萄酒炖兔肉和鱼汤的味道。此外,写字台和五屉柜的大理石贴面上,还摆满了空酒瓶。

波尔托斯一见是自己的朋友,便高兴得大叫一声,木斯克东也恭恭敬敬地站起身,让出座位,去瞧一眼两只火锅,仿佛特意察看一下。

"嘿!活见鬼!是您啊,"波尔托斯对达达尼安说,"欢迎欢迎,请原谅,我不能起身迎接您。对了,"他带着几分不安的神色,瞧着达达尼安,又问了一句,"您知道我出了什么事儿了吗?"

"不知道。"

"店主没有对您说什么?"

"我问了您的客房,就直接上来了。"

波尔托斯呼吸这才显得自然了一些。

"您出了什么事儿啦,我亲爱的波尔托斯?"达达尼安问道。

"我出的事儿嘛,我就在刺中对手三剑之后,又冲过去,要刺第四剑将他结果掉,不料一脚绊到石头上,膝骨扭伤了。"

"真的吗?"

"老实话!算那浑蛋运气好,要不然,我非当场要他的命不可,我敢跟您说这话。"

"他后来怎么样了?"

"嗯!我一无所知,他吃尽了苦头,自己的东西没有要就溜掉了。对了,您呢,我亲爱的达达尼安,您的情况如何?"

"就因为膝骨扭伤了,"达达尼安接着问道,"您就不得不待在床上?"

"唉!上帝呀,对,就是这码事儿,也没什么,过不了几天我就能行走了。"

"您怎么不让人护送回巴黎呢?待在这儿,您一定闷得要命。"

"我也是这么打算的,可是,我亲爱的朋友,有一件事,我不得不向您承认。"

"什么事?"

"是这样,正如您讲的,我闷得要命,兜里又装着您分给我的七十五皮斯托尔,就想消遣消遣,请一位过路的绅士上来,提出要跟他赌骰子。他接受了,结果呢,我兜里的七十五皮斯托尔,当然就全跑到他的口袋里去了,还不算我那匹马,也被人家牵走了。可是您呢,我亲爱的达达尼安?"

"有什么办法呢,我亲爱的波尔托斯,一个人不可能处处走运,"达达尼安说道,"有句谚语您知道:'赌场失意,情场得意。'您在情场上实在太得意了,到赌场就该大走背字了。不过,输了钱,对您来说没有什么大关系!像您这样走桃花运的家伙,不是还有公爵夫人吗,她不会不来拉您一把吧?"

"对呀!我亲爱的达达尼安,"波尔托斯摆出满不在乎的神气回答,"我的手气太糟,就给她写了一封信,说明我现在的处境,急需五十路易金币,请她给我寄来……"

"结果呢?"

"结果嘛,她一定是到领地去了,没有给我回信。"

"真的吗?"

"是没回信,因此,昨天我又写了第二封信,语气比第一封信还要急切。没想到您来了,我特别亲爱的朋友,咱们谈谈您吧。不瞒您说,现在我开始有点担心您的情况了。"

"看样子,店主对待您相当好啊,我亲爱的波尔托斯。"达达尼安说着,向伤者指了指满满两锅菜和那些空酒瓶。

277

"马马虎虎吧!"波尔托斯回答,"三四天前,那个放肆的家伙给我看账单,让我把他连同账单赶出门去了。因此,我在这里的行为,就像战胜者,就像征服者。不过,您也看到了,我武装到了牙齿,总怕遭受袭击。"

"然而,"达达尼安笑道,"看样子,您隔三差五还出出门。"

他指了指那些酒瓶和火锅。

"出门,可惜也不是我!"波尔托斯说道,"这次可恶的扭伤,算是把我拴在床上了。是木斯克东出去张罗,带回来食物。木斯克东,我的朋友,"波尔托斯继续说道,"您瞧,咱们的增援部队来了,还得补充给养啊。"

"木斯克东,"达达尼安说道,"您务必帮我一个忙。"

"帮什么忙,先生?"

"让卜朗舍学会您的烹调法。说不上哪天,我也有可能遭受围困,如果他能像您侍候主人似的,让我享受同样的福,那就是我不幸中的大幸了。"

"哦,上帝啊!"木斯克东一副谦虚的样子,说道,"这事儿再容易不过了,人只要灵巧就行了。我是在农村长大的,父亲在空闲的时候,就偷着打猎。"

"那么,其余时间,他干什么呢?"

"先生,他从事一种行当,在我看来一直很顺。"

"什么行当?"

"那是战乱时期,他看见天主教徒屠杀胡格诺教派,胡格诺教派也屠杀天主教徒,敌对双方都打着宗教的旗号,于是,他就制造出一种混合的信仰,时而是天主教徒,时而是胡格诺教派。他平时总是扛着那杆喇叭口火枪,在路旁的绿篱后面溜来溜去,一见到单人行走的天主教徒,他的头脑里胡格诺派宗教观念立刻占上风,于是把火枪放下来,瞄向那行人;等那人相距只有十步远,他就进行一场对话,临了对方总是丢下钱袋逃命去了。如果走过来的是一名胡格诺派教徒,不用说,他又觉得浑身燃起天主教的激情,那样强烈,他甚至不明白一刻钟之前,对我们神圣宗教的优越性,自己怎么能产生怀疑。我这么说,先生,因为我是天主教徒,我父亲忠于他的原则,让我哥哥当了胡格诺派教徒。"

"令尊最后结局如何?"达达尼安问道。

"噢!结局极其悲惨,先生。有一天,他在一段凹路上,同时碰见一名胡格诺派教徒和一名天主教徒,两个人都曾同他打过交道,都认出他来,于是联手对付他,把他吊死在一棵树上,然后走到附近村子的一家小酒店,大肆吹嘘一通他们的壮举。我和我哥哥正巧也在那家小酒店喝酒。"

"那你们怎么办了?"达达尼安问道。

"我们就由他们说去,"木斯克东接着说道,"等他们离开小酒店,各自朝相反的方向走去,我哥哥就跑去埋伏到那名天主教徒经过的路边,我则跑去埋伏到那名胡格诺派教徒经过的路旁。两小时之后,就全部了结,我们都各自清了账,同时心里也佩服我们父亲的远见卓识,他早就采取预防措施,让我们兄弟二人信奉不同的宗教。"

"正如您所说,木斯克东,令尊果然是个特别聪明的人。您刚才是说,这位老实厚道的人在空闲时间就偷猎,对吗?"

"是的,先生,正是他教会我结套子捕猎物,往水底下钩。因此,我看到那个坏蛋店主给我们吃的全是大块肥肉,合乎粗人的肠胃,根本不适于我们这样讲究的胃口,我就又稍微拾起我的老行当。我在王爷的树林里散步的时候,就在有兔子出没的地方下些套子,而且躺在殿下领地水塘边上的时候,也往水里放些钓钩。结果呢,上帝保佑,先生可以作证,我们不缺少竹鸡和野兔、鲤鱼和鳗鱼,全是容易消化、营养丰富的食物,适合病人食用。"

"那么葡萄酒呢,"达达尼安问道,"谁供应葡萄酒?是店家吧?"

"要说是他也不是他。"

"怎么是他又不是他?"

"不错,是他供应,但是,他又不知道有这份儿荣幸。"

"给我说说清楚,木斯克东,跟您谈话,真是大长见识。"

"是这样,先生,我在旅行中,偶然碰见一个西班牙人,他游历了许多国家,还到过新大陆。"

"新大陆,跟这写字台和柜子上的酒瓶,究竟能有什么关系?"

"耐心一点儿,先生,说事儿总有个先后。"

"说得对,木斯克东,我信得过您,我听着。"

"那个西班牙人有一个跟班,陪他去过墨西哥。那个跟班又是我的老乡,我们很快成为好朋友,也是我们性格很接近的缘故。我们二人都特别爱打猎,因此,他就向我讲述潘帕斯大草原那里,土著如何用简单的绳索套子,就能猎取老虎和野牛,他们在绳索的末端仅仅打一个活结,就能套住那些可怕野兽的脖子。起先我怎么也不肯相信,就能那么灵巧,在二三十步开外,绳套想抛哪儿就抛哪儿,可是眼见为实,我不得不承认他所讲的。我的朋友拿一个酒瓶放到三十步的地方,他抛出去绳索,每次都能套住瓶颈。我也开始练这手,由于我还有一点天分,今天我抛绳索套猎物,敢跟世界上任何人相比。怎么样!您明白了吗?我们店主的酒窖藏货很多,但是门钥匙从不离身,只是没想到酒窖还有个通风窗口。于是,我就从气窗往里抛索套,现在我也掌握哪个角落有好酒,就专往那里套酒瓶。您瞧,先生,新大陆就是这样同柜子和写字台上的酒瓶联系起来了。现在,您要不要尝尝我们的酒,然后不带偏见地跟我们说说,您觉得如何?"

"谢谢,朋友,谢谢,只可惜我刚刚吃过午饭。"

"好吧!"波尔托斯说道,"摆桌子,木斯克东,我们吃午饭,达达尼安坐在旁边,向我们讲讲他离开我们十来天的情况。"

"好吧。"达达尼安答道。

波尔托斯和木斯克东吃起午饭,正康复的人胃口自然好,又在患难之中,更有把人关系拉近的那种兄弟般的情谊。达达尼安就在一旁讲述,阿拉密斯如何受了伤,不得不滞留在克雷沃克尔,在亚眠如何丢下阿多斯去对付四条汉子,只因他们诬告他制造假币,而他,达达尼安,又如何迫不得已,从德·瓦尔德伯爵的肚子上踏过去,才终于到达英国。

不过,交心话到此为止,达达尼安仅仅交代一声,他从英国回来,带了四匹好马,他和他的伙伴每人一匹。最后,他就向波尔托斯宣布,分给他的那匹马,就拴在客栈马棚里。

这时,卜朗舍走进来,告诉主人,马已经歇好了,有可能赶到克莱蒙①过夜。

达达尼安对波尔托斯的情况差不多放了心,又急于想了解另外两个朋友的消息,就伸手给养伤的人,说他要继续赶路找其他伙伴,打算还沿原路回来,等七八天之后,如果波尔托斯仍在伟大的圣马尔丹客栈,他就顺路接他回巴黎。

波尔托斯回答说,这段时间扭伤好不了,很可能他还在这里。况且,他要等公爵夫人回信,也必须留在尚蒂伊。

达达尼安祝他早日收到满意的回信,又嘱咐几句,让木斯克东好好照顾波尔托斯,再去跟店主结了账,便带着已经减掉一匹马累赘的卜朗舍,重又上路了。

---

① 克莱蒙:法国北部瓦兹省城市。

第二十六章　阿拉密斯的论文

　　无论波尔托斯受伤的事还是他那位讼师爷太太，达达尼安当面都绝口未提。我们这位贝亚恩小伙子，人虽年轻，脑袋瓜儿却很灵，装作句句相信这位高傲的火枪手对他讲的话，他确信揭人隐私就难保友谊，尤其这隐私关系到自尊心。再说，我们掌握别人的生活，在精神上总有一种优越感。而且，达达尼安自有深谋远虑，决定把他的三位伙伴当成他飞黄腾达的工具，因此，他乐得将他要用来牵动他们的无形的线，事先就全部握在手中。

　　然而一路上，他也黯然神伤，忧心忡忡，念念不忘应当奖赏他这忠心的年轻而漂亮的博纳希厄太太。不过，我们要赶紧说明一点：这个年轻人伤感的起因，主要还是担心那可怜女子身遭不幸，而不是懊恼自己失去的欢乐。他毫不怀疑，那可怜的女人成了红衣主教报复的牺牲品，而且众所周知，法座报复起来是骇人听闻的。在首相的眼里，他是如何得到高看的呢，自己实在不得其详。当然，卫队长德·卡伏瓦先生那次到他住所，如果找见了他，就能向他透露其中的奥妙了。

　　要想让时间过得快，让旅途缩短，最有效的办法莫过于陷入沉思，将身上的官能全部投入进去。一个人在沉思默想，就好像进入睡眠状态，而他的所思所想就是他所做的梦。受这种状态的影响，时间就无法度量了，空间也丧失了距离感。从某地启程，抵达另一个地点，仅此而已，而途中所有的经历，在记忆中就化为一片迷雾，一路上树木、山峦、风景等无数模糊的形象，全在这片迷雾中消失了。达达尼安受这种幻觉的支配，便信马由缰，走了七八法里，从尚蒂伊到克雷沃克尔，进了村子，一点儿也想不起路上见到什么了。

到了地方,他才恢复记忆,晃了晃脑袋,瞧见他丢下阿拉密斯的那家小酒店,催马一阵小跑,来到酒店门前站住。

这次不是老板,而是老板娘出门迎候。达达尼安会看相,朝老板娘看了一眼,对那张喜气洋洋的胖脸蛋便一览无余,心下就明白对她无须隐瞒什么,无须担心如此喜兴的面容。

"好心肠的太太,"达达尼安问她,"十二天前,我们不得不把一位朋友留在这里,他现在情况怎么样,您能告诉我吗?"

"是不是一位二十三四岁、温柔、可爱,又长得很好看的青年?"

"正是。"

"而且,肩上还受了伤?"

"一点儿不差。"

"嗯!先生,他一直住在这儿。"

"哦,老天啊!亲爱的太太,您真是救我一命。"

达达尼安说着,便跳下马,将缰绳往卜朗舍的胳臂上一扔,又说道:"这个亲爱的阿拉密斯,他在哪儿?让我拥抱他,老实说,我真急于同他见面。"

"对不起,先生,恐怕他现在不能接待您。"

"为什么不能接待?难道他身边有女人?"

"耶稣啊!您这是说什么话呀!可怜的小伙子!不对,先生,他身边没有女人。"

"那他跟谁在一起?"

"跟他在一起的是蒙迪迪埃的本堂神父,以及亚眠耶稣会士修道院院长。"

"上帝啊!"达达尼安高声说道,"可怜的小伙子,他情况不妙啦?"

"哎!先生,恰恰相反,他病了一场之后,接受了上天赐福,就决定出家了。"

"是这码事儿,"达达尼安说道,"我忘了他当火枪手只是暂时的。"

"先生还坚持见他吗?"

"更得见他了。"

"好吧,先生走院子右侧楼梯,上到三楼,5号客房就是。"

达达尼安照老板娘所指的方向跑去,看到一座露天楼梯——在乡村古老客栈的院子里,如今还能见到这类楼梯。不过,就这样前去,还是见不到那个未来的神父,只因去阿拉密斯房间的楼道,如同阿尔米德①的花园那样,被严密把守着。巴赞守在走廊,挡住他的去路,格外表现出了无所畏惧。因为他巴赞经历了多年磨难,终于快要熬出头,看到自己终生的雄心壮志即将有结果了。

的确如此,可怜的巴赞一生的梦想,就是侍候一位神职人员,他急切地盼望,瞻念将来时时浮现的那一时刻,阿拉密斯终于扔掉火枪手的军装,换上教士的长袍。年轻人每天都重申他的诺言,说是不会等多久了,无非是这种承诺将巴赞留住,因为他说侍候一名火枪手,势必要丧失灵魂。

现在,巴赞简直乐不可支,这一次,他的主人很可能不会食言了。肉体的疼痛与精神的痛苦合在一起,产生了很久以来企盼的作用。阿拉密斯在肉体和精神上同时吃了苦头,他的目光和思想终于停到宗教上。在他看来,他遭受的双重打击,即情妇突然失踪和肩部受伤,就是上天给他的警示。

这就不难理解,巴赞处于这种思想状态,最不愿意看到的是达达尼安闯来,生怕达达尼安此来,将他主人再次拖进随波逐流已久的世俗观念的漩涡中。因此,他果敢坚定地守住房门,只可惜已经被客栈老板娘出卖了,他不能说阿拉密斯不在,但还是要尽量向新来者证明,从早晨起,他主人就和人探究宗教信仰问题,恐怕天黑之前不会结束,因而这期间去打扰就过分鲁莽了。

然而,达达尼安才不理会巴赞师傅的高谈阔论,更不想同他朋友的跟班展开一场辩论,而是干脆一把将巴赞推开,另一只手去拧动5号客房的圆把手。

---

① 阿尔米德:法国诗人、剧作家菲利浦·基诺(1635—1688)所作的歌剧脚本《阿尔米德》中的主人公。

房门开了,达达尼安走进房间。

阿拉密斯身穿黑长衫,头戴类似教士帽的平顶圆便帽,坐在一张斜面桌子前,只见桌子上堆满了纸卷和大开本的书籍。他右首坐着耶稣会士修道院院长,左首坐着蒙迪迪埃的本堂神父。窗帘半掩着,只容一种神秘的光线透进来,好适于虔诚的沉思。在这样的房间里,一个年轻人,尤其一名年轻的火枪手所有能引人注目的世俗之物,就像变戏法似的全变没了,这当是巴赞怕主人瞧见重生尘世之念,便拿走了佩剑、手枪、插羽翎的军帽,以及各种各样镶花边的锦绣之物。

在那些物品的原来位置上,倒是有一条戒鞭似的东西,达达尼安隐约瞧见挂在幽暗的角落里。

阿拉密斯听见开门声,抬头一看,认出是他朋友达达尼安。然而达达尼安却十分诧异,他突然出现,并没有对阿拉密斯产生多大影响,只因他的神思远远脱离了尘世的东西。

"您好,亲爱的达达尼安,"阿拉密斯说道,"请相信,我很高兴见到您。"

"我也同样,"达达尼安应道,"尽管我还不能十分肯定,我面对的就是阿拉密斯。"

"正是我本人,我的朋友,正是我本人。怎么,是谁让您产生了怀疑?"

"我是怕走错了房间,还以为走进了一位神职人员的屋子呢,接着,我看见这两位先生陪伴,又产生一个错误的想法,别是您伤病加重……"

那两个穿黑袍的人听出了话里有话,就狠狠瞪了达达尼安一眼,达达尼安却毫不在意。

"也许我打扰您了,我亲爱的阿拉密斯,"达达尼安接着说道,"看情形,我倒是认为您在向这两位先生忏悔。"

阿拉密斯脸上泛起难以觉察的红晕。

"您,打扰我?哎!恰恰相反,亲爱的朋友,我可以向您发誓。为了证明我所讲的话,请允许我为您安然无恙而高兴。"

"哈!他总算清醒过来!"达达尼安心中暗道,"还不是不可救药。"

"要知道,这位先生是我的朋友,他遭遇凶险,刚刚逃脱。"阿拉密斯指着达达尼安,十分热情地对两位神职人员说道。

"颂扬天主吧,先生。"两位教士躬了躬身,异口同声地说道。

"我没有忽略这一点,我尊敬的神父。"年轻人边还礼边答道。

"您来得正好,亲爱的达达尼安,"阿拉密斯说道,"您就参加讨论吧,用您明智的见解照亮讨论的问题。亚眠的修道院院长先生、蒙迪迪埃的本堂神父先生,我们正在探讨早已引起我们兴趣的一些神学问题,我会很高兴听听您的高见。"

"一名军人的见解是无足轻重的,"达达尼安回答,他开始担心事情发展的趋势,"请相信我,您尽可信赖这两位先生的学识。"

两位身穿黑袍的人也颔首逊谢。

"恰恰相反,"阿拉密斯接口说道,"您的见解对我们很宝贵。争论的焦点是这样:院长先生认为,我的论文必须阐述教义,富有教益。"

"您的论文!这么说,您在写论文?"

"当然了,"那名耶稣会士答道,"授予神职之前进行考核,一篇论文必不可少。"

"授予神职!"达达尼安嚷道,此前他还不相信老板娘和巴赞先后对他讲的话,"授予神职!"

他吃惊的目光扫视面前这三个人。

阿拉密斯坐在椅子上,姿态十分优雅,就仿佛身在贵妇的小客厅里,他抬起一只赛似女人的白皙而丰满的手,让手上脉管里的血液往下流,一边满意地欣赏,一边接着说道:

"嗯,您听到了,达达尼安,院长先生希望我的论文阐明教义,我却要表述理想。正因为如此,院长先生向我提议,写一个还从未有人论述过的题目,即 Utraque manus in benedicendo clericis inferioribus necessaria est,我也承认,这个题目大有发挥的余地。"

达达尼安的博学我们是领教过的,这次跟上次一样,那次德·特雷维尔先生以为他收了白金汉公爵的礼物,就引了一句拉丁文,达达尼安连眉头也没有皱一皱。

"这句话的意思是,"阿拉密斯为了给他全部方便,就接着说道,"下级教士给人祝福时,必须用双手。"

"出色的题目!"耶稣会士高声赞道。

"出色而又合乎教义!"本堂神父随声附和。他的拉丁文也同达达尼安一样半斤八两,因此,他就紧盯着耶稣会士,亦步亦趋地尾随,像回声似的重复人家的话。

至于达达尼安,他完全无动于衷,冷眼瞧着两个穿黑袍的人的热情。

"对,很出色!""绝对出色①!"阿拉密斯继续说道,"不过,这也需要深入研究教会圣师的著作和《圣经》。然而,我已经向这两位博学的教士承认,极其谦卑地承认,由于卫队值勤和为国王效力,我不免荒疏了学业。我若是自己选择一个题目,就能更放手,如鱼得水②,而这个题目与这些神学难题的关系,恰如伦理学同哲学上的形而上学的关系。"

达达尼安厌烦透了,本堂神父也如此。

"看看如何开场!"耶稣会士高声说道。

"开场白③。"本堂神父认为自己总该说点什么,就用拉丁文重复了耶稣会士所说的话。

"犹如在一望无际的天空④。"

阿拉密斯瞥了一眼身边的达达尼安,见他朋友正张开大嘴打哈欠。

"我们讲法语吧,神父,"他对耶稣会士说道,"这样,达达尼安先生也好更快地领会我们的话。"

"是的,我一路赶来很疲倦,"达达尼安说道,"讲的拉丁文,全从我左耳进,右耳出去了。"

"嗯,好吧!"耶稣会士说道,"瞧一瞧从这条注释中能得出什么来。"

耶稣会士讲这话时有几分气恼,而本堂神父满怀感激地看了达达尼安一眼,心中喜不自胜。

"摩西,上帝的仆人……听明白了,他仅仅是仆人!摩西用双手祝福。因为,在希伯来人同敌人作战时,摩西让人扶起他的双臂,可见他用

---

①②③④　原文为拉丁文。

双手祝福。况且,《福音书》是怎么说的呢:Imponite manus,而不是 manum,即放上两只手,而不是一只手。"

"放上两只手。"本堂神父做着手势附和道。

"对圣彼得则不同,历代教皇都是他的继承人了,"耶稣会士继续说道,"Porrige digitos 即伸出您的手指。现在您明白了吗?"

"当然了,"阿拉密斯喜悦地说道,"不过,事情很微妙。"

"手指!"耶稣会士又说道,"圣彼得用手指祝福。教皇也一样,用手指祝福。可是,用几根手指祝福呢? 用三根手指,一根代表圣父,一根代表圣子,一根代表圣灵。"

大家都画了十字,达达尼安认为也应当照样做一下。

"教皇是圣彼得的继承者,代表三种神权。其余的人,神职等级中地位稍低的神职人员①,都是以大天使和天使的名义祝福。地位最低的神职人员,例如副祭司和圣器室管理员,都是用圣水刷祝福,圣水刷也就表示祝福的无数手指。题目可以简化成这样:毫无藻饰的论证②。以此为题,"耶稣会士接着说道,"我可以写成这样厚的两本书。"

他一时得意忘形,拍了拍将桌子压倾斜的《圣克里索斯托③文集》。

达达尼安浑身一抖。

"当然了,"阿拉密斯说道,"我承认这个题目美不胜收,但同时我也认为分量太重,我承负不了。我选好了这样的题目:Non inutile est desiderium in oblatione,或者说:'略微留恋尘世,并不妨碍侍奉天主',亲爱的达达尼安,告诉我这合不合您的口味。"

"住口!"耶稣会士嚷起来,"要知道,这个论题近乎异端邪说,在异端派的鼻祖冉森尼乌斯④的《奥古斯丁书》中,就有类似的论点,他的书早晚要由刽子手亲手烧掉。当心啊,我的年轻朋友,您偏向了伪学说,我的年

---

① ② 原文为拉丁文。
③ 圣克里索斯托(约344—407):希腊教会神父,善于传教与解经,长于辞令,又称"金嘴圣约翰"。
④ 冉森尼乌斯(1585—1638):荷兰天主教反正统派神学家,是冉森(又译詹森)主义创始人。他撰写的《奥古斯丁书》在他死后由友人于一六四○年出版,被当时的教皇列为禁书。

达达尼安厌烦透了,本堂神父也如此。

轻朋友,您要毁掉自己!"

"您要毁掉自己。"本堂神父附和道,同时痛苦地摇了摇头。

"您触及了自由意志这一臭名昭著之点,这是一处致命的暗礁。您向贝拉基①派或半贝拉基派的邪说看齐。"

"然而,我尊敬的神父……"阿拉密斯又要申辩,反驳的论据冰雹似的砸来,弄得他有点晕头转向。

"您怎么能够证明,"耶稣会士不容他申辩,又接着说道,"人献身上帝,还要留恋尘世呢?听听这种两难推理:上帝是上帝,尘世是魔鬼。留恋尘世,就是留恋魔鬼,这就是我的结论。"

"这也是我的结论。"本堂神父说道。

"哎,口下留情……"阿拉密斯又说道。

"你留恋魔鬼②,不幸的人啊!"耶稣会士高声说道。

"他留恋魔鬼!唉!我的年轻朋友,"本堂神父又叹道,"不要留恋魔鬼呀,我这儿恳求您了。"

达达尼安简直都傻了,真像到了一家疯人院,看见疯子自己也要变疯了。不过,眼前这些人讲话,他根本听不懂,就只好一声不吭。

"可是,你们倒是听我说说呀,"阿拉密斯又说道,他很有礼貌的口气中,开始透出几分不耐烦了,"我没有讲我留恋尘世,没有,我永远也不会讲出这句非正统的话……"

耶稣会士双臂举向半空中,本堂神父也照样举起双臂。

"不会讲的,然而你们至少应当承认,仅仅把自己完全厌弃的东西奉献给上帝,心还是不诚。达达尼安,我说得对吗?"

"我看说得很对!"达达尼安高声应道。

本堂神父和耶稣会士从椅子上跳起来。

"这就是我的出发点,是一种三段论法:尘世不乏诱惑,我脱离尘世,因为做出了牺牲。而且,《圣经》也说得明明白白:为天主做出牺牲。"

---

① 贝拉基(约360—约422):大不列颠修士,周游罗马、埃及、巴勒斯坦等地,主张人生来本无罪,上天宽容和人的自由意志在起作用。与圣奥古斯丁学说相对立。

② 原文为拉丁文。

"的确如此。"两名对手说道。

"再者说,"阿拉密斯继续说道,同时掐着耳朵使之变红,就像刚才举手抖动使之变白那样,"再者说,我还以此为题作了一首回旋诗①,去年曾给乌瓦图尔②先生看过,那位大人物对我大加赞扬。"

"一首回旋诗!"耶稣会士不屑地说道。

"一首回旋诗!"本堂神父机械地重复。

"说说看,说说看,"达达尼安高声说道,"这会让我们换换脑筋。"

"换不了脑筋,因为这是一首宗教诗,"阿拉密斯回答,"是用诗论述神学。"

"见鬼!"达达尼安来了一句。

阿拉密斯以略带虚伪的谦虚口吻说道:"就是这样一首诗:

> 您悲咽,哀悼充满魅力的过去,
> 现在只有苦度不幸的时日,
> 您的所有痛苦终将结束,
> 等您的眼泪全奉献给天主,
> 您悲咽。"

达达尼安和本堂神父听了喜形于色。耶稣会士还坚持己见。

"要当心,不要用神学著述的文体,来把玩世俗的趣味。圣奥古斯丁是怎么说的呢?神职人员布道应当严肃③。"

"是啊,布道应该清清楚楚!"本堂神父说道。

"然而,"耶稣会士见他的追随者理会错了,就急忙接口说道,"然而,您的论文会讨那些贵妇的喜爱,仅此而已。它所能取得的成功,也不过像帕特吕④先生的一篇辩护词。"

"但愿如此!"阿拉密斯兴奋地高声说道。

---

① 回旋诗:十六世纪法国流行的一种诗体,形式固定,每小节五行,第一句的开头分句与第五句相同。
② 乌瓦图尔(1597—1648):法国诗人,文风属于典型的矫揉造作派。
③ 原文为拉丁文。
④ 帕特吕(1604—1681):法国律师,著名的辩才。

"您瞧,"耶稣会士也提高声音,"世俗还在您身上大呼小叫,最大的声音①。您还追随尘世,我的年轻朋友,我真担心,圣宠也根本不灵验了。"

"您就放心吧,神父,我为自己负责。"

"世人的自负!"

"我了解自己,神父,我的决定不可更改。"

"这么说,您执意要继续写这篇论文?"

"我感到这是一种召唤,要我论述这个题目,而不是别的题目。因此,我要继续写下去,明天,我将根据你们的看法修改,希望你们会感到满意。"

"慢慢写吧,"本堂神父说道,"我们要让您保持最佳精神状态。"

"是啊,土地全播了种子,"耶稣会士说道,"我们倒不必担心有一部分种子落到石头上,还有的落到路边,其余的则让天上的鸟儿吃光,其余的则让天上的鸟儿吃光②。"

"让瘟疫把你连同你的拉丁文一扫而光!"达达尼安说道,他觉得实在忍不住了。

"再见,我的孩子,"本堂神父说道,"明天见。"

"再见,胆大妄为的年轻人,"耶稣会士说道,"您有望成为教会的一束灵光,愿上天保佑,这束灵光别成为吞噬一切的烈火!"

这一个钟头,达达尼安烦透了,一直在啃手指甲,现在啃到肉了。

两个穿黑袍的人终于起身,向阿拉密斯和达达尼安施礼告别,朝门口走去。巴赞一直站在门外,怀着虔诚的喜悦心情,从头至尾听完这场辩论,这时他急忙迎上去,拿了本堂神父的日课经,又拿了耶稣会士的弥撒经,恭恭敬敬地在前面带路。

阿拉密斯一直送到楼梯下面,随即又上楼,回到还在沉思默想的达达尼安身边。

现在屋里只剩这两个朋友了,一时冷场,彼此都有点尴尬。然而,总

---

①② 原文为拉丁文。

得有个人打破这种沉默,而达达尼安似乎决意要把这种荣幸让给他的朋友。

"您也看到了,"阿拉密斯说道,"现在我又回到我的基本想法上来了。"

"是啊,正如那位先生刚才所讲的,灵验的圣宠触动了您。"

"哎!这种出家修行的计划,早就做出来了,而且,您也听我谈过,对不对,我的朋友?"

"当然了,不过讲老实话,我还以为您是开玩笑呢。"

"拿这种事情开玩笑!噢!达达尼安!"

"算什么!有人还拿死开玩笑呢!"

"那就错了,达达尼安,因为死亡,就是通向永罚或永福的门户。"

"同意。不过,阿拉密斯,劳驾,不要谈什么神学了,今天您已经谈得够多的了。至于我,拉丁文本来就没有学会,知道那么点儿也几乎全忘了。再说,我得向您讲实话,从今天上午十点钟起,我连一点东西也没有吃,简直饿得要命。"

"咱们马上就吃饭,亲爱的朋友。不过,您总归不会忘记今天是星期五,而在这种日子里,肉类我既看不得,也吃不得。我的晚餐,如果您能将就吃,只有水煮番杏①和水果。"

"您说的番杏是什么?"

"就是菠菜,"阿拉密斯又说道,"不过,我倒可以给您加几个鸡蛋,这也是严重违反规定,因为鸡蛋能孵出鸡来,也还是肉。"

"这可不是什么美味佳肴,不过也无所谓,为了和您待在一起,这我也忍了。"

"感谢您做出这种牺牲,"阿拉密斯说道,"不过,这种晚餐,即使对肉体没有什么好处,对您的灵魂却是有益的。"

"看来,阿拉密斯,您是非进入宗教不可了。咱们的朋友会怎么说

---

① 番杏:一年生草本,原产澳大利亚等地,开黄花,果实菱形,叶茎嫩时可食,又称夏菠菜。

呢？德·特雷维尔先生又会怎么说呢？我先把话说下,他们会把您当成逃兵。"

"我不是进入宗教,而是回到宗教。当初我为了贪图尘世的欢乐,才逃离了教会,而且您也知道,我是强迫自己穿上火枪手的军装的。"

"我可一无所知。"

"您不知道我是如何离开神学院的？"

"根本就不知道。"

"给您讲讲我那段经历。况且,《圣经》上也说:你们要相互忏悔。达达尼安,现在我就向您忏悔。"

"我呀,事先就宽恕您,您瞧,我是个好人。"

"神圣的事情,开不得玩笑,我的朋友。"

"那您就讲吧,我听着。"

"从九岁上起,我就进了神学院,差三天满二十岁的时候,我就要成为神父了,事情完全定下来了。一天晚上。我像往常那样,到我喜欢拜访的一户人家——有什么办法呢,人年轻,意志总是薄弱的。我时常给女主人念圣徒传记,一名军官看着眼红,那天晚上,他没让人通报就突然闯进来。当时,我正巧把译成诗体的犹滴①的故事念给女主人听,她大加赞赏,还伏在我肩上和我再读一遍。那种姿势,我承认是有点太随便,伤害了那名军官。当场他什么也没有讲,等我出了门,他就跟了出去,追上来,对我说道:

"'教士先生,您想要挨几手杖吗？'

"'这我说不好,先生,'我回答,'还从来没有人敢打过我呢。'

"'那好！听我说,教士先生,如果您再去今晚让我碰见的那户人家,我呢,就敢打您。'

"我觉得自己害怕了,当时面无血色,感到双腿站立不稳,也找不到话回敬对方,就只好沉默不语。

---

① 犹滴:相传为犹太侠烈女,只身入敌营,以色相引诱敌首领,并趁他熟睡时割下他的头颅。事见《圣经次经·犹滴传》。

"那军官还在等待,见我迟迟不回答,便哈哈大笑,转身回屋去了。而我回了神学院。

"我出身名门贵族,血气方刚,这一点您也一定注意到了,我亲爱的达达尼安。这种侮辱是绝难容忍的,尽管无人知晓,然而我感到它在我内心深处存活蠕动。我向院长明确表示,我觉得准备不足,难以接任神职。院方同意我的请求,将授神职仪式推迟一年。

"我去找了巴黎最出色的剑术师,谈好条件,请他每天给我上一次剑术课,而我每天习练剑术,坚持了一年。就在我蒙受侮辱的一周年那天,我将教士长袍挂到钉子上,换了一整套骑士服装,去参加我的女友中一位夫人举行的舞会。我知道我那个对头也会去,舞会地点是自由市民街,离强力监狱①很近。

"那名军官果然在舞会上,我走上前去,见他眉目含情望着一位女子,同时唱着一首情歌,等他唱到第二段中间的时候,我就打断他。

"'先生,'我对他说,'您是不是一直不愿意让我再去帕叶纳街和某一住宅?如果我胡来不听您的话,您还要拿手杖揍我?'

"那军官惊诧地看着我,然后说道:

"'您要干什么,先生?我并不认识您。'

"'我嘛,'我回答道,'我就是念圣徒传记,并把犹滴传译成诗的那个小教士。'

"'哦!哦!我想起来了,'军官嘲弄道,'您想干什么?'

"'我希望您抽空出去同我散散步。'

"'如果您真有这种愿望,那就明天早晨,我非常乐意奉陪。'

"'劳驾,不是明天早晨,而是立刻。'

"'假如您非要求这样……'

"'是的,我要求这样。'

"'那我们就出去吧,'军官说道,'各位夫人,不必多虑。我出去一下,杀了这位先生就回来唱最后一段。'

---

① 强力监狱:坐落在巴黎市内沼泽区,于一八五〇年拆毁。

"我们二人出去了。

"我把他带到帕叶纳街,正是一年前的那时那刻,他对我讲了我告诉您的那种恭维话的原地。那天晚上皓月当空,我们抽出剑来,只过一招,我一个冲刺,就把他撂倒了。"

"活见鬼!"达达尼安感叹一声。

"然而,"阿拉密斯接着说道,"那些夫人小姐不见那歌手回去,后来又有人发现他死在帕叶纳街,身子被剑刺穿了,他们自然想到是我把他修理成那样。结果事情闹得满城风雨,我不得不暂时脱下教士服。正是在那种时候,我结识了阿多斯,而波尔托斯在我上剑术课之外,还教会了我几种绝招,就是他们二人促使我下决心加入火枪卫队。国王很喜爱在围攻阿拉斯①城时阵亡的家父,也就批准了我的请求。因此,您应当明白,今天是我回到教会怀抱的时候了。"

"为什么是今天,而不是昨天,也不是明天呢?今天您发生了什么事,又是谁给您出的坏到家的主意呢?"

"就是这道伤口,我亲爱的达达尼安,这是上天对我的警示。"

"这道伤口?算了吧!差不多痊愈了,我还确信,今天,最令您痛苦的,可不是这伤口。"

"那是什么创伤呢?"阿拉密斯脸唰地红了,问道。

"您心里有创伤,阿拉密斯,是一个女人造成的,这创伤更疼痛,流血更多。"

阿拉密斯的眼神不觉闪亮一下。

"哦!"他尽量掩饰内心的激动,装出若无其事的样子说道,"不要提那种事情了,我嘛,还想那种事!还会为失恋伤心?虚幻的虚幻②!您看我这样子,像是神魂颠倒吗?又为了谁呢?难道就为我在驻防的地方追求的一个女工,或者是一个女佣吗?呸!"

"请原谅,我亲爱的阿拉密斯,我原来倒以为,您的眼光要高些。"

---

① 阿拉斯:法国西北部加来海峡省首府。一六四〇年,路易十三从西班牙手中夺回该城。
② 原文为拉丁文,引自《圣经·旧约·传道书》第一章。

"眼光高些？我是什么人，能有那么大野心？一名可怜的火枪手，身无分文，又默默无闻，最憎恶束缚，根本不适合待在这个世界上。"

"阿拉密斯，阿拉密斯！"达达尼安嚷道，同时以怀疑的神气看着他的朋友。

"原本是尘埃，我还回到尘埃中去。人生处处是屈辱和痛苦，"他神色黯淡下去，继续说道，"人生与幸福相连的线，在人的手中一根根全断了。噢！我亲爱的达达尼安，"阿拉密斯接着说道，声调里略微透出点辛酸，"请相信我，您一旦有了创伤，就仔细遮掩起来。沉默是不幸者的最后一点快乐，不要让任何人摸到您痛苦的痕迹。好奇者畅饮我们的泪水，犹如苍蝇吮吸受伤的鹿身上的血。"

"唉，我亲爱的阿拉密斯，"达达尼安也长叹一声，说道，"您刚才讲的，也正是我的经历。"

"什么？"

"是的，我爱恋的、崇拜的一位女子，刚刚被人劫持走了。我不知道她在哪儿，也不知道她被弄到何处去了。也许她被囚禁起来，也许她已经死了。"

"然而，您至少还能有这种安慰，想到她并不是主动离开您的。如果说您得不到她一点音信，那是因为有人禁止她同您联系，至于……"

"至于什么？"

"没什么，没什么。"阿拉密斯紧接着说道。

"这么说，您要永远放弃尘世了，主意已定，再也不能更改了？"

"永远放弃。今天，您还是我的朋友，等到明天，在我看来，您就完全是个影子了，甚至不复存在了。这个尘世，不是别的，正是一座坟墓。"

"见鬼！您说得好凄惨啊。"

"有什么办法！我的天职在拉我，要把我劫走。"

达达尼安微微一笑，没有应声。阿拉密斯继续说道：

"不过，趁我还在尘世，我很想同您谈谈您，谈谈我们的朋友。"

"我呢，"达达尼安说道，"我本想同您谈谈您本人，可是见您毅然决然离开一切。爱情嘛，您说'呸'，朋友嘛，全是影子，尘世还是一座坟墓。"

"唉！到时候您会亲眼看到的。"阿拉密斯叹道。

"不要再谈了，"达达尼安说道，"这封信也烧毁吧，它一定是给您带来您那女工，或者您那使女负情的消息。"

"什么信？"阿拉密斯急忙问道。

"一封信送到您的住所，而您不在，就让我替您收下。"

"信是谁写来的？"

"嗯！是哪个伤心的使女，或者绝望的女工写来的吧。也许是德·舍夫勒兹夫人的使女写来的，她不得不随女主人回图尔，为了附庸风雅，她还用了香笺，漆封盖上公爵夫人的纹章。"

"您在说什么呀？"

"咦，信怎么弄丢了！"年轻人假装寻找，阴阳怪气地说道，"幸而尘世是坟墓，而人，当然也包括女人，全是影子，爱情也是让您唾弃的一种感情！"

"哎！达达尼安，达达尼安！"阿拉密斯嚷道，"你这是要我命呀！"

"嗯！总算找到了！"达达尼安说道。

说着，他从兜里掏出信。

阿拉密斯扑上去，一把抓过信，立刻看内容，恨不能一口吞下去。他读着，脸上洋溢喜悦的神采。

"看来，那名使女挺有文采的。"送信者漫不经心地来了一句。

"谢谢，达达尼安！"阿拉密斯几乎乐疯了，高声说道，"她是迫不得已才回图尔的，她一直爱我，没有负情背义。过来，我的朋友，过来，让我拥抱你。我真幸福，简直喘不上气来了！"

两个朋友开始手舞足蹈，围着可敬的圣克里索斯托的文集又蹦又跳，毫不吝惜地践踏着掉在地板上的论文稿。

这时，巴赞端着菠菜和摊鸡蛋进来。

"滚开，晦气的家伙！"阿拉密斯嚷道，同时摘下圆帽，劈脸朝巴赞掷去，"从哪儿来回哪儿去，这种难吃的蔬菜、这种难以下咽的炒鸡蛋，快点端走！去要一只塞猪油的野兔肉、一只肥阉鸡、一条大蒜煨羊腿，还有四

两个朋友开始手舞足蹈。

瓶勃艮第陈酿葡萄酒。"

　　巴赞愣愣地看着主人,根本不明白何以出现这种变故,他心里一阵忧伤,不觉摊鸡蛋滑进菠菜盘里,又随着菠菜滑落到地板上。

　　"时候已到,该把您的一生奉献给王中之王①了,"达达尼安说道,"假如您非向他表示这种礼貌的话:留恋尘世并不妨碍侍奉天主②。"

　　"带着您的拉丁文去见鬼吧!我亲爱的达达尼安,咱们痛饮一番,哼,开瓶就喝,喝个痛快。您边喝边向我讲讲外面的事情。"

---

① 指上帝。
② 原文为拉丁文。

第二十七章　阿多斯的妻子

"现在,只差阿多斯的情况了。"最后,达达尼安对心境宽畅的阿拉密斯说道。他们吃了一顿丰盛的晚餐,一个就把论文丢到脑后,另一个也忘记了疲劳;达达尼安向他讲述了在他们出发之后,京城都发生了什么事情。

"依您看,他会遭遇什么不幸吗?"阿拉密斯问道,"阿多斯遇事特别冷静,又特别勇敢,使剑也特别敏捷。"

"是的,当然了,没有人比我更了解阿多斯的勇气和剑术了。不过,我使剑宁愿对付长矛,也不愿对付棍棒,我担心阿多斯挨了奴仆的打。那些奴仆下手狠,还不轻易住手。因此,不瞒您说,我想动身越早越好。"

"我争取陪您去吧,"阿拉密斯说道,"尽管我觉得骑马还有点困难。您瞧见了挂在墙上的那条戒鞭,我试着抽自己,可是疼痛难忍,这种苦修就没有继续下去。"

"我亲爱的朋友,用鞭笞的方法来治疗枪伤,也是从来没有见过的。不过,当时您有伤痛,有伤痛头脑就犯糊涂,您那么做我认为情有可原。"

"您什么时候启程?"

"明天拂晓。今天夜晚您尽量休息好,如果明天您能行,我们就一道动身。"

"那就明天见,"阿拉密斯说道,"您就是铁打的身子,也需要休息啊。"

次日,达达尼安走进阿拉密斯的房间时,看见他正站在窗口。

"您在那儿瞧什么呢?"达达尼安问道。

"好家伙!我在欣赏马夫牵的三匹骏马,能骑上那种好马旅行,一定会像王子一样快活。"

"那好,我亲爱的阿拉密斯,您就让自己那样快活快活吧,因为,那些马有一匹就是您的。"

"真的啊!哪一匹?"

"三匹马任您挑,我看都一样棒。"

"披的那身华丽的马衣,也是我的吗?"

"当然了。"

"您是开玩笑,达达尼安。"

"从您开始讲法语的时候起,我就不再开玩笑了。"

"系在鞍鞯上的那些黄锃锃的枪套、那身天鹅绒的马衣、那副镶银的马鞍,全给我啦?"

"全是您的,同样,那匹前蹄刨地的马是我的,而打转的那匹是阿多斯的。"

"天啊!三匹都是骏马良驹。"

"我很高兴它们得到您的赏识。"

"这种礼物,是国王送给您的吧?"

"肯定不是红衣主教送的。您就别管是从哪儿来的,只想三匹马中有一匹属于您。"

"我就选定红头发仆役牵的那匹马。"

"好极了!"

"上帝万岁!"阿拉密斯嚷道,"这下子,我余下的一点儿伤痛也一扫而光,身上就是再挨三十颗枪子儿,我也要骑上那匹马。啊,凭良心讲,那马镫真漂亮!喂!巴赞,到这儿来,马上过来。"

巴赞出现在门口,一副快快不乐、无精打采的样子。

"把我的剑擦亮了,我的毡帽弄挺实了,斗篷也刷一刷,再给我的手枪装上弹药!"阿拉密斯吩咐道。

"最后这一件就免了吧,"达达尼安接口说道,"挂在马鞍枪套里的手枪已经装上弹药了。"

巴赞叹了一口气。

"好了,巴赞师傅,您就放宽心吧,"达达尼安说道,"无论干哪一行,都能进天国。"

"先生已经是多好的神学家了!"巴赞说着,几乎要流下眼泪,"他能当上主教,也许会当上红衣主教。"

"哎!我可怜的巴赞,喏,想想看,请问,当个神职人员又有什么用处呢?也免不了去打仗。你完全明白,一有战事,红衣主教要戴上头盔,手持战戟去参加。德·诺加雷、德·拉瓦莱特先生,你说怎么样?他也是红衣主教,问问他的跟班,他给主人包扎过多少次伤口。"

"唉!"巴赞叹道,"我知道,先生,当今世界完全乱了套。"

说话的工夫,两个年轻人同可怜的跟班已经下了楼。

"给我扶住马镫,巴赞。"阿拉密斯说道。

阿拉密斯还像从前那样,以优美轻捷的动作跳上马。可是,那匹良种马打了几个转,又连连腾跃,害得骑士疼痛难忍,面失血色,身子在马上摇晃起来。达达尼安料到可能会出这种意外情况,就一直密切注视,见状急忙冲上前去,将阿拉密斯抱住,又把他送回房间。

"就这样吧,我亲爱的阿拉密斯,您好好养伤,"达达尼安说道,"我一个人去找阿多斯。"

"您真是条钢筋铁骨的汉子。"阿拉密斯说了一句。

"哪里,我只是运气好罢了。请问,您等我这段时间,打算过什么样的生活呢?不会再给手指头和祝福注释了吧,嗯?"

阿拉密斯微微一笑,说道:"我就作诗。"

"对,作些香艳的诗,要像德·舍夫勒兹夫人的使女的信笺那样芳香。您也教教巴赞怎样作诗,这样他会得到些安慰。再说有了马,您每天骑一骑,慢慢恢复习惯。"

"嗯,这方面您就放心吧,"阿拉密斯回答,"等您再回来,我一定能随您走了。"

二人相互道了别,达达尼安又把他的朋友嘱托给巴赞和老板娘,十分钟之后,他便催马直奔亚眠。

怎样才能找见阿多斯呢?进而言之,他还能找见阿多斯吗?

他是在阿多斯危急时离开的,阿多斯很可能身遭不幸了。此念一生,他的额头就布满阴云,连声叹了几口气,还咕哝着发誓要报仇。他的所有朋友中,阿多斯年纪最长,在情趣和爱好方面显得同他很不相近。

然而,他特别喜爱这位贵绅。阿多斯那种尊贵而高雅的神态,从他情愿避身的阴影中不时放射出的那种伟大心灵的光彩,使他成为最易相处之人的那种不变的平易性情,那种有点勉强又有气势逼人的快乐情绪,还有那种如不是出于极其少见的冷静就会被人称为盲目的勇武,这么多优点,不仅赢得达达尼安的敬重和友谊,还赢得了他的钦佩。

的确,在他心情好的日子里,与优雅而高贵的朝臣德·特雷维尔先生相比,阿多斯甚至还略胜一筹。阿多斯中等身材,但是肢体特别匀称,他在不止一次的搏斗中,使火枪手公认的力大无比的巨人波尔托斯落败。他的目光十分犀利,鼻子挺直,下颏儿的线条酷似布鲁图斯①,整个头部具有一种难以描摹的高雅的特征。他那双手毫不着意护理,而总用杏仁膏和香脂保养双手的阿拉密斯见了,也自愧弗如。他的嗓音清朗而又和谐悦耳。还有,阿多斯平时总不显山露水,处处谦谦退让,身上却有一种难以界定的优点,即熟谙人情世故和上流社会的习俗,以及一举一动不经意间就显示出来的绅士风度。

如果举办一次宴会,阿多斯比哪个上流社会人士安排得都会更周到,能让每位宾客坐的席位,都合乎祖先为他赢得的或者他本人奋斗达到的地位和身份。如果谈起纹章学,阿多斯则了解王国中所有显贵的家族,了解那些家族的世系、姻亲关系、族徽及其渊源。宫廷礼仪也没有他不熟悉的细节,大领主享有什么权利他知晓,甚至如何驾鹰携犬行猎他也十分内行,有一天谈起这门学问来,就连公认的大行家路易十三国王也深感诧异。

他跟同时代的所有大贵族一样,精通马术和各种兵器。此外,他早年就没有放松过学习,哪怕是经院式课程也一样,像他这样学习的贵族可以

---

① 布鲁图斯(公元前85—前42):罗马政治家,他组织密谋集团,刺杀了罗马独裁者恺撒。

说屈指可数,因此,他听到阿拉密斯说出的、波尔托斯装懂的那种只语片言的拉丁文,往往付之一笑。甚至有两三次,阿拉密斯说拉丁文时犯了几个基本的语法错误,阿多斯当场纠正了他所用的动词的时态和名词的格,让朋友们大吃一惊。还有,那个时代可不像如今这样,军人并不大在乎宗教和自己的良心,情人不大讲究钟情,而穷人也不大遵守"摩西十诫"①中的第七诫,可是在那种风气中,阿多斯正直的品格还是无懈可击的,堪称超尘脱俗的一个人。

然而,这个人天性如此高贵,相貌如此英俊,气质如此高雅,我们却看到他不知不觉转向物质生活,犹如老年人从躯体到精神都转为迟钝一样。阿多斯常有一文不名的时日,而每逢这种日子,他通身的灵光就熄灭了,光辉的一面就仿佛隐没在深邃的黑夜里。

灵光熄灭,神性消失了,剩下来的是个极其普通的人。他垂着头,眼睛无神,说话又迟钝又吃力,一连几小时凝视着酒瓶酒杯,或者凝视他的跟班格里莫。格里莫已经习以为常,看到示意就知道该做什么,能从主人呆滞的目光中看出极小的愿望,并且立即设法去满足他。四个朋友假如在这种时候相聚,阿多斯费了九牛二虎之力讲一句话,就是对谈话的全力支持了。阿多斯不说话,自然是喝闷酒,酒量一个人顶四个人,而且比起平常也没有显得多特别,只是眉头皱得更紧一些,脸上更加黯然神伤。

达达尼安这个人,我们也都了解,最爱刨根问底了,可是在阿多斯这件事上,他无论多么感兴趣,想满足自己的好奇心,也丝毫未能确认这种意志消沉是何原因,有什么变故。阿多斯没有收到过信件,从来没有。阿多斯的所作所为,他的所有朋友也无不知晓。

也不能说这种忧伤是喝酒造成的,恰恰相反,他是要借酒浇愁,然而正如我们所讲,借酒浇愁,还要愁上添愁。这种极度的忧郁,同样不能说是赌钱所致,须知阿多斯和波尔托斯截然相反:波尔托斯的情绪随输赢而定,赢钱便高歌,输钱便骂街;而阿多斯无论赢钱还是输钱,总是不动声

---

① "摩西十诫":见《圣经·旧约·出埃及记》。上帝在西奈山授予"摩西十诫",用以约束以色列人,成为犹太教的最高律法。其中第七诫为"毋偷盗"。

色。有一天晚上,在火枪手俱乐部里,有人看见他赢了一千皮斯托尔,随后又全部输光,还搭进去盛典时扎的金丝腰带,接着再如数捞回来,还多赢了一百路易金币,然而,他那俊美的黑眉毛丝毫也没有挑高或者垂下,他那双手也没有丧失其珠光色彩,同样,那天晚上他谈话愉快,也始终保持讨人喜欢的平静口气。

也不像我们邻国英国人那样,受气候的影响而脸色阴沉,反之,一年当中天气越好,阿多斯通常越发沉郁,而六月、七月就更加厉害了。

眼下他也没有什么伤心事,谁跟他谈起将来的打算,他就耸耸肩膀。正如有人含混地对达达尼安讲的那样,阿多斯的秘密是从前的事了。

就在阿多斯喝得酩酊大醉时,别人无论怎样巧妙地盘问他,也始终未能从他口中或眼神里套出什么来,因此,笼罩他全身的神秘色彩就尤其引人对他感兴趣了。

"哎呀!"达达尼安心中暗道,"此刻,可怜的阿多斯也许已经死了,是因我的过错丧了命,毕竟是我把他拖进这个事件中,而他既不知道事情的前因,也不会了解事情的后果,当然也不可能从中获利了。"

"这还不算,先生,"卜朗舍接口说,"也许我们还欠他的救命之恩呢。您还记得吧,当时他大喊,快离开,达达尼安!我中了圈套。他连放两枪,接着又用剑拼杀,一片喧嚣声!真好像有二十个人,再准确点儿说,真好像有二十个疯狂的魔鬼混战一场!"

达达尼安听了这话,心情就更加急切,催赶本无须催赶的坐骑,一路狂奔起来。

约莫上午十一点钟,望得见亚眠了。十一点半,他们就到了那家该死的客栈门口。

达达尼安时常想,对那个背信弃义的店家,非得痛快地报复一下不可。只要抱着这种报复的希望,心里就会多少得到些安慰。于是,他将呢帽往下压了压,走进客栈,左手按着剑柄,右手呼呼地挥着马鞭。

"您还认得我吗?"他对迎上来打招呼的店主说道。

"我没有这种荣幸,大人。"店主回答,他对着达达尼安如此华丽的行装,一时看得眼花缭乱。

"嗯！您不认识我？"

"不认识，大人。"

"那好，我讲两句话，就能唤起您的记忆。大约两周前，您竟胆敢蓄意控告一位贵绅制造伪币，您把那位贵绅怎么样啦？"

店主面失血色，因为达达尼安的表情凶极了，而卜朗舍也效仿他的主人。

"唉！大人，可别提了，"店主以万分痛心的声调高声说道，"唉！大人，干了这件错事，我付出多大代价。唉！我简直倒霉透了！"

"我问您哪，那位贵绅怎么样啦？"

"请听我说，大人，请您宽大为怀。喏，请赏脸坐下吧！"

达达尼安又气又担心，一言未发，凛然坐下，俨如一位审判官。卜朗舍也狐假虎威，伏在主人椅子的靠背上。

"事情是这样，大人，"店主浑身发抖，接着说道，"现在我认出您来了。当时，我同您讲的那位贵绅刚发生那场不幸的纠纷，您就离开了。"

"对，那正是我，因此，您完全明白，如果您不讲出全部真相，我绝饶不了您。"

"因此，您就请听我说，这就会了解全部真相。"

"我听着。"

"我得到地方当局的通知，一个有名的伪币制造者要到我的客店来，他和好几个同伙都伪装成禁军卫士或者火枪手，看你们几位的马匹、你们的跟班，还有你们几位大人的面孔，跟当局向我描绘过的一模一样。"

"后来呢，后来呢？"达达尼安追问道，他很快就推测出，如此准确的特征是哪里提供的了。

"有当局派来的六个人手，我根据命令，采取了必要的应急措施，好确保抓获那几个所谓的伪币制造犯。"

"还胡说！"达达尼安喝道，他听到伪币制造犯这种称呼，觉得特别刺耳。

"请原谅，大人，请原谅我这么讲，这恰恰表明我情有可原。当局令我畏惧，您也知道，一个开旅店的，必须顺着当局。"

"我再问您一次,那位贵绅,他在哪儿?现在他怎么样了?他死了吗?他还活着吗?"

"别着急嘛,大人,我们这就要谈到了。开头的情况,您也知道,而您急匆匆走掉,"店主补充说,但是他的鬼伎俩却瞒不了达达尼安,"就似乎更有理由搞个水落石出了。那位贵绅,您的朋友,当时拼命地抵抗。不料他的跟班也闹起来,找茬儿跟装扮成马夫的警察打起来……"

"哼!坏蛋!"达达尼安高声说道,"你们全都串通好了,真不知道我怎么不把你们全宰了!"

"什么?不是,大人,我们不是全串通好的,等一下您就会明白。您的那位朋友先生,请原谅,我不知道他那无疑是很高贵的姓名,没法称呼他,您的那位朋友先生,连开两枪,撂倒了两个人之后,又用剑边战边退,还伤了我的一个人,用剑面把我打昏了。"

"喂,刽子手,你有完没完?"达达尼安嚷道,"阿多斯,阿多斯怎么样了啦?"

"正如我对大人说的这样,他边战边退,发现身后就是酒窖的阶梯,恰好门又开着,就拔下钥匙,进去便把门关死。反正他在酒窖里也跑不了,就随便吧。"

"是的,"达达尼安说道,"他们也不是非杀掉他不可,只是想把他关起来。"

"公正的上帝啊!把他关起来,大人?我向您发誓,他是自己把自己关起来的。开头,他打得很凶,当场杀死了一个人,又重伤了两个。死伤的人被他们的伙伴抬走了,从那以后,我再也没有听人提起这些人或者那些人。我呢,等苏醒过来之后,就去见总督先生,讲述了发生的全部情况,还问他我该如何处置关在酒窖里的那个人。不料,总督先生仿佛坠入云里雾中,说他根本不明白我要说什么,我接到的命令不是他发出来的,他还说,我若是自找倒霉,向谁讲了他同这场斗殴有牵连,他就让人把我绞死。看来我搞错了,先生,抓了不该抓的人,让该抓的人逃掉了。"

"可是,阿多斯呢?"达达尼安嚷道,他一听当局撒手不管这件事,就更加焦躁起来,"阿多斯呢,他究竟怎么样啦?"

"我也急于向关着的人赔礼道歉,"店主接着说道,"就去酒窖,好把他放出来。噢!先生,那哪儿是人,而是个魔鬼呀!他一听说要放他出去,就声明那是给他布下的陷阱,必须先答应他提的条件,他才肯出去。我也不隐讳自己处境尴尬,错抓了陛下卫队的一名火枪手,因此低声下气地对他说,我愿意接受他的条件。

"'首先,'他说道,'要把我全副武装的跟班还给我。'

"我们赶忙遵从这一吩咐,要知道,先生,我们的确准备好了,您的朋友要我们做什么就做什么。格里莫先生(他的话尽管不多,却报出自己的名字),格里莫先生虽然伤得很重,还是下到地窖里去。他主人把他接进去,命令我们就待在店里边。"

"倒是说清楚,"达达尼安嚷道,"他在哪儿呢?阿多斯究竟在哪儿呢?"

"在酒窖里,先生。"

"什么,坏蛋,从那时候起,您就一直把他扣在酒窖里?"

"仁慈的老天爷啊!不对,先生。我们,把他扣在酒窖里!您这么说恐怕是不知道,在酒窖里,他在那里干什么吧?哼!如果您能让他出来,我会感激您一辈子的,我会像对待我的保护神那样崇拜您。"

"这么说,他在那儿呢?在那儿我能找见他?"

"当然了,先生。他执意留在酒窖里,每天都要人用叉子从气窗给他面包,要吃肉时就递给他肉。不过,唉!他消费最多的还不是面包和肉。有一回,我带着两个伙计,试图下到酒窖里,不料他暴跳如雷。我听见他扳动手枪机关,以及他的仆人扳动火枪机关的声响。于是,我们问他们想干什么,那主人回答说,他们主仆二人可以放四十响,他们宁愿打完最后一枪,也绝不准我们一个人踏进酒窖。万般无奈,先生,我就去总督那儿告状,总督却回答我说,我这是咎由自取,这事儿能教会我,以后再也不敢侮辱来住店的尊贵的老爷们了。"

"也就是说,从那之后……"达达尼安又说道,他见店主那副可怜相,也就忍俊不禁。

"也就是说,从那之后,先生,"店主继续说道,"我们过的日子,是这

309

世间最悲惨的了。因为,先生,您应当知道,我们的全部食品,都储存在酒窖里:我们的瓶装葡萄酒、桶装葡萄酒、啤酒、食用油和各种调料、肥肉和香肠,全在里面。他不准我们下酒窖,来了旅客,我们也就不能供给人家吃喝了。这样一来,我们客栈营业额天天亏损。假如您的朋友在酒窖再待上个把月,我们就得破产了。"

"罪有应得,坏蛋。看外表难道还看不出来,我们都是有身份的人,而不是伪币制造者。"

"对,先生,对,您说得有道理,"店主应道,"哎呀,您听,您听,他又闹起来了。"

"一定是有人打扰他了。"达达尼安说道。

"打扰他也在所难免,"店主高声说道,"刚才店里来了两位英国绅士。"

"那又怎么样?"

"怎么样!您也了解,先生,英国人爱喝好葡萄酒。他们要了店里最好的葡萄酒。大概是我老婆去恳求阿多斯先生,让她进去,以便满足这些先生的要求。他可能像往常那样,又拒绝了。噢!仁慈的老天爷啊!越闹越凶,没活路啦!"

达达尼安果然听见,酒窖那边一阵喧闹,于是他站起身,由绞着双手的店主带路,向吵闹的地点走去,而卜朗舍拿着装好弹药的火枪则紧紧跟随。

那两位英国绅士长途跋涉,到客栈又饥又渴,现在气急败坏了。

"怎么这样霸道,"他们略带外国口音,但法语很地道,高声嚷起来,"这个疯子,居然不让这些善良的人喝酒。哼,我们干脆破门而入,如果他要疯要得太过分,那好!我们就把他杀了。"

"且慢,先生们,"达达尼安说着,从腰间拔出两把手枪,"奉劝你们,别想杀什么人。"

"好哇,好哇,"从门里传出阿多斯平静的声音,"这些吃小孩的家伙,就让他们进来试试看。"

那两个英国人再怎么充好汉,此刻也面面相觑,不免犹豫起来。就好像这座酒窖里有一个要吃人的魔怪,有一个民间传说中的巨人,胆敢闯进这巢穴的人,必然受到惩罚。

有一阵工夫谁也不讲话,不过,两个英国人终归觉得退却太丢脸,性情最暴躁的那个就走下地窖的五六个梯级,狠狠朝门踢了一脚,好像要把墙壁踹开似的。

"卜朗舍,"达达尼安说着,扳上了两把手枪的扳机,"我对付上面这个,下面那个交给你了。喂,两位先生,你们要打一仗吗?那好哇,现在就满足你们!"

"上帝啊,"阿多斯嚷道,是从空洞传出的声音,"我好像听见达达尼安在讲话。"

"不错,"达达尼安也提高嗓门说,"正是我,我的朋友。"

"嘿!好哇!"阿多斯说道,"这些要破门闯入的人,让我们来修理他们。"

两位英国绅士已经拔剑在手,但是他们遭受两面夹击,于是又迟疑了片刻,不过,还像上次那样,傲气又占了上风,那人踹了第二脚,只见门从上到下裂开一道缝。

"你闪开,达达尼安,你闪开,"阿多斯嚷道,"你闪开,我要开枪了。"

"先生们,"达达尼安说道,他遇事总要三思而后行,"先生们,好好想一想。阿多斯,你也耐心一点儿!你们二位这是来捅马蜂窝,要被蜇得满身是伤啊!喏,我和我的跟班,每人能打三枪,酒窖里也能打出这些子弹。此外,我们还有剑,我可以向你们保证,我和我的朋友两个人,耍剑也都不含糊。我们双方的事儿,就由我来解决吧。等一会儿你们就会有酒喝了,这事儿包在我身上。"

"如果还有剩余的话。"阿多斯以嘲弄的声调咕哝一句。

店主只觉得一道冷汗沿着脊梁往下淌。

"什么,如果还有剩余的话!"他咕哝道。

"见鬼!总会有剩余的,"达达尼安又说道,"大家放宽心,就他们两个人,不会把一整窖酒喝光。先生们,你们的剑插回鞘里去吧。"

"好吧!您的两把手枪也插回到腰带上。"

311

"可以。"

达达尼安先带了个头,随即又转向卜朗舍,示意他拉下火枪扳机。

英国人这才信服,将剑插回鞘中。对方也向他们讲述了阿多斯被困的经过。他们毕竟是通情达理的绅士,认为这件事店主做得不对。

"现在,先生们,"达达尼安又说道,"请你们上楼回客房去,我保证再过十分钟,就会有人给你们送去你们想要的食品。"

两个英国人施了施礼,便走出去了。

"现在,我亲爱的阿多斯,只剩下我一人了,"达达尼安说道,"求求您,把窖门给我打开吧。"

"这就打开。"阿多斯应道。

接着,便听见劈柴相互撞击和梁木料吱咯移动的响声,那便是阿多斯的护墙和防御工事,由这被围困者亲手拆除了。

不大工夫,窖门启动,只见阿多斯苍白的面孔探出来,迅速地扫视了一下四周。

达达尼安冲上去搂住他的脖子,同他亲热地拥抱,然后要把阿多斯拉出这个潮湿的寄身之所,这才发现他身子有些摇晃。

"您受伤了吗?"他问阿多斯。

"我!一点儿也没有伤着,我不过是喝得烂醉了。在这方面,还从来没有人创造出更好的业绩。天主万岁,我的店家!我一个人,估计至少喝下了一百五十瓶酒。"

"老天爷啊!"店主高声说,"哪怕跟班只喝了主人的一半,我也得破产了。"

"格里莫可是体面人家的跟班,喝的酒绝不敢跟我的一样,他只喝桶装酒,嗯,我想他一定忘了堵上桶塞了。您听到了吧?酒还在往外流呢!"

达达尼安哈哈大笑,这笑声使店主从打战转而发高烧了。

恰好这时,格里莫出现在他主人身后,肩上还扛着火枪,脑袋摇来晃去,犹如鲁本斯[①]绘画上那些醉醺醺的森林之神。他前胸后背都沾满油

---

① 鲁本斯(1577—1640):佛朗德斯著名画家。

"喂,两位先生,你们要打一仗吗?"

乎乎的液体,店主一看就认出那是上好的橄榄油。

这支队列穿过大厅,住进这家客栈最好的客房,这是达达尼安凭其威信占用的。

这工夫,店主夫妇端着灯,急忙冲进好久禁止他们入内的酒窖里,而等待他们的是一片凄惨的景象。

阿多斯用劈柴、木板和空酒桶,根据兵法的规则建造了防御工事。他打开了个缺口出来,店家进去一看,只见地下汪着油和葡萄酒,上面扔着啃光了肉的火腿骨头,而地窖左边角落则有一堆打碎的酒瓶。此外,一只酒桶的龙头还开着,流出的宛如最后几滴血。这正像古代诗人所描绘的战场,一片掠夺和杀戮的景象。

梁木上挂的五十条香肠,只剩下十条了。

于是,店家夫妇号叫起来,声音从地窖拱顶透上来,就是达达尼安听了都不免动容,可是阿多斯却连头也不扭一扭。

痛苦之后更是愤怒,店主豁出去了,操起一根烤肉铁扦当作武器,冲进了两个朋友单独待着的客房。

"拿葡萄酒来!"阿多斯见是店主,便说道。

"拿葡萄酒!"店主不禁愣住,高声说道,"葡萄酒!你们喝我的酒,已经喝了一百多皮斯托尔了。现在我破产了,完了,全毁掉了!"

"算了!"阿多斯说道,"我们还始终感到口渴。"

"你们喝酒只管喝,也就罢了,可是,怎么把所有酒瓶全砸烂了。"

"正是您把我推到一堆酒瓶子上去的,瓶子垮下来,这是您的过错。"

"我储备的油也全完了!"

"油是伤口最好的涂膏,可怜的格里莫多处被你们打伤,总得敷药包扎吧。"

"我的香肠也全给啃光了!"

"这地窖的老鼠多极了。"

"所有这些东西,您得赔我。"店主气急败坏地嚷道。

"好个怪家伙。"阿多斯说着就站起来,可是他随即又瘫软坐下,他这一起身力气全用尽了。达达尼安扬起马鞭,上前相助。

店主后退一步,开始放声大哭。

"这会教您学乖点儿,"达达尼安说道,"今后更加客气地接待上帝派给您的客人。"

"上帝!不如说是魔鬼派来的!"

"我亲爱的朋友,您再这样在我们身边聒噪,那么我们四个人干脆全下到您的酒窖中,关在里面,看看造成的损坏是不是真像您说的那么大。"

"那么好吧!先生们,"店主说道,"是我的不对,我承认。可是,什么罪过都能得到宽恕,我是个可怜的开客店的,而你们是老爷,总该可怜可怜我。"

"嗯!你若是照这样讲话,"阿多斯说道,"就会让我心碎了,眼泪就会流淌,像你的葡萄酒从桶里流出来一样。别看我这样子,其实我并不那么凶。喏,你过来,咱们聊一聊。"

店主战战兢兢地凑上来。

"过来呀,跟你说了,别害怕嘛,"阿多斯接着说道,"当初我付账的时候,就把我的钱袋放到柜台上了。"

"是的,大人。"

"钱袋里装了六十皮斯托尔,钱袋呢?"

"送交法院了,大人,先就有人说那是假币。"

"好哇,你去把我的钱袋要回来,那六十皮斯托尔就归你了。"

"可是,大人非常清楚,什么东西到了法院手里就不会放了,是假币倒还有点儿希望,可惜那是真币。"

"我的老实人,你去跟法院解决吧,这就不关我的事儿了,何况,我身上一文钱也没有剩下。"

"对了,"达达尼安说道,"阿多斯骑的那匹马,在哪儿呢?"

"在马棚里。"

"值多少钱?"

"顶多值五十皮斯托尔。"

"能值八十皮斯托尔,马归你,就算两清了。"

315

"什么！你要把我的马卖掉?"阿多斯说道,"你要卖掉我的巴雅泽?再打仗我骑什么,骑格里莫吗?"

"我给你另外带来一匹。"达达尼安说道。

"另外一匹?"

"那可是一匹良马!"店主高声说道。

"那好,既然另有一匹更漂亮、更年轻的,老的那匹就牵走吧,咱们喝酒。"

"喝什么酒?"店主心满意足了,问道。

"放在最里端,挨着木板条的那种,还剩下二十五瓶,其余的在我摔在上面时全打碎了。那种酒拿上来六瓶。"

"嘿,这人可是个酒罐子!"店主自言自语,"哪怕他在这儿再待上半个月,喝酒付钱,我的买卖就又兴隆起来了。"

"别忘了,"达达尼安也说道,"同样的酒,给那两位英国绅士送去四瓶。"

"现在,"阿多斯说道,"趁他给我们拿酒的工夫,达达尼安,你先给我讲讲,其他人怎么样了,说说看。"

于是,达达尼安向他讲述,如何找到因扭伤卧床的波尔托斯,以及坐在两位神父中间的阿拉密斯。达达尼安刚讲完,店主就送来他们要的六瓶酒,还有一个幸而没有放进地窖的火腿。

"好哇,"阿多斯说着,就给自己和达达尼安的酒杯斟满,"这杯酒为波尔托斯和阿拉密斯喝下去。对了,您呢,我的朋友,您这是怎么了,您本人发生了什么事儿? 我觉得您的脸色真难看。"

"唉!"达达尼安说道,"这是因为我呀,在我们所有人当中,我是最不幸的人。"

"你不幸,达达尼安!"阿多斯说道,"说说看,你是怎么不幸的? 这事儿讲给我听听。"

"以后讲吧。"达达尼安回答。

"以后讲! 为什么以后讲呢? 就因为你以为我喝醉了吗,达达尼安? 牢牢记住这一点,我只有喝足了酒,头脑才更清醒。说吧,我洗耳恭听。"

达达尼安讲述了他和博纳希厄太太的际遇。

阿多斯听他讲述,眉头也没有皱一皱,等他讲完了便说道:

"这全是倒霉事儿,倒霉事儿!"

这是阿多斯的口头禅。

"您总说倒霉事儿,我亲爱的阿多斯!"达达尼安说道,"这可不大合乎您的情况,您从来就没有爱过。"

阿多斯无神的眼睛忽然闪亮,但是旋即熄灭,又恢复往常那种黯淡而茫然了。

"的确如此,"他平静地说道,"我从来就没有爱过。"

"心如木石,那您就完全明白,"达达尼安说道,"您不该冷酷地对待我们这些柔肠多情的人。"

"多情柔肠,痛断肝肠。"阿多斯说道。

"您说什么?"

"我说爱情就是一场赌博,赌赢的人,赢的是死亡。您赌输了就太幸运了,请相信我,我亲爱的达达尼安。如果要我给您一个忠告,那就是永远赌输了。"

"看样子她特别爱我!"

"那是看样子。"

"哎!她就是爱我。"

"孩子气!男人无不像您这样,以为情妇爱他,男人也无不被自己的情妇所欺骗。"

"除了您,阿多斯,您根本就没有情人。"

"这倒是真的,"阿多斯沉吟一下才说道,"我呀,我呀,根本就没有情人。咱们喝酒!"

"那么,您这个哲人,"达达尼安说道,"请开导开导我,支持我一把,我需要了解和得到安慰。"

"安慰什么?"

"安慰我的不幸。"

"您的不幸只会惹人发笑,"阿多斯耸了耸肩膀,"我倒是想知道,您听了我讲的一个爱情故事,会说些什么。"

"是您的经历吗?"

"或者是我一个朋友的经历,这无关紧要。"

"讲吧,阿多斯,讲吧。"

"咱们先喝酒,这样会更好些。"

"咱们喝酒,您就讲述。"

"对了,这样可以,"阿多斯说着,干下一杯酒,重又斟满,"两件事可以并行不悖。"

"我听着呢。"达达尼安答道。

阿多斯开始凝思,而达达尼安看到,他随着凝思脸色逐渐苍白。一般人喝酒醉到这种地步,就会倒头大睡,而阿多斯却不睡觉,只是高声梦呓。这种醉态的梦游真有几分令人恐惧。

"您一定要听吗?"他问道。

"请您讲吧。"达达尼安回答。

"那就照您的意思办好了,"阿多斯说道,"我的一位朋友,我的一位朋友,您要听清楚了!不是我,"阿多斯顿了顿,阴沉地微微一笑,"那是我那省,即贝里省的一位伯爵,如同当多洛或者蒙莫朗西家族的人那么高贵,他二十五岁时,爱上一名十六岁的少女。那少女像爱神一样美丽,妙龄天真,却显露一种火热的精神,不是女人的,而是诗人的一种精神。她不是讨人喜欢,而是能把人迷倒。她同哥哥生活在一个小镇上,她哥哥是那里的本堂神父。兄妹二人由外乡迁来,来自何地也无人知晓。况且,当地人见她长得那么俊美,见她哥哥又极为虔诚,也就不会去想问他们的来历了。再说,有人称他们出身富贵人家。我那位朋友是当地的领主,也就是当地的主宰,要想引诱她或者强行夺取,完全可以随心所欲,谁能来救助两个外乡人,两个陌生人呢?可惜他是个正派人,他娶了那姑娘,真是个傻瓜,白痴,笨蛋!"

"怎么这样说呢,他不是爱她吗?"达达尼安问道。

"等一下就知道了,"阿多斯回答,"他把那姑娘带进他的城堡,让她成为省里第一夫人。也应当说句公道话,她的言谈举止完全合乎她的身份。"

"后来呢?"达达尼安问道。

"后来!有一天,她和丈夫一同去打猎,"阿多斯讲下去,声音低沉,讲得很快,"她落马摔昏过去。伯爵冲上前去救护,看到衣衫紧得她要窒息,就用匕首划开,只见她的肩膀裸露出来。猜一猜,达达尼安,她肩膀上有什么?"阿多斯问道,同时哈哈大笑。

"我怎么猜得出呢?"达达尼安反问道。

"有一朵百合花烙印,"阿多斯说道,"她受过烙刑。"

说罢,阿多斯举起手中酒杯,一口干掉。

"真可怕!"达达尼安高声说道,"您这对我说的是什么呀?"

"真事。亲爱的朋友。天使原来是个魔鬼。那可怜的姑娘曾经做过贼。"

"那么伯爵怎么办了呢?"

"伯爵是个大贵族,在领地上掌握生杀大权。他完全撕下伯爵夫人的衣衫,将她手倒背绑起来,再把她吊到一棵树上。"

"天啊!阿多斯!害一条命!"达达尼安高声说道。

"对,害一条命,仅此而已,"阿多斯说道,他的脸跟死人一样苍白,"怎么,好像不给我倒酒了。"

于是,阿多斯抓住最后一瓶酒的瓶颈,嘴对着瓶嘴,一口气喝干了酒,就像寻常干杯那样。

接着,他的头就倒伏在双手上,而达达尼安惊慌失措,呆立在他面前。

"出了这种事,我也不敢追求那些美丽的、富有诗情而多情的女人了,"阿多斯重又抬起头,说道,但是他并不想继续讲伯爵的这则寓言,"愿上帝也同样启迪您!咱们喝酒!"

"这么说她死了?"达达尼安讷讷问道。

"当然啦!"阿多斯答道,"喂,您倒是举起杯呀,拿火腿来,怪人!"阿多斯嚷道,"我们不能再喝了啦!"

"那么她哥哥呢?"达达尼安又怯声怯气地问道。

"她哥哥?"阿多斯重复道。

"对,那个神父呢?"

"嗯!我问起过他,也要让人把他吊死,不料他却抢在前头,前一天就离开了教区。"

"起码总归了解那坏蛋是什么人吧?"

"毫无疑问,他是那漂亮妞儿的头一个情夫和同谋,一个有身份的人,装扮成了本堂神父,也许是为了把他的情妇嫁出去,好让她终身有个依靠。但愿他已经被五马分尸了。"

"噢!我的上帝!我的上帝!"达达尼安说道,他惊呆了,居然有这种骇人听闻的事。

"吃点儿这火腿吧,达达尼安,味道好极了,"阿多斯边说边切下一片,放到年轻人的盘子里,"太可惜了,像这样的火腿,当时在酒窖里还不到四个!否则的话,我还能再多喝五十瓶酒。"

达达尼安再也忍受不了这种谈话,听了简直要疯了,于是,他脑袋倒伏在双手上,佯装睡着了。

"如今年轻人酒量都不行了,"阿多斯用怜悯的目光注视他,说道,"不过,这一个还真是好样的!……"

第二十八章　回　程

　　阿多斯所透露的秘密真是骇人听闻,达达尼安为之惊诧不已。然而,这次还是半吞半吐,他觉得许多情况还很模糊。首先,这件事出自一个完全醉了的人之口,透露给一个半醉的人。不过,达达尼安喝下两三瓶勃艮第葡萄酒,尽管他神志模糊,第二天早上醒来时,他还是记得清清楚楚,就好像从阿多斯口中掉出的每句话,都一句句铭刻在他的头脑里。他心存种种疑问,就越发渴望问个明白,于是,他抱着继续昨晚谈话的决心,来到他朋友的客房,却看到阿多斯完全平静下来,也就是说,恢复了精明透顶、莫测高深的一个人。

　　而且,这名火枪手同他握了握手,便抢先道破他的念头。

　　"昨天我喝得大醉,我亲爱的达达尼安,"阿多斯说道,"今天早晨,我还觉得舌头不听使唤,脉搏也跳得很厉害。可以打赌,我准讲了一大堆胡话。"

　　他讲这些话时,定睛看着他的朋友,看得对方颇为局促。

　　"没有的事儿,"达达尼安反驳道,"如果我记得不错的话,您讲的全是些很平常的事儿。"

　　"哦!您真让我奇怪!我还以为向您讲了一个极其悲惨的故事。"

　　说着,他盯住达达尼安,仿佛要洞彻他的内心深处。

　　"真的!"达达尼安说道,"看来我比您醉得还厉害,什么也想不起来了。"

　　阿多斯不吃这一套,他接口说道:

　　"您不会没有注意到,我亲爱的朋友,醉态因人而异:有人悲伤,有人欢乐。我呢,我喝醉了就悲伤,一旦喝醉就表现出我的怪癖,给人讲我那愚蠢奶妈往我脑子里灌的各种悲惨故事。这是我的缺点,我承认,是最大的缺点,但是除开这一点,我的酒德很好。"

阿多斯讲这番话时,神态口气十分自然,倒让达达尼安的信心动摇了。

"哦!的确如此,"年轻人又说道,他试图重新弄清真相,"的确如此,我想起来了,不过就像回忆一场梦似的,我们说到了吊死的人。"

"嗯!您瞧怎么样,"阿多斯说着,面失血色,但同时还勉强笑一笑,"我就肯定是这样,吊死的人正是萦绕我头脑的幻象。"

"对,对,"达达尼安接口说道,"这会儿想起来了。对,当时讲到……等一等……当时讲到一个女人。"

"瞧瞧,"阿多斯回答,脸色几乎变得惨白了,"那是我常讲的金发女人的故事,我一讲那个故事,就是喝得烂醉如泥了。"

"对,正是这个故事,"达达尼安说道,"是个高挑个儿、蓝眼睛、金发漂亮女人的故事。"

"是的,被吊死了。"

"是被丈夫吊死的,她丈夫是您认识的一位领主。"达达尼安边说,边凝视阿多斯。

"嘿!这回该明白,一个人不知所云的时候,总要受到名誉损害,"阿多斯耸了耸肩膀,仿佛自怜似的又说道,"毫无疑问,我再也不愿意喝醉酒了,达达尼安,这是一种特别坏的习惯。"

达达尼安沉默不语。

继而,阿多斯突然改变话题。

"对了,"他说道,"感谢您给我带来那匹马。"

"合您的意吗?"达达尼安问道。

"合意,不过,这匹马恐怕不耐劳。"

"这您可就错了。我骑着它赶了十法里路,还没用上一个半钟头,它也不显得疲劳,就跟在圣绪尔比斯广场上遛了一圈似的。"

"真的呀!您要让我吃后悔药了。"

"后悔药?"

"对,我把那匹马打发掉了。"

"怎么回事?"

"是这么回事:今天早上六点钟我醒来,而您还呼呼大睡,我不知道干什么好,昨天酗酒,脑袋还晕晕乎乎的。我下楼到店堂,看见那两个英国人中的一位,正就一匹马同马贩子讨价还价,只因他的马昨天中风死了。我凑上前去,看到他要买一匹栗色的马,肯出一百皮斯托尔。于是,我就对他说:

"'真巧了,阁下,我也有一匹马要卖掉。'

"'还是一匹非常漂亮的马,'那绅士说道,'昨天我见到了,是您朋友的跟班牵着的。'

"'您认为它值一百皮斯托尔吗?'

"'值啊,照这个价,您愿意把马卖给我吗?'

"'不行,但是我愿意拿它跟您赌。'

"'您愿意拿它跟我赌吗?'

"'对。'

"'怎么赌?'

"'掷骰子。'

"说赌就赌,我赌输了那匹马。啊!真想不到,"阿多斯继续说道,"马衣又让我赢回来了。"

达达尼安脸色不大好看了。

"这事儿让您恼火啦?"阿多斯问道。

"不瞒您说,是这样,"达达尼安答道,"有打仗的那天,这匹马能让人一眼就认出我们来。而且,它还是个证物、一件念心儿,阿多斯,这件事您做得不对。"

"哎!我亲爱的朋友,您设身处地想一想,"这位火枪手又说道,"当时我烦闷得要命,况且,老实说,我不喜欢英国马。喏,如果仅仅要引人注目,那好哇!有这马鞍子就足够了,马鞍还真挺出色。至于马嘛,咱们总可以找点儿原因,说明失去了。真见鬼!一匹马总是要死的,我那匹马呢,就当是患了鼻疽症或皮疽症。"

323

达达尼安还是眉头不展。

"您这么看重这些马匹,"阿多斯继续说道,"这也实在令我恼火,因为,这件事我还没有讲完呢。"

"您还干了什么呀?"

"我那匹马,是九点对十点输掉的,瞧这点数,我灵机一动,就想拿您那匹马赌一把。"

"不过,但愿您只是想想而已,对不对?"

"不对,我当即就付诸行动。"

"啊!真的吗?"达达尼安不安地嚷道。

"我赌了,结果赌输了。"

"输掉我的马?"

"输掉您的马,七点对八点,只差一点……那句谚语①您知道。"

"我敢打赌,阿多斯,您可不够理智啊!"

"我亲爱的,您应当在我昨天叙述那种愚蠢的故事的时候,而不应当今天早上对我讲这话。那匹马连同全副鞍辔,我全输掉了。"

"噢,这太可怕啦!"

"等一等,您一窍不通,如果不一意孤行,我本来可以成为赌场高手。可是总一意孤行,就像喝酒时那样。当时我就一意孤行……"

"当时您怎么能赌呢,什么都没有了呀?"

"不然,不然,我的朋友,咱们还有这枚钻戒呢,这不在您手指上闪闪发亮,昨天我就注意到了。"

"这枚钻戒!"达达尼安嚷道,同时急忙用手按住戒指。

"从前我有过几枚,也算是个行家,估计您这枚能值一千皮斯托尔。"

"我希望,"达达尼安吓得半死,严肃地说道,"您总归不会提到我的钻戒吧?"

"正相反,亲爱的朋友,您也明白,这枚钻戒成为咱们惟一的财源。我用它,就能把咱们的马和鞍辔赢回来,再赢点儿钱当路费。"

---

① 法语有句俗谚:只差一点,马尔丹丢掉驴子。

"阿多斯,您真让我不寒而栗!"达达尼安嚷道。

"这样,我就向我的对手提起您的钻戒,他同样注意到了。亲爱的,您手指上戴着天上一颗星星,活见鬼!您还不愿意引人注意!不可能!"

"把话说完,我亲爱的,把话说完!"达达尼安说道,"因为,老实讲!看您这么镇定,我非得急死不可。"

"当时,我就把这枚钻戒分为十赌注,每注一百皮斯托尔。"

"哼!您想开玩笑,试探我吧?"达达尼安说道,这时,恼怒的情绪开始揪住他的头发,就像《伊利亚特》中密涅瓦抓住阿喀琉斯那样①。

"不,见鬼,我这不是开玩笑!我有半个月没见过一张人脸,只跟酒瓶子亲密接触,弄得昏头昏脑,我倒想瞧瞧,您若是落到这种境地会怎么样。"

"您这么讲,不成为拿我钻戒去赌的理由!"达达尼安回答,同时神经质般紧紧握住拳头。

"听听最后的情况嘛。共分十注,每注一百皮斯托尔,掷十次全输了,就不能再赌了。掷到第十三次,我全部输掉:十三这个数总给我带来厄运,而且,正是七月十三日……"

"倒霉透顶!"达达尼安忽地从桌前站起来嚷道,今天的故事使他忘了昨天的故事。

"耐心点儿,"阿多斯说道,"我还有个计划。那个英国人是个怪人,早晨我看见他同格里莫说话,而格里莫来告诉我说,英国人想要他去做跟班。因此,我就拿格里莫同他赌,文静的格里莫也分成十注。"

"哈!这可太过分了!"达达尼安说着,不由得哈哈大笑。

"就是拿格里莫去赌,您要听明白!他整个人也不值两个钱,还要分成十注,我就是用他赢回了钻戒。现在您还说,坚持不是一种美德吗?"

"真的,这太有趣了!"达达尼安这下安了心,高声说着,不禁捧腹大笑。

"您也明白,我感到运气来了,立刻又赌钻戒。"

---

① 《伊利亚特》:古希腊史诗,相传是荷马所作,主要讲述特洛伊战争最后一年的故事。密涅瓦是罗马神话中的智慧女神,即希腊神话中的雅典娜,是她催促阿喀琉斯重新上阵,为友报仇,杀死特洛伊主将赫克托尔。

"噢!见鬼!"达达尼安说了一句,脸色随即又阴沉下来。

"我又先后赢回您的鞍辔、您的马,我的鞍辔、我的马,然后又全输掉了。总而言之,最终我还是把您的鞍辔,又把我的鞍辔赢回来了。眼下咱们的情况就是这样。这一次赌得相当漂亮,我也就此打住。"

达达尼安长出了一口气,仿佛搬开了压在胸口的这家客栈。

"最终,钻戒还是给我剩下了?"他唐唐突突地问道。

"丝毫无损!亲爱的朋友,还有你那匹布凯法拉斯①和我那匹布凯法拉斯的两副鞍辔。"

"可是,咱们没有马,要鞍辔干什么?"

"这我倒有个主意。"

"阿多斯,您又让我心惊胆战。"

"听我说,您呀,达达尼安,您很久没有赌了吧?"

"我毫无赌博的愿望。"

"什么事儿都不要把话说绝。我刚说了,您很久没有赌了,手气一定很好。"

"手气好又怎么样?"

"怎么样!那个英国人和他的伙伴还在店里。我注意到他们特别喜爱那两副鞍辔。您呢,您似乎很看重您那匹马。我若是您,就拿鞍辔去赌您的马。"

"可是,他也不会只要一副鞍辔。"

"那好办,就赌两副呗!我呀,我绝不像您这样自私。"

"您肯这么干?"达达尼安颇为迟疑地说道,不知不觉中,他开始相信阿多斯的话了。

"说话算数,就下一注。"

"不过,既然两匹马输掉了,我就特别想保住两副鞍辔。"

"那就拿您的钻戒去赌。"

"哎!这可是另码事,绝不,绝不拿它去赌。"

---

① 布凯法拉斯:马其顿国王亚历山大(公元前356—前323)的著名战马。

"见鬼!"阿多斯说道,"我倒也想提议,让您拿卜朗舍去赌,可是已有先例,恐怕英国人不会干了。"

"毫无疑问,我亲爱的阿多斯,"达达尼安说道,"我还是不拿任何东西去冒险为好。"

"真遗憾,"阿多斯冷淡地说道,"英国人满口袋装的是皮斯托尔。嘿!上帝啊!赌一把,快得很,一掷就得。"

"我若是赌输了呢?"

"您一定能赢。"

"可是,若是赌输了呢?"

"那您就把两副鞍辔给人家呗!"

"赌一把去。"达达尼安说道。

阿多斯去找那个英国人,到马棚找见了他,只见他正以贪婪的目光观赏鞍辔。真是好机会。阿多斯提出如下条件:两副鞍辔赌一匹马,或者一百皮斯托尔,可以随意选择。英国人很快估算了一下,两副鞍辔值三百皮斯托尔,于是他拍板了。

达达尼安哆哆嗦嗦掷出两个骰子,才掷出三个点!他脸色煞白,阿多斯一见吓坏了,只好说道:

"伙计,这把掷得可真糟糕。先生,你们那两匹马,鞍辔准能备齐了。"

英国人得意洋洋,拿起骰子连摇都懒得摇了,看也不看就掷到桌子上,他确信这把赢定了。达达尼安扭过头去,以便掩饰他那难看的脸色。

"瞧瞧,瞧瞧,"阿多斯声音平静地说道,"掷这种点真是异乎寻常,两个幺!我一生只见过四次。"

英国人定睛一看,也不免傻了眼。达达尼安这才敢瞧一瞧,不禁欢欣鼓舞。

"是的,"阿多斯继续说道,"只有四次:一次在德·克莱基①先生府

---

① 德·克莱基(1578—1638):历史上实有其人,路易十三时期曾任元帅,战死在意大利的皮埃蒙特地区。

上;另一次在我家中,我那乡下的城堡里……那时我还拥有一座城堡;第三次是在德·特雷维尔先生府上,让我们所有人大吃一惊;最后,第四次是在一家小酒店,是我掷出来的,一下子输掉一百路易金币和一顿晚餐。"

"看来,先生要把马收回去了。"英国人说道。

"当然了。"达达尼安答道。

"这么说,不能翻本了。"

"我们先就说好条件,不能翻本,您还记得吧。"

"不错,马就让您的跟班牵回去吧,先生。"

"等一下,"阿多斯说道,"先生,请允许我单独同我朋友说句话。"

"好吧。"

阿多斯将达达尼安拉到一旁。

"怎么!"达达尼安对他说道,"您还要我怎么样,你这个诱惑者,还想让我赌,对不对?"

"不对,我是让您考虑考虑。"

"考虑什么?"

"您要收回您的马,对不对?"

"毫无疑问。"

"您错了,换了我,就要那一百皮斯托尔。您也知道,您用鞍辔赌那匹马或者一百皮斯托尔,由您随便挑。"

"是啊。"

"我宁愿要一百皮斯托尔。"

"我还是要那匹马。"

"您错了,这话再跟您说一遍。咱们两个人,要一匹马管什么用,我总不能坐到您身后马屁股上,那咱们就像失掉兄弟的两个小埃蒙①了。您也不可能让我丢面子,在我的身边骑这匹良马。换了我,片刻也不会犹豫,我就拿那一百皮斯托尔,咱们要回巴黎,一路总得用钱。"

---

① 《四个小埃蒙》,法国十二世纪武功歌《雷诺·德·蒙托邦》的俗名。埃蒙兄弟四人共骑一匹神奇的马——巴雅尔。

"我就要那匹马,阿多斯。"

"您错了,我的朋友,一匹马往旁边一闪,或者绊一下,就可能扭伤。一匹马可能在患了炭疽病的马用过的槽里吃草料。您瞧,要一匹马,还不如说白白丢掉一百皮斯托尔。马要靠主人供养,而一百皮斯托尔则相反,能供养这笔钱的主人。"

"可是,咱们怎么回去呢?"

"还用说,骑咱们跟班的马嘛!别人见咱们相貌堂堂,总归能看出是有身份的人。"

"到时候阿拉密斯和波尔托斯骑着高头大马,而咱们俩骑这种矮小的驽马,那可有好瞧的啦!"

"阿拉密斯!波尔托斯!"阿多斯嚷着,哈哈大笑起来。

"笑什么?"达达尼安问道,他见朋友大笑,感到莫名其妙。

"很好,很好,咱们接着谈。"阿多斯说道。

"那么,照您的看法……"

"要那一百皮斯托尔,达达尼安。有了这笔钱,咱们花天酒地,可以快活到月底,喏,劳累也就消除了,而且,咱们稍微休息一下,总归是好事儿。"

"要我休息!哎!不行,阿多斯,一到巴黎,我就要开始寻找那个可怜的女人。"

"那好哇!为了找人,您认为那匹马跟亮晶晶的路易金币一样有用吗?去拿那一百皮斯托尔吧,我的朋友,去拿那一百皮斯托尔吧。"

只要给一个理由,达达尼安就会让步。在他看来,这个理由很像样。再说,他若是再坚持下去,就怕在阿多斯眼里显得自私了,于是他同意了,选定那一百皮斯托尔。英国人当即把钱点给他。

接下来,他们一心考虑的就是启程了。除了阿多斯的那匹老马,再给店家六皮斯托尔,双方关系就算修好了。达达尼安骑上卜朗舍的马,阿多斯则骑上格里莫的马,两个跟班头顶着鞍鞯,徒步上路了。

两位朋友骑的马再怎么差劲,不久也跑到两个跟班前头去了,赶到了克雷沃克尔。他们远远就望见阿拉密斯一副忧伤的样子,正偎依在窗口

329

上,犹如"我的姐姐安娜"①,眺望尘土飞扬的天边。

"唉嘿!喂!阿拉密斯!您在那儿干什么呢?"两个朋友齐声喊道。

"咦!是您啊,达达尼安,是您啊,阿多斯!"年轻人说道,"我在想,这世上的财物离去得多么快啊,我的那匹英国马跑远了,刚刚隐没在一团尘埃中,这令我产生了世间事物多么脆弱的鲜明影像。人生本身就可以用三个词总括:过去存在,现在存在,将来存在。②"

"这话究竟是什么意思?"达达尼安问道,他开始觉察出了什么事情。

"这就是说,我刚才做了一笔交易,结果吃亏了:六十路易金币卖掉一匹马,看那匹马奔驰的速度,每小时能跑五法里。"

达达尼安和阿多斯放声大笑。

"我亲爱的达达尼安、阿拉密斯,请不要过分怪我,事情迫不得已。况且,首先受到惩罚的是我本人,因为,那个无耻的马贩子,起码骗了我五十路易金币。嘿!你们二位真是节俭的好手!你们骑着跟班的马赶来,而你们的好马,就让他们牵着慢慢溜达。"

恰好这时,出现在亚眠大道上已有一阵工夫的一辆大篷车行驶到他们跟前停下,只见格里莫和卜朗舍各顶着马鞍,从篷车上下来。那辆马车空驶返回巴黎,两个跟班便搭车,讲好付给车夫路上的酒钱。

"这是怎么回事?"阿拉密斯看到眼前的景象,便问道,"怎么只剩下马鞍啦?"

"现在您明白了吧?"阿多斯回答。

"朋友们,恰恰跟我一样。我凭直觉,留下了鞍辔。喂,巴赞!把我那新鞍辔拿来,放到这两位先生的旁边。"

"您怎么处置那两位神父了?"达达尼安问道。

---

① 语出法国作家贝洛(1628—1703)的童话《蓝胡子》。蓝胡子先后杀了六个妻子,又因第七个妻子发现了他的秘密,就给她片刻的祈求上天的时间。要被处死的女人让她姐姐安娜登上塔楼顶,瞭望约好要来的两个兄弟。于是就有反复的问答:"我的姐姐安娜,你望见有人来了吗?""没有,我什么也没有望见……"最后,两兄弟赶来,及时救了姐姐,杀死了蓝胡子。

② 原文为拉丁文,是"存在"一词的三种时态。

"这是怎么回事?……怎么只剩下马鞍啦?"

"亲爱的朋友,您走后第二天,"阿拉密斯说道,"我请他们二人吃晚饭。顺便讲一句,这里有美酒,我竭力将他们灌醉,喝到后来,本堂神父不准我脱掉火枪卫士服,那位耶稣会士也恳求我推荐他加入火枪卫队。"

"不要论文!"达达尼安嚷道,"不要论文!我呀,我要求取消论文!"

"从那之后,"阿拉密斯继续说道,"我的日子过得很快活,开始作一首诗,要每句只有一个音节相当难了,但是,任何事物,正因为难才有价值。这首诗以风流韵事为题材,第一节我念给你们听听,总共四百行,念一遍需要一分钟。"

"老实说,我亲爱的阿拉密斯,"达达尼安说道,他对诗几乎像对拉丁文一样憎恶,"有难作这个价值,再加上简洁这个价值,您至少可以肯定,您的诗会有双重价值。"

"而且,"阿拉密斯继续说道,"诗中表达了高尚的炽热爱情,等一下你们会看到的。哦,对了!我的朋友们,咱们回巴黎好吗?好极了,我准备好了。咱们又能见到善良的波尔托斯,这再好不过。我多么想那个大傻瓜呀,说起来你们不会相信吧?他绝不会将马卖掉,哪怕给他一个王国也不卖。我都等不及了,真想瞧瞧他骑在马上,坐在他那鞍鞯上的神气,肯定像蒙古的可汗。"

他们停留一小时,好让马歇息一下。阿拉密斯付清了账,也让巴赞跟他的两个伙伴同乘大篷车,于是他们启程,前去找波尔托斯。

他们见波尔托斯已经下床了,脸色不像上次达达尼安见他时那么苍白了。他坐在那里,虽然一个人,餐桌上摆的晚餐够四个人食用了,有捆扎得十分考究的烤肉、挑选的葡萄酒,以及优质的水果。

"嘿!真少见!"他站起说道,"你们到得正是时候,先生们,我刚开始喝汤①,来吧,咱们共进晚餐。"

"嗬!嗬!"达达尼安说道,"这样的瓶装酒,恐怕不是木斯克东用绳索套来的,再说,这还有嵌猪油的烤小牛肉,一条里脊牛肉……"

"我正在康复,"波尔托斯说道,"我正在康复,真邪门,这种扭伤最伤

---

① 法国人过去吃饭有先喝汤的习惯。

身体了。您扭伤过吗,阿多斯?"

"从来没有。不过我倒记得,我们在费鲁街的那次冲突中,我中了一剑,养了两三周之后,也产生了同您一模一样的感觉。"

"真的,这顿晚餐,不是为您一人准备的吧,我亲爱的波尔托斯?"阿拉密斯问道。

"不是的,"波尔托斯回答,"我要接待住在附近的几位贵绅,但是他们刚才派人来告诉我,他们不能来了,正好由你们来取代,这样我也毫无损失。喂,木斯克东!搬座位来,这酒再让人加倍。"

吃了有十分钟,阿多斯问道:"你们知道咱们在这儿正吃什么吗?"

"这还用说!"达达尼安回答,"我吃的是小牛肉配刺菜蓟和骨髓。"

"我吃的是羊羔里脊。"波尔托斯说道。

"我吃的是鸡胸脯肉。"阿拉密斯说道。

"你们全搞错了,先生们,"阿多斯一脸严肃地说,"你们吃的是马肉。"

"算了吧!"达达尼安说道。

"马肉!"阿拉密斯重复道,同时做了个厌恶的鬼脸。

惟独波尔托斯不应声。

"对,是马肉,波尔托斯,咱们吃的是马肉,对不对呀?也许连马衣也吃进去了!"

"不,先生们,鞍辔我保住了。"波尔托斯说道。

"真的,咱们不谋而合,英雄所见略同啊,"阿拉密斯说道,"就好像咱们事先达成了一致意见。"

"有什么办法呢,"波尔托斯说道,"那样一匹良马,总让我的客人为自己的马感到惭愧,而我又不愿意让他们丢面子!"

"再说,您那位公爵还一直在温泉,对不对?"达达尼安接口问道。

"一直在那儿,"波尔托斯回答,"还说那匹马,本省的总督,即今天我邀请来吃晚饭的一位贵族,老实说,我见他万分渴望得到那匹马,也就让给他了。"

"让给他!"达达尼安嚷道。

"嗯!上帝啊!对,让给他!可以这么说,"波尔托斯说道,"因为,它肯定值一百五十路易金币,可是那个抠门的家伙只肯付我八十枚金币。"

"不算鞍辔?"阿拉密斯问道。

"对,不算鞍辔。"

"先生们,你们应当注意到,"阿多斯说道,"在咱们所有人当中,还是波尔托斯这笔生意做得最出色。"

于是哄堂大笑,笑得可怜的波尔托斯六神无主。不过,大家又赶紧向他解释这阵狂笑的缘故,而他也像往常那样,敞开大嗓门,和大家欢笑一通。

"这样一来,咱们人人都有钱花啦?"达达尼安说道。

"但是这话对我不合适,"阿多斯说道,"我觉得阿拉密斯喝的西班牙葡萄酒好极了,就买下六十瓶,装上跟班们乘坐的大篷车。这就花掉了我的大部分钱。"

"还有我,"阿拉密斯说道,"你们想想看,我的钱全赠给了蒙迪迪埃的教堂,赠给了亚眠的耶稣会修道院,一个苏也没剩下。此外,我早先做出的许诺也必须信守,请教堂为我,也为你们,先生们,做几场弥撒,别人会说,先生们,我们能大吉大利,对此我也毫不怀疑。"

"我呢,"波尔托斯说道,"我这扭伤,你们以为一文钱不用花我的吗?还没算上木斯克东的伤。我不得不请外科大夫给他治伤,每天来两次,可是外科大夫要我付双倍的出诊费,借口说木斯克东这个笨蛋身上中弹的部位,一般只能让药剂师看。因此我特意叮嘱木斯克东,再也不要让那个部位受伤。"

"算了,算了,"阿多斯说着,同达达尼安和阿拉密斯相视一笑,"我明白,您对可怜的小伙子太大方了,不愧是个好主人。"

"总之,"波尔托斯继续说道,"花费付清之后,我也只剩下三十来埃居了。"

"我呀,还剩下十来皮斯托尔。"阿拉密斯说道。

"好了,好了,"阿多斯说道,"看来咱们都是富翁了。达达尼安,您那一百皮斯托尔还剩下多少?"

"我那一百皮斯托尔?首先,我给了你五十皮斯托尔。"

"是吗?"

"你们吃的是马肉。"

"当然啦!"

"嗯!不错,我想起来了。"

"还有,我付给店主六皮斯托尔。"

"店主那个畜生!你为什么要付给他六皮斯托尔?"

"是您让我付给他的。"

"不错,我的心肠太好了。一句话,还剩下多少?"

"还剩下二十五皮斯托尔。"达达尼安回答。

"我呢,"阿多斯说着,从兜里掏几个零镚儿,"我……"

"您呀,全光了。"

"真的,或者说有点儿,也可怜巴巴的,可以忽略不计。"

"现在计算一下,咱们一共有多少钱。"

"波尔托斯?"

"三十埃居。"

"阿拉密斯?"

"十皮斯托尔。"

"您呢,达达尼安?"

"二十五皮斯托尔。"

"总共有多少?"阿多斯问道。

"四百七十五利弗尔!"达达尼安回答,他计算像阿基米德一样准确。

"到巴黎时,咱们还能有四百利弗尔,"波尔托斯说道,"另外还有几副马具。"

"对了,咱们的马呢?"阿拉密斯问道。

"这样办吧。跟班的四匹马,让出两匹给主人骑,咱们抽签决定谁骑马。那四百利弗尔分成两份,给两个不骑马的人。我们口袋里剩的零钱全交给达达尼安。他手气好,途中如遇赌钱的场所,就去赌一把。就这么安排了。"

"好,咱们就吃饭吧,"波尔托斯说道,"菜都凉了。"

从此之后,四个朋友对未来更加放心了,便开始吃饭,吃剩下的饭菜就给木斯克东、巴赞、卜朗舍和格里莫几位先生。

回到巴黎,达达尼安见到德·特雷维尔先生给他的一封信,通知他国王恩准了他参加火枪卫队的请求。

当然,除了渴望找见博纳希厄太太之外,这是达达尼安在世的全部抱负了,因此,他欢天喜地,跑去告诉刚分手半小时的伙伴们,却发现他们都满面愁容,心事重重。他们聚在阿多斯的住所,正在商议,他们每次这样,都表明情况相当严重了。

原来,德·特雷维尔先生刚刚派人通知,国王陛下圣意已决,要在五月一日开战,他们必须立即各自置办装备。

这四个人平日什么都不在乎,现在却一筹莫展,面面相觑。在军纪问题上,德·特雷维尔先生绝不开玩笑。

"你们估计装备需要多少钱?"达达尼安问道。

"唉!没什么可多说的,"阿拉密斯答道,"我们刚才算了一下,以斯巴达人①那样的节俭,每人也得一千五百利弗尔。"

"十五乘四等于六十,也就是六千利弗尔。"阿多斯说道。

"我倒觉得,"达达尼安也说道,"每人只要有一千利弗尔……我这样讲,不是像斯巴达人,而是像检察官那样……"

"检察官"这个词儿,倒提醒了波尔托斯。

"咦,我有了个主意!"他说道。

"有主意就有戏,有时连主意的影儿都不见,"阿多斯冷冷地说道,"至于达达尼安,先生们,从今往后,他成为我们火枪卫队一员了,恐怕是乐疯了,说什么一千利弗尔!我声明,光我一人就得两千。"

"二乘四得八,"阿拉密斯说道,"因此,咱们四个人的装备就需要八千利弗尔。当然,在全副装备中,鞍具咱们已经有了。"

达达尼安要去向德·特雷维尔先生表示感谢,等他一出门,阿多斯便说道:

"此外,还有咱们朋友手指上那枚亮晶晶的钻戒。见鬼,达达尼安特别讲义气,他中指戴着那样的珍宝,绝不会眼看着弟兄们陷入困境。"

---

① 古代斯巴达人以生活俭朴刻苦著称。

第二十九章　猎取装备

四个朋友当中，考虑最多的当然还是达达尼安，尽管他只是禁军卫士，比起火枪手那些贵绅们，装备起来自然要容易得多。然而，我们这位加斯科尼见习卫士，正如大家所见，具有深谋远虑的性格，算计得近乎吝啬，可是同时（请解释截然相反的倾向），他爱慕虚荣几乎要超过波尔托斯。此时，达达尼安为虚荣操心之外，还有那么一种不大自私的担心。他尽量打听博纳希厄太太的下落，却一点儿消息也没有得到。德·特雷维尔先生向王后提起过，王后也不知晓服饰用品商的年轻妻子的去向，答应派人寻找。但是，这种许诺十分空泛，难以让达达尼安放心。

阿多斯则足不出户，决心不为自己的装备奔波。

"咱们还有半个月时间，"他对朋友们说，"那好啊！等这半个月过去，到头来如果我还是什么也没有找到，确切地说，如果什么也没有来找我，那我就只有了断。不过，我是个十分虔诚的天主教徒，不能举枪打烂自己的脑袋，只能向法座的四名卫士或者八个英国人挑衅，交手之后，就一直打到有个人把我杀死为止。对方毕竟人多势众，我肯定能等到这种结果，别人也就会说我是为国王而死，而我既尽了职责，又不必装备自己了。"

波尔托斯背着手，一直在来回踱步，他一边点头一边说道：

"我还是抓住自己的念头不放。"

阿拉密斯头发凌乱，满腹心事，一言也不发。

从这些失常的小事中也能看出，一种忧伤的情绪笼罩着这个小团体。几个跟班也不例外，犹如希波吕托斯驱车的几匹马①，都分担着主人

---

① 希波吕托斯：希腊神话传说中的雅典王子，因拒绝继母淮德拉的追求，遭诬告而受父王忒修斯的诅咒。他驱车奔驰在海边时，海神派一头牛怪出海惊吓马匹，结果马惊车覆，希波吕托斯摔死。

的忧心。木斯克东收集了大量的面包皮,始终非常虔诚的巴赞现在总是出入教堂了,卜朗舍则盯着苍蝇飞来飞去,而格里莫则唉声叹气足令石头感动,就在普遍忧伤的氛围中,他也绝不打破主人强加给他的沉默。

三个朋友,因为前面说过,阿多斯发誓不出门张罗自己的装备,三个朋友天天早出晚归,在街上游荡,注意瞧每一块铺路石,看看先过去的行人是否失落了钱袋。他们无论走到哪里,都留心观察,就好像在追寻什么踪迹。他们相遇的时候,那忧伤的眼神分明在说,你找见什么了吗?

不过,由于波尔托斯头一个有了主意,而且执意要付诸实践,他也就头一个开始行动了。这个可敬的波尔托斯,的确是个实干家。有一天,达达尼安望见他朝圣勒教堂走去,便下意识地跟在后边。波尔托斯在进入这神圣的场所之前,先将唇上两撇小胡子往上卷了卷,再把下面的胡子往下捋了捋,这种动作,总是表明不征服女人誓不罢休的意图。由于达达尼安注意隐蔽,波尔托斯还以为无人瞧见,他走进教堂,靠到一侧的大柱子上。达达尼安也跟了进去,始终没让他看见,靠到另一侧大柱子上。

教堂正巧举行一场布道,因此人很多,波尔托斯趁机瞄准那些女士。多亏了木斯克东的精心照料,波尔托斯的外貌并没有表露出内心的苦痛。不错,他的呢帽的确有点儿磨损,帽子上的羽翎有点褪色,绣花图案有点黯淡,花边也有点破损了,可是在半明半暗的教堂里,这些细微部分全都看不出来,波尔托斯还一直是英俊的波尔托斯。

达达尼安注意到,在离波尔托斯靠着的大柱最近的长椅上,坐着一位戴黑帽子的夫人,那是一位成熟的美妇,也许肌肤稍显黄了点儿,腰身稍显瘦了点儿,但是神态古板而高傲。波尔托斯目光低垂,偷偷瞧那位夫人,继而又翩翩飞向远处的中殿。

那夫人的脸一阵一阵发红,疾如闪电的目光瞥了一下朝三暮四的波尔托斯,而波尔托斯的目光随即疯狂地四处飘荡。显而易见,这是一种伎俩,能刺到那位戴黑帽子夫人的痛处,因为她用劲咬嘴唇,甚至咬出血来了,她还不时搔搔鼻头,身子一个劲儿地在座位上乱动。

波尔托斯见那情景,便又往上卷了卷两撇小胡子,往下捋了捋胡须,开始向一位靠近祭台的漂亮夫人抛秋波。那位夫人不仅花容月貌,还显然是一位身份很高的贵妇,因为她身后有一名黑人侍童和一名使女。黑人侍童拿来她跪在上面的跪垫,使女则拎着她所念经书的绣有纹章的袋子。

戴黑帽子的夫人乜斜着眼睛,追随波尔托斯左顾右盼的目光,认定那目光落到那位跪在天鹅绒跪垫上、带着黑人侍童和使女的贵夫人身上。

这工夫,波尔托斯玩得有章有法,他丢眼色,手指按在嘴唇上,莞尔微笑,这真能要那位被冷落的美妇的命。

因此,那夫人捶着自己的胸脯,像喊我的罪过①那样"噢"了一声,这声感叹极为响亮,招来所有人,甚至招来跪在红垫子上那位夫人的目光。波尔托斯却不动声色,其实他心里明镜似的,只是装聋作哑罢了。

跪在红垫子上的那位贵妇长得那么妙丽,强烈地触动了戴黑帽子的夫人,显见那是个真正可怕的对手。同时波尔托斯也受到强烈的触动,他发现她比戴黑帽子的女人标致多了。还有达达尼安也同样受到强烈的触动,他认出她正是他先后在默恩、加来和杜夫尔遇见过的那位女子,也正是被那个凌辱过他、面有伤疤的汉子尊称为米莱狄的那个女人。

达达尼安的目光始终瞟住跪在红垫子上的贵妇,同时也注视波尔托斯的伎俩,觉得十分有趣,他也猜得出来,那戴黑帽子的夫人准是讼师爷太太,况且她住的狗熊街离圣勒教堂也不太远。

达达尼安通过推理来判断,波尔托斯在试图报复讼师爷太太,因为他在尚蒂伊受困向她求助时,她就是不肯解囊。

然而,达达尼安也注意到,波尔托斯以眉目传情递意,在整个场面中,却没有在一张脸上引起反应。那不过是幻情与虚意。不过,在一种真爱看来,在一种真嫉妒看来,除了幻情和虚意,难道还有别种现实吗?

布道一结束,讼师爷太太便走向圣水缸,波尔托斯见状抢先一步,伸进圣水缸,不是一根手指,而是整个手掌。讼师爷太太微微一笑,还以为波尔托斯是要向她献殷勤,不料她随即一阵揪心,发现自己搞错了。她走到只离波尔托斯三步远了,只见他扭过头去,目不转睛地盯住刚才跪在红

---

① 原文为拉丁文,天主教信徒诵悔罪经中的这句话时,往往伴以捶胸。

垫子上的那位贵妇。那位贵妇已经站起身,正向着圣水缸走来,身后跟着小侍童和使女。

当那位贵妇走到近前时,波尔托斯就从圣水缸里抽出手,水淋淋地伸向她。那漂亮的女信徒则伸出纤指,轻轻碰了一下波尔托斯的大手掌,微笑着画了个十字,便走出了教堂。

讼师爷太太觉得这实在太过分了,她再也不怀疑,那位夫人同波尔托斯有暧昧关系。自己如果也是一位高贵的夫人,那她准要气昏过去。然而她仅仅是个讼师爷太太,就只好强压着满腔的怒火,对这名火枪手说道:

"咦!波尔托斯先生,这圣水,您怎么不献给我呀?"

波尔托斯听见这声音,浑身不禁一抖,仿佛沉睡百年忽然醒来。

"夫……夫人啊!"他高声说道,"真的是您吗?您的丈夫,那位亲爱的科克纳尔先生一向可好?他还一如既往,总么抠门吗?这次布道讲了两个钟头,我怎么就没有瞧见您呢,我的眼睛长到哪儿去了呢?"

"我离您只有两步远,先生,"讼师爷太太答道,"您眼睛只盯着您刚才替她蘸圣水的那位漂亮夫人,当然瞧不见我了。"

波尔托斯装出一副十分尴尬的样子。

"哦!"他说道,"您注意到了……"

"瞎子才看不见呢。"

"不错,"波尔托斯若不经意地说道,"那是一位公爵夫人,是我的一位朋友,由于她丈夫特别嫉妒,我和她很难才见上一面。事先她派人来通知我,说她今天要到这僻静街区的小教堂,是专门来见我一面。"

"波尔托斯先生,"讼师爷太太说道,"能不能劳您驾,让我挽上您的胳臂待五分钟?我希望同您谈一谈。"

"这还用问吗?夫人。"波尔托斯说道,暗自眨了眨眼睛,就像要骗人上当的一个赌徒窃笑那样。

跟踪米莱狄的达达尼安,这时恰巧从旁边经过,他瞥了一眼,看到了波尔托斯眨眼那得意的神色。

"哦!哦!"达达尼安自言自语,他按照那个风流年代异乎寻常的宽

341

宽的道德观推想,"这一位随时都可以整装待发了。"

波尔托斯由着讼师爷太太的胳臂有力的牵引,犹如一只船受舵操纵那样,走到圣马格卢瓦尔回廊,而这条廊道两端都安有回转栏,很少有人光顾。白天那里,只有吃东西的乞丐,或者玩耍的孩子。

"噢!波尔托斯先生!"讼师爷太太看到除了常驻这里的人,再也没有任何人能瞧见他们,听到他们讲话,便高声说道,"噢!波尔托斯先生!看样子,您可是个大赢家呀!"

"我,夫人!"波尔托斯昂首挺胸地说道,"怎么这么说呢?"

"刚才那会儿那么递眼色,还替人蘸圣水,究竟是怎么回事儿?真的,那位贵夫人,还带着小黑童和使女,至少是一位公主吧?"

"您弄错了,我的上帝呀,不对,"波尔托斯说道,"她不过是位公爵夫人。"

"可是,怎么会有跟班等在门口,还有那辆大轿车,穿着神气号服的车夫坐在驾驶座上等待呢?"

波尔托斯既没有看见跟班,也没有看见大轿车。然而,科克纳尔太太那双吃醋女人的眼睛,却什么都看见了。

波尔托斯心里直后悔,不如一开始把那位跪在红垫上的贵妇称为公主。

"啊!您真是那些美女的宠儿,波尔托斯先生!"讼师爷太太叹道。

"不过,"波尔托斯回敬道,"您也明白,我天生这副相貌,总该少不了交好运的机会。"

"我的上帝!男人忘得这么快呀!"讼师爷太太举目望天,高声说道。

"照我看,还赶不上女人忘得快,"波尔托斯答道,"因为,就说我吧,夫人,我可以说成了您的受害者,当时我受了伤,奄奄一息,眼睁睁看着被外科大夫抛下不管了。而我呢,名门世家子弟,当初那么信赖您的友情,我困在尚蒂伊的一家破烂的旅店里,先是受重伤险些丧命,后来又差点儿饿死,给您写了多少封十万火急的信,可是您却不理不睬,一次也没答复。"

"不过,波尔托斯先生……"讼师爷太太讷讷说道,她感到自己做得不对,比不上当时那些最高贵的夫人的行为。

"为了您,我舍弃了那位男爵夫人……"

"这我清楚。"

"还舍掉那位伯爵夫人……"

"波尔托斯先生,别这么让我无地自容了。"

"还舍掉那位公爵夫人……"

"波尔托斯先生,请您留点儿情面。"

"您说得对,夫人,我不会全讲出来的。"

"那是我丈夫根本不想听的借钱的事。"

"科克纳尔太太,"波尔托斯说道,"您回想一下给我写的头一封信吧,我始终铭刻在心。"

讼师爷太太呻吟一声。

"那也是因为,"她说道,"您要借用的那笔钱,数额未免太大了。"

"科克纳尔太太,我给了您优先权。我只要写信给那位公爵夫人……我不愿讲出她的姓名,因为我不知道什么叫败坏一位女士的名声。不过我知道,我只要写去信,她就能给我寄来一千五百利弗尔。"

讼师爷太太掉下一滴眼泪。

"波尔托斯先生,"她说道,"我向您发誓,您已经大大地惩罚了我,今后再有类似情况,您只要找我就行了。"

"算了吧,夫人!"波尔托斯仿佛有点儿反感,说道,"劳驾,咱们别谈钱了,这实在有失脸面。"

"这么说,您不再爱我啦?"讼师爷太太缓慢而忧伤地说道。

波尔托斯一言不发,保持一副凛然的神态。

"您就是这么回答我吗?唉!我明白了。"

"想一想吧,夫人,您给了我多大伤害,就伤害在这里。"波尔托斯说着,伸手紧紧按住自己的心口窝。

"我会弥补的,好啦,我亲爱的波尔托斯!"

"再说,当时我求您什么啦?"波尔托斯耸了耸肩膀,一副憨直的样子又说道,"就是借点儿,没有别的什么。说到底,我也不是一个不讲道理的人。我知道您并不富有,科克纳尔太太,您丈夫不得不逼迫打官司的可怜人放血,捞那么几个埃居。唉!假如您是伯爵夫人、侯爵夫人或者公爵夫人,那就另当别论了,您就是不可原谅的了。"

讼师爷太太被这话激恼了。

"告诉您吧,波尔托斯先生,"她说道,"我的保险箱,尽管是讼师爷太太的保险箱,里面装的钱,也许比您那些破落的矫揉造作的贵妇所有钱箱还要多。"

"那么您对我的伤害就是双倍的了,"波尔托斯说着,就抽回讼师爷太太挽着的胳臂,"因为,如果您富有,科克纳尔太太,那么您拒绝就再也没有什么借口了。"

"我说富有,"讼师爷太太发现自己不觉说过了头,便又说道,"这句话不能从字面上去理解。确切说来,我并不是富有,而是富足。"

"好了,夫人,"波尔托斯说道,"求求您,这种话咱们就不要再讲了。您不认我这个人了,咱们之间的情感已经完全消失。"

"您真是不讲情义!"

"嗯!奉劝一句,您就尽量抱怨吧!"波尔托斯说道。

"那您就去找您那美丽的公爵夫人吧!我也不再拉住您了。"

"嗯!我想,她还没有完全伤透了心!"

"好了,波尔托斯先生,再问一遍,最后一次了,您还爱我吗?"

"唉!夫人,"波尔托斯尽量拿出最忧伤的声调,说道,"我们就要投入战斗,而且我预感要在这场战斗中阵亡……"

"噢!不要讲这种事!"讼师爷太太失声痛哭,高声说道。

"有这种迹象。"波尔托斯继续说道,声调越发忧伤了。

"干脆说您另有所爱了。"

"没有,我这是对您讲老实话。没有任何新的目标打动我,而且,我甚至感到这儿——我这内心,有什么东西在为您说话。不过,再过半个月,不管您知道还是不知道,命里注定的这一仗就要打起来。我为自己的装备跑断了腿。此外,我还要回老家一趟,去布列塔尼边远的地方,以便凑足我出征的必要费用。"

波尔托斯注意到,爱情和吝啬在对方身上展开了最后的搏斗。

"刚才您在教堂里见到的那位公爵夫人,"他接着说道,"她的领地正巧同我的领地相去不远。我们就结伴同行。您也明白,途中有个旅伴,就会觉得路程短多了。"

"您在巴黎就没有朋友吗,波尔托斯先生?"讼师爷太太问道。

"我原以为有朋友,"波尔托斯又摆出一副忧伤的样子答道,"现在我算看清了,自己想错了。"

"您有朋友,波尔托斯先生,您有朋友,"讼师爷太太接口道,她一阵冲动,连自己都感到惊讶,"明天您到我家去,就说您是我姑母的儿子,因此您就是我的表兄弟。您是从庀卡底地区的努瓦永来的,要在巴黎打好几场官司,还没有找代理讼师。这套话,您都能记牢吗?"

"完全记得牢,夫人。"

"要赶在正餐的时候到。"

"很好。"

"在我丈夫面前要沉住气,他尽管七十六岁了,可还是鬼精灵。"

"七十六岁!好家伙!真是高寿啊!"波尔托斯接口道。

"您是说,他年老了,波尔托斯先生。正因为如此,这位可怜的老公随时都可能让我当上寡妇,"讼师爷太太继续说道,同时朝波尔托斯抛了一眼,"幸好婚约有条款规定,全部财产自然归最后活在世的一方所有。"

"全部吗?"波尔托斯问道。

"是全部。"

"看得出来,我亲爱的科克纳尔太太,您是个未雨绸缪的女人。"波尔托斯说着,亲热地握住讼师爷太太的手。

"现在咱俩重归于好啦,亲爱的波尔托斯先生?"她娇声娇气地回道。

"一生一世。"波尔托斯以同样的声调应道。

"那就再见了,我的负心汉子。"

"再见了,我的忘事女人。"

"明天见,我的天使。"

"明天见,我的生命火焰。"